C.K. Jennar

FEBRUARSTURM

MYSTERY THRILLER AUS IRLAND

Dein Leseglück ist mein Ziel!

Lieber Leser, liebe Leserin,

ich freue mich, dass Du dieses Buch erworben hast. Vielen herzlichen Dank. Kunst ist ein brotloses Unterfangen, heißt es. Ich kann bestätigen, dass es gar nicht so einfach ist, vom Schreiben leben zu können. Aber da es meine Leidenschaft ist, freue ich mich über jeden Verkauf!

Dennoch möchte ich, dass mein Buch für Dich zu einem **einzigartigen und wundervollen Leseerlebnis** wird. Deswegen liegt mir Deine Meinung ganz besonders am Herzen!

Ich würde mich über Dein Feedback zu meinem Buch freuen! Hast du Anmerkungen? Gibt es Kritik? Bitte lass es mich wissen. Deine Rückmeldung ist wertvoll für mich, damit ich in Zukunft noch bessere Bücher für Dich schreiben kann.

Schreibe mir gerne: info@ckjennar.de

Nun wünsche Dir viel Freude mit diesem Buch!

C.K. Jennar

Prodrom

Es war ein idyllischer Ort. Eigentlich. Noch duftete sattes, grünes Gras, noch strahlte ein blauer Himmel herab und noch zogen nur vereinzelte Wolken darüber hinweg. Ein sanfter Hauch umwehte die alten Gemäuer. Es wirkte friedlich rund um das kleine Cottage.

Doch dieser Eindruck würde nicht andauern, wusste er. Die Hitze der Vorfreude flackerte auf seinen Wangen auf. Liebevoll strich er sich über die Augen und genoss diesen letzten Moment. Denn der Sturm schickte bereits seine Vorboten. Der Atem des Mythos war unaufhaltsam und der Februarsturm würde in nicht allzu ferner Zukunft diese Idylle in einen Ort des Grauens verwandeln.

Es war ein wirklich schönes Cottage, das sie sich ausgesucht hatten. Zweistöckig ragte es in der kargen Landschaft hervor. Die Außenfassade war liebevoll mit Steinen verkleidet, mal grau, mal rostbraun, mal beige. In einem zufällig wirkenden, jedoch exakt geplanten Ensemble schenkten sie dem Haus das Antlitz von Vergangenheit. Nicht, dass das Haus keine Geschichte hatte. Das Cottage war alt. Doch diese Geschichte war geschrieben und zählte nicht mehr. Jetzt zählte der Neuanfang. Die Zukunft. Das Leben, das hier noch zerstört werden würde.

Die blauen Fensterrahmen ergaben einen kontrastreichen Look in der Außenfassade. Auch das war eine neue Farbe, die sich jedoch hervorragend in das gesamte Ensemble neben den weißen Details einbrachte. Die Haustür war im gleichen Blau gehalten und strahlte über das grau-braune Gras davor hinweg. Das Vordach über dem Eingang war genauso frisch gedeckt wie das gesamte Dach des Hauses. Aus dem Schornstein strömte bereits hellgrauer Rauch, der sanft über die Felder schwebte. Nur die Blumenkästen vor den Fenstern waren noch leer. Die Zeit des Pflanzens war noch nicht gekommen.

Um das Gebäude säuselten verschiedene Geräusche ein kleines, friedliches Lied. Das Rauschen der Wellen an den nicht allzu weit entfernten Klippen spielte dabei die Hauptmelodie. Sie erzeugten einen beruhigenden, behaglichen Dur-Klang. Doch die ersten

Windböen mischten bereits Moll-Töne hinein. Leise und subtil, kaum zu vernehmen.

Noch.

Wenn die Wellen vom Sturm gepeitscht anschwollen, war ihr Tosen der unaufhaltsame Klang des Unheils, das sich in die Sturmwinde nahtlos einfügen würde. Das Lied der Abrechnung würde bald über die Wiesen und Felder hallen. Die Rache, nach der es ihm so gelüstete, war endlich sein.

Er war getäuscht worden. Augenblicklich ging sein Atem schneller, sein Puls raste. Allein dieser Fakt war bereits unverzeihlich genug. Niemand täuschte ihn ungestraft. Doch was bereits erdacht und auserkoren war, setzte der Dreistigkeit die Krone auf.

Die Wut hatte ihn angetrieben, doch jetzt war es der Durst nach Vergeltung, der ihn weitermachen ließ. Er würde es nicht zulassen. Er würde die Entscheidungen treffen. So, wie er es einst vor Jahren schon einmal getan hatte. Unbemerkt. Bis heute. Und doch hatte auch er Fehler begangen, wie ihm inzwischen schmerzlich bewusst geworden war.

Der heranbrausende Februarsturm schenkte ihm ein versöhnliches Gefühl. Er war nicht mehr aufzuhalten. Die Windböen würden stärker werden und alles mit ihrer Macht nach ihrem Belieben kontrollieren. Die Luft würde sich in weiße Schwaden hüllen, undurchsichtig und unheimlich. Doch vorher würde der Regen unaufhaltsam von oben herab auf das Land prasseln, es in Seen verwandeln und alles Überflüssige wegschwemmen. Grausam würde der Sturm das kleine, idyllische Cottage mitsamt seinen Bewohnern ins Verderben schicken.

Er musste bei der Vorstellung grinsen. Für ihn würde es ein Festtag sein, heilig und hochverdient. An diesem Tag würde es kein Entkommen geben. Der Tag, der schon vor langer Zeit auserkoren war. Es gab keine Zufälle, es gab nur das Schicksal. Und dieses musste sich nun erfüllen.

Er warf einen letzten Blick auf die vergängliche Idylle vor sich und versuchte, sich jedes Detail tief in sein Gedächtnis einzuprägen. Es würde das letzte Mal sein, dass er es erblickte. Doch das störte ihn keineswegs. Die kurzen Augenblicke waren vollkommen ausreichend. Er brauchte nicht mehr. Und so wandte er sich ab und schritt seinem Schicksal entgegen. Denn tief in seinem

Inneren glaubte er fest an die Worte, die sie immer zu ihm gesagt hatte:

Ein Fluch hört nie auf. Vor allem nicht, wenn du mit ihm geboren wurdest.

Verbrannt und verdorben

27. Februar, 20.03 Uhr

Es begann mit einem friedlichen Augenblick.

Karen erinnerte sich noch deutlich, wie der Regen rhythmisch an die Fensterscheiben trommelte und seine Tropfen ein kreatives Muster auf dem Fensterglas hinterließen. Darunter wackelten Topfdeckel fröhlich über kochendem Gemüse, als würden sie den Tanz der Regentropfen nachahmen. Ein leises Pfeifen erfüllte die Luft, das durch das Loch im Deckel emporstieg. Wasserdampf durchzog das Regenmuster von innen auf dem Glas vor ihr.

Durch die Küche schwebte der köstliche Duft von Rosmarin, den Karen tief in ihre Nase einsog und genoss. Das Knistern des Feuerholzes im Kamin des angrenzenden Esszimmers ließ sie lächeln und die Wärme legte sich in den Raum wie ein schützender Mantel.

Ja, in diesem Augenblick war es schon zu spät, würde Karen später antworten, wenn jemand sie fragte, wann das Unheil eigentlich begonnen hatte. Obwohl der Augenblick so harmonisch und unschuldig wirkte, war er bereits verdorben, ohne dass es jemand ahnte. Sie spürte lediglich Vorfreude. Doch es sollte der letzte unschuldige Moment sein.

Karen hatte hart geschuftet, um das kleine Cottage gemütlich und kuschelig zu gestalten. Der Kühlschrank war gefüllt, die Küchenablagen von Früchten, Brot und Konserven bedeckt. Sie hatte die Oberflächen auf Hochglanz poliert. Mit Hingebung hatte Karen den Boden geschrubbt, die Möbel verschoben, Feuer gemacht und die Teller schon auf den Tisch gestellt. Es roch noch schwach nach Farbe in den Räumen. Die Renovierung war erst letzte Woche fertiggestellt worden. Karen hatte Duftspender in allen Räumen aufgestellt, um den beißenden, unterschwelligen Gestank zu übertünchen. Wenn sie es noch schaffte, so würde sie auch noch die Zimmer erkunden und die Betten beziehen. Doch für einen kurzen Augenblick hielt sie inne, schaute durch das von Regentropfen verschwommene Fenster in die beginnende Dämmerung hinaus.

6

Karen freute sich, dieses Idyll gefunden zu haben. Ein kleines Cottage direkt an den Klippen von Culoo Rock. Das perfekte Haus für ihr Jahrestreffen.

Nun fehlten nur noch die anderen.

»Da ist sie ja«, ertönte es hinter ihr und Karen fuhr erschrocken herum. Die Tür stand sperrangelweit offen. Ein großgewachsener, breitschultriger Mann in dunkler Jeans, hellem Hemd, lederbrauner Weste und einem khakifarbenen Parka strahlte ihr aus dem Türrahmen entgegen. Seine grau-blauen Augen glänzten, die dunkelblonden Haare waren vom Wind leicht zerzaust. Auf dem Gesicht strahlte ein breites, unglaublich charmantes Lächeln. Er hatte sich keinen Deut verändert.

»Stephen«, entfuhr es Karen. Sein Anblick schockte und erfreute sie zugleich. Zu gutaussehend, zu verlockend. Und noch besser riechend, schoss es ihr durch den Kopf, als der große Mann sie in seine starken Arme schloss.

»Hallo Kleines«, hauchte Stephen. »Es ist so schön, dich zu sehen.«

»Ebenfalls«, krächzte Karen und versuchte sich aus der Umarmung zu befreien. Sie fühlte sich zu gut an. Nervös schob sie ihre Brille auf der Nase zurecht.

»Bin ich der Erste?« Stephen drehte sich um und schaute in den Raum hinein.

»Ja. Aber die anderen müssten auch gleich kommen.«

»Wunderbar.«

Karen wusste nicht, ob er das Haus meinte, das er sogleich mit Argusaugen inspizierte, oder die Tatsache, dass sie allein waren. Noch. Denn sie würden sicher nicht lange allein bleiben, die anderen waren ebenfalls auf dem Weg.

Ein wohlvertrautes Ziehen breitete sich in ihrem Magen aus. Karen wusste, dass das nur der anfängliche Schock nach einer langen Zeit war, die sie Stephen nicht gesehen hatte. Ihr Körper würde sich beruhigen, so wie er es jedes Mal schaffte. Es war wie ein Drogenrausch. Erst die Euphorie, dann die Entzugserscheinungen. Und zurück auf der Droge stellte sich die Euphorie erneut ein. Karen würde alsbald in die Normalität zurückfinden und sich wieder an seine Anwesenheit gewöhnen, ohne dabei wie ein verängstigtes Kind zu zittern. Es würde wie immer sein. Stephen war eben Stephen. Auch wenn er nichts von seiner Wirkung auf sie verlor, so hatte er in all den Jahren eben auch nicht auf wundersame Weise sein Interesse an ihr gefunden. Diese Akzeptanz würde sich wie immer früher oder später erneut einstellen. Karen erlangte allmählich die Oberhand über ihre lächerlichen Körperreaktionen, als Stephen seinen Parka über eine Stuhllehne legte und die Tür schloss.

»Du kochst?« Stephen setzte ein schelmisches Grinsen auf.

»Ich versuche es«, erwiderte Karen und trat an die Spüle zurück, um den Fisch aus der Packung zu nehmen. Ihre Hände zitterten immer noch.

»Schön ist es hier drinnen«, kommentierte er nun das, was er sah. »Es wirkt wirklich gemütlich. Das hätte ich gar nicht gedacht, als ich das Haus von außen betrachtete.«

Er blickte von der Landhausküche aus weiter in das Innere, wo sich die gleichen weißen Schrankdekore im angrenzenden Esszimmer wiederfanden. Ein massiver Holztisch stand hier auf den dunklen Echtholzdielen, umgeben von acht Stühlen im gleichen Weiß. Ein Stapel Teller und zwei Kerzenleuchter waren darauf bereits drapiert. Neben dem Esstisch machte er auf der einen Seite eine Vitrine voller Geschirr, Schubladen und weiteren noch ungeöffneten Schranktüren aus. Gegenüber, auf der anderen Seite, brannte ein Feuer im Kamin. Der Holzboden glänzte nach der frischen Aufbereitung.

Hinter dem Esszimmer folgte der Wohnbereich, der gemütlich mit Dreisitzercouch, Ohrensesseln und Couchtisch auf einem grau-schwarz gemusterten Teppich zum Verweilen einlud. Alles wirkte noch unbenutzt. Sein Blick blieb auf den Kissen hängen, die beide Sessel zierten und das Wort »cosy« als Aufschrift trugen.

»Ich hab mir Mühe gegeben«, flüsterte Karen, die seinem Blick gefolgt war. Die Kissen hatte sie erst gestern gekauft.

Stephen nickte und ging weiter in den Raum hinein. Karen trat derweil zurück an den Herd und drehte das Gas ab. Gekonnt nahm sie zwei Topflappen in die Hand und goss das kochend heiße Wasser über der Spüle aus dem Topf.

»Das sieht man wirklich«, murmelte Stephen hinter ihrem Rücken.

»Hallo, hallo«, ertönte es im gleichen Augenblick wieder von dort, wo die Tür ein weiteres Mal aufgestoßen wurde. Hastig stellte Karen den Topf beiseite und wirbelte herum.

»Francis, oh wie schön«, quietschte Karen vergnügt und stürmte auf die kleine zierliche Gestalt zu, die sie fest in ihre Arme nahm. »Du bist ja ganz kalt«, stellte Karen erstaunt fest.

»Kein Wunder. Es ist eiskalt draußen.« Ein wunderschönes Gesicht strahlte Karen an. Das symmetrischste Gesicht, das sie je gesehen hatte und leicht von einem Cover einer Modezeitschrift hätte stammen können. Weich und rund, mit einem so ebenen Teint, der keinerlei Platz für Unreinheiten hatte. Strahlend dunkelbraune Augen schauten aufmerksam unter endlos lang erscheinenden Wimpern und perfekt geschwungenen Augenbrauen hervor. Kleine Grübchen auf beiden Wangen verrieten das leichte Lächeln auf den vollen, blass rosafarbenen Lippen.

»Der irische Februar hat es in sich.« Francis löste sich aus der Umarmung und rieb sich zur Bekräftigung die kleinen, zierlichen Hände, hob sie an den Mund und blies ihren warmen Atem auf die steifen Finger.

»Zumindest sollten Träger solch einer Kurzhaarfrisur vielleicht besser über eine Mütze im irischen Februar nachdenken«, ertönte es hinter der zierlichen Francis.

»Hartford«, stieß Karen aus. »Ihr seid wirklich zusammen gekommen, wie schön«, stellte Karen überflüssigerweise fest.

»Hat sich so ergeben«, murmelte er und Karens Lächeln erstarb augenblicklich. Nicht der Anblick des schlanken Mannes im Wollmantel mit seiner üblichen Wollmütze auf dem Kopf, dem markanten männlichen Gesicht, Dreitagebart und Schnauzer erschreckte sie. Es war der düstere Blick, der aus Hartfords Augen hervorstach. Der Mann, der sonst immer einen kecken Witz auf den Lippen hatte und dessen braune Augen sonst permanent lachten, wirkte verärgert. Nur halbherzig nahm er Karen in den Arm, um sich sogleich wieder zu lösen.

»Wohin zum Teufel hast du uns denn dieses Mal verschleppt? Ging es nicht noch weiter zum Arsch der Welt?«

Karen durchzuckte es, als sei sie vom Blitz getroffen worden. War das sein Ernst?

»Na, na, Kumpel, nicht so mürrisch«, erklang es hinter ihr. Stephen schob sie sanft zur Seite, nahm seinen Freund in die Arme und klopfte ihm männlich auf den Rücken. »Komm erst einmal herein und hör auf zu schimpfen.«

»Ich hab doch recht«, schmollte Hartford weiter.

»Was ist denn hier los?«, fragte eine Frauenstimme von der immer noch offen stehenden Tür her.

»Na wunderbar, alle auf einen Streich«, quiekte Francis vom Tisch herüber und rieb sich immer noch die Hände vor dem Mund. »Da wären wir also zusammen. Hallo Isabelle.«

»Hallo in die Runde«, antwortete die großgewachsene Blondine im Pelzmantel. »Es ist schön, euch zu sehen.«

Karens Herz schmolz dahin. Mit der wunderschönen Blondine im wie immer modischen, eleganten Outfit war die Runde komplett. Endlich. Nach fast einem Jahr der Trennung.

Isabelle sah gut aus, dachte Karen augenblicklich, wenn auch ein bisschen dünn. Das Make-up war ausgefeilt und schmeichelte vor allem den vollen Lippen. Ein wenig Rouge zu viel zierte ihre hohen Wangenknochen, die grau-blauen Augen hatte sie dunkel in Szene gesetzt, was deren kühle Ausstrahlung unterstrich. Doch ihre Freundin war alles andere als eiskalt, wusste Karen. Isabelles lockige Haare waren perfekt frisiert, das blaue Kostüm ließ ihre Augen leuchten. In den Ohrläppchen hingen lange silberne Kreolen und eine passende, aber doch schlichte Kette zierte ihren Hals. Elegant wie immer stand Isabelle da und schaute wachsam in die Runde. Ihre Armreifen klimperten, als sie ihren Koffer abstellte und ihre Arme ausbreitete.

Der Reigen des Umarmens begann auf ein Neues. Danach legten alle die Jacken ab, stellten Koffer beiseite und die Tür blieb geschlossen. Vier Freunde lobten die neue, zugegeben diesmal wirklich sehr kurze und extrem schwarze Frisur von Francis. Als der Begrüßungstanz getanzt war, kehrte Karen schließlich zurück an den Herd. Sie war glücklich. Endlich waren alle da. Jetzt stand dem schönsten Jahrestreffen aller Zeiten nichts mehr im Weg. Sie musste nur noch den Fisch braten und die Soße anrühren, bevor sie gemeinsam mit dem Essen starten konnten.

»Wir sprachen gerade darüber, warum uns Karen dieses Jahr ans Ende der Welt verfrachtet hat.« Hartford ließ nicht locker. Sein Gesicht wirkte zwar freundlicher, doch jetzt lief es rot an. Karen konnte nicht sagen, ob wegen der Wärme im Haus oder vor Wut. Sie hasste seine Eigenart, sich immer in alles hineinzusteigern und nicht locker zu lassen, wenn ihm etwas gegen den Strich ging. Da war ihr seine lausbubige Seite doch deutlich lieber, auch wenn es anstrengend sein konnte, weil Hartford dann nie ernst zu nehmen war. Karen starrte nur verlegen in die Runde und drehte sich dann erneut zum Herd herum.

Was hatte sie sich dabei gedacht?

Nicht viel, musste sie zugeben. Eigentlich hatte Karen gar nichts gedacht. Sie war sofort in das Cottage verliebt gewesen, das Mister Warren ihr zeigte. Dass es so weit abseits vom Schuss lag, hatte sie bei der ersten Fahrt gar nicht mitbekommen. Doch tatsächlich war es das letzte Haus an der Straße vorm Culoo Rock auf Valentia Island.

»Ich dachte, es sei idyllisch«, stotterte sie nun.

»Herrgott, Karen. Unter idyllisch stell ich mir ein Häuschen in dem kleinen Dorf dort vorne vor der Brücke vor.« Hartford zeigte mit seinem rechten Arm durch den Raum. »Wie hieß das Nest? Portmagnet oder so?«

»Portmagee«, verbesserte ihn Karen.

»Dann eben so. Dort ein Häuschen, fußläufig zum Pub mit Hafensicht und Zentralheizung – das kannst du idyllisch nennen«, tobte Hartford weiter. »Allein die Straße hierher hat mehr Schlaglöcher als ganz Mailand. Ich schwöre euch, ich fahre diese Buckelpiste keinen Meter nach Einbruch der Dunkelheit.«

Hartford ließ den Blick durch den Raum streifen und suchte nach Bestätigung. Doch er erntete nur Schweigen. Stephen hatte sich vor den Kamin gestellt und starrte wortlos in die Flammen. Isabelle saß auf einem der Holzstühle, die Beine übereinandergeschlagen und inspizierte ihre Fingernägel aus Gel. Nur Francis starrte zwischen Karen und Hartford hin und her.

»Gibt es hier wenigstens ein Telefon? Internet?«, fragte er schließlich deutlich leiser, kratzte sich dabei den Kopf und verschob seine Mütze, die dadurch deplatziert wirkte. Hartford schien es nicht einmal aufzufallen.

»Nein.« Karen schüttelte den Kopf. Sie fand es überflüssig, zu erwähnen, dass auch Handys hier keinen Empfang hatten.

»Wer braucht denn sein Handy bei unserem Jahrestreffen?«, stand ihr Francis plötzlich bei, trat zu ihr und nahm sie tröstend in den Arm. Karen war ihr unendlich dankbar. Francis, die Friedensstifterin, machte ihrem Namen mal wieder alle Ehre. »Wir haben doch uns.« Sie lächelte in die Runde.

Karen spürte Erleichterung in sich aufsteigen. Exakt darum war es ihr gegangen. Schließlich sahen sie sich doch nur einmal im Jahr. Die Zeit war zu kostbar, um sie mit Ablenkungen zu verschwenden. Karen wollte, dass sie sich auf die Gruppe und ihre Freundschaft konzentrieren konnten. Nie wäre ihr der Gedanke gekommen, dass dies irgendjemand langweilen könnte.

»Richtig«, ertönte es aus Stephens Mund und Karen konnte nicht umhin, auch ihn dankbar anzulächeln. Das Ziehen im Magen meldete sich erneut.

»Und ich denke, wir sollten erst einmal unsere Sachen verstauen und richtig ankommen«, schlug er vor. Ohne auf eine Antwort zu warten, schritt Stephen zielstrebig auf seinen Koffer zu, schnappte ihn mit einer Bewegung und fragte Karen mit stummem Blick, wo es lang ging.

»Die Zimmer liegen dort den Flur entlang.« Karen zeigte am Esstisch vorbei durch das Wohnzimmer hindurch. »Rechts und links. Es sind genügend da. Sucht euch jeder eins aus, ich nehme dann das, was übrig bleibt.«

»Dann komm, mein Freund.« Stephen klopfte mit seiner linken Hand Hartford auf die Schulter. »Vielleicht beruhigt dich das Auspacken, du Ungestüm.«

»Ich weiß nicht, ob sich das lohnt«, brummte dieser. »Wenn das so weiter geht, packe ich gar nicht erst aus, weil ich morgen lieber zurück in die Zivilisation ziehe.« Dennoch folgte Hartford seinem Freund.

Karen starrte ihm geschockt hinterher.

»Keine Sorge, das meint er nicht ernst«, flüsterte Francis neben Karen und drückte erneut ihre Hände aufmunternd in ihre Schultern. »Ich finde es gemütlich hier. Eine schöne Idee von dir, wir fünf alle zusammen in einem Haus. Es wird sicher schön werden.« Mit diesen Worten folgte Francis den anderen und Karen fand sich plötzlich allein in der Küche wieder. Eine unheimliche Stille legte sich auf sie herab.

Ja, es war nicht mehr zu leugnen: Der unschuldige, friedliche Moment war für immer gegangen.

27. Februar, 20.58 Uhr

»Natürlich wird es schön werden«, murmelte Karen vor sich hin, um sich zu beruhigen. Unbändiger Zorn brodelte in ihr und ließ ihre Hände zittern. Das Cottage war prädestiniert für ihr Jahrestreffen gewesen, war sich Karen sicher. Soll er doch schimpfen, dachte sie grimmig und zog mit zu viel Schwung eine Pfanne aus dem Schrank, sodass ein Glasdeckel heraus wirbelte und klirrend zu Boden fiel. Glassplitter verteilten sich auf dem gesamten Boden.

»Ach verdammt«, fluchte Karen laut. Doch sie weigerte sich, dies als schlechtes Omen zu werten. Es musste eine tolle Zeit werden, denn schließlich war sie das erste Mal mit der Organisation betraut.

Fast vier Jahre war es nun her, dass sich ihre Wege getrennt hatten. Nach dem Abschluss auf der Universität von Birmingham ging von den frischgebackenen Besitzern eines Bachelor-Abschlusses in Touristik jeder seinen eigenen Weg. Stephen hatte es inzwischen nach Teneriffa verschlagen, Hartford lebte in Mailand, Francis in Barcelona und Isabelle in Zürich. Nur Karen war auf den Britischen Inseln geblieben, auch wenn Irland doch deutlich anders war als Großbritannien.

»Valentia«, murmelte sie vor sich hin und verbesserte sich selbst. Es hatte keine drei Wochen gedauert, bis ein Einheimischer sie aufklärte, dass die Insel Valentia und der Rest von Irland — the »Mainland« - zwei verschiedene Welten seien. Eine Insel vor einer Insel, dachte sie damals in sich hinein. Die Erinnerung ließ sie lächeln und langsam verflog der Ärger auf Hartford und seine rüde Begrüßung. Denn dieses Jahrestreffen, das sie und ihre Collegefreunde jedes Frühjahr veranstalteten, war irgendwie auch eine Insel. Eine Auszeit vom Alltag, von schrecklichen Realitäten. Wie ihre Freundschaft einst war. »Die fünf Alten« hatten Kommilitonen sie hinter vorgehaltener Hand getauft. Ein Name, der nicht passender hätte sein können. Denn schließlich waren alle fünf verspätet auf die Universität gegangen. Jeder von ihnen hatte sein eigenes Hindernis in seinem Lebenslauf. Was war Hartfords Grund gleich noch mal gewesen? Er war heute schon 30 Jahre alt, Stephen ebenso. Die Damen konnten sich noch im Glanz der Endzwanziger sonnen. Isabelle war die Letzte von ihnen, die morgen 28 Jahre alt werden sollte. Wohl deswegen hatten sie sich alle gefunden und waren vier Jahre lang zwischen Hörsaal und Studentenbude unzertrennlich gewesen. Das war einmal. Denn nach dem Abschluss …

»Das riecht köstlich«, riss Isabelle Karen aus ihren Gedanken.

»Danke. Ich hoffe, es schmeckt auch so. Auch wenn ich nicht an deine Kochkünste heranreichen kann«. Karen bedachte ihre Freundin mit einem warmen Blick. Endlich konnte sie sich Zeit nehmen, sie genauer zu inspizieren und in ihrem Gesicht ihre Stimmung zu erkunden.

Die Zeichen der Erschöpfung waren erst auf den zweiten Blick zu entdecken. Karen sah unter Isabelles Make-up dunkle Augenringe. Das Rouge wirkte übermäßig, denn eine fast schon krankhafte Blässe hatte Isabelles Gesicht ergriffen. Sie wirkte nicht nur dünn, sie wirkte dürr, musste Karen nun feststellen.

»Geht es dir gut?«, fragte sie ein wenig besorgt.

»Ja. Alles bestens.« Isabelle machte eine wegwerfende Bewegung mit der Hand und rückte zärtlich Karens Brille auf der Nase zurecht, die sich verselbstständigt hatte. »Ich finde es toll, dass du für uns kochst. Ich hab es schon lange nicht mehr.«

Augenblicklich flackerte die Erinnerung an gesellige Abende mit einem köstlichen Drei-Gänge-Menü zwischen den beiden Frauen auf. Isabelles und Francis' Studierzimmer war der Mittelpunkt ihrer Freundschaft gewesen. Isabelle hatte es geliebt, alle fünf mit einem köstlichen Menü am Freitagabend zu verwöhnen. Damals hatte sie leidenschaftlich gern gekocht.

»Was ist passiert?«

»Nichts.« Isabelle zuckte mit den Schultern und drehte sich ab. Ihre Stimme bekam einen rauen Ton. »Simon besteht eben auf eine Küchenfrau. Das sei unserem Stand angemessen.« Ohne ein weiteres Wort ging sie zum Esstisch hinüber. Das Thema war offensichtlich damit beendet. Doch Karens Gedanken wollten nicht aufhören, während sie sich wieder der Pfanne widmete. Simon, Isabelles Ehemann, war ihr schon immer suspekt gewesen. Es wollte ihr auch nach Jahren nicht recht einleuchten, warum Isabelle so kurz nach dem Abschluss ihren Verlobten heiratete, den vorher keiner kannte. Und der so gar nicht zu ihr passte. Ein Bankier, der viel zu alt für die junge, wunderschöne Blondine war. Reich und hoch in der Gesellschaft angesehen. Und doch hatte er eine unheimliche Ausstrahlung. Keiner konnte genau sagen, wie er wirklich zu seinem Reichtum gekommen war. In Zürich gehörte das Paar zur High Society.

»Was gibt es zum Essen?« Stephen trat nun ebenfalls in die Küche und versuchte über Karens Schulter zu schauen.

»Lachs mit Kartoffeln, Gemüse und Dillsoße. Nichts Besonderes.«

»Aber es riecht gut«, erkannte Karen nun auch Francis' Stimme.

»Und der Hunger wird es sicher auch reintreiben«, lachte nun auch Hartford in die Gruppe.

Karen drehte sich erneut um und staunte. Er hatte wieder ein Lächeln auf den Lippen und schaute sie lausbübisch an. Die Grübchen spielten mit seinen Wangen, die Augen blitzen schelmisch auf. Auch die Mütze saß wieder korrekt auf seinem Kopf. Das war der Hartford, den sie kannte und liebte.

Gott sei Dank.

»Holt doch schon mal Gläser und Besteck aus der Vitrine«, rief sie ihren Freunden zu. »Der Fisch ist gleich fertig. Francis, im Kühlschrank ist Salat.« Karen dirigierte blind. Ihr Blick war stur auf den Lachs in der Pfanne gerichtet, damit sie den Garpunkt auf keinen Fall verpasste: nicht zu durch, aber auch nicht mehr roh. Glasig muss er sein, so hatte sie es einst von Isabelle in der kleinen Küche der Studentenbude gelernt.

Plötzlich rann Karen ein Schauer über den Rücken. Obwohl sie direkt vor der heißen Gasflamme stand, fröstelte es sie. Karen glaubte augenblicklich, dass es immer kälter in der Küche wurde. Als sei etwas Unheimliches in ihre wohlgeplante Idylle eingedrungen, das vorhatte zu bleiben.

»Wow. Das glaube ich nicht. Karen, hast du dir sogar Mühe gemacht, Familienerbstücke mitzubringen? Ich dachte, du wohnst hier gar nicht?« In Isabelles Stimme schwang Staunen und Ehrfurcht mit.

»Wovon redest du?«, fragte Karen geistesabwesend, ohne den Fisch aus den Augen zu lassen.

»Vielleicht hätten wir es jetzt noch nicht finden sollen. Sorry, Liebste«, flötete Isabelle weiter. »Ich hoffe, wir haben dir die Überraschung jetzt nicht verdorben.«

»Welche Überraschung?«, murmelte Karen immer noch sorglos.

»Na das hier, schau doch mal«, rief Isabelle nun ungeduldiger.

»Ich kann nicht. Der Fisch.«

Karen konzentrierte sich wieder auf die Pfanne. Der Garpunkt war jeden Moment erreicht. Jetzt zählte jede Sekunde.

»Das bist du. Eindeutig!« Francis quiekte durch den gesamten Raum.

»Was? Was bin ich?«

Nun drehte sich Karen doch um und sah ihre Freunde vor der Vitrine im Esszimmer versammelt. Einer nach dem anderen schaute staunend auf einen Gegenstand, den Isabelle herumreichte.

»Ist das eine Überraschung? Ein Spiel? Ein besonderes Highlight?« Hartford grinste voller Neugier.

»Wie bitte? Wovon zum Teufel redet ihr?«

Karen vergaß den Fisch vollends und schritt auf ihre Freunde zu.

»Davon!« Stephen hielt ein Bild in die Höhe. »Oder wie kommt denn sonst dein Gesicht auf diese uralt aussehende Kupferstichzeichnung?«

Das Frösteln zog erneut über ihren Rücken, als Karen bei ihren Freunden ankam. Ihre Hände begannen zu zittern. Plötzlich wusste sie, dass sich etwas verändert hatte.

»Das ist echt der Wahnsinn. Wo hast du das her?«

Karen öffnete den Mund, doch kein Laut kam über ihre Lippen. Entsetzt starrte sie auf das Bild, das Hartford ihr in die Hand gedrückt hatte. Das war eindeutig ihr Gesicht. Umrahmt von goldenen Haaren mit einem grünen Kopftuch und einem Heiligenschein darüber. In der rechten Hand hielt die Frau zwei Ringe, in der linken ein Kreuz. Eigentlich war es ein schönes Bild. Nur hatte Karen diesen Kupferstich noch nie in ihrem Leben gesehen.

»Ich weiß nicht.« Karens Stimme versagte erneut. Fragend schaute sie ihre Freunde an. Wo hatten sie dieses Bild plötzlich her?

»Aus der Schublade«, beantwortete Hartford die wortlos gestellte Frage und zeigte auf die Geschirrvitrine. »Eine tolle Überraschung, Karen, wirklich. Finde ich großartig. Du musst uns alles darüber erzählen. Oder war es doch für später geplant?«

Karen starrte ihn immer noch mit weit aufgerissenen Augen an. Ihr Körper zitterte wie Espenlaub.

»Nichts war geplant, ich weiß nicht wovon ...«, stammelte sie.

»Wartet. Hier ist noch mehr.« Stephen ließ seine Hand wieder in die halb geöffnete Schublade gleiten.

»Das kenne ich«, rief Francis freudig. »So etwas benutzt du doch immer.«

Fünf Augenpaare starrten auf ein weißes Stofftuch, das Stephen zitternd hochhielt. Jegliches Lächeln und der Ausdruck von Abenteuerlaune waren aus seinem Gesicht verschwunden. Stattdessen starrte er nun blass wie Karen den Stoff an. Die darin gestickten Buchstaben S. K. neben dem Spitzenrand waren nicht zu übersehen. War da auch ein Blutfleck?

»Stephen Kennwood«, flüsterte Francis.

»Das ist nicht meins«, antwortete Stephen. »Ich benutze solche Tücher seit Jahren nicht mehr.«

Er war nun wie Karen kreidebleich im Gesicht. Langsam verschwand auch das Lachen aus den Gesichtern der anderen Freunde. Wie ein Schatten legte sich die Erkenntnis über die Gruppe nieder, dass sie gerade keine freudige Überraschung entdeckt hatten.

»Was ist hier los, Karen?«, zischte Stephen. Sein fröhliches Geplapper war verschwunden. Stephens Worte waren mit einer Schärfe versehen, die jeden bis ins Mark traf. Er starrte Karen ernst an.

»Ich weiß es nicht, ich hab nicht …«, stammelte sie hilflos und versuchte seinem Blick auszuweichen. Karen zermarterte sich das Hirn, was sie sagen sollte. Doch sie wusste keine Erklärung. Auch das Taschentuch hatte sie noch nie in ihrem Leben vorher gesehen. Angstvoll beobachtete sie, wie Francis ihre Hand in die Schublade gleiten ließ.

»Wie ist das möglich?«, raunte sie sogleich ängstlich und hielt eine Kette mit einem herzförmigen Anhänger in die Luft.

»Was ist das?« Doch eigentlich wollte Karen die Antwort nicht wissen.

»Eine alte Kette, wie ich sie am College besessen hatte. Ich habe sie von meinem Vater zum Studienbeginn geschenkt bekommen. Bis ich sie direkt nach dem großen Krach verloren hatte. Ist das meine? Hast du sie seitdem …«

»Nein.« Karen schnitt ihr das Wort ab und hob abwehrend die Hände. »Ich schwöre, ich habe damit nichts zu tun.«

»Aber wie kommt dann meine alte Kette …«

»Das ist doch Unsinn«, schrie Stephen verzweifelt, verstummte jedoch sofort, als er in Hartfords Gesicht sah. Denn nun steckte seine Hand in der Schublade. Was er ertastete, ließ ihn das Gesicht gequält verziehen. Wortlos zog er eine Pfeife heraus.

»Was hat das zu bedeuten?«, flüstere Francis nun immer ängstlicher. Hartford starrte eindringlich Isabelle an. Karen war sich nicht sicher, glaubte aber ein fast unmerkliches Kopfschütteln zu erkennen, bevor Hartford seinen Blick abwandte. Er legte die Pfeife immer noch wortlos auf den Tisch. Sekunden später flüchtete er aus dem Raum. Die Gruppe starrte ihm erstaunt hinterher. Karen war nun vollends perplex, unfähig zu sprechen.

»Ich geh ihm nach«, flüsterte Isabelle zum Erstaunen aller. Als sie ebenfalls verschwunden war, senkte sich eine unheimliche Stille herab.

»Solch eine Pfeife hatte Hartfords Familie besessen«, erklärte Stephen schließlich kopfschüttelnd. »Sie war sehr wertvoll und sollte immer weiter vererbt werden. Sie fiel offiziell an Hartford, doch seine Brüder haben sie ihm gestohlen. Karen, wie ist das möglich, wie bist du an diese Pfeife gekommen?«

»Ich war das nicht«, stotterte sie immer noch völlig hilflos. »Was soll das? Wie kommen diese Dinge hierher? Wer von euch erlaubt sich gerade einen Scherz mit mir?«

»Sag du es uns«, forderte Stephen sie auf. »Wir sind erst Minuten in diesem Haus. Doch du?«

Karen hob erneut abwehrend die Hände. Sie hatte das Cottage nur Stunden zuvor betreten und war viel zu sehr mit den Vorbereitungen beschäftigt. Sie hatte unmöglich genügend Zeit, um alle Ecken des Hauses erkunden zu können. Karen hätte nicht mit Sicherheit sagen können, ob die Schublade vor dem Ankommen ihrer Freunde leer gewesen war.

Leises Flüstern vor der Haustür drang an ihr Ohr. Isabelle und Hartford diskutierten aufgeregt miteinander, doch sie verstand kein Wort. Es war ihr auch egal. Karen hätte den Sätzen sowieso nicht folgen können, so sehr rasten ihre Gedanken.

»Ich schwöre. Ich habe diese Dinge noch nie in meinem Leben vorher gesehen. Ich war auch noch gar nicht an dieser Schublade. Ich hab damit nichts zu tun. Bitte glaubt mir. Es muss einer von euch gewesen sein.«

»Ich glaube ihr«, verblüffte Isabelle, die unbemerkt wieder das Haus betreten hatte. Sie quittierte die erstaunten Blicke mit einem schwachen Nicken. Schweigend trat sie zu den anderen und ließ ihre Hand ebenfalls in die Schublade verschwinden. Sie hielt schließlich einen kleinen Schlüssel zwischen Zeigefinger und

Daumen. Alle hielten den Atem in der Erwartung an, was Isabelles Erklärung dafür sein würde.

»Das muss dann wohl zu mir gehören. Nur habe ich keinen blassen Schimmer, wo dieser Schlüssel passen soll.«

Wortlos starrten vier Augenpaare auf die Gegenstände, die sie gerade aus der Schublade geholt hatten. Fünf persönliche Dinge, die in einem irischen Cottage am Ende einer Sackgasse auf der Insel vor der Insel versteckt waren. In einem Haus, indem niemand von ihnen je zuvor gewesen war.

Zufälle gibt es nicht. Nur das Schicksal.
Schuldige und ihr Gut.

Karen wusste nicht, woher dieser Gedanke in ihrem Kopf plötzlich gekommen war. Sie schüttelte sich, um das Gefühl des Unheils abzuwehren. Der Raum war erneut von Stille erfüllt. Jeder hing seinen eigenen Gedanken nach. Was dachten sie, fragte sich Karen augenblicklich. Ihre Freunde machten sie für etwas verantwortlich, das sie nicht zu verantworten hatte. Karen zerbrach sich das Hirn, was das zu bedeuten hatte. Doch sie hatte keinen blassen Schimmer, warum ein Anflug von Angst sich in ihrem Inneren festsetze. Es sollte das beste Jahrestreffen aller Bisherigen werden, das hatte sie sich so fest vorgenommen. Doch nun war die Stimmung bereits dahin, bevor es überhaupt erst richtig begonnen hatte. Fünf Gegenstände hatten sie verdorben. Oder war es nicht vielmehr derjenige, der sie dort deponiert hatte? Wer war es gewesen? Karen wusste mit Sicherheit nur, dass sie selbst nicht dahinter steckte. Einer der anderen? Der Vermieter? Jemand Fremdes?

Das war doch absurd, dachte Karen. Schließlich hatte jeder Gegenstand etwas mit ihnen zu tun. Also musste auch einer von ihren Freunden dahinter stecken. Das war nur logisch. Es würde sich bald auflösen, hoffte sie. Und trotzdem wollte das Gefühl der Angst nicht gehen.

»Wo hast du uns hingeführt?«, fragte Stephen erneut, klang jedoch längst nicht so vorwurfsvoll wie Hartford zuvor. Zweifel und Unbehagen schwangen in seiner Stimme mit.

Das wüsste ich auch gern, dachte Karen und wandte sich ab, um die Tränen hinunterzuschlucken, die sich bereits mit voller Macht ankündigten.

»Es wird sicher wunderschön werden, mach dir keine Sorgen.« Brenda lächelte Karen warm an. »Und nun raus mit dir, du hast doch bestimmt noch tausend Dinge vorzubereiten.«

Karen nickte. Das hatte sie wirklich. Sie konnte ihren Feierabend kaum abwarten. Ungeduldig wollte sie endlich all die Pläne verwirklichen, die sie seit Tagen in ihrem Kopf immer wieder theoretisch überarbeitete. Das Jahrestreffen. Zum ersten Mal sollte sie es ausrichten.

Karens Herz erwärmte sich jedes Mal, sobald sie an ihre Freunde dachte. Sie waren die einzige Familie, die ihr noch geblieben war. Ihre Vertrauten. Ihre Geheimnisträger. Ihre Seelenverwandten. So hatte sie ihre vier Collegefreunde einst ihrer Kollegin Brenda beschrieben.

»Das ist eine einmalige Verbindung, die wir besitzen«, hatte sie gesagt und dabei verträumt in den Raum geschaut. »Egal, wie lange wir uns nicht mehr gesehen haben, es ist, als wäre das letzte Treffen erst gestern gewesen.«

»Darum beneide ich dich wirklich. Halt sie gut fest, deine Freunde.«

»Das mache ich. Keine Sorge.«

Umso stärker war ihr Wunsch, das diesjährige Jahrestreffen zu einem unbedingten Erfolg zu machen. Schon vor Monaten hatte Karen mit den Planungen begonnen. Als Erstes dachte sie an einen Abenteuertrip. Danach an eine Bootstour. Doch beides wäre im Februar vielleicht nicht gut angekommen. Kurzzeitig hatte sie sogar überlegt, das Wochenende nach Dublin oder Cork zu verlegen. Die anderen hatten ja schließlich auch mit Metropolen in den Jahren zuvor geglänzt. Ein gemütliches Essen in einem Pub, vielleicht eine durchtanzte Nacht wie in alten Zeiten? Doch Karen hatte den Gedanken schließlich verworfen. Nein. Die vergangenen Jahrestreffen waren für ihren Geschmack zu distanziert gewesen. Teilweise hatten die fünf Freunde sogar in unterschiedlichen Hotels gewohnt und sich nur einmal am Tag zum Essen getroffen. In Zürich hatte Karen eine Einladung für das gesamte Wochenende in Isabelles Villa erwartet. Doch stattdessen fand hier nur ein Dinner statt. In Barcelona waren die gemeinsamen Ausflüge an Strand und zu den Sehenswürdigkeiten zwar aufregend, aber doch auch ablenkend. Und Mailand? Diese Stadt war einfach nur laut.

Nein. IHR Jahrestreffen sollte sich abheben und persönlicher sein. Ein authentisches Wochenende war Karen am wichtigsten. Daher war es unmöglich, die kleine Insel Valentia dafür zu verlassen, die sie inzwischen so sehr liebte. Es sollte gemütlich sein, abseits von Menschenmassen und Attraktionen. Karen wünschte sich vor allem Zeit mit ihren Freunden. Sie wollte gemeinsam in einem Haus mit ihnen sein. Eine Wanderung durch die Landschaft schwebte ihr genauso vor wie ein tolles Geburtstagsessen für Isabelle.

»Tschüss, bis zum Dienstag.« Karen winkte voller Enthusiasmus ein letztes Mal in das kleine Büro, Brenda entgegen, und verschwand schon durch den Türrahmen. Einkaufen, Bettwäsche vorbereiten, der Transport ... sie hatte so viel auf ihrer To-do-Liste. Karen konnte es kaum eiliger haben.

Ihre Freunde! Vorfreude übermannte sie. Sie hatten sich ein Jahr lang nicht gesehen. Die Wiedersehensfreude war quasi vorprogrammiert in dem kleinen Cottage, das Karen extra angemietet hatte. Eine Traumkulisse in ihren Augen. Hoffentlich würde es den anderen auch gefallen.

Es war ein altes Haus, jedoch frisch renoviert, hatte der Vermieter ihr erklärt. Im Inneren war alles neu und dem modernen Standard angepasst. Das Haus hatte fast mehr Luxus als die kleine Wohnung, in der Karen auf Valentia ein Heim gefunden hatte. Das würde die anderen bestimmt beeindrucken. Dennoch fühlte sich Karen verunsichert. Der Schwärmerei Brenda gegenüber zum Trotz, musste Karen sich eingestehen: Irgendwie hatten sich alle seit ihrem Schulabschluss verändert.

War das nicht normal, fragte sich Karen, als sie die kleine Straße in Portmagee hinab eilte, um zu ihrem alten, verbeulten Ford Fiesta zu gelangen. Schließlich war der Schulabschluss bereits vier Jahre her. Menschen veränderten sich, vor allem, wenn sie in fünf verschiedenen Städten lebten. Dennoch: Karen konnte nicht benennen, was nun zwischen ihnen stand. Der Gedanke, diese Verbundenheit zu verlieren, bereitete ihr unendliche Angst. Isabelle, Francis, Hartford und Stephen waren in der Collegezeit ihr Fels in der Brandung gewesen. Denn Karens Leben war bis dato längst nicht leicht gewesen und Freunde hatten darin nicht immer viel Platz.

Lebhaft konnte Karen sich noch daran erinnern, wie sie oft als Kind und später als Teenager im Personalraum des »King Street Townhouse« in ein Buch vertieft war. Karen machte es damals nicht viel aus, sich mit sich selbst beschäftigen zu müssen, während ihre Mutter für einen Hungerlohn die Hotelzimmer putzte. Sie wusste, dass ihre Eltern hart schufteten, um ihrer Tochter ein Dach über dem Kopf und ein warmes Essen auf dem Teller bieten zu können. Das Hotel war ihr zweites Zuhause, Kontakt mit Gästen war jedoch strengstens verboten. Und so war lange Zeit der alte Mister Wilson ihr bester Freund, steckte der freundliche Portier ihr doch oft heimlich einen Schokoladenriegel zu.

Das Leben verschlechterte sich rapide mit dem plötzlichen Tod ihres Vaters. Karen war gerade 15 Jahre alt geworden, als ein Auto ihn auf dem Heimweg vom Pub überfuhr. Das war der schlimmste Tag in ihrem Leben. Er verursachte nicht nur unbändige Trauer, sondern auch Karens plötzliches Erwachsenwerden. Von nun an musste Karen ihrer Mutter noch mehr beistehen. Gemeinsam versuchten sie, die Trauer um James zu verarbeiten. Um nicht auch noch die Wohnung zu verlieren, ging Karen neben der Schule nun ebenfalls arbeiten. Ihre Mutter Sofia ließ es nicht zu, dass sie die Schule abbrach. Dazu war sie zu gut, argumentierte ihre Mutter permanent. Karen hatte ein Sprachtalent, sowohl für die Heimische als auch für Fremdsprachen. Karen liebte nach wie vor das Lesen, lernte aber mit gleicher Begeisterung Französisch, Spanisch und Italienisch. Es war die Zeit eines harten Überlebenskampfs. Doch es war auch die Zeit, in der ihr Wunsch nach einem Touristikstudium entbrannte. Es war jedoch nicht die Zeit für Freunde.

»Hallo Karen.« Mrs Connors Stimme riss sie aus ihren Gedanken und winkte lächelnd hinter der Kasse des kleinen Shops hervor. »Schon Feierabend?«

»Nicht viel los im Februar«, antwortete Karen freundlich. »Das muss ich doch ausnutzen.«

»Das machst du richtig, Mädchen. Die Touristen stressen uns schon früh genug wieder.«

Das war so sicher wie das Amen in der Kirche. Doch daran wollte Karen jetzt nicht denken. Nichts sollte ihre Vorfreude auf das Wochenende verderben. Mit geübten Bewegungen ergriff sie Milch, Kartoffeln und Brot aus den Regalen, schwatzte mit Mrs Connor über das Wetter und eilte schon wieder hinaus auf die kleine Straße. Karen konnte sich an den bunten Häusern rechts und links nie sattsehen. Sie lächelte, obwohl es gerade leicht zu nieseln begann. Portmagee war ein irisches Dörfchen, wie sie es sich immer vorgestellt hatte. Nur hatte Karen nie geahnt, hier einmal zu stranden.

Zunächst sah alles nach einer Putzkarriere für Karen aus. Nach dem Schulabschluss hatte sie eine Vollzeitstelle als Putzfrau im Hotel wie ihre Mutter angenommen. Für ein Studium fehlte den beiden Frauen das Geld. Doch zumindest in der Liebe schien ihr das Glück plötzlich hold. Matt war zwei Jahre älter als sie, studierte Literatur und wollte Schriftsteller werden. Er hatte sich tatsächlich in das unscheinbare Mädchen Karen verliebt. Zwei Jahre lang war das Leben geordnet, gesichert und oft auch glücklich. Flüchtige Freundschaften mit Kolleginnen brachten lustige Abende, Matt schenkte ihr Romantik, erste sexuelle Erfahrungen und den Glauben an eine Zukunft. Doch das alles sollte abrupt enden. Als Matt sich von ihr trennte, um in die Welt zu ziehen, fühlte Karen sich ihrer Zukunft beraubt. »Ein Schriftsteller muss reisen«, hatte er in seinem Abschiedsbrief formuliert, den er feige mit der Post geschickt hatte. Unglücklich und mit gebrochenem Herzen stürzte sich Karen in die Arbeit. Sie verkroch sich noch mehr hinter ihren Büchern, die sie weiter aus der Bibliothek ausleihen musste, weil sie sich einen Kauf nicht leisten konnte. Es waren trübe Tage. Einsam. Und wieder ohne Freunde. Bis eines Tages ein Brief des University College of Birmingham eintraf, der ihr ein Stipendium versprach.

»Wie kann das sein?«, hatte Karen ihre Mutter staunend gefragt.

»Hartnäckigkeit, mein Liebling. Mehr steckt da nicht dahinter.« Sofia lächelte warm und verriet schließlich ihr Geheimnis. Karens Mutter hatte ihre Tochter seit deren Schulabschluss jedes Jahr aufs Neue für ein Stipendium angemeldet. Die vierte Bewerbung war erfolgreich. Dass dem UCB gerade der Status einer Universität verliehen wurde und damit auch der Stipendienfond sich erhöhte, hatte sicher auch einen Teil dazu beigetragen.

Karen fiel ihrer Mutter überglücklich in die Arme. Doch gleichzeitig hatte die Angst sie übermannt. Würde sie am College klarkommen? Würde sie im Lernstoff mithalten können? Und würde sie vielleicht endlich Freunde finden? Letzteres hatte sie an ihrem ersten Tag für völlig unmöglich gehalten, denn schließlich war sie bereits 20 Jahre alt und damit deutlich älter als ihre Kommilitonen. Allein das machte Karen zum Außenseiter. Hinzu kam ihr unscheinbarer Look. Karen war schon immer der natürliche Typ gewesen, trug ihre dunkelblonden, schulterlangen Haare nicht in einem besonders modischen Schnitt und störte sich selbst kaum an der dicken, großen, runden Brille. Ihr Gesicht war rund und weich mit vollen Lippen, vollen Wangen und zeigte bereits erste Fältchen unter den Augen und an der Seite. Nett, aber unscheinbar – so würde sich Karen selbst beschreiben. Dieses Aussehen konnte ihrer Meinung nach nicht bei der Freundschaftssuche helfen. Zudem wohnte Karen nicht auf dem Campus, sondern weiter bei ihrer Mutter. Eine Bücherratte zu sein, die ihre Freizeit freiwillig in der Bibliothek verbrachte, war ebenfalls nicht hilfreich.

»Verzeihung. Das tut mir sehr leid«, stammelte Karen in der dritten Studienwoche. Rumpelnd waren die Bücher zu Boden gefallen, die sie gerade aus den Bibliotheksregalen zum Ausleihen zusammengesucht hatte. Der Stapel war so hoch gewesen, dass Karen nicht mehr sehen konnte, wohin sie trat.

»Nichts passiert«, antwortete die hübsche Blondine, mit der sie zusammengestoßen war. Ihr Lächeln war warm und Karen sofort sympathisch. Gemeinsam sammelten sie die Bücher auf und sortierten, welches zu wem gehörte. Die Blondine hatte nicht viel weniger auf dem Arm getragen.

»Das gibt es doch nicht«, lachte sie plötzlich. »Schau. Offenbar sind wir beide Fan von Harlan Coben.« Sie hielt zwei identische Cover in die Höhe. Nun hatte auch Karen lachen müssen.

»Ich bin Isabelle.« Die Blondine streckte ihr freundlich die Hand entgegen. »Schön dich kennenzulernen.«

»Ähm … ja. Ebenso«, stotterte Karen und ergriff zaghaft die Hand.

»Und?«

»Und was?«

»Na, wie heißt du?« Die Blondine lachte erneut auf.

»Oh, entschuldige. Ich bin Karen Walsh. Ich habe gerade den Bachelor in Tourismus angefangen.«

Mit diesem Satz begann eine wunderbare Freundschaft. Wie sich herausstellte, waren Isabelle und Karen nicht nur in gleichen Kursen, sondern sich auch im Alter und in ihren Vorlieben ähnlich. Als Isabelle Karen eines Freitags zum Dinner in ihr kleines Studienappartement einlud, wähnte sich Karen im siebten Himmel. Isabelles Zimmergenossin Francis war ihr auf Anhieb sympathisch gewesen. Sie hatte sie bereits ebenso in dem einen oder anderen Kurs gesehen. Hartford gefiel ihr mit seinen Witzen, den kecken Andeutungen und der lebensfrohen Einstellung. Und dann war da noch Stephen.

»Pass doch auf, Mädchen.« Vorwurfsvolle braune Augen starrten sie an und warfen Karen zurück in die Gegenwart. Sie hatte Edward vor lauter Tagträumerei fast über den Haufen gerannt. Karen musste unwillkürlich grinsen.

Der kleine Mann ging jeden Nachmittag auf ein, zwei Bier in den Pub, um sich zeitgleich über den neuesten Klatsch zu erkundigen. Mit diesen Informationen brachte er am nächsten Morgen den Postboten auf den neuesten Stand. Portmagee war ein Dorf, hier blieb nichts geheim wie auf der gesamten Insel. So manches Gerücht schaffte den Weg bis nach Knightstown schneller, als ihn Karen mit ihrem klapprigen Ford fahren konnte.

»Tut mir leid, Eddie«, entschuldigte sich Karen pflichtbewusst. »Ich war völlig in Gedanken.«

»Ja, das hab ich gesehen, Mädel. Hast wohl Großes vor?«

Und ob sie das hatte. Doch Karen würde einen Teufel tun, dem geschwätzigen Alten ihre Pläne zu verraten. Das Risiko einer Menschenansammlung vor dem Cottage, unter dem Vorwand eines freundlichen Begrüßungsbesuchs, war ihr zu groß. Denn mit Begrüßen würden die Valentianer viel eher Begutachten meinen. Die Neugier der Einheimischen erstaunte Karen noch immer. Niemals würden sie sich diese Gelegenheit entgehen lassen, einen Blick auf Karens Freunde zu erhaschen. Die fünf Freunde wären eine Zeit lang der Inselklatsch Nummer eins. Diese Eigenart ließ Karen immer wieder zusammenzucken. Sie mochte Gerede nicht. Aus eben diesem Grund hatte sie noch keine Freunde auf Valentia gefunden. Karen besaß Kollegen hier, Bekannte da. Aber keine Vertrauten. Das waren Isabelle, Francis, Hartford und Stephen.

»Ein Wochenende wie immer.« Karen lächelte verschmitzt. Nur Brenda und der Vermieter des Cottage wussten mehr. Und das sollte auch so bleiben.

»Wohl wieder auf Wanderschaft?«

»Wer weiß, mal sehen. Aber ich muss wirklich weiter.«

»Dann genieße die Landschaft, Mädel. Und pass auf dich auf. Vor allem, wo du hinläufst.« Edward hob seine Mütze kurz zum Gruß und setzte seinen Weg schlurfend fort. Karen kam nicht umhin, ihm lächelnd hinterherzuschauen.

Bettwäsche vorbereiten, der Transport – rief sie sich in Erinnerung und stürmte nun auf ihr Auto zu. Hoffentlich würde es anspringen, betete Karen inständig. Gerade heute durfte die alte Klapperkiste sie nicht im Stich lassen. Autos waren Karen nicht immer wohlgesonnen und auch sie mochte die Blechungeheuer nicht wirklich. Karen war lieber zu Fuß in der atemberaubend schönen irischen Landschaft unterwegs. Doch mit einer Arbeitsstelle in Portmagee und einer Wohnung in Knightstown am anderen Ende von Valentia kam sie um ein Auto nicht herum.

Valentia war eine wunderschöne Insel, doch die Landschaft eher ein Bonus, denn für Karen bedeutet sie lediglich ein Zufluchtsort. Nach ihren letzten Schicksalsschlägen hoffte sie, hier einen Neuanfang machen zu können.

Zunächst schien nach dem Collegeabschluss alles wunderbar für sie zu laufen. Karen hatte Andrew kennengelernt und war ihrem Freund nach London gefolgt. Doch nur zwei Jahre später beendete die schreckliche Krebsdiagnose ihrer Mutter diese neu gewonnene Idylle. Dass Karen ihren Freund in flagranti am selben Tag beim Fremdgehen erwischte, war ein weiterer Schlag. Sie brauchte lediglich zwei Tage, um ihren Job zu kündigen, ihr Hab und Gut zu packen und zurück nach Birmingham zu gehen. In den folgenden Monaten verdrängte Karen ihren Kummer und ersetzte ihn mit der Sorge um ihre Mutter. Karen pflegte sie bis zum letzten Atemzug. Wie viel Kraft sie all das gekostet hatte, war ihr erst nach deren Tod wirklich bewusst geworden. Mit einem Mal hielt sie es in ihrer alten Wohnung nicht mehr aus. Karen flüchtete. An den westlichsten Zipfel der irischen Insel. Auf Valentia hatte sie vor eineinhalb Jahren eine kleine Wohnung gefunden, einen Job in einer Agentur für Bootsausflüge zu den sagenumwobenen Skellig-Inseln begonnen und langsam wieder durchgeatmet. Die

Arbeit mit den Touristen lag ihr, konnte sie endlich mit ihrem Sprachtalent brillieren. Karen verbrachte viel Zeit in der freien Natur. Und langsam heilten ihre Wunden.

Der Nachrichtenton ihres Handys ließ Karen kurz zusammenzucken. Doch einen Blick später lächelte sie.

Bleibt es dabei?
Stephen

Stephens Textnachricht in der Messengergruppe war kurz angebunden, wie immer. Karen lächelte in sich hinein. Stephen war kein Mann der großen Worte.

Natürlich. Warum sollte es das nicht? Ich erwarte euch sehnsüchtig und bereite längst alles vor.
Karen

Hey Leute. Ich kann es kaum erwarten, mit euch wieder zu trinken. Hole gleich Francis ab und dann sehen wir uns.
Hartford.

Ihr wisst, wo ihr alle hinmüsst? Ich hänge den Standort noch mal dran. Fahrt vorsichtig, ich freue mich riesig auf euch. Karen

Kuss. Bis bald.
Isabelle

Mit einem Lächeln steckte Karen ihr Handy wieder in die Tasche. Jetzt musste sie sich aber wirklich beeilen. Ihre Vorfreude war nicht mehr steigerbar. Bald wären sie alle hier. Vereint wie früher. Karen malte sich bereits die gemütlichen Szenen aus, in denen sie gemeinsam lachen und wie in alten Zeiten die Freundschaft genießen würden. Hartford würde Witze reißen und seinen Kumpel Stephen wie immer aufziehen. Isabelle würde von neuesten Erkenntnissen ihrer Leidenschaft erzählen. Francis wäre sicher wieder sehr ruhig am Anfang, wüsste jedoch am besten über alle Gemütszustände Bescheid.

»Bitte«, murmelte Karen nun, als sie den Schlüssel im Zündschloss umdrehte. Ein lautes Knattern ertönte und Karen dankte
Gott, dass ihr Auto sie nicht im Stich ließ. Jetzt aber schnell,
dachte sie. Ihr blieb nicht mehr viel Zeit, alles vorzubereiten. Es
sollte alles perfekt werden, das Jahrestreffen in ihrer kleinen Idylle
auf Valentia. Mit Lachs, Kartoffeln und Gemüse als Einstandses-
sen.

»Es tut mir leid.«

Unglücklich senkte Karen ihren Blick. Ein Zischen hatte sie aus der Schockstarre gerissen. Karen war zur Pfanne gehechtet, konnte jedoch den Lachs nur noch schwarz herausfischen. Isabelle flüsterte hinter ihrem Rücken verschwörerisch auf Francis und Stephen ein. Die Worte drangen nicht zu ihrem Ohr, doch Karen konnte erahnen, was sie beinhalteten.

Ruhe bewahren. Keine voreiligen Schlüsse. Es wird sich aufklären, befahl sie sich selbst.

Dabei war sich Karen dessen überhaupt nicht sicher. Unglücklich präsentierte sie den verbrannten Fisch.

»Oh je.« Isabelle sprang ihr sofort zur Seite. »Gib mal her. Ich kenne da einen Trick.« Ohne Widerspruch zu dulden, riss sie Karen die Pfanne aus der Hand und schob sie sanft aus der Küche.

»Mir ist kalt«, flüsterte Francis neben dem Feuer. »Gibt es hier vielleicht irgendwo eine Decke, Karen?« Hätte sich Karen nicht selbst von den eiskalten Fingern überzeugt, hätte sie tatsächlich geglaubt, dass dies nur ein Ablenkungsmanöver darstellen sollte. Aber Francis zitterte tatsächlich wie Espenlaub.

Vor Angst. Nicht vor Kälte!

Mit zwiespältigen Gefühlen ging Karen zur Couch, hob eine Seite der Sitzfläche an und zog eine Wolldecke hervor.

»Danke«, flüsterte Francis, als sie ihr die Decke um die Schultern legte.

Stephen deckte derweil weiter wortlos den Tisch. Sein Gesicht wirkte verkniffen, die Lippen fest aufeinandergepresst. Düster blickte er das Besteck an, das er sorgfältig neben die Teller legte. Stephen blickte nicht mal auf, als Hartford ebenso wortlos in die Küche zurückkehrte und sich ein Glas Wasser aus der Leitung eingoss.

Wasser? Hartford?

Karen stöhnte erneut innerlich auf. Gerade an ihn hatte sie beim Kauf des teuren irischen Whiskeys und prämierten Weins aus Frankreich gedacht. Irgendetwas stimmte hier nicht, überkam Karen die Erkenntnis schlagartig. Träumte sie vielleicht? War sie noch gar nicht im Cottage, sondern lag noch in ihrem Bett? War es ein Albtraum, der aufhörte, sobald sie erwachte? Karen betete inständig, es möge so sein. So hatte sie sich ihr diesjähriges

Treffen in den Wochen zuvor nicht erträumt. Es sollte alles perfekt sein. Liebevoll. Freudig.

»Kommt jetzt essen«, rief Isabelle fast im gleichen Augenblick und zeigte auf den Tisch, wo Gemüse und Soße schon auf ihren Verzehr warteten. Als Letztes fügte Isabelle die Pfanne hinzu. Wie durch ein Wunder waren die verbrannten Stellen auf dem Fisch verschwunden. Doch das konnte nicht darüber hinwegtäuschen, dass der Lachs viel zu durch und staubtrocken geworden war.

Wie verstaubte alte Bilder!

Karen schüttelte sich instinktiv. Über die Funde hatte keiner auch nur ein einziges weiteres Wort verloren. Ohne Kommentar waren sie wieder in der Schublade gelandet. Karen wusste nicht, wer sie weggeräumt hatte. Doch mit ihnen war auch die gute Stimmung verschwunden.

»Es schmeckt wirklich köstlich«, nuschelte Stephen. »Für den Lachs kannst du doch nichts.«

»Na ja. Das kommt darauf an, wie man es betrachtet.«

Karen brach ab. Vier Augenpaare starrten sie stumm an. Karen konnte die Fragen in den Blicken ihrer Freunde förmlich sehen. Die Spannung, die ihr entgegen schwappte, war regelrecht zu spüren. Doch sie selbst hatte keine Antwort.

»Raus mit der Sprache«, begann Stephen schließlich nun das anzusprechen, worum ihrer aller Gedanken seit Minuten kreisten. »Was ist das für ein Spiel, was du dir da ausgedacht hast? Du solltest uns das wirklich verraten.«

Karen blieb der Mund offenstehen.

»Spiel?«

»Na, das Taschentuch, die Kette … du weißt schon. Was steckt dahinter?«

»Ich weiß es nicht«, beteuerte Karen erneut. Plötzlich stiegen ihr Tränen in die Augen. »Ich …« Ihre Stimme brach ab und ging in ein Schluchzen über.

»Nicht jetzt, Stephen. Lass es gut sein«, flüsterte Francis und streichelte Karen beruhigend den Arm. »Siehst du nicht, wie aufgelöst sie ist?«

Schulterzuckend widmete Stephen sich wieder dem misslungenen Mahl. Es existierten keine passenden Worte. Der Appetit schien auch allen vergangen zu sein. Statt zu essen, schob jeder auf seine Art das Essen auf dem Teller lediglich hin oder her. Die Weingläser blieben unberührt. Eine ungemütliche Stille ummantelte die Freunde und Karen wünschte sich, irgendjemand würde trotzdem sprechen.

»So. Mir reicht es.« Hartfords Stimme schnitt die dicke Luft im Raum schließlich entzwei. »Ich glaube, für heute Abend sollten wir es dabei belassen. Ich geh ins Bett.«

Zur Untermauerung seiner Worte stand er ruckartig auf, nahm seinen noch halb vollen Teller und flüchtete in die Küche.

»Aber«, widersprach Karen geschockt. »Isabelles Geburtstag. Wir wollten doch ...«

»Ach, mir ist das nicht so wichtig«, schnitt ihr Isabelle sofort das Wort ab. »Wir haben noch den gesamten morgigen Tag zum Feiern. Da müssen wir nicht auf Teufel komm raus heute Nacht reinfeiern.« In ihrem Blick lag Aufrichtigkeit. »Und ich bin auch müde«, fügte sie leise hinzu.

Karen starrte ihre Freunde an. Enttäuschung kroch wieder bis in ihre Haarspitzen. Sie hatte sich diesen Abend anders vorgestellt. Er hätte fröhlich und ausgelassen sein sollen, in einer Atmosphäre von Zuneigung und Wiedersehensfreude. Karen hatte sich auf viele Toasts und noch mehr Wein gefreut. So wie damals ...

»Vielleicht hat Hartford recht«, pflichtete nun auch Francis bei. »Wir sollten es für heute belassen. Morgen ist auch noch ein Tag.«

Damit schwand Karens letzte Hoffnung. Der Abend war unwiederbringlich verdorben und verloren.

»Also. Gute Nacht, liebe Freunde«, sagte Hartford nur knapp und schritt so schnell am Tisch vorbei, dass Karen ein kalter Windhauch traf. Sie fröstelte.

»Gute Nacht«, schloss sich auch Isabelle an und verschwand.

»Du hast es gut gemeint.« Francis nickte ihr noch einmal zu, bevor sie ebenfalls den Raum auf leisen Sohlen verließ.

Schockiert und traurig blieb Karen auf ihrem Stuhl sitzen. Nun waren es nur noch zwei am Tisch. Stephens Blick verriet keine Emotion. Seine Blicke waren immer noch auf seinen Teller geheftet. Karen zermarterte sich das Hirn, um die richtigen Worte zu finden.

Warum sagte er nichts? Warum tat er nichts? Warum war er nicht auch gegangen?

»Ich helfe dir mit dem Abwasch«, erklang es schließlich leise aus seinem Mund. »Du hattest schon so viel Mühe, dann sollst du das nicht auch noch allein machen.«

»Danke«, krächzte Karen und stand auf. Ihre Glieder fühlten sich steif an. Karen spürte ihre Beine kaum. Ihr gesamter Körper war gelähmt vor Enttäuschung und Verzweiflung. Plötzlich stieg eine ungeahnte Hitze in ihr Gesicht. Eine Wolke aus unsichtbarem Feuer legte sich auf ihrem Körper nieder. Der gesamte Raum erschien ihr mit einem Mal stickig. Karen rang nach Luft. Sie stürzte zum Küchenfenster über der Spüle und versuchte verzweifelt, es zu öffnen. Doch aus irgendeinem Grund verweigerte es ihr den Wunsch. Es klemmte.

»Verdammtes Mistding«, stöhnte sie angestrengt. Karens Kehle schnürte sich immer mehr zu. Sie glaubte fast, zu ersticken, wenn sie dieses Fenster nicht sofort öffnen würde. Doch der Griff weigerte sich vehement, ihr zu gehorchen. Karen rüttelte immer stärker an dem Fensterrahmen, dass sie schon befürchtete, das Glas würde gleich durch die Wucht zerspringen. Schweißperlen traten auf ihre Stirn. Die Hitze übermannte sie und Karen glaubte, gleich in Ohnmacht zu fallen.

»Lass mich mal«, drang eine sanfte Stimme an ihr Ohr. Stephens Hand umklammerte ihre auf dem Fenstergriff. Die Berührung ließ sie zurückzucken. Erstaunt schaute sie ins Stephens wundervolle, warme Augen, die auf das Fenster gerichtet waren. Augenblicklich schwand die Hitze in ihrem Gesicht.

»Na bitte.« Mit einem einzigen Ruck hatte Stephen den Griff gedreht und das Fenster sprang auf, als sei es ein Leichtes gewesen. Als habe es nie geklemmt. Kühle Nachtluft drang in die Küche ein. Erstaunt, aber vor allem dankbar, sog Karen die kalte Luft in ihre Lungen, als hätte sie minutenlang nicht atmen können.

»Hat wohl nur ein bisschen festgehangen.« Stephen zuckte mit den Schultern und ging wortlos zum Esstisch zurück, um das letzte Geschirr zu holen. Karen rührte sich indes keinen Zentimeter. Allmählich kroch wieder Gefühl in ihre Beine. Sie starrte in die Nacht hinaus. Die Dunkelheit beruhigte sie.

Die nächste halbe Stunde verbrachte Karen wie in Trance. Ohne viel zu sprechen, wusch Stephen das Geschirr in der Spüle ab. Karen trocknete es mit einem Handtuch und stellte das Porzellan in die Schränke. Ein Frösteln überkam sie, als sie die Tür der Vitrine öffnete. Eilig verstaute sie das Geschirr darin und flüchtete vor der gefürchteten Schublade zurück in die Küche. Als Stephen ihr den letzten Löffel reichte, den Stöpsel im Spülbecken zog und das Wasser glucksend daraus entwich, fühlte Karen erneut dieses Ziehen im Magen.

»So. Ich geh dann mal.« Stephen zuckte erneut resigniert mit den Schultern.

»Gute Nacht.« Flüchtig hauchte er ihr einen Kuss auf die Wange und ließ sie dann allein. Karens Hand glitt langsam zu ihrem Gesicht und die Finger tasteten die Stelle ab, an der Stephens Lippen ihre Haut berührt hatten. Kaum spürbar. Und doch waren sie da gewesen. Benommen schlich Karen zurück zum Tisch, setzte sich auf den Stuhl und versank in bekümmerte Gedanken.

Wie konnte der Abend so schieflaufen?

Karen rieb sich angestrengt die Stirn. Sie fühlte sich wie eine Versagerin. Zum ersten Mal war sie mit der Organisation des Jahrestreffens betraut gewesen. Und darin hatte sie brillieren wollen.

Trotzdem saß sie nun allein im Dunkeln an jenem Tisch, an dem doch alle fünf noch vergnügt hätten plaudern sollen. Karen hatte sich selten in ihrem Leben so einsam gefühlt wie in diesem Augenblick.

27. Februar, 22.45 Uhr

Was hatte sie übersehen? Erst als sie bemerkte, dass sie fror, tauchte Karen aus ihren Grübeleien wieder auf. Sie blickte um sich. Das Feuer im Kamin war längst erloschen, Kälte in die Mauern gekrochen.

Doch statt aufzustehen, verharrte Karen weiter regungslos auf ihrem Stuhl. Sie konnte ihre Gedanken nicht stoppen. Sie waren zu trübsinnig. Die Trauer über den verdorbenen Abend saß zu tief.

Was also hatte sie die letzten Monate übersehen? Karen begriff allmählich, dass Telefonate nicht ausreichten, um Vertrautheit aufrecht zu erhalten. Am häufigsten hatte Karen mit Francis gesprochen. Es tat ihr leid, was in den letzten Wochen bei ihr geschehen war. Sie hatte sich fest vorgenommen, Francis an diesem Wochenende Mut zuzusprechen und bei Gelegenheit unbemerkt Geld zuzustecken. Francis würde es unangenehm sein, doch Karen wollte sie um jeden Preis zwingen, das Geschenk

33

anzunehmen. Sie brauchte es, wusste sie. Nur war diese Gelegenheit noch nicht gekommen.

Mit Isabelle hielt Karen ebenfalls regen Kontakt. Trotzdem überkam sie seit einem Jahr das Gefühl, dass ihre Freundin sie nicht mehr so nah an sich heranließ, wie es früher einmal der Fall war. Plötzlich beschönigte Isabelle alles in ihrem Leben. Oft lenkte sie geschickt das Gespräch auf Karen. Wie es ihr ginge, wie ihr das neue Zuhause gefiele, was auf Valentia spannend wäre zu entdecken. Und ob endlich ein neuer Mann in Karens Leben getreten sei. Wie im Flug war meist so eine Stunde verstrichen und Isabelle musste eilig irgendwo hin.

Nach jedem Auflegen fragte sich Karen, was ihre Freundin ihr verschwieg. Warum vertraute Isabelle ihr nicht mehr? Karen hatte sich fest vorgenommen, den Grund dafür an diesem Wochenende zu erfahren. Gleichzeitig wollte sie ihrer Freundin zeigen, dass sie immer für sie da sein würde. Egal was wäre. Auch diese Gelegenheit hatte sich noch nicht ergeben.

Mit Hartford hatte Karen nur ein oder zwei Mal in den letzten zwölf Monaten gesprochen. Ähnliches galt für Stephen. Dieser letzte Gedanke versetzte ihr augenblicklich wieder einen Stich. Karen würde gern öfter seine Stimme hören. Sich einreden, dass er genauso oft an sie dachte, wie sie an ihn. Doch das war nur Wunschdenken, wusste sie insgeheim.

Karen seufzte unbewusst auf. Sie musste mit diesem Gedankenkarussell aufhören, sie drehte sich im Kreis. Ein Rumpeln riss sie hoch. Verwundert schaute Karen auf und stellte fest, dass der Raum sich noch mehr verdunkelt hatte. Inzwischen waren auch die Kerzen auf dem Tisch niedergebrannt.

Müde streckte sie ihre steifen Glieder. Karen massierte nachdenklich ihren schmerzenden Nacken. Ein Blick auf die Uhr verriet ihr, dass die anderen schon seit über einer Stunde in ihren Zimmern verschwunden waren. Sie lauschte in die Stille des Hauses. Doch es war nicht vollends ruhig. Karen konnte leise, flüsternde Stimmen hören. Hartford und Isabelle? Waren sie nicht schlafen gegangen? Noch während sie sich fragte, was ihre beiden Freunde so heftig diskutierten, verstummten die Stimmen wie abgesprochen. Karen hörte, wie sich eine Tür öffnete.

»Ich wünschte, du würdest auf mich hören.« Das war Isabelles Stimme. Sie versuchte zu flüstern, doch Hartford war erfolgreicher: Karen konnte keine Antwort ausmachen.

Sie vernahm Schritte, eine weitere Tür öffnete und schloss sich. Dann war alles ruhig im Haus.

Unheimlich, dachte Karen voller Erstaunen. Hatten die beiden über den unglücklichen Abend diskutiert? Über den grausigen Fund?

Sofort streifte ihr Blick erneut die Schublade der Geschirrvitrine. Was hatte all das zu bedeuten?

Es musste ein Streich sein, sagte sich Karen erneut. Eine andere Erklärung gab es in ihren Augen nicht. Irgendeiner ihrer Freunde musste diese Idee gehabt haben, aus welchem Grund auch immer. Sicher würde morgen früh einer der vier seinen Scherz gestehen und alle herzhaft lachen.

Wahrscheinlich war es Hartford gewesen, überlegte Karen nun. Isabelle gab wohl den Versuch nicht auf, ihn davon zu überzeugen, dem Streich ein Ende zu setzen. Denn schließlich war dadurch ein wertvoller Abend bereits verdorben. Und das war ja nun wirklich nicht Sinn und Zweck eines Scherzes, oder?

Karen hoffte, dass Isabelle Erfolg gehabt hatte und morgen früh die Welt wieder anders aussehen würde. Sie hoffte es nicht nur für sich, sondern für die gesamte Gruppe. Sie kämpften alle mit zu vielen Veränderungen. Doch gleichzeitig spürte sie eine unumstößliche Gewissheit, dass es nicht so kommen würde.

Schlafenszeit, dachte Karen. Aber augenblicklich fiel ihr ein, warum sie zögerte. Sie hatte in aller Hektik noch nicht mal ihr eigenes Zimmer bezogen. Nun musste sie sich im Dunkeln durch das fremde Haus tasten, ein freies Zimmer finden, ohne die anderen zu stören. Das Bett musste noch bezogen werden und erst dann könnte Karen ihren Wanderrucksack nach Zahnbürste und Schlafklamotten durchwühlen, bevor sie sich schlafen legen konnte.

Ein erneutes Rumpeln ließ sie auffahren, doch dieses Mal schien es nicht aus dem Haus zu kommen. Langsam schritt sie zum Fenster im Wohnzimmer und spähte neugierig hinaus. Sofort hatte sie das Gefühl, dass da draußen nicht nur Dunkelheit herrschte. Schlich jemand ums Haus?

Blödsinn, dachte Karen. Das kleine, süße Cottage lag so abgeschieden, dass niemand es wagen würde, zu Fuß zu ihm zu gelangen. Das würde mehr als nur ein bloßes Abenteuer bedeuten. Wäre ein Auto gekommen, hätte sie das sicherlich bemerkt. Wer sollte zudem um diese Zeit zu ihnen kommen wollen?

Dennoch schob Karen ihre Brille auf der Nase zurecht, kniff die Augen zusammen und starrte in die Dunkelheit, bis sie schließlich eine Gestalt ausmachen konnte. Ihr Herzschlag setzte eine Sekunde aus, bevor sie sich wieder beruhigte. Karen erkannte ihn an seiner Statur. Stephen ging langsam vor dem Haus auf und ab. Das vertraute Ziehen im Magen kehrte sofort zurück. Er war in Gedanken versunken und ging ziellos. Karen konnte eine Glut im Dunkeln entdecken. Er rauchte.

Wieder? Oder immer noch? Was stimmt nur nicht mit ihm?

Ihr fiel der Moment ein, als er für sie das Fenster geöffnet hatte. Irgendetwas hatte in seinem Blick gelegen, das Karen nicht deuten konnte. Angst? Enttäuschung? Er hatte sich in den letzten Jahren verändert, musste sie sich eingestehen. Karen konnte jedoch nicht sagen, ob zum Guten oder zum Schlechten. Hatten sie sich alle verändert?

Karen schüttelte die Gedanken ab. Es war genug der Grübelei für heute Abend. Morgen war auch noch ein Tag, wiederholten sich Francis' Worte in ihren Gedanken. Mühsam wandte sie sich schließlich ab und schritt in die Dunkelheit des Hauses. Auf dem Weg zu ihrem Rucksack wollte ihr Geist jedoch immer noch keine Ruhe geben. Zu sehr hing sie in den Erinnerungen fest. Selbst im Bad, mit der Zahnbürste im Mund, dachte sie an die vergangenen Jahre zurück.

»Stephen Kennwood«, murmelte Karen schließlich leise und spähte ein letztes Mal aus dem Badfenster zu der dunklen, immer noch vor dem Haus rauchenden Gestalt.

Was zur Hölle war nur los mit ihm? Mit ihnen allen?

Rätsel ohne Lösung

Eigentlich schien sie viel zu alt zu sein, um noch mit ihren Eltern in den Urlaub zu fahren, dachte Stephen. Verstohlen musterte er die jüngere Ausgabe in Minirock und knapper Bluse neben der ebenfalls braun gebrannten älteren Dame im Blümchenkleid. Unverkennbar Mutter und Tochter. Noch war der Saal leer. Die Abendessenszeit hatte gerade erst begonnen und erst nach und nach würden die Pauschaltouristen im Hotel hinunter ans Büfett stürmen. Stephen langweilte sich unglaublich. Nur dieses Trio, bestehend aus einem älteren Ehepaar und eben dieser verwunderlichen Blondine, war jeden Abend direkt zu Beginn im Saal. Und jeden Abend beobachtete Stephen verstohlen die drei Gäste von seiner Servicestation aus. Es war ein beliebter Zeitvertreib geworden, während der Abendschicht als Kellner zu fantasieren. Stephen blickte auf die Uhr und stöhnte. Noch unendliche vier Stunden lagen vor ihm. Dabei wäre er jetzt lieber auf seiner Terrasse, wollte dem Sonnenuntergang mit einem Cocktail entgegen prosten und dieses verdammte Hotel vergessen.

Drei lange Abende nun musste er bereits als Kellner einspringen. Längst nicht seine Lieblingsposition in dem 5-Sterne-Palast mitten im Zentrum von Santa Cruz de Tenerife. Seit seiner Ankunft vor zwei Jahren war Stephen auf allen möglichen Posten tätig gewesen. Er hatte Koffer getragen, Autos geparkt, Autos gewaschen und Zimmermädchen herumkommandiert, als ob sie auf ihn hören müssten. Was sie jedoch eh nie taten. Und jede dieser Positionen war ihm lieber als der Kellnerdienst beim Abendessen. Es ließ sich in Hemd, Weste und Schürze so schwer leugnen, dass Stephen nur ein kleiner Angestellter im Haus war und nicht der hochrangige Manager, als den er sich so gerne ausgab. Solch eine Position, gepaart mit seinem protzigen Meerblick-Appartement, dem teuren Mercedes Coupé und seinem galanten Kleidungsstil, machten es ihm bei der Damenwelt leichter. Er sollte sich längst eine neue Gönnerin suchen, deren Wohlstand ihn wieder eine Weile über Wasser hielt, dachte er nun gelangweilt.

Nur war keine potenzielle Kandidatin in Aussicht. Der Februar war nicht der richtige Monat, um die High Society nach Teneriffa zu locken. Sie reisten zur Berlinale nach Deutschland, den Oscars in die USA, sonnten sich auf irgendeinem Deck in der Karibik oder erkundeten die Wildnis Afrikas auf einer Safari. Teneriffa war ruhig am Ende des Winters. Es lockte lediglich Rentner und ältere Paare an. Stephen hatte schon seit über zwei Wochen keine Dame mehr gefunden, die er wirklich abschleppen wollte. Auch das langweilte ihn inzwischen unsäglich. Umso auffallender war diese Blondine an Tisch Nummer elf, die so gar nicht ins saisonale Bild passen wollte.

Definitiv ihre Tochter, dachte Stephen nun weiter. Eine andere Konstellation konnte er sich nicht vorstellen. Dem glatzköpfigen, dicklichen Mann neben den Damen traute er nicht zu, dass er Frau und Geliebte zusammenbrachte. Zudem war die Ähnlichkeit der Damen im Gesicht nicht zu leugnen. Die gleichen Gesichtszüge, makellos gebräunte Haut, die gleichen blonden Haare. Nur in einem Punkt übertraf sie ihre Mutter. Sie strahlte die Arroganz mit jedem Blick, jedem Schritt und jedem Atemzug bis zur Vollendung aus. Was machte sie hier? Sie war keine 18. Keine 20. Vielleicht auch keine 25 mehr. In dem Alter verreiste doch keiner mehr mit seinen Eltern. Vielleicht war dies eine umgewandelte Hochzeitsreise, nachdem der Auserwählte sie am Altar stehen gelassen hatte? Das würde zumindest zu dem traurigen Blick passen, der hinter all der Arroganz ab und zu zum Vorschein kam. Ein Geschenk, das zu teuer für Mummy und Daddy war, um es ungenutzt verstreichen zu lassen? Ursprünglich geplante Flitterwochen, die allein zu schmerzvoll sein würden? Oder war es nur eine Reise, die simpel über den Trennungsschmerz hinwegtrösten sollte?

Stephen könnte dieses Spiel stundenlang weitertreiben und seiner Fantasie Raum geben. Es war sein einziger Zeitvertreib in diesen endlosen, leeren Tagen. Dennoch war die Blondine keine Option, entschied Stephen. Nein, diese Frau wollte er nicht bezirzen. Zudem war es der letzte Abend, an dem ihm sein Fantasiespiel vergönnt war. Aus den Buchungsbüchern hatte Stephen entnommen, dass Tisch Nummer elf morgen abreiste. Sein letzter Zeitvertreib in dieser öden Abendschicht sollte ihn nun auch verlassen. Vielleicht sollte er doch? In der letzten Nacht des Urlaubes sind Damen oft deutlich williger! Vor allem frisch sitzengelassene Bräute.

Nein, entschied er. Stephen stöhnte. Zumindest in dieser Hinsicht war er erleichtert, dass er selbst die Insel übermorgen verlassen würde. Nur noch eine öde Abendschicht als Kellner stand ihm bevor.

Auf zum jährlichen Jahrestreffen, dachte er weniger euphorisch als vielmehr sarkastisch. Früher hatte er mit Freude daran gedacht, sogar darauf hin gefiebert. Doch inzwischen wollte sich der einstige Jubel nicht mehr in seinem Herzen einstellen. Dieses Jahr freute er sich kaum auf diese Tage. Im Gegenteil. Die Aussicht verursachte dieses Jahr Angst. Er konnte sich die Konsequenzen nur allzu gut ausmalen, wenn seine Freunde schließlich seine Maskerade entlarvten. Stephen hatte nun schon so lange Glück gehabt. Irgendwann musste das einmal enden. Eigentlich wollte er längst in der Position sein, die er oft zu haben vorgab. Doch dazu fehlten Stephen die Disziplin und der Arbeitswille. Sollte er seinen Freunden die Wahrheit sagen? Konnte er das?

Abrupt stand das Trio auf und verließ den Saal. Stephen hetzte zum Tisch hinüber und räumte das Geschirr auf ein Tablett. Im Gehen sah er bereits Miguel an den Tisch heraneilen, mit Besteck und Servietten bewaffnet. Herrgott, stöhnte Stephen zum unzähligsten Mal nun auf. So war ihm nicht mal vergönnt, den Tisch neu einzudecken. Zu dieser Zeit des Abendessens prügelten sich die Kellner um die Arbeit regelrecht, damit sie vor Langeweile nicht starben. Im Gegensatz dazu würden zwei Stunden später der Andrang, die Geschirrmassen und die leeren Tabletts auf dem Buffet kaum zu bewältigen sein. Doch im Moment blieb Stephen nichts anderes übrig, als an seine Servicestation zurückzukehren und auf die Massen zu warten.

Unruhe ergriff ihn. Er hasste es, auf der Stelle stehen zu müssen. Das entsprach so gar nicht seinem Naturell. Stephen war schon immer ein Streuner gewesen, zum Leidwesen seiner Familie. Wahrlich waren Lord Anthony Cavendish Mayweather und Lady Alice Violet Mayweather von ihrem dritten und jüngsten Sohn immer wieder enttäuscht worden. Das zeigten sie inzwischen auch offen. Stephen schüttelte es bei dem Gedanken an sein Elternhaus. Stephen war 13 Jahre alt, als er zum ersten Mal offen mit dem Ausdruck »schwarzes Schaf der Familie« konfrontiert wurde. Nach unzähligen Schulverweisen, Wechseln und letztendlich sogar dem Rausschmiss aus dem Eliteinternat Eton schaffte er seinen Schulabschluss mit Ach und Krach. Doch auch zu diesem Zeitpunkt erfüllte sich die Hoffnung seines Vaters nicht, er würde erfolgreich und sittsam in das Familienunternehmen in der Immobilienbranche eintreten. Stephen konnte sich weitere Jahre auf einem College nicht vorstellen.

Er wollte reisen. Ein Auslandsjahr würde ihm sicher einen guten Weg fürs Leben ebnen, hatte er seinem Vater gegenüber argumentiert. Resigniert ließ Anthony seinen Sohn ziehen, mit dem Versprechen, nach einem Jahr zurückzukehren und aufs College zu gehen. Es wurden drei Jahre daraus. Amerika, Afrika, die Philippinen und Thailand waren verlockender als der englische Alltag. Stephen schaffte es sogar, noch ein Jahr lang durch die Welt zu tingeln, nachdem sein Vater ihm längst den Geldhahn zugedreht hatte. Sein Charme und sein attraktives Aussehen hatten ihm schon immer geholfen.

Doch irgendwann war auch das letzte Geld aufgebraucht und Stephen kehrte reumütig nach London zurück. Sein Vater nahm ihn nur unter einer Bedingung wieder auf. Stephen musste aufs College, auch wenn er bereits vier Jahre gegenüber seinen Kommilitonen verloren hatte. Zumindest in einem Wunsch setzte sich der zurückgekehrte Sohn durch: in seinem Studienfachwunsch Touristik. Wenn sein Vater geahnt hätte, wohin das seinen Sohn bringen würde, hätte er dies sicherlich nicht erlaubt. Doch wenn Stephen schon wieder die Schulbank drücken musste, dann wollte er das wenigstens an der Seite des wichtigsten Menschen in seinem Leben tun: Francis. Stephen wurde warm ums Herz, als er an seine langjährige Freundin dachte.

In diesem Augenblick stießen sonnengebräunte Hände die beiden großen Flügeltüren zum Essenssaal auf und eine große Gruppe hungriger Gäste stürmte herein.

Showtime, dachte Stephen. In den nächsten drei Stunden würde er keine Zeit haben, weiter zu grübeln. Der Ansturm hatte begonnen. Stephen legte die weiße Serviette auf seinem linken Unterarm zurecht, setzte sein charmantestes Lächeln auf. Zielsicher schritt er auf Tisch Nummer neun zu, an dem gerade zwei wohlhabend aussehende Pärchen Platz genommen hatten. Ein ordentliches Trinkgeld könnte er für die nächsten Tage gut gebrauchen.

Drei Stunden später hörte Stephen die Tür des Personaleingangs hinter sich zufallen. Er kramte eine gedrehte Kippe heraus, zündete sie sich an und stieß den Rauch in die kühle Nachtluft. Es war zu spät, etwas zu unternehmen, doch auch zu früh, um nach Hause zu gehen. Und so trat er seinen Weg in Richtung Wohnsiedlung an, bog jedoch kurz vorher in einen Hinterhof ab, der im Dunkeln lag. Ohne das Leuchten der Werbereklame oben an der Mauer war der Hofeingang für Ortsfremde kaum auszumachen. Doch Stephen kannte den Weg wie seine Westentasche.

»Ciao Angelo«, rief Stephen schon von Weitem dem braungebrannten Italiener entgegen, der gerade die letzten Stühle auf die Tische stellte.

»Ciao mon Amico«, lachte er freundlich zurück und küsste ihn zur Begrüßung auf beide Wangen. »Was treibt dich in meine bescheidene Pizzeria, mein Freund? Sag bloß, dein Magen knurrt!«

»Nein, nein«, winkte Stephen ab. »Keine Sorge, ich habe bereits gegessen.«

»Gut, denn wie du siehst, hat die Küche bereits geschlossen. Aber für dich würde ich sie immer wieder öffnen, das weißt du.«

»Ja, das weiß ich. Aber wirklich, danke Angelo, heute musst du mich nicht durchfüttern.« Stephen war wie immer von Angelos Fürsorge gerührt. Unzählige Male hatte er hier eine warme Mahlzeit bekommen, wenn seine monetäre Situation mal wieder besonders klamm war. Angelo dankte ihm auf Lebenszeit, dass er ihn vergangenes Jahr zwei Wochen auf seiner Couch übernachten ließ, nachdem Maria seinen Freund vorübergehend vor die Tür gesetzt hatte.

»Wie geht es Maria?«, fragte Stephen unvermittelt.

»Ach«, winkte nun Angelo ab und widmete sich dem letzten Stuhl, der auf einen Tisch gehörte. »Sie schimpft wie eh und je. Aber zumindest darf ich derzeit das Bett mit ihr teilen. Also ist alles gut, würde ich sagen.«

»Schön«, lächelte Stephen bei der Erinnerung an die feurige Italienerin.

»Komm rein und trink einen Ramazotti mit mir«, forderte Angelo ihn auf.

»Vielleicht lieber ein Bier.«

»Also gut. Nehme ich deinen Ramazotti und du bekommst ein Bier.«

Stephen folgte Angelo in das dunkle, leere Restaurant. Duftschwaden von Tomatensoße und Basilikum hingen in der Luft und kündeten von einem geschäftigen Abend. Vereinzelte Gläser standen auf der dunkelbraunen Holzbar, neben denen drei Teller aufeinandergestapelt thronten.

»Gutes Geschäft heute?«

»Nicht der Rede wert. Acht Gäste. Es ist zu ruhig im Februar. Vielleicht sollte ich Betriebsferien einführen und Maria in die Heimat entführen.« Angelo ging hinter die Bar und griff nach der Ramazottiflasche.

»Setz dich, mein Freund.« Mit einem schiefen Grinsen stellte er eine Flasche Bier vor Stephen auf den Tresen.

»Ja, im Hotel ist es auch gähnend langweilig.« Stephen nahm die Flasche entgegen und setzte zu einem großen Schluck an.

»Du siehst unzufrieden aus«, konstatierte Angelo. »Was ist los?«

»Das Übliche.« Stephen zuckte mit den Schultern. »Ich langweile mich zu Tode. Dieser verdammte Februar. Es wird wirklich Zeit, dass der Frühling kommt.«

»Ja, das stimmt, mein Freund.« Angelo nippte nachdenklich an seinem Ramazotti. »Aber wolltest du nicht verreisen? Zu deinen Freunden, oder erinnere ich mich falsch?«

»Nein, das stimmt. Übermorgen geht es los. Diesmal treffen wir uns in Irland, irgendwo auf einer kleinen Insel.« Den Namen Irland hatte er mit einem abfälligen Unterton ausgesprochen. Tatsächlich hatte Stephen gehofft, dieses Jahr von Karen in eine andere Weltmetropole entführt zu werden. Nach Zürich, Barcelona und Mailand war das nur eine logische Schlussfolgerung gewesen. Aber eine kleine abgeschiedene Insel, nicht mal in, sondern sogar abseits der irischen Provinz? Warum zum Teufel hatte Karen nicht wenigstens alle nach Cork oder Limerick eingeladen?

»Euphorie klingt aber anders!« Angelo stellte sein Glas auf den Tresen und schaute Stephen ernst an. »Die letzten Jahre hast du dich auf diese Treffen gefreut. Was ist dieses Jahr anders?«

»Ich weiß es nicht«, log Stephen. Er kannte die Antwort: Die Angst saß ihm im Nacken. Im letzten Jahr hatten sich die Freunde noch weiter voneinander entfernt. Stephen war sein Leben lang darauf bedacht, anderen Menschen eine Fassade vorzugaukeln, dass er es zu Collegezeiten unendlich genoss, unter seinen Freunden nur er selbst sein zu können. Doch das behagliche Gefühl und seine Leichtigkeit waren mit der Distanz verloren gegangen. So war ihm in den letzten Jahren mal hier oder mal da eine Lüge über die Lippen geglitten. Erschrocken stellte Stephen eines Tages fest, dass er nun auch seinen Freunden gegenüber eine Rolle spielte. Wie sollte er da wieder heraus finden? Er konnte es nicht ertragen, wenn auch seine engsten Freunde sich enttäuscht von ihm abwenden würden. Vor allem nicht, wenn Francis es täte. Aber wie sollte er die Wahrheit sagen? Zumal es an ihm lag, im nächsten Jahr das Treffen zu organisieren. Wenn er sich aus seinem Lügenkonstrukt herauswinden konnte, dann nur in den kommenden Tagen in der irischen Provinz. Stephen wurde übel bei dem Gedanken.

»Aber es sind doch deine Freunde. Freust du dich denn nicht, sie wiederzusehen?« Angelo legte die Stirn in Falten. »Was ist mit der wunderschönen Schwarzhaarigen? Wie hieß sie noch mal?«

»Francis.«

»Ja, richtig.« Angelo nickte eifrig. »Sie kennst du doch am längsten, hattest du gesagt.«

»Stimmt.« Stephen nickte nachdenklich. Während er die anderen drei erst auf dem College kennengelernt hatte, verband Francis und ihn bereits eine längere Freundschaft. Eine innigere Freundschaft. Vielleicht die beste Freundschaft, die er je in seinem Leben haben würde. Sie waren sich auf der öffentlichen Schule begegnet, auf die seine Eltern ihn nach dem Rausschmiss aus Eton geschickt hatten. Was eine Strafe sein sollte, erwies sich als Glücksfall. Wie alle Jungs war auch Stephen hinter diesem bildhübschen jungen Mädchen her gewesen. Damals trug Francis ihre schwarzen Haare noch lang und kleidete sich weiblich. Die zahllosen Avancen der Männer nervten sie damals, aber sie entschied erst Jahre später, ihre Schönheit hinter weiten Klamotten und schrägen Kurzhaarfrisuren zu verstecken. Zu Schulzeiten war Francis noch genauso auf der Suche nach sich selbst wie Stephen. Und doch ließ sie den charismatischen, attraktiven Sunnyboy an sich heran. Leider nicht so, wie es Stephen sich gewünscht hätte. Beim dritten Treffen machte Francis klar, dass nichts zwischen ihnen laufen würde. Ein Schlag ins Gesicht für Stephen, der bisher wirklich jede haben konnte, die er wollte. Doch statt sich gekränkt von Francis abzuwenden, waren sie in Kontakt geblieben. Niemals hätte Stephen geglaubt, je eine beste Freundin in seinem

Leben zu besitzen. Doch Francis sanftes Gemüt erdete ihn, wie es noch kein Mensch zuvor in seinem Leben geschafft hatte. In ihrer Gegenwart fühlte er sich ruhig. Weniger rastlos. Francis gelang es, jede Maske zu durchschauen. Instinktiv erspürte sie die Menschen um sich herum. Und so erspürte sie auch Stephen, den unruhig getriebenen Jungen, der nirgendwo wirklich hingehören zu schien.

»Wie lange habt ihr euch nicht gesehen?«, riss Angelo ihn aus seinen Erinnerungen.

»Fast ein Jahr. Das letzte Treffen war letzten März in Mailand. Wir telefonieren ab und zu.« Stephen nippte weiter an seinem Bier. Das Gespräch missfiel ihm.

»Dann verstehe ich deinen Unmut nicht. Du solltest voller Vorfreude sein.«

»Ja, schon …« Stephen zuckte mit den Schultern. Natürlich freute er sich auf Francis. Sie fehlte ihm. Ihre Fähigkeit, in ihn hineinzuschauen und seine Probleme zu erkennen, ohne dass er sie formulieren musste, fehlte ihm. Ihre Gabe, immer die richtigen Worte zu finden, einen passenden Rat zu haben und jeglichen Streit aus der Welt zu schaffen, fehlte ihm. Doch gerade deswegen hatte er sich auch von ihr in den letzten zwölf Monaten immer weiter entfernt. Gerade für Francis würde es ein Leichtes sein, Maskerade und Lügen bei ihm zu erkennen. Gerade vor Francis war es so schwierig, die Rolle aufrecht zu erhalten, in die er sich manövriert hatte. Es reichte nicht, sich selbst gegenüber einzugestehen, dass man ein Taugenichts war, der es zu nichts im Leben bringen würde. Irgendwann würden das auch seine Freunde erkennen.

Melancholisch dachte Stephen an die anderen drei. Hartford war längst wie ein Bruder für ihn geworden, den er nicht mehr missen wollte. Doch sagte man sich in einer Familie nicht auch immer die Wahrheit? Isabelle war ebenso eine wertvolle Freundin, der Stephen vertraute. Nicht so seelenverwandt wie Francis, dennoch nicht minder wichtig. Und Karen? Unbewusst zuckte er mit den Schultern bei dem Gedanken an diesen liebevollen Bücherwurm. Ja, er ahnte es. Ja, es war da. Doch nein, es würde nie einen Sinn ergeben.

Hinzu kam der Umstand, dass sie sich dieses Jahr an Isabelles Geburtstag versammelten. Das erste Mal nach vier Jahren würden sie ihn wieder gemeinsam feiern. Stephen rann unwillkürlich ein Schauer über den Rücken bei der Erinnerung an die damalige Nacht.

»Du bist ja heute besonders gesprächig«, kommentierte Angelos beleidigte Stimme sein stummes Grübeln.

»Entschuldige.« Stephen zuckte erneut mit den Schultern. »Vielleicht sollte ich doch besser heimgehen.« Wie zur Bestätigung nahm er die Bierflasche und leerte sie in einem letzten langen Zug.

»Mach das, mein Freund.« Angelo klopfte ihm aufmunternd auf die Schulter. »Finde deine Freude wieder. Trübsal steht dir nicht. Und wer weiß, vielleicht ist die irische Provinz ja viel schöner, als du dir je vorgestellt hast?« Angelo prostete ihm mit seinem Ramazottiglas und einem weiteren schiefen Grinsen im Gesicht entgegen.

»Wer weiß, vielleicht«, murmelte Stephen zurück, stellte die leere Bierflasche auf den Tresen und sprang vom Hocker.

»Wir sehen uns, wenn ich zurück bin«, rief er in den dunklen Raum zurück, als er bereits in die Nacht hinaus schritt.

Doch auch eine halbe Stunde später hatte er die Freude nicht wiedergefunden, wie Angelo es ihm gewünscht hatte. Stephen ging rastlos in seinem Apartment hin und her. Auf dem Bett im großzügig und luxuriös eingerichteten Schlafzimmer lag sein Koffer, den er langsam mit Kleidung füllte. Unbehagen erfüllte den Raum. Stephen nahm gerade wieder zwei Westen aus dem Koffer heraus und hängte sie zurück in den Schrank. Er konnte sich nicht entscheiden, was er mitnehmen sollte. Sogar seine geliebten Westen fühlten sich wie eine Lüge an. Kurz überlegte er, ob er nicht eine Ausrede finden könnte, um die Reise nicht anzutreten. Stephen zog sein Handy aus der Hosentasche hervor und tippte flink eine schlichte Frage in die Nachrichtengruppe. Doch die Antworten ließen ihm keine Wahl. Nein, es gab kein Zurück. Nicht zu kommen wäre ein Tabubruch, den er nicht begehen konnte. Er hatte sich die Suppe eingebrockt, nun musste er sie eben wieder auslöffeln.

Entschlossen packte Stephen den Koffer zu Ende. Bevor er ihn endgültig schloss, ging er noch mal zur Kommode, öffnete die obere Schublade und holte etwas hervor, das er jahrelang nicht mehr in der Hand gehabt hatte. Doch dieses Jahr würde er es zurückgeben, schwor er sich. Es war Zeit, dass die Lügen aufhörten und er die Vergangenheit wieder ins Reine brachte. Behutsam legte er es in den Koffer, schloss diesen und stellte ihn für die Abreise bereit. Auf in die irische Provinz, dachte er erneut. Dabei war er nicht wirklich bereit, eine Reise anzutreten, die für ihn alles oder nichts bedeutete.

»Oh mein Gott, Stephen!« Karen schreckte durch ihre eigenen Worte hoch. Wie so oft hatte sie im Schlaf laut gesprochen und sogar in das dunkle Zimmer geschrien. Ihre eigene Stimme riss sie schließlich aus dem Traum.

Als Erstes spürte sie den Schweißfilm, der sich auf ihre Stirn gelegt hatte. Das Nachthemd klebte an ihrem Rücken. Ruckartig streifte Karen die Decke weg, um Kühle auf ihre Haut zu lassen. Ihr Atem ging schnell, als ob ihre Lungen es nicht schafften, genügend Sauerstoff einzuatmen. Nur langsam beruhigte sich auch ihr Puls.

Der Traum war intensiv gewesen.

Müde sank Karen zurück in die Kissen und rieb sich verschlafen die Augen. Nur langsam kam die Erinnerung hoch, dass sie nicht in ihrem eigenen Bett lag, sondern in dem Cottage, das sie für das Jahrestreffen angemietet hatte.

Das Cottage. Ein erneutes Frösteln zog sich über ihre Haut. Doch Karen tat es als Nachwehe des Traumes ab. Es war nicht das erste Mal, dass sie von Stephen träumte. Gerade in den letzten Wochen und Tagen vor dem Treffen waren die altbekannten Träume wiedergekehrt. Düster schlichen sie sich in ihre Nächte und schienen etwas Unheilvolles vorherzusagen. Doch Karen konnte sie nie deuten und tat sie meist als unbedeutend ab. Die Träume würden ohne Konsequenz wieder gehen, wusste sie aus Erfahrung. Dennoch wünschte sie sich, dass sie endlich vollständig aufhörten. Es war so sinnlos. Es war zu schmerzhaft.

Die meiste Zeit hatte sie ihre Gefühle unter Kontrolle. Nur diese Träume kamen und gingen, ohne dass Karen das verhindern konnte. Selbst wenn sie tagelang nicht an Stephen gedacht hatte, schlich er sich nachts in ihre Gedanken. Einmal küsste er sie in aller Öffentlichkeit, ein anderes Mal waren sie allein in einem Raum und teilten Unaussprechliches. Am Morgen nach solch einem Traum wachte Karen oft völlig benommen auf und brauchte Stunden, um dieses Gefühl von Trance abzuschütteln. Sie spürte ihn in diesen Stunden, glaubte sie.

Doch dieser Traum war anders gewesen. Echter. Abstrakt und doch klar zugleich. Karen hatte beobachtet, wie Stephen vor der Schublade der Geschirrvitrine stand. Es war jedoch nicht auszumachen, was er dort tat. Hatte er …? In dem Moment, in dem sie nähertreten wollte, tauchte ein dunkler Schatten auf, der sich über Stephen legte, ihn vollkommen einhüllte und schließlich verschwinden ließ. Im Haus regnete es in der nächsten Sekunde. Wind stieß alle Türen auf und ließ Fensterscheiben zerbersten. Ein Wirbelsturm erfasste ihren Körper und ließ sie vom Boden abheben. Einige Augenblicke später fand sich Karen in einem ihr unbekannten Raum wieder. Doch sie war nicht allein. Auch der Schatten kauerte in einer Ecke, doch er zeigte sich nicht. Karen konnte seine Anwesenheit deutlich spüren. Klarer hingegen sah sie Stephen vor sich, der sie warm anlächelte und gerade seine Lippen auf ihre senken wollte. In dem Augenblick, in dem seine Haut ihre berühren sollte, riss der Schatten Stephen weg. Sie spürte die Wucht des Zuges in jeder Pore ihres Körpers. Vor Entsetzen hatte Karen geschrien.

Karen versuchte, die dunklen Erinnerungen abzuschütteln. Doch es gelang ihr nicht. Zwar wunderte es sie nach diesem verkorksten Abend überhaupt nicht, von Stephen geträumt zu haben. Doch die Kraft der Bilder hatte sie zu Tode erschreckt. Bedeutete dies, dass Stephen in Gefahr war?

»Blödsinn«, murmelte sie leise vor sich hin und versuchte, den Traum als albernes Gespinst ihres Geistes abzutun. Sie zog die Decke wieder über ihren Körper und legte sich auf die Seite. Es war Zeit, wieder einzuschlafen und von Schönerem zu träumen, befahl sie sich selbst.

Doch plötzlich stellten sich Karens Haare auf ihren Unterarmen auf. Irgendetwas ließ sie zusammenzucken. Karen lauschte gespannt in die Dunkelheit. Da. Da war es wieder. Ein knarzendes Geräusch über ihr, als würde jemand am Dach sägen. Sekunden später verstärkte sich das Geräusch. Es klang, als würde sich das Haus bewegen. Als würde es sich über ihr verändern. Karen richtete sich erneut auf und tastete nach der Nachttischlampe. Schummriges, oranges Licht erfüllte das kleine, ihr fremde

Schlafzimmer. Sie tastete nach ihrer Brille auf dem Nacht-schränkchen, setzte sie auf und starrte erwartungsvoll die Decke an. Doch es bewegte sich nichts, als das Geräusch erneut ertönte.

»Sei nicht so ein Schisser«, flüsterte Karen zu sich selbst. Das war bestimmt nur irgendein Tier in der oberen Etage. Oder auf dem Dach.

Doch Karen hielt es keine Sekunde länger in dem Raum aus. Das Haus war ihr fremd. Und inzwischen hatte sich der einstige, so liebenswerte Eindruck vollends verflüchtigt. Das Haus schüchterte sie mittlerweile ein – gerade mitten in der Nacht, wenn eigentlich alles ruhig sein sollte.

Mit dem Vorwand, sich einen Schluck Wasser holen zu wollen, schickte Karen sich selbst in die Küche. Im Dunkeln fand sie den Lichtschalter nicht. Lediglich der Schein aus dem geöffneten Kühlschrank erhellte den Raum, als das Geräusch erneut erklang. Doch diesmal war es nicht über ihr, sondern sie wähnte es vor der Eingangstür. Zaghaft griff Karen nach einem Messer aus dem Messerblock neben dem Kühlschrank und schritt Richtung Tür. Mit einem Ruck riss sie die schwere Holztür auf und stieß das Messer in die schwarze Luft vor sich. Doch vor der Tür war nichts.

»Natürlich nicht«, tadelte sich Karen erneut selbst. »Du bist eben doch ein Schisser.«

Dennoch zog sie die Tür nicht wieder zu, sondern starrte voller Anspannung in die Dunkelheit hinaus. Alle Fasern ihres Körpers waren angespannt. Karens Stirn lag in Falten, ihre Knie zitterten. Draußen war so dunkel, dass sie ihre Hand kaum vor den Augen sah. Der Wind pfiff laut um die alten Mauern und zerschnitt die Stille, die sonst über dem Haus lag. Er trieb Karen Tränen in die Augen und spielte mit ihren Haaren wie auf einem Klavier. Plötz-lich glaubte sie, rechts einen Schatten auszumachen. Der Schreck fuhr ihr erneut in alle Glieder und schnell hob sie das Messer wie-der abwehrend vor sich. Karens Hand zitterte. Doch im nächsten Augenblick erkannte sie eine vorbeihuschende Katze, die eben-falls aufgeschreckt worden war.

Von einem Haus, das sich bewegte.

Von dir natürlich, dachte Karen erleichtert. In diesem Moment blieb die Katze unerwartet stehen. Sie starrte Karen an und maunzte vorwurfsvoll, als wolle sie sich beschweren, in ihrer Rou-tine gestört worden zu sein. Karen sah ein Aufblitzen in ihren

Augen. Doch weit und breit war kein Lichtschein zu sehen, der sich darin hätte widerspiegeln können. Bevor Karen einen weiteren Gedanken fassen konnte, war die Katze mit einem Satz weitergezogen und gänzlich von der Dunkelheit verschluckt.

Karen fröstelte es augenblicklich. Sie flüchtete zurück ins Haus. Die Gänsehaut auf ihrem gesamten Körper ließ sie vergessen, dass sie eigentlich einen Schluck Wasser trinken wollte. Auf dem Weg zurück in ihr Zimmer versuchte sie, sich zu beruhigen und einzureden, dass die Katze der Ursprung allen Übels war. Sicher war sie vorher auf dem Dach gewesen und hatte die Geräusche verursacht. Doch jetzt war sie weg und Karen könnte wieder ruhig schlafen, ohne gestört zu werden. Und hoffentlich ohne erneut von Stephen zu träumen. Doch irgendwas in ihrem Inneren sagte ihr, dass das momentan ihr kleinstes Problem war.

Die folgenden zwei Stunden lag sie putzmunter in ihrem Bett und verscheuchte permanent düstere Gedanken, bis sie schließlich aufgab und nach einem Buch griff.

28. Februar, 07.06 Uhr

»Guten Morgen. Auch schon wach?« Aus irgendeinem Grund war Karen nicht überrascht, Stephen schon so früh in der Küche vorzufinden. Er stand vor der Kaffeemaschine, hantierte mit Filtertüten herum und sah selbst zu so einer unchristlichen Zeit immer noch unverschämt gut aus. Verschlafen nahm Karen ihre Brille ab und putzte sie mit einem Zipfel ihres T-Shirts.

»Ich bin Frühaufsteherin, wie du weißt«, beantwortete sie schließlich seine Frage, setzte die Brille wieder auf und begrub die Hoffnung, dass die Putzaktion den Anblick weniger anziehend machen würde. Stephen trug nur eine Pyjamahose. Sein Oberkörper war nackt. Karen starrte auf einen braungebrannten, makellosen Rücken, als Stephen Kaffee in den Filter füllte.

»Stimmt. Ich erinnere mich dunkel. Du hast morgens immer schon gelesen, nicht wahr?« Karen nickte stumm, was lächerlich angesichts der Tatsache war, dass Stephen ihr immer noch den Rücken zukehrte. Tatsächlich hatte sie darauf gehofft, in der Küche weiterlesen zu können, bevor die anderen zum Frühstück stürmen würden. Auch diese Hoffnung gab Karen nun auf.

»Ich konnte nicht mehr schlafen«, fuhr Stephen nun unbeirrt fort. »Eigentlich schlaf ich ja gern lang. Aber in diesem Haus, das …«

»Was?«, fragte Karen.

Abrupt drehte sich Stephen zu ihr um und entblößte nun seine makellose Brust, die mit vereinzelten, krausen Haaren um die Brustwarzen herum genau nach Karens Geschmack behaart war. Karen schluckte.

»Was hast du gesagt?«, fragte er, sie nun anstarrend.

»Ich … äh … «, begann Karen zu stottern. »Du meintest gerade, da sei irgendwas mit dem Haus, das dich nicht schlafen lässt?«

»Ach, du weißt schon, fremdes Zimmer, fremdes Bett. Ich bin ein Gewohnheitstier. Nichts Aufregendes.«

»Ach so.« Karen schluckte erneut. Sie schalt sich, dass sie eine andere Antwort erwartet hatte.

»So, der Kaffee läuft. Ich zieh mir mal was an. Hier ist es eiskalt. Und dann mach ich uns Feuer im Kamin. Einverstanden?« Ohne eine Antwort abzuwarten, rauschte Stephen aus der Küche und ließ Karen allein. Zitternd ging sie zum Esstisch hinüber und setzte sich auf einen Stuhl. Sie brauchte eine Minute, um sich zu sammeln.

Die Intensität ihrer Gefühle übermannte Karen ein weiteres Mal. Die Beklommenheit der vergangenen Nacht war zurückgekehrt und schnürte ihr die Kehle zu. Gleichzeitig durchströmte ein warmes Gefühl ihr Herz, das sich dem Grauen kämpferisch entgegenstellte. Es war stark. Es ging tief. Und es würde niemals gehen, wusste Karen.

Sie lebte nun schon so lange mit ihren Gefühlen.

Als sie Stephen gerade durch Isabelle und Francis kennengelernt hatte, war sie noch voller Euphorie gewesen. Der charismatische Mann war ihr schnell zu Kopf gestiegen. Relativ früh hatte Karen bemerkt, dass sie sich in ihn verliebt hatte. Doch fast genauso schnell war ihr klar geworden, dass Stephen diese Gefühle nicht erwiderte. Es war überflüssig geworden, ihm ihre Liebe zu gestehen, hatte sie sich eines Tages gesagt und ihre Gefühle tief in sich vergraben. Begleitet von so mancher Schönrederei, die Karen die unglückliche Liebe besser ertragen ließ: Sie passten doch sowieso nicht zusammen. Sie, der unscheinbare Bücherwurm und er, der so attraktive Sunnyboy, der mit seinem charmanten

Lächeln wirklich jede haben konnte? Niemals wäre das gut gegangen. Zudem war es sicher auch besser, die Fünfergruppe nicht mit einer Beziehung zu belasten. Schließlich waren sie alle Karens erste wirklich richtigen Freunde.

Und so hatte Karen in den vier Jahren auf dem College versucht, Stephen nur noch als Freund zu betrachten. Sie lenkte sich ab, traf andere Jungs. Mit mehr oder weniger Erfolg. Eine ernsthafte Beziehung war ihr jedoch erst wieder nach dem Abschluss vergönnt, nachdem Stephen sich nach Spanien, Italien, später Portugal und nach seiner Enterbung nach Teneriffa abgesetzt hatte. Sie hatte gelernt, damit zu leben. Es war schon erstaunlich, an was sich ein Mensch alles gewöhnen kann. Innerlich mit einem Gefühl der Sehnsucht zu leben, das stets ein Loch und unerfülltes Wünschen verursachte, war durchaus möglich. Karen war bewusst, dass sie zwar durchaus entscheiden konnte, mit wem sie zusammen sein würde. Aber sie hatte keine Macht darüber, zu entscheiden, wen sie liebte. Sie konnte es nicht ändern, egal was sie probierte. Doch das konnte ihre Seele erstaunlicherweise akzeptieren. Die Welt drehte sich eben weiter, von einer unerfüllten Liebe mehr oder weniger ließ sie sich nicht aufhalten.

Flackerte der Schmerz darüber wieder auf, tröstete sie sich mit den vielen Momenten, in denen sie das Gefühl hatte, Stephen dennoch wichtig zu sein. Die Momente der Freundschaft, wenn sie seine Fürsorge ihr gegenüber spürte und er das Vertrauen zwischen ihnen bewies. Diese Dinge gaben ihr erstaunlicherweise genug Kraft, um mit einer unerfüllten Liebe im Herzen zu leben, ohne bis zur Schmerzgrenze zu leiden. Manchmal empfand sie ihre Gefühle sogar als Geschenk. Sie liebte. War das nicht auch ein Segen?

Langsam beruhigte sich Karens Atem und auch der Sturm in ihrem Inneren legte sich. Wie so oft. Mit einem Lächeln stand Karen auf und begann mit den Frühstücksvorbereitungen. Wenn der Abend zuvor schon nicht perfekt gelaufen war, so sollte es nun zumindest der Geburtstagsmorgen sein.

Eine halbe Stunde später rauschte Stephen frisch geduscht wieder in die Küche. Karen hatte sich inzwischen einen Kaffee eingeschenkt, den Geburtstagskuchen aus dem Kühlschrank genommen und ihn mit Kerzen dekoriert. Die Handgriffe halfen ihr, die Fassung zurückzugewinnen.

»Der sieht aber hübsch aus.«

»Danke.« Sie lächelte. Karen freute sich aufrichtig über das Kompliment.

»Ich mach mal Feuer ... oh ... du hast schon!«

»Ja, es war zu kalt. Aber keine Sorge, du kannst mir bei den anderen Frühstücksvorbereitungen helfen.« Karen lachte ihm freundlich entgegen und Stephen erwiderte das Lächeln. Zum ersten Mal seit seiner Ankunft wirkte er locker und gelöst. Das gefiel Karen. Er schaute sie eine Sekunde zu lange an, sodass sie ihren Blick wieder auf den Geburtstagskuchen senkte. Ihre Gefühle hatten in dem letzten Jahr definitiv nicht an Intensität verloren, auch wenn es Karen in manchen alltäglichen oder stressigen Situationen so vorkam. Sie waren da, stark wie eh und je.

»Was darf ich tun?«

»Tisch decken, Eier kochen, Brot aufschneiden ... such dir was aus.«

»Zu Befehl, Mam.«

Karen musste erneut schmunzeln. In einträchtiger Harmonie hantierten sie gemeinsam in der kleinen Küche, unterhielten sich locker und amüsierten sich über kleine Witze. Als hätte es das letzte Jahr mit seltenen Kontakten nicht gegeben. Oder den gestrigen Abend. Karen hatte lange nicht mehr so viel vor sich hin gekichert wie an diesem Morgen. Sie fühlte sich plötzlich großartig und genoss jede Sekunde. Stephens Talent war schon erstaunlich, Ärger und Sorgen wegzuzaubern.

»Na hier herrscht ja schon gute Laune.«

Sieben Worte beendeten die Idylle. Neben dem Esstisch entdeckte Karen Hartford, der mit zerknittertem Gesichtsausdruck an einen Stuhl gelehnt stand und sich müde die Augen rieb. Trotz der frühen Stunde hatte er bereits seine Mütze auf dem Kopf.

»Wie könnt ihr nur so wach sein? Ich habe die halbe Nacht kein Auge zugemacht. Dieses verdammte Haus. Ich bin erst im Morgengrauen eingeschlafen und jetzt macht ihr so einen Lärm.«

Karen erstarrte und ließ das Messer fallen, mit dem sie gerade kleine Kirschtomaten aufgeschnitten hatte.

»Wie bitte?«

»Na sagt bloß, ihr habt die Geräusche nicht gehört? Dieses Kratzen?«

»Ich fand, es war mehr ein Jaulen«, ertönte es hinter Hartford. Ebenso müde aussehend gesellte sich Francis zu ihnen. »Guten Morgen allerseits.«

»Ein Jaulen? Nein, so klang es nicht.« Hartford kratzte sich nachdenklich an der Stirn. »Egal. Auf alle Fälle war es so laut und echt unangenehm, dass es mir den Schlaf geraubt hat. Und das kann ich gar nicht leiden.« Hartford zog eine Grimasse, um sein Leid zu untermauern. Karen erstarrte. Ihre Freunde bewiesen gerade, dass sie sich nichts eingebildet hatte. Das Grauen der vergangenen Nacht war real gewesen. Aber war es tatsächlich ein Grauen oder nur Dinge, die ihre angespannten Nerven überbewerteten?

»Wenn ich es nicht besser wüsste, würde ich sagen, in dem Haus spukt es. Also Karen, wirklich. Auch auf die Gefahr hin, dass ich mich wiederhole, aber wohin hast du uns bloß verschleppt? In ein Spukhaus? Und hier sollen wir noch länger bleiben? Ich weiß ja nicht.« Hartford zog eine Augenbraue hoch und schaute Karen prüfend an. Sein Blick ging ihr durch Mark und Bein. Sie zitterte augenblicklich wieder. Das idyllische Gefühl in ihrem Inneren war mit einem Schlag erneut zerstört.

»Ich brauch einen Schluck zu trinken«, ließ er schließlich von ihr ab.

»Aber natürlich.« Stephen sprang Karen zur Seite. »Frühstück ist auch gleich fertig und wir können direkt beginnen, wenn auch das Geburtstagskind erscheint. Kaffee?«

»Lieber ein Glas Wasser aus der Leitung für den Anfang.«

Stephen ließ ein Glas mit Wasser volllaufen und drückte es dem missmutigen Hartford in die Hand. Dabei klopfte er ihm aufmunternd auf den Rücken. Francis nahm sich die Decke vom Vorabend erneut und schlang sie um die Schultern, bevor sie sich direkt vor den Kamin stellte. Lediglich Karen starrte immer noch geschockt in die Runde, bis sie sich mit einem Ruck zur Besinnung zwang.

»Ich kann dir eine Wärmeflasche machen, wenn du willst«, bot Karen an. Sie wunderte sich, dass Francis so sehr fror. Eigentlich war es inzwischen gemütlich warm im Haus.

»Das wäre wunderbar, Karen. Ich weiß auch nicht, warum mir so kalt ist. Aber vielleicht zittere ich ja nicht vor Kälte. Ich fand diese Geräusche auch beängstigend«, flüsterte sie leise.

»Ich hab sie auch gehört«, flüsterte Karen zurück, als sie Francis die Wärmflasche gab. »Ich bin aufgestanden und habe eine Katze streunen sehen. Ich denke, sie war der Übeltäter. Oder glaubst du auch, dass es im Haus spukt?« Die Erinnerung ließ sie erneut schaudern.

»Eine Katze? Nein, ich kann mir nicht vorstellen, dass eine Katze dieses Jaulen verursacht. Dahinter steckt etwas anderes.« Francis schaute Karen ernst an, schlang ihre Arme um die Wärmflasche und zitterte dennoch weiter.

Bevor Karen etwas erwidern konnte, kam ihr Stephen zuvor.

»Papperlapapp. Schluss jetzt mit diesen Geistergeschichten.« Verschwörerisch starrte er in die Runde und nahm allen in alter Vertrautheit das Versprechen ab, dass keine weiteren Spukgeschichten gesponnen werden sollten und niemand die unliebsamen Überraschungen vom Vorabend erwähnen würde. Als auch schließlich Karen zögerlich zustimmte, nickte Stephen zufrieden.

»Perfektes Timing. Da kommt das Geburtstagskind. Also her mit dem Geburtstagskuchen.«

Augenblicklich schauten alle in Richtung Gang, den nun Isabelle entlang stolzierte. Sie hatte ihre Schlafkleidung längst gegen Jeans und Bluse getauscht, war frisiert, leicht geschminkt und zurechtgemacht. Sie hatte ein Parfüm aufgelegt, das schwach nach Jasmin und süßlichen Hölzern roch. Wie immer trug Isabelle viel Schmuck. Seit ihrer Hochzeit hatte Karen sie selten ohne eine teure Armbanduhr an ihrem Handgelenk gesehen. Kette und Ohrringe waren stets im Design darauf abgestimmt. Karen wusste, dass inzwischen eine komplette Schmucksammlung in Isabelles Tresor in Zürich lag. Vor allem zu Anfang ihrer Beziehung hatte Simon sie immer wieder mit Colliers und anderen teuren Schmuckstücken verwöhnt. Aus dem billigen Modeschmuck zu Studienzeiten waren extravagante Exemplare geworden.

Heute trug Isabelle eine zierliche, silberne Armbanduhr, die mit kleinen blauen Steinchen verziert war. Vom Ziffernblatt gingen parallel zwei Gliederketten ab, die sich schließlich auf beiden Seiten jeweils nach einem blauen Topas zu einem Armband zusammenfügten. Ihre Finger zierte neben dem Ehering ebenfalls ein blauer Topas. Und auch die Ohrringe sowie die schmale, filigrane Kette um ihren Hals waren mit den gleichen blauen Edelsteinen bestückt.

Alles passte perfekt zusammen. Wie immer.

Anders hätte es Karen an Isabelles Geburtstag auch nicht erwartet.

»Happy Birthday to youuuu«, begann Stephen zu singen und alle stimmten mit ein. Karen eilte zurück in die Küche, zündete die Kerzen auf dem Kuchen an und erreichte mit ihm Isabelle gerade rechtzeitig zur letzten Strophe.

»Ihr seid so süß, vielen Dank.« Isabelle pustete entzückt alle Kerzen auf einmal aus und alle klatschen Beifall.

»Hast du dir auch etwas gewünscht?«, fragte Francis.

»Aber natürlich.« Isabelle zwinkerte ihr verschwörerisch zu, bevor die anderen sie mit Umarmungen und Geschenken belagerten.

Das Frühstück verlief deutlich lockerer als das Abendessen zuvor. Keiner erwähnte auch nur mit einem Wort die Funde in der Schublade. Lediglich Karen erwischte sich ab und zu bei einem Blick hinüber, wendete ihn aber sogleich wieder ab und folgte dem Tischgespräch weiter. Sie plapperten über dies und jenes, tauschten Neuigkeiten aus. Es galt, ein Jahr wieder aufzuholen, wobei die meisten Informationen nicht neu für Karen waren. Die Telefonate hatten sie immer auf dem Laufenden gehalten. Irgendwie wussten sie trotz der Entfernung immer, wie es den anderen ging. Glaubte Karen zumindest.

Immer, wenn das Gespräch wieder zu den nächtlichen Geräuschen zu entgleiten drohte, fand Stephen einen Weg, von diesem Thema abzulenken. Merkwürdig, dachte Karen. Als wollte er es verleugnen. Steckte er vielleicht dahinter?

Doch insgeheim war Karen glücklich darüber. So langsam stellte sich die übliche Wiedersehensfreude unter Freunden ein, die sie so sehr vermisst hatte.

»Ich finde, Hartford und ich haben nun Küchendienst«, verkündete Francis, als Isabelle sich zufrieden über den vollgeschlagenen Bauch streichelte.

»Tut unbedingt den Kuchen weg. Ich platze, wenn ich noch ein Stück mehr essen muss.«

»Keine Sorge. Der kommt erst am Nachmittag wieder auf den Tisch.« Karen grinste, stand auf und nahm den Teller mit in die Küche.

»Husch, husch. Raus hier« zischte Francis verschmitzt. »Du hast jetzt frei.«

»Bist du dir sicher?«, fragte Karen mit einem Blick zu Hartford, der immer noch gemütlich am Tisch saß und keine Andeutung machte, überhaupt aufzustehen.

»Natürlich. Ich krieg den Burschen schon zur Arbeit.«

»Dann lasst uns doch das Haus erkunden?«, schlug Stephen vor. »Oder war einer schon in der ersten Etage?«

Karen schüttelte den Kopf. Tatsächlich hatte ihr gestern die Zeit gefehlt. Nachdem genügend Schlafzimmer im Erdgeschoss vorhanden waren und sie sich sofort nach ihrer Ankunft ans Putzen und Vorbereiten gemacht hatte, war die erste Etage vollkommen vergessen gewesen. Sie vermutete sowieso nur weitere Schlafzimmer, maximal einen Salon. Was hätte solch ein kleines Cottage sonst schon noch zu bieten?

»Wow«, entfuhr es Isabelle, als sie zwei Minuten später die Treppe erklommen und eine breite Flügeltür aufgestoßen hatten. »Das ist ja beeindruckend.«

Vor ihnen tat sich ein über die gesamte Hausfläche erstreckender Raum auf. Rechts und links waren Regale aus dunklem Holz, nur unterbrochen von Fenstern, die das goldene Sonnenlicht des Morgens hineinließen. In der Mitte umrundeten Sessel einen Tisch. In den Fächern schien kein Platz ungenutzt zu sein, die Regale quollen über vor Büchern.

»Was für eine Bibliothek«, nickte nun auch Stephen beeindruckt.

»Das ist keine Bibliothek, das ist ein Saal voller Bibliotheken«, stieß Karen überwältigt aus. »Wie im Paradies.« Der Raum maß fast gute 15 Meter Länge. Nie und nimmer hätte sie solch einen Raum im Obergeschoss vermutet. War hier der Ursprung der nächtlichen Geräusche? Gab es vielleicht Ratten?

Karen schüttelte den Gedanken ab. Sie hasste Ratten. Stattdessen begann sie, die Regale zu zählen, hörte aber bei 30 auf, als sie noch nicht mal ein Drittel der Fläche mit den Augen abgegrast hatte. Hier mussten über eine Million Bücher stehen.

»Das ist unglaublich«, murmelte Isabelle, die sogleich ein Buch aus einem der Regale gezogen hatte, mit einem Wisch den Deckel vom Staub befreite und es vorsichtig öffnete. »Das ist eine uralte Enzyklopädie. Fast einhundert Jahre alt. Wahnsinn.«

»Die Regale sind sogar beschriftet«, rief Stephen von weiter hinten. »Hier ist Fauna und Flora, dort drüben Lokales, dann Geschichte, Wirtschaft, Sagen und so weiter. Das nimmt gar kein Ende.«

»Das muss ein Vermögen und Jahrzehnte gekostet haben, diese Bibliothek aufzubauen«, staunte Karen immer noch bewegungslos an der Tür. Und solch ein Paradies wurde an Touristen vermietet, fügte sie stumm in ihren Gedanken hinzu. Das war mehr als verwunderlich.

»Zumindest wird uns nicht langweilig werden«, lächelte nun Isabelle und steckte die Enzyklopädie wieder in die Lücke. »Dann weiß ich, was ich in der nächsten schlaflosen Nacht tun kann, wenn diese grauenvollen Geräusche wieder kommen.«

Karen erstarrte.

»Du hast sie auch gehört?«

»Natürlich. Sie waren doch nicht zu überhören. Aber mal ehrlich. Ist das nicht normal in solch einem alten Haus direkt vor den Klippen? Da pfeift der Wind eben durch die Gemäuer.« Isabelle lächelte immer noch und Karen konnte in ihrem Gesicht kein Anzeichen für Angst entdecken.

»Lass mich raten«, fuhr sie verschmitzt fort. »Du Schisser hast vor Angst in deinem Bett geschlottert, oder?«

Karen fühlte sich ertappt.

»Na ja, wenn man bedenkt, was wir erst gestern in der Schublade …«

»Na da schau mal an«, unterbrach eine tiefe Stimme Karen. Rüde schubste Hartford sie weiter in die Bibliothek hinein, um selbst einen besseren Blick auf den Raum zu erhaschen. »Wer hätte gedacht, dass so ein alter Kasten solch ein Geheimnis bietet«, grinste er. »Jetzt erklärt es sich mir natürlich, warum Karen dieses Haus für uns ausgesucht hat. Das muss ja ein wahres Paradies für euch Bücherwürmer sein.«

»Und ob«, lächelte Isabelle zurück und kramte bereits das nächste Buch hervor. »In solch einer Bibliothek kannst du mich Monate einsperren, ohne dass ich anderes vermissen würde.«

»Gott sei Dank verbringen wir hier nur ein Wochenende. Ich würde es trotzdem nicht viel länger in dieser Baracke aushalten.«

»Oh man, Hartford«, stöhnte Francis nun, die ebenfalls die letzte Stufe erklommen hatte. »Kannst du irgendwann mal mit diesem Gemecker aufhören? Das hält ja kein Mensch aus.« Francis verdrehte theatralisch die Augen.

»Aber ich hab doch recht«, stöhnte er, verzog sich jedoch hastig zwischen die Regale.

»Ich hab eine Idee«, rief Francis nun in den großen Raum. »Lasst uns ein Spiel spielen.«

Augenblicklich kamen alle rund um die Sitzgruppe in der Mitte zusammen.

»Ein Spiel finde ich toll. Schieß los«, forderte Stephen. Francis erklärte flink, was ihr in den Sinn gekommen war. Jeder sollte wahllos ein Buch aus den Regalen ziehen, zufällig irgendeine Seite aufschlagen und dann blind mit dem Finger auf eine Zeile tippen. Der dort stehende Satz war laut vorzulesen.

»So schreiben wir unsere eigene Geschichte. Und wer weiß, vielleicht kommt etwas Lustiges heraus, das wir tatsächlich aufschreiben sollten!«

Stephen war Feuer und Flamme und schritt sofort los. Er wählte die Abteilung »Flora und Fauna«. Und auch Karen war von seiner Begeisterung sofort angesteckt, war ihr doch jede Abwechslung recht, die Hartfords andauernde Kritik zerstreute. Isabelle verzog sich zu den »Sagen und Mythen«, Francis wählte die Geschichtsabteilung. Minuten später trafen alle wieder an der Sitzgruppe zusammen, jeder mit einem Buch bewaffnet.

»Du zuerst«, forderte Francis Stephen auf.

»Also gut.« Theatralisch hielt er das Buch vor seine Brust und klappte es auf. Mit geschlossenen Augen ließ er seinen Finger sekundenlang über die geöffnete Doppelseite kreisen, bevor er wie ein Adler hinunter auf seine Beute schoss. Dann las er laut vor.

»Alle Pflanzenteile des roten Fingerhuts sind hochgiftig, bereits der Verzehr von zwei Blättern kann zu einer tödlichen Vergiftung führen.« Stephen grinste. Es war offensichtlich, dass er sich Spannenderes gewünscht hatte.

»Wenn der Zorn der Hexe dich einmal trifft, gibt es kein Entrinnen mehr«, fuhr Isabelle aus ihrem nun aufgeschlagenen Buch fort. Doch ihre Stimme erstarb dabei. Alle Farbe wich aus ihrem Gesicht. Isabelle stierte fassungslos auf das Buch in ihren Händen. Karen durchfuhr ein Ruck bei ihrem Anblick.

»Die Zahl der Toten stieg auf dem Höhepunkt der Epidemie in die Millionenhöhe.« Das war Francis, die zu sehr in das Spiel vertieft war, um die Reaktionen um sich herum zu bemerken. Dabei erblasste Isabelle immer mehr.

»Du«, forderte Francis nun Karen auf. Einen Augenblick zögerte sie und starrte auf die Buchstaben in ihrem Buch hinab. Ihr Zeigefinger zeigte auf einen Absatz in der Mitte der linken Seite. Karen spürte plötzlich Unbehagen. Sie wollte die Worte nicht mehr vorlesen.

»Was steht bei dir, Bücherwurm?«, neckte Stephen sie nun.

Langsam öffnete Karen ihren Mund und erwartete schon, dass ihre Stimme versagen würde. Doch sie tat zu ihrer Überraschung ihren Dienst.

»Kinder, es ist die letzte Stunde! Und wie ihr gehört habt, dass der Antichrist kommt, so sind nun schon viele Antichristen gekommen; daran erkennen wir, dass es die letzte Stunde ist.«

Karen gefror das Blut in den Adern. Wie war die Bibel in ihre Hände gekommen? Hatte sie nicht die lokale Abteilung aufgesucht?

»Oh Gott«, stöhnte sie. »Ich finde das gar nicht lustig.«

»Du bist eben doch ein Schisser«, zog Stephen sie auf. »Los Hartford, dein Zitat fehlt noch, um die Runde komplett zu machen«. Doch Hartford schüttelte nur den Kopf. Sein Gesicht war ebenfalls leichenblass geworden. Angespannt suchte er Isabelles Blick, die jedoch immer noch auf das Buch in ihren Händen starrte. Mit einem lauten Knall schlug Hartford das Buch in seinen Händen zu.

»Nein. Ich finde, Karen hat recht. Das ist nicht lustig.« Die Härte in seiner Stimme fuhr Karen durch Mark und Bein. Ohne ein weiteres Wort legte er das Buch auf den Tisch mitten zwischen ihnen, drehte sich um und trat bereits den Weg nach unten an.

»Spielverderber«, murmelte Stephen, verstummte jedoch sofort, als sein Blick auf den Buchtitel fiel, der nun für jedermann zu lesen war.

Du kannst mir nicht entkommen. Ein Thriller von Andrew Keanman.

Eine Gänsehaut arbeitete sich Karens Arme hoch. Sie kannte das Buch. Die darin enthaltenen Hasstiraden, Intrigen und Mordschilderungen waren so grausam, blutgetränkt und detailliert geschildert, dass sie zwei Anläufe gebraucht hatte, um das Buch überhaupt zu beenden. Es war eine böse Geschichte. Von jener Sorte, die ein Leben für immer veränderte. Nach dieser Lektüre fiel es schwer, noch an das Gute im Menschen zu glauben und nicht überall Tod, Verschwörung und Hass zu vermuten. Und dieses Buch hatte Hartford gewählt. Oder war es vielleicht andersherum gewesen?

Karens Hände begannen erneut zu zittern. Das unheimliche Gefühl der Nacht war zurückgekehrt und ließ ihren Magen flau werden. Sie fröstelte, doch gleichzeitig traten ihr erneut Schweißperlen auf die Stirn.

»Ich habe Durst«, stotterte sie, legte ihre Bibel ebenfalls weg und flüchtete bereits Richtung Flügeltür. Karen konnte die verwunderten Blicke ihrer Freunde regelrecht auf ihrem Rücken spüren. Doch als sie auf der Hälfte der Treppe nach unten war, hörte sie, wie die anderen ihr folgten. Erneut murmelte Isabelle den anderen für Karen unverständliches ins Ohr. Statt sich zu beruhigen, schnürte es Karen zusehends die Kehle zu. Die Gänsehaut hatte nun auch Besitz von ihrer Seele genommen.

28. Februar, 11.56 Uhr

»Ich muss hier raus, kommt jemand mit?« Isabelle schaute fragend in die Runde.

»Ich.« Karen sprang auf und griff bereits nach ihrer Jacke am Haken an der Tür. Es würde guttun, frische Luft zu bekommen. Es würde sie beruhigen und die düsteren Gedanken vertreiben, die sie seit dem Bibliotheksbesuch befallen hatten. Immer wieder kreisten sie um unheimliche Geräusche, böse Omen und ihr Gesicht auf dem Bild einer Heiligen. Das Gefühl, von einem bedrohlichen Virus befallen zu sein, der langsam in jede Pore ihres Körpers kroch, wollte sie nicht loslassen.

Zufälle gibt es nicht. Nur das Schicksal.

Karen schüttelte sich instinktiv. Entschlossen warf sie ihre Jacke über, zog den Reißverschluss bis oben zu und setzte demonstrativ ihre Wollmütze auf. Sie war abmarschbereit. Und voller Hoffnung, den düsteren Schwingungen entkommen zu können. Karen wusste, dass sich hinter dem Haus eine beeindruckende Klippe befand, die sie jedoch selbst noch nicht gesehen hatte. Diese Naturgewalten erschienen ihr viel verlockender als das

60

stickig gewordene kleine Cottage mit seiner unheimlichen Atmosphäre.

Die Stimmung in der Gruppe war immer noch niedergeschlagen und Hartford verbreitete weiter missmutige Laune, ohne auch nur ein Wort zu sagen. Allein seine Körpersprache verriet sein Unbehagen. Sein Gesicht war in Falten gelegt, die Mundwinkel zuckten nach unten. Und jede noch so kleine Bewegung kommentierte Hartford mit einem säuerlichen Stöhnen. Er wirkte wie eine tickende Zeitbombe, die irgendwann zu explodieren drohte.

Raus hier, dachte Karen. Schon unter normaleren Umständen brauchte sie die Natur wie die Luft zum Atmen. Sie hatte nun schon drei Tage Urlaub und die Arbeit auf den Touristenschiffen fehlte ihr. Eine kleine Wanderung würde nicht nur ihre Laune aufbessern, sondern auch eine kleine Auszeit bedeuten.

»Sonst keiner?«, fragte Isabelle erneut. Doch Francis starrte nur in das Feuer, um sich darüber weiter ihre Hände zu wärmen. Hartford nahm mürrisch einen Schluck von seinem Leitungswasser und murmelte unverständlich vor sich hin. Lediglich die abwinkende Geste seiner linken Hand ließ vermuten, dass er keinerlei Interesse an einem Spaziergang hatte. Stephen saß in einem der Ohrensessel in ein Buch vertieft, das er aus der Bibliothek mitgenommen hatte. Er wirkte völlig abwesend und Karen bezweifelte, dass er Isabelles Frage überhaupt gehört hatte.

»Gut, dann nur wir zwei«, sagte diese nun verschwörerisch und griff ebenfalls nach ihrer Jacke. »Komm, mein Darling, zeig mir die atemberaubende irische Landschaft, von der alle immer schwärmen.«

Tatsächlich bot sich ihnen ein viel ärmlicheres Bild, als Karen es sich gewünscht hatte. Die Morgensonne war hinter dicken Wolken verschwunden, Nebel zog auf. Das Gras neben dem kleinen Feldweg war braun und welk, die Heide matschig und der Weg von Pfützen gesäumt. Nur vereinzelte grüne Büschel waren auf den Feldern zu entdecken, die ersten Vorboten des Frühlings. Der Ginster trug noch keine seiner gelben Blüten. Die sonst so malerische irische Landschaft wirkte heute trostlos und karg.

»Es ist hier wirklich sonst wunderschön«, versuchte Karen sich zu entschuldigen. »Bald erblüht hier wieder alles, glaub mir. Wir sind nur zu früh.«

»Ich glaube dir, mein Liebes, keine Sorge.« Isabelle hakte sich in Karens Arm unter, wie sie es schon früher getan hatte. »Wenn es dich hierher verschlagen hat, dann muss es wunderschön sein.« Wortlos schritten sie den Weg im Gleichschritt entlang. Jede hing ihren eigenen Gedanken nach.

»Mir reicht schon, aus diesem Trauerloch da drinnen herauszukommen. Und damit meine ich nicht das Cottage."

»Ja«, murmelte Karen.

»Das Haus ist wirklich schön«, fuhr Isabelle fort. »Überlegst du, es dir zu kaufen und unser Jahrestreffen ist quasi ein Test?«

»Was? Äh, warum?« Karen schaute erschrocken hoch. »Wie meinst du das?«

»Na ja, du willst doch nicht ewig in deiner kleinen Wohnung bleiben, oder?« Isabelle zuckte mit den Schultern. »War nur so ein Gedanke. Irgendwann will doch jeder sein eigenes kleines Häuschen, du nicht?«

»Ich weiß es nicht«, antwortete Karen ehrlich. Darüber hatte sie sich noch keine Gedanken gemacht. Sie fühlte sich wohl auf Valentia. Aber ob sie hier auch dauerhaft bleiben würde, hatte sie sich noch gar nicht überlegt. Karen war zu sehr damit beschäftigt, von heute auf morgen zu denken, statt ihre Zukunft zu planen. So weit war sie noch nicht.

»Dein Haus ist wunderschön, das würde ich sofort kaufen!« Karen stupste Isabelle freundschaftlich in die Seite. »Wobei man ja fast Villa sagen muss, mit all den Zimmern, dem Pool und dem Tennisplatz.«

Isabelles Mundwinkel zuckten. Als keine Antwort folgte, wagte sich Karen vor.

»Wie läuft es mit Simon?«

Isabelle zuckte kaum merklich zusammen. Sie nahm ihren Arm aus Karens Armbeuge und entfernte sich ein Stück von ihr.

»Alles wie immer«, antwortete sie knapp. Doch Karen konnte am Tonfall hören, dass dies eine Lüge war.

»Er lässt dich nicht mehr kochen? Dabei liebst du das doch?«, bohrte sie nach.

»Ach, er hat schon recht. Wir gehören nun mal einem gewissen Stand an. So hab ich weniger Arbeit, das ist in Ordnung.« Isabelle zuckte mit den Schultern und beschleunigte ihren Schritt. Karen kam nicht umhin zu denken, dass Isabelle längst andere

Bemerkungen auf den Lippen lagen. Doch sie war ein zu beherrschter Mensch, als dass sie dem nachgeben würde. Dennoch konnte Karen ihren Unmut deutlich spüren.

»Wo sollen wir langgehen?«, wechselte Isabelle das Thema.

Karen schaute auf das Ende des Wegs, das vor ihnen lag. Rechts und links zogen sich braune Felder entlang.

»Hier oder hier?« Sie zeigte auf zwei kleine Trampelpfade, die kaum zwischen den braunen Grasbüscheln auszumachen waren. »Der Rechte führt zur Klippe, der linke Weg weiter ins Feld. Entscheide du, schließlich ist doch dein Geburtstag.«

»Hör auf mit dem Schmarren. Wir hatten Geburtstagskuchen. Das reicht, finde ich. Ich möchte keine Sonderbehandlung. Also, sag du, wo lang.«

Karen verstummte verwundert und blieb stehen. Was war mit Isabelle passiert? Zu Collegezeiten war ihr Geburtstag immer ein großes Fest gewesen, das sie am liebsten drei Tage lang begangen hätte. Und nun war es ihr nicht mehr wichtig? Über ihre Ehe log sie offensichtlich auch. Wo war die Vertrautheit hin, die sie einst so stark verbunden hatte? Nachdenklich beobachtete Karen ihre Freundin, die schließlich den rechten Trampelpfad Richtung Klippen wählte. Ihre blonde Freundin schwebte elegant und graziös vor ihr her – wie immer. Und doch war etwas Schwermütiges in ihrem Gang zu sehen.

Gefährlicher Glaube

Isabelle schauderte und zog den Kaschmirmantel enger um sich. Der Regen peitschte von der Seite her und Wind wehte zudem noch mehr Nässe vom Fluss herüber, als sie den Limmatquai entlang eilte. Zürich hatte schon besseres Wetter gesehen. Zügig schritt sie auf die Boutique zu und schimpfte innerlich erneut über die Touristenmassen, die die Altstadt bevölkerten. Nicht mal das miese Wetter konnte sie vertreiben. Isabelle hasste es, bei Regen durch die verstopften Gassen zu laufen. Doch heute war ihr nichts anderes übrig geblieben. Ihr Fahrer Gerard hatte frei. Zumal auch er nicht mit der Limousine durch die engen Gassen fahren durfte. Doch zumindest würde er direkt am Quai auf sie warten und Isabelle wäre nicht auf einen dieser Uber-Fahrer angewiesen, der die Parkvorschriften unerträglich exakt befolgte.

»Nicht parken hier. Strafzettel«, hatte er verkündet, als sie ihn aufgefordert hatte, direkt vor Whistles zu halten. Kurz hatte sie zu Hause sogar überlegt, selbst den Tesla zu nehmen. Doch das Ungetüm konnte sie kaum beherrschen. Auch der Rechtsverkehr in der Schweiz war für sie immer noch ungewohnt, obwohl sie nun schon über vier Jahre hier lebte. Deshalb blieb auch der alte Honda in der Garage. Zumal Isabelle darin nicht gesehen werden wollte. Nicht, dass sie noch jemand bei ihren halsbrecherischen Einparkversuchen beobachtete. Und so musste Isabelle nun zu Fuß 500 Meter zur Boutique hetzen und hatte danach den Weg zurück ebenfalls vor sich.

Bei schönerem Wetter würde sie den kleinen Spaziergang vielleicht sogar genießen. Sehen und gesehen werden, war normalerweise ihr Motto in der Innenstadt von Zürich. Das hatte sie schon lange nicht mehr getan. Doch auch heute stand ihr der Sinn nicht nach Schaulaufen. Dabei waren weder das Wetter noch der Uber-Fahrer der Grund für ihre schlechte Laune. Die hatte Simon ihr heute Morgen verdorben.

»Isabelle, meine Liebe. Schön, dass du reinschaust. Soll ich dir den Mantel abnehmen?«

»Sehr gern, Sandra.« Isabelle ließ sich von der kleinen, dünnen Bedienung den Mantel von den Schultern nehmen und zu einem Stuhl führen.

»Champagner?«

»Unbedingt!«

Alkohol hatte Isabelle jetzt nötig. Immer noch wog ihr Verdruss schwer, den Simon in ihre Magengrube gepflanzt hatte. Gedankenverloren spielte sie mit dem Ring an ihrem Finger, drehte ihn, zog ihn ab und steckte ihn schließlich wieder auf, als Sandra ihr ein Glas reichte.

»Ich hole sogleich das Kleid. Ich hoffe, jetzt nach den Änderungen passt es.«

»Vielen Dank, Sandra.«

Isabelle nahm einen großen Schluck vom Champagner und ließ dann ihren Blick durch die Boutique streifen. Hier hatte sich im Vergleich zum letzten Besuch nicht viel verändert. Ihre Augen scannten über die neuen Kleider, die rechts vom Schaufenster angepriesen wurden. Doch sie war nicht in Shoppinglaune. Sie wollte nur diesen Tag hinter sich bringen. Kleid abholen, Beerdigung durchstehen und sich wieder an ihrem Lieblingsort verkriechen, um Pläne zu schmieden – so war das Vorhaben.

»Hier ist es.« Sandra hielt ihr das schwarze Cocktailkleid aus Samt hin.

»Sie müssen wirklich aufpassen, Isabelle. Sie werden ja immer dünner«, fügte sie leise hinzu.

»Liebste Sandra. Ich war nur krank, da purzeln die Pfunde schnell. Hauptsache, das Kleid passt heute, alles andere lassen Sie mal meine Sorge sein.« Isabelle war erneut verärgert. Sie brauchte nicht noch jemanden, der sie belehrte.

»Natürlich. Ich wollte Ihnen nicht zu nahe treten.«

Ohne weiter auf die Bemerkung einzugehen, nahm Isabelle das Kleid entgegen und verschwand in der Umkleidekabine.

»Wie läuft es in der Stiftung?«, klang es von draußen hinein.

»Alles wunderbar. Vielen Dank der Nachfrage«, rief sie über den Vorhang und zog sich gerade ihren Rock aus. Nun musste sie lächeln. Ja, Isabelle war stolz auf ihre Stiftung. War sie doch das Einzige, was sie hatte.

Die Diskussionen hatten vor zwei Jahren begonnen. Zunächst fand Isabelle das Leben an der Seite eines reichen und angesehenen Bankiers aufregend. Er überschüttete sie mit Schmuck und Designerkleidern, führte sie auf ein Fest nach dem anderen und betete sie an. Durchaus zurecht, hatte sie damals gedacht. Isabelle war jung, sie war schön. Ihre blonden Locken, schlanke Figur, die dennoch üppige Oberweite und ihre grazile Anmut hatten die Männerwelt schon immer betört. Simon war ein adäquater Vertreter dieser Spezies gewesen und bot ihr eine Perspektive, die sie vorher nicht gehabt hatte. Isabelle hatte nie wirklich vor, nach dem Studium eine Karriere anzustreben. Sie war genauso, wie ihr Sternzeichen es besagte: Das Berufsleben hatte keine Priorität, umso mehr sehnen sich Fische nach Liebe und Zuneigung im Privatleben. Und genau diese Aussicht hatte Simon ihr versprochen.

So fand sie es zunächst sogar spannend, gar nicht arbeiten zu müssen. Doch als die erste Leidenschaft abflaute, Simon immer seltener mit Geschenken nach Hause kam oder sie überhaupt beachtete, begann Isabelle sich zu langweilen. Die Ehe allein erfüllte sie nicht mehr. Aus Fluchtinstinkt wollte sie arbeiten, was jedoch für Simon nicht infrage kam. SEINE Frau arbeitete nicht. Nur ein Kompromiss konnte schlichten: die Stiftung. Simon gründete das Charity-Unternehmen, Isabelle leitete es offiziell. Doch auch hier hielt der Anfangsenthusiasmus nicht lange an. Heute erledigten die vielen Mitarbeiter die Arbeit allein. Schaute Isabelle anfangs noch ein oder zwei Stunden pro Tag herein, tat sie es heute längst nicht mehr täglich. Das Betüdeln der Reichen und Mächtigen bereitete ihr längst nicht so viel Vergnügen, wie sie einst gedacht hatte. In der Organisation der Charity-Events war Isabelle zudem eine Niete und brauchte kompetente Menschen an ihrer Seite, damit die Veranstaltungen nicht in einem kompletten Desaster endeten. Ihre Abwesenheit war hilfreicher als ihre Arbeitsversuche.

Dennoch war Isabelle stolz auf ihre Stiftung. War sie doch zumindest eine kleine Aufgabe in ihrem sonst so langweiligen Leben, deren Lorbeeren sie allein erntete.

Nach außen wahrte Isabelle natürlich den Schein, präsentierte sich als erfolgreiche Geschäftsführerin und perfekte Ehefrau. Nicht mal ihre besten Freunde kannten die Wahrheit. Und so sollte es auch bleiben, hatte Isabelle bereits nach den ersten Unstimmigkeiten beschlossen. Wehmütig dachte sie jetzt an die

Anfangszeit ihrer Ehe zurück, in der Simon sich wirklich alle Mühe gegeben hatte, ihr den Hof zu machen. Sie hatte sich geschmeichelt gefühlt, gebührend wertgeschätzt. Teure Geschenke waren eher die Tagesordnung als die Ausnahme. Simon präsentierte sich als perfekter Gentleman, der exakt wusste, was eine Frau wie Isabelle sich erträumte. Schnell hatte er sie gewonnen, was jedoch auch nicht schwierig war. Doch schon Wochen nach der Hochzeit wendete sich das Blatt. Es begann mit Kleinigkeiten. Einmal hatte Isabelle seiner Ansicht nach unangemessen mit einem Geschäftspartner geflirtet, ein anderes Mal war sie in Simons Augen zu freundlich zum Personal. Simons Strafen wurden immer willkürlicher.

Bereits nach zehn Monaten Ehe ertappte sich Isabelle das erste Mal bei dem Gedanken an eine Scheidung. Doch im darauf folgenden Streit machte ihr Ehemann unmissverständlich klar, dass sie darauf nicht hoffen brauchte. Von Simon Deprue ließ sich keine Frau scheiden. Lieber sei er Witwer als ein geschiedener Mann, hatte er ihr damals wütend entgegen geschmettert. Und so hatte sich Isabelle folgsam in ihr selbst auferlegtes Schicksal gefügt. Es gab Schlimmeres, hatte sie damals gedacht.

»Und, passt es?« Sandras Stimme warf Isabelle zurück in die Gegenwart.

»Wie angegossen«, rief Isabelle zurück und betrachtete sich zufrieden im Spiegel. Wenn sie schon keine Lust auf diese Beerdigung hatte, so würde sie zumindest die alten Schabracken der Züricher High Society optisch ausstechen. Mit Isabelle konnte keine mithalten. Das neue Botox unter der Haut ließ, ganz frisch gespritzt, die lästigen kleinen Falten im Gesicht wieder für eine Weile verschwinden. Auch das Permanent-Make-up auf den Augenbrauen und den Lippen war erneuert. Ihr Lieblingsfriseur hatte erst vor zwei Tagen nach ihren Haaren gesehen. Die Vorbereitungen waren akribisch gewesen, nicht nur im Hinblick auf die bevorstehende Beerdigung. Mit den richtigen Schuhen und dem schwarzen Pelzmantel wäre sie auch dort wieder DER Hingucker auf der Trauerfeier. Nichts anderes erwartete Simon auch von ihr. Mit dem Gedanken an ihren Ehemann flackerte der Ärger wieder auf. Manchmal glaubte Isabelle, er hatte sie nur zur Frau genommen, um sich mit ihr zu schmücken. Ihre Intelligenz hatte ihn noch nie interessiert.

»Ich pack es ihnen ein. Holt es Gerard gleich ab?«

»Nein, heute nicht, Sandra«, antwortete Isabelle, als sie aus der Kabine kam. »Gerard hat frei. Ich musste einen Uber-Wagen nehmen. Er wartet vorn an der Münsterbrücke auf mich.

»Oh, wie schrecklich. Dann bringe ich ihnen das Kleid natürlich selbstverständlich zum Wagen.«

»Das ist sehr freundlich. Und die Rechnung wie immer am Monatsende an meinen Mann, bitte.«

»Natürlich.«

Isabelle schenkte Sandra ein mattes Lächeln zum Abschied. Ja, es hatte doch auch so seine Vorzüge, mit einem reichen Bankier verheiratet zu sein. Augenblicklich besserte sich Isabelles Laune. Sie beschloss doch noch ein, zwei weitere Boutiquen in der Altstadt zu besuchen, solange sie dies noch konnte. Schließlich hatte sie noch Zeit. Mit einem Lächeln der Vorfreude bog sie in die kleine Nebengasse ein, in der ein kleiner Shop sie oft magisch angezogen hatte. Der Darkstore wurde eigentlich nur von Anhängern des Gothic-Kults besucht. Doch Isabelle hatte ebenfalls so manchen Schatz darin gefunden, ohne mit der schwarzen Szene je in Berührung gekommen zu sein. Schwarz war keine Farbe. Es war eine Lebenseinstellung.

»Mein herzliches Beileid«, flüsterte Isabelle zwei Stunden später in einem angemessen betroffenen Ton und senkte pflichtbewusst den Blick. Sie hatte sich bei Simon untergehakt, während sie in der Kondolenzschlange warteten. Die niedergeschlagene Stimmung auf dem Friedhof Sihlfeld färbte auf ihr Gemüt ab, obwohl sie den Verstorbenen kaum kannte. Antoin Frederic Scortanni war ein Geschäftspartner von Simon gewesen. Bankier wie er, sogar im gleichen Alter. Seine Frau Elisabeth war ebenfalls jenseits der 50, hatte sich jedoch gut gehalten. Heute sah man natürlich ihre dunklen Augenringe. Standesgemäß.

»Vielen Dank, dass Sie gekommen sind«, winselte Elisabeth zurück. Eine Floskel, die sie permanent wiederholte. Nachdem auch Simon sein Beileid ausgedrückt und ihr jegliche Unterstützung in der schweren Zeit zugesichert hatte, gingen sie im Gleichschritt in die Kapelle. Sanfte Orgelklänge und leises Gemurmel vermischten sich in ihrem Inneren zu einem Rauschen. Am liebsten hätte sich Isabelle in eine der hinteren Reihen gesetzt, doch Simon schob sie sanft vorwärts, bis sie fast ganz vorn angekommen waren.

»Hier.« Er zog sie in der dritten Reihe neben sich auf die eiskalte Holzbank. Nachdem die Nachbarn ebenfalls mit einem betroffenen, flüchtigen Nicken begrüßt waren, wandte er seinen Blick zu Isabelle.

»Schön, dass du es dir anders überlegt hast.« Seine Stimme klang weder freundlich noch versöhnlich.

»Was blieb mir denn anderes übrig, nach dem Theater von heute Morgen?«, zischte sie zurück.

»Na ja ...«

Simon wurde von lauter Orgelmusik unterbrochen und verstummte. Isabelle war froh, dass die Zeremonie gerade in diesem Augenblick begann. Sie hatte keine Kraft für eine weitere sinnlose Diskussion. Der Streit am Morgen lag ihr immer noch im Magen, dass sie den ganzen Tag nichts hatte essen können. Es war einerseits der Versuch gewesen, sich um diese elendige Verpflichtung zu drücken. Andererseits erwartete er solch eine Reaktion von ihr nach seiner Ankündigung. Simon hatte beiläufig fallen lassen, direkt nach der Beerdigung für zwei Nächte auf Geschäftsreise zu gehen. Schon wieder. Nicht, dass es Isabelle etwas ausmachte. Doch schließlich war sie immer noch seine Frau und nach außen hin waren sie das perfekte Paar. Sein Schmuckstück, dachte sie verbittert.

Welche Frau wurmte es nicht, wenn der Ehemann sie so offensichtlich betrog und ihr damit Hörner aufsetze? Simon maß mit zweierlei Maß. Ihm war erlaubt, was Isabelle in den kühnsten Träumen nicht gestattet war. Inzwischen war er so besitzergreifend geworden, dass Isabelle schon bei einem zu langen Blick zu einem fremden Mann fürchtete, einen großen Fehler zu begehen. Während ihr feiner Ehemann hingegen sich freudigst durch die verschiedensten fremden Betten schlief. Doch sie durfte nicht eifersüchtig sein. Keine Reaktion zu zeigen, war jedoch genauso gefährlich.

Isabelle wusste sogar, wer die aktuelle Auserwählte war, die die nächsten zwei Nächte mit ihrem Ehemann das Bett teilen würde. Stefania, seine neueste »Praktikantin«. Wahrscheinlich wartete sie schon draußen im gemeinsamen Wagen und Isabelle musste wieder den Uber-Fahrer nutzen. Sie wagte einen flüchtigen Blick zu ihrer Seite. Doch Simon starrte unbeirrt den Pfarrer an, als würde er aufmerksam jedem Wort lauschen. Sein Anblick nervte sie. Simon hatte inzwischen eine Vollglatze, sein Gesicht war runder und fetter geworden. Sogar eine kleine Warze sprießte seit einem Jahr auf seiner linken Wange. Widerlich. Wie hatte dieses Gesicht ihr einst gefallen können? Wie konnte Stefania darüber wegschauen? Kurz überlegte Isabelle, ob der morgendliche Streit darüber richtig gewesen war.

Wie erwartet hatte Simon das bevorstehende Jahrestreffen mit ihren Freunden vergessen, ihren Geburtstag gleich mit. Als sie dieses Argument anbrachte, galten alle Vorwürfe schließlich ihr und ihrer Abreise. Wie immer hatte Simon es geschafft, den Spieß umzudrehen. Sie solle es absagen, um mit ihm in Zürich zu feiern, hatte er überraschend vorgeschlagen und ihr damit den Wind aus den Segeln genommen. War das ein Bluff? Das musste es sein. Simon würde sein außereheliches Rendezvous um keinen Preis der Welt absagen. Nie im Leben würde sie ihrerseits auf das Jahrestreffen verzichten, erwiderte Isabelle schließlich kleinlaut. Ihre Freunde waren einer der wenigen Gründe in ihrem Leben, warum Isabelle überhaupt noch aufrichtig lächelte. Mit diesen Worten hatte sie ihn schließlich stehen gelassen.

Nein. Der Streit war kein Fehler gewesen. Im Gegenteil. Isabelle wusste, dass Simon nun glaubte, der Gewinner des Disputs zu sein und sich erst recht in seinem Tun bestätigt fühlte. Sie schenkte ihm nur allzu gerne diese Illusion. Denn letztendlich gab es nie nur einen Sieger oder einen Verlierer. Auch in diesem Fall war dem nicht so und es ermöglichte schließlich auch Isabelle, ihre Angelegenheiten zu regeln.

In diesem Moment forderte der Pfarrer alle Versammelten auf, sich zum Gebet zu erheben. Simon stöhnte neben ihr angesichts seiner immer noch schmerzenden Knie. So langsam kam er in ein Alter, in dem sich der Körper bemerkbar machte. Ein nicht so ungewöhnliches Alter, um zu sterben, dachte Isabelle plötzlich. Instinktiv schüttelte sie sich, um diesen furchterregenden Gedanken loszuwerden. Als sie die Kapelle Minuten später wieder verließen und sich vor dem Friedhofstor ohne einen freundlichen Abschiedsgruß trennten, hatte sie ihn längst vergessen. Es war überstanden. Simon war fort. Erschöpft ließ sie sich auf die Rückbank hinter dem Uber-Fahrer nieder.

»Wohin Mam?«

»Nach Hause«, befahl sie. »So schnell es geht.« Isabelle wollte nur noch an einen Ort. Sie würde sich das Dinner von ihrer polnischen Küchenfrau Anuschka in die Bibliothek bringen lassen, statt im riesigen, aber einsamen Esszimmer zu speisen. Isabelle hatte die Bücherregale eigens einbauen lassen und nach und nach ihre Büchersammlung auf eine beachtliche Zahl erweitert. Im Gegensatz zu Karen las Isabelle jedoch weniger Romane, sondern vielmehr Sachbücher. Zwar hatte sie schon die Leidenschaft zum Kochen aufgeben müssen, doch dieses Hobby aus der Collegezeit würde sie sich immer bewahren. Und so umfasste ihre Bibliothek eine beachtliche Sammlung an Fachliteratur über okkulte Wissenschaften – von Alchemie, über die Hexenlehre und Magie bis hin zur Astrologie.

Ausgelaugt fiel sie eine halbe Stunde später in ihren Lesesessel, schob die Schuhe von ihren Füßen und legte sie auf den Hocker. Zum ersten Mal an diesem Tag atmete Isabelle auf. Endlich konnte sie wieder sie selbst sein, den gespielten Ärger wegwischen. Die nächsten zwei Tage ohne Simon würden ihr genügend Zeit geben, sich gebührend auf das bevorstehende Jahrestreffen vorzubereiten. Natürlich musste sie noch ein, zwei Geschenke besorgen und einpacken. Doch das war längst nicht alles, was es zu organisieren galt.

Ein Handy-Piepton verkündete einen Wortwechsel in der Nachrichtengruppe ihrer Freunde, der sie schmunzeln ließ. Isabelle sendete flink einen Kuss zurück und zog anschließend ihr Tablet hervor, um ihre Vorkehrungen zu treffen. Es füllte Stunden, doch ein leises Lächeln der Vorfreude lag dabei auf ihren Lippen.

»Was ist das?« Karen zeigte fragend auf die altarähnliche Ansammlung in der Mitte einer halbhohen Mauer, die sie nach einer Weile schweigenden Spazierens erreichten. Zahlreiche Kreuze waren an einem Steinturm im Zentrum befestigt, der über einem winzigen See thronte. Drum herum erinnerten Bänke in einem Halbkreis an einen Grillplatz. Nur wer würde schon hier mitten auf einem Feld grillen wollen? Etwas abseits waren weitere Kreuze in den Boden gestampft.

»Das ist eine alte religiöse Stätte. St. Brendans Well genannt«,
antwortete Isabelle wie aus der Pistole geschossen. Karen drehte
sich erstaunt um und sah, dass Isabelle von einer Informationstafel ablas. Ehrfürchtig blieb sie stehen und hielt vor dem kleinen
Altar inne.

»Hier hat der Heilige eine glorreiche Tat vollbracht, weswegen
ihm solch eine Stätte erbaut wurde. Der Brunnen ist ein Zeichen
dafür, dass er heiliges Wasser dazu genutzt hat.«

»Oh«, raunte Karen. »Ich glaube, darüber habe ich gelesen.«

»Er soll über die Dingle Bay nach Valentia gesegelt sein und die
Klippen in der Nähe von Culoo erklommen haben«, fuhr Isabelle
mit dem Vorlesen fort. »Das müssen die Klippen dort vorn sein.
Gerade noch rechtzeitig habe er zwei sterbende Heiden gefunden,
sie gesalbt und damit gerettet. Sehr heroisch. Dieser St. Brendan
war schon ein Teufelskerl.«

Isabelle grinste und betrachtete nun neben Karen den kleinen
Altar.

»Ich wusste nicht, dass es hier solch eine Stätte gibt.« Karen
schaute zum Haus zurück. Sie waren rund einen Kilometer gegangen. Das kleine Cottage war zu einem winzigen Fleck zusammengeschrumpft. In sicherem Abstand wirkte es wieder so idyllisch, wie sie es vom ersten Anblick in Erinnerung hatte.

»Ich vermute mal, dass überall in Irland solche Stätten zu finden
sind. Die Iren sind ja noch viel gläubiger als wir Engländer. Sie
ehren ihre Legenden.«

»Ich kann mir nicht vorstellen, dass jemand mehr über Legenden, Religionen, alte Hexenkunst und Magie weiß als du.« Karen
musste bei der Erinnerung schmunzeln. »Ich sehe dich noch lebhaft auf deinem Bett in eurem kleinen Zimmer sitzen, wie du ein
Buch nach dem anderen verschlungen hast.« Auch Isabelle
musste bei der Erinnerung lächeln.

»Stimmt. Ich tue es heute noch. Diese Dinge faszinieren mich
eben.« Das hatte schon in früher Kindheit begonnen. Ein Buch
schien nicht genug, ein Thema führte zum Nächsten. Damals, als
sie ihr Schicksal herausfand.

Isabelle schüttelte sich. Nein, das war weder der richtige Moment noch der passende Ort, um solche trüben Gedanken zu haben.

»Was weißt du über diese kleine Insel?«, fragte sie Karen zur Ablenkung und zog sie weiter auf dem Weg näher zu den Klippen. Karen überlegte kurz. Sie hatte manche Fakten in ihrem Job bei der Ausflugsagentur gelernt, die sie gern den Touristen weitergab. Die Insel war an der äußersten Südwest-Küste Irlands und dem Ring of Kerry vorgelagert. Damit war sie eine der westlichsten Punkte Europas. Zwölf Kilometer lang, drei Kilometer breit. Der irische Name lautete Oileán Dairbhre - Insel der Eichen. Bis zum Jahr 1970 war die Insel nur mit dem Boot zu erreichen, bevor eine Brücke Portmagee und Valentia verband. Zum Hauptort der Insel Knightstown fuhr in den Sommermonaten eine Autofähre, die Karen in der geschäftigsten Zeit des Jahres eine Autostrecke von 48 Kilometer ersparte. Hier fanden sich auch zahlreiche Pubs, Cafés und Restaurants. Deswegen suchte sich Karen auch in dem kleinen, idyllischen Küstenort eine Wohnung. Von hier erreichte sie schnell alle wichtigen Hotspots der Insel. Das Glanleam House & Gardens beispielsweise, ein Gelände, das einem Urwald glich. Der Besitzer Sir Peter FitzGerald, der 19. Knight of Kerry, hatte hier einst exotische Pflanzen aus Übersee angesiedelt. Karen liebte den einzigen Sandstrand der Insel, nicht weit von Glanleam House, oder den höchsten Punkt - Geokaun Mountain — der eine atemberaubende Aussicht bot. Next stop Amerika, hatte Karen gedacht, als sie das erste Mal auf den Berg geklettert war. Doch ihr Lieblingsort war der Schiefersteinbruch im Norden der Insel. Karen mochte den Gedanken, dass von diesem Steinbruch aus berühmte Einrichtungen wie Westminster Abbey oder die Pariser Oper mit Schiefer versorgt wurden. Der Steinbruch war seit 1998 wieder in Betrieb, dennoch durften auch Touristen ihn, einen kleinen Wasserfall und eine Madonna am Eingang besichtigen.

»Aber gibt es nichts Spannenderes? Irgendetwas aus der Geschichte?«, fragte Isabelle nun.

»Nun ja. Von hier aus wurde das erste transatlantische Telegrafenkabel verlegt und so eine dauerhafte Verbindung zwischen Amerika und Europa geschaffen«, kramte Karen weiter in ihrem Wissen.

»Du weißt, was ich meine.« Isabelle schaute sie mit einem schiefen Grinsen an.

»Ob es hier Hexen gab? Oder irgendwelche Wunder? Sorry. Die Mythen und Legenden der Insel kenne ich weniger. Tut mir leid. Da musst du wohl doch in unserer Bibliothek stöbern.«

»Schade«, raunte Isabelle enttäuscht. »Aber zumindest weiß ich ja nun, dass St. Brendan hier war. Immerhin etwas.«

»Aber Mönche gab es auch auf den Skelligs. Das sind zwei Inseln dort drüben vor Valentia.« Karen zeigte weitläufig nach links, doch Isabelle konnte nichts als Feld entdecken. »Sie sind inzwischen ein Naturschutzgebiet. Meine Agentur führt Besichtigungsfahrten dorthin durch. Seit Hollywood dort eine Sequenz für Star Wars gedreht hat, sind wir immer ausgebucht.«

»Oh, fantastisch. Das klingt super. Können wir dieses Wochenende dorthin?« Isabelle war Feuer und Flamme und schaute ihre Freundin gespannt an.

»Nein, im Februar fahren die Boote überhaupt nicht. Tut mir leid.« Augenblicklich hatte Karen das Gefühl, als Gastgeberin komplett zu versagen. Sie hätte Isabelles Wissensdurst nach Okkultem bedenken sollen, ärgerte sie sich nun. Warum hatte sie nicht daran gedacht?

»Schon gut. Du bietest schon genügend Abenteuer hier«, beschwichtigte Isabelle sie.

Karen stutzte. Was meinte sie?

»Sprichst du von den Dingen im Haus? Ich meine die Gegenstände ...«

»Lass uns nicht darüber sprechen«, kam es kühl von der Seite. Ein Blick in Isabelles Gesicht verriet Karen, dass es ihr ernst damit war. Sie stutzte über diese rüde Reaktion. Karen konnte sich des Gedankens nicht verwehren, dass Isabelle mehr wusste, als sie zugab. Warum?

»Gibt es Geisterhäuser?«, hörte sie sich fragen, bevor sie ihren Mund stoppen konnte.

Isabelle seufzte.

»Das kommt darauf an, woran du glaubst. Wenn du dir vorstellen kannst, dass so etwas existiert, dann tut es das auch. Wenn nicht? Dann nicht.«

»So einfach?«

»Ja, so einfach. Es gibt schon genug schwierige Dinge im Leben, warum dann alles noch komplizierter machen?«

Karen dachte über Isabelles Worte nach. Doch sie konnte dem nicht zustimmen. Für sie war es eben nicht so leicht. Woran glaubte sie, fragte sie sich in diesem Moment. An Freundschaft, war ihre eindeutige Antwort. Doch nicht das Haus hatte sie ihnen genommen, sondern etwas anderes. Etwas Unsichtbares. Und Karen war sich nicht sicher, ob sie herausfinden wollte, was dahinter steckte.

»Schau nur, da sind die Klippen«, riss Isabelle sie mit leidenschaftlichem Ton aus ihren Gedanken. »Das sieht wirklich atemberaubend aus.«

Karen blieb der Mund vor Staunen offen, als sie ihrem Blick folgte. Auf der einen Seite der Klippen sah es so aus, als habe sich ein kleiner See inmitten der Felsbrocken gebildet. Direkt daneben schien es etliche Meter tief hinunter zu gehen. Karen konnte das Meer am Grund rauschen hören.

»Komm schon, du Angsthase, das musst du dir anschauen«, schrie Isabelle gegen den auffrischenden Wind an. Sie war fast bis an den Rand gegangen und Windböen schubsten sie gefährlich hin und her.

»Lieber nicht,« rief Karen zurück. »Komm du besser auch zurück. Das sieht echt waghalsig aus, was du da tust.«

»Ach Quatsch.« Isabelle lachte und ließ sich nicht beirren. Sie stellte sich stattdessen vor, wie aufregend es wäre, in diesem See zu schwimmen – direkt vor den Klippen, immer mit dem Sound der tosenden Wellen unter sich im Ohr. Das müsste einen wahren Adrenalinschub bedeuten. Doch dann zog eine Felsspalte ihren Blick auf sich. Rund zehn Meter vor ihr schienen die Klippen für einen Moment aufzuhören. Nach rund einem halben Meter begann ein neuer Felsen. Um hinüberzukommen, musste man wohl springen. Würde sie sich das trauen, fragte sich Isabelle und ging so nah wie möglich an die Felsspalte heran.

»Nicht«, schrie Karen hinter ihr. Doch Isabelle schritt unbeirrt weiter. Nur ein kräftiger Sprung und sie wäre auf der anderen Seite, von Spürhunden nicht mehr aufzufinden. Mit zu wenig Schwung könnte es jedoch auch schnell in die Tiefe gehen. Isabelle schaute hinab und sah Gischt auf den herausragenden Steinbrocken meilenweit unter sich. Solch einen Sturz würde keiner überleben.

»Das sieht echt gefährlich aus, komm zurück«, bettelte Karen erneut. Sie konnte die Wellen unten in der Tiefe an die Felsen schlagen hören.

Stimmt, dachte Isabelle. Das sah mehr als gefährlich aus. Wie hypnotisiert starrte sie in die Tiefe hinab. Ihre Gedanken verflogen, ihr Kopf war plötzlich leer. Isabelle dachte nicht mehr, sondern fixierte nur noch das Wasser unter sich.

»Bitte«, flehte Karen nun eindringlich. »Lass uns zurückgehen.«

Widerwillig ließ Isabelle von den Klippen ab, kehrte der Felsspalte den Rücken und zu Karen zurück auf den sicheren Trampelpfad.

»Warum musstest du so nah ran gehen? Du hast mir einen Schrecken eingejagt.«

Schisser, dachte Isabelle, blieb ihr jedoch eine Antwort schuldig. Minutenlang liefen sie schweigend nebeneinander. Jeder dachte an seine eigenen Dämonen.

»Also ich muss schon sagen«, unterbrach Isabelle die Stille plötzlich in einem extrem fröhlichen Ton. »Dafür, dass das hier wirklich der Arsch der Welt ist, hast du echt einen aufregenden Ort ausgewählt. Das Cottage ist wirklich schön und hat ja so seine Geheimnisse. Dann das Heulen des Windes in der Nacht! Wirklich gespenstisch.« Isabelle grinste verschwörerisch bei diesen Worten, doch Karen fiel es schwer zurückzulächeln. »Und nun ist hier gleich noch eine heilige Stätte direkt um die Ecke, mit diesen atemberaubenden Klippen dahinter. Also ich für meinen Teil weiß dieses Unterhaltungsprogramm wirklich zu schätzen. Ich hatte lange nicht so viel Abenteuerfeeling.« Isabelle lachte laut auf und blickte Karen gut gelaunt an.

Die Fakten so geballt aufgezählt zu hören, ließen Karen nicht mitlachen. Ihr rann erneut ein Schauer über den Rücken. Karen bezweifelte, dass die anderen ihren diesjährigen Trip so abenteuerlustig auffassten wie Isabelle. Sie selbst fürchtete sich mehr als sich zu freuen. Vor allem Hartford nahm ihr die Ortswahl in diesem Jahr extrem übel. Das drückte eindeutig die Stimmung, dachte Karen traurig. In den letzten Jahren hatten sie zu fünft viel mehr gelacht. Sie schwelgten in alten Erinnerungen, staunten über die Pläne der anderen und gaben sich neue Versprechen. Doch in diesem Jahr blieb ihre Kommunikation stecken. Als hätten sie sich nichts mehr zu sagen. Lag das vielleicht am Ort? Oder hatten sich alle inzwischen zu sehr verändert und waren den alten Collegeschuhen entwachsen? Hatte ihre Freundschaft keinen Platz mehr im Erwachsenenleben? Oder war es in einer Freundschaft wie in einer Ehe? Wenn man nicht aufpasste, waren die vertrauten Pfade irgendwann unangenehm ausgetrampelt.

»Und was ist das da drüben für ein Bunker?«, fragte Isabelle unbeirrt fröhlich weiter und ignorierte Karens bedrückten Gesichtsausdruck. »Sieht aus wie eine geheime Regierungsanlage. Diese runde Form ist schon ungewöhnlich. Und der Zaun mit dem Stacheldraht obendrauf um das gesamte Gelände macht es geheimnisvoll. Verrat schon, Karen. Das würde jetzt alles krönen.«

In diesem Moment lachte Karen befreit auf.

»Nein, es ist nichts dergleichen. Das ist eine Außenstelle der Wetterstation der Insel, die vor einigen Jahren wieder nach Valentia verlegt wurde. Die Wissenschaftler glauben, dass durch Verkehr und Bevölkerung in Cahersiveen die Verschmutzung der Daten im Observatorium zu hoch sei.«

»Ach.« Isabelle klang nicht enttäuscht. »Eine Wetterstation also. Nun gut. Man kann nicht alles haben. Komm, lass uns zurück zu den anderen gehen, mir wird allmählich kalt.«

»Ja«, stimmte Karen nachdenklich zu. Sie konnte Isabelles Stimmungswandel nicht wirklich einordnen. Ihre Gemütslage schwappte von zu Tode betrübt, über nachdenklich so schnell zu abenteuerlustig und fröhlich, dass Karen der Kopf schwirrte.

Beinahe hätte sie es übersehen. Doch Karen schaute zweimal zum Cottage, das nun wieder größer vor ihnen lag. War im oberen Geschoss gerade das Licht an und direkt danach wieder ausgegangen? Oder hatte sie sich getäuscht?

Zufälle gibt es nicht. Nur das Schicksal.

»Hast du das auch gesehen?«

»Was?«

»Das Licht im Haus.«

Isabelle schüttelte den Kopf.

»Nein, tut mir leid. Mich hat immer noch dieser runde Kasten da drüben fasziniert. Was war denn?«

»Ach nichts. Ich hab mich wohl getäuscht.«

Doch Karens flaues Gefühl im Magen verriet ihr, dass das nicht der Wahrheit entsprach. Irgendetwas ging hier vor und es entzog sich ihrer Kontrolle. Sie spürte die Angst langsam wieder in ihre Glieder kriechen. Denn plötzlich wehte auch das Gras zu ihren Füßen zur rechten Seite, obwohl der Wind es eigentlich nach links treiben müsste.

28. Februar, 14.18 Uhr

Das Bild war friedlich, das sich ihnen im Inneren bot. Francis war auf einem der Sessel derart in eine Decke eingekuschelt, dass nur noch der schwarze kurze Schopf hervorragte. Sie war in ein Buch vertieft. In der Küche pfiff ein Wasserkessel auf dem Herd und der Duft von Pancakes hing in der Luft. Stephen und Hartford saßen mit dem Rücken zur Tür am Esstisch und beugten sich verschwörerisch über etwas, was auf der Tischplatte lag. Als sie Isabelle und Karen bemerkten, drehten sie sich ruckartig um.

»Na endlich, wo wart ihr denn gewesen? Wir dachten schon, wir müssten einen Suchtrupp losschicken.«

»Was zum Teufel …«

Karen erstarrte. Zwischen den beiden Männern hatte sich eine Lücke ergeben, durch die sie einen Blick auf den Tisch werfen konnte. Das Taschentuch, die Pfeife, eine Kette, ein Schlüssel und das Bild waren deutlich zu erkennen.

»Warum habt ihr das wieder heraus gekramt?«, wollte sie wissen, ohne auf die vorherige Bemerkung einzugehen.

»Weil wir endlich wissen wollen, was hier gespielt wird. Du hast ja keine Ahnung, was hier los war, während ihr gemütlich durch die Gegend spaziert seid.«

»Was war denn los?«, fragte Isabelle und nahm Karen ihre Jacke ab, weil diese immer noch wie angewurzelt im Eingangsbereich stehen blieb.

»Das Licht hat verrückt gespielt. Es ging an und aus. Von allein.« Hartford ruderte aufgeregt mit den Armen, als wolle er sich vor dem Ertrinken retten. »Überall im Haus. Hier und da hinten. Sogar oben in der Bibliothek.«

»Lass mich raten«, lachte Isabelle auf. »Du glaubst natürlich sofort wieder, dass es in dem Haus spukt.«

»Was würdest du denn denken? Du warst nicht hier.«

Ein unheimliches Gefühl traf Karen wie eine Wucht. Ihre Augen hatten sie doch nicht getäuscht. Augenblicklich kehrte die

Gänsehaut auf ihren Armen zurück. Was glaubte sie? Spukte es im Haus tatsächlich?

»Ich würde denken, dass die Elektrik verrückt gespielt hat«, lachte Isabelle und versuchte, die aufgeheizte Stimmung zu entschärfen. »Herrgott noch mal Hartford, das ist ein altes Haus. Vielleicht gab es auch einen Stromausfall, das soll auch nicht so selten hier draußen auf dem Land passieren. Werd endlich erwachsen.« Damit schien für Isabelle das Thema beendet zu sein, denn sie schritt entschlossen in die Küche, um endlich den immer noch pfeifenden Wasserkessel vom Herd zu nehmen.

Doch wenn Karen ihrer Gänsehaut vertrauten konnte, war das Thema längst noch nicht abgeschlossen. Fast wünschte sie sich, sie könnte genauso zur Tagesordnung übergehen, wie Isabelle es gerade tat.

»Wollte jemand Tee?«

»Ja, ich«, kam es unter dem Berg von Decken hervor. »Den Kessel hatte ich vergessen.« Francis kämpfte sich mühsam zur Oberfläche.

»Gut, ich nehme auch einen. Noch irgendwer?«

Die anderen schüttelten den Kopf. Karen stand immer noch bewegungslos im Eingangsbereich und starrte auf den Tisch, bis Stephen ihren Blick endlich auffangen konnte.

»Setz dich«, forderte er sie auf.

Nur zögerlich nahm sie an der Stirnseite Platz und starrte weiter auf die Gegenstände auf der Tischplatte, als könnte sie ihnen so eine Antwort entlocken. Kurz darauf folgte ihr Isabelle.

»Ich finde, wir müssen herausfinden, wie die Dinge hierhergekommen sind«, fuhr Hartford unbeirrt fort. »Denn ich fühle mich alles andere als wohl. Ich denke, alles hat mit diesen Gegenständen angefangen, die alle eine persönliche Bedeutung für uns zu haben scheinen.« Er schluckte fast unmerklich. Ein Schatten glitt über sein Gesicht und Karen kam nicht umhin zu denken, dass er nicht alles sagte, was er dachte. »Die Geräusche in der Nacht, das komische Omen in der Bibliothek, das Lichtchaos — all das kam erst danach. Also, Karen?« Er starrte sie auffordernd an.

»Du glaubst immer noch, ich hätte sie in der Schublade deponiert?«

Hartfords Nicken entrüstete Karen.

»Ehrlich, warum sollte ich das tun? Was hätte ich davon?« Sie fühlte sich verletzt.

»Vielleicht war es als Spiel gedacht, als Scherz«, wagte sich Stephen hervor.

»Du auch?« Karen verspürte einen tiefen Stich in der Brust.

»Nein. Eigentlich kann ich mir das nicht vorstellen«, schüttelte Stephen den Kopf. »Das ist nicht deine Art. Du bist immer ehrlich, du hast uns immer umsorgt und geholfen, du spielst nicht mit uns.«

Tränen der Rührung schossen Karen in die Augen. Ihr war nicht bewusst gewesen, wie sehr ihre Fürsorge ihm aufgefallen war. Schon zu Collegezeiten hatte sie immer jeden bei den Hausarbeiten unterstützt, Aufgaben übernommen und stand stets hilfsbereit zur Seite. Und auch in den letzten Tagen hatte sie sich so viel Mühe gegeben. Nur leider umsonst, wie es schien.

»Stimmt, eigentlich ist es eher deine Handschrift.« Hartford schaute Stephen herausfordernd an. »Du bist doch immer für einen Streich zu haben gewesen.«

»Damit magst du recht haben«, nickte Stephen. »Aber habe ich je euch einen Streich gespielt oder nur anderen um uns herum?«

Hartford schwieg und senkte seinen Blick. Das war richtig. Stephen hatte nie seinen Freunden übel mitgespielt, sein Ziel waren Professoren, Kantinenmitarbeiter oder andere Studenten, die eine der drei Mädels nicht mit gebührendem Respekt behandelt hatten. Stephen hatte die Gruppe ebenso beschützt, er war einer von ihnen. Karen grübelte und ließ ihren Blick zwischen allen Anwesenden hin und her wandern. Hartford war zwar ein Lausbub, aber er hatte ebenfalls wie Stephen nie jemanden aus der Gruppe aufs Korn genommen. Isabelle war die Köchin der Clique gewesen, sorgte immer für Unterhaltung und gute Laune und Francis war sowieso immer auf Harmonie bedacht, sie stiftete eher Frieden als Unruhe. Eigentlich hatte keiner einen Grund, ihnen so einen üblen Streich zu spielen. Wer war es dann?

Es gibt keine Zufälle. Nur das Schicksal.

Karen schwitzte und fror zugleich. Es schien, als verdächtigte jeder jeden. Wie eine Krankheit schlich sich das Misstrauen in ihre Freundschaft und hinterließ beunruhigende Beschuldigungen in den Köpfen. Was glaubte Karen? Hatten Hartford oder Stephen sich einen Scherz erlaubt? Dann jedoch würde es keinen Sinn ergeben, dass die beiden Männer so stark auf eine Auflösung pochten. Was war mit Isabelle? Seit sie den Raum betreten und erkannt hatte, womit sich die Männer beschäftigten, war sie erneut extrem ruhig geworden. Und Francis? Nein, dachte Karen augenblicklich. Francis war die Friedensstifterin der Gruppe mit dem erstaunlichsten Einfühlungsvermögen, das Karen je bei einem Menschen erlebt hatte. Manchmal schien es, als würde sie Unheil voraussehen und war bereits darum bemüht, es zu verhindern, bevor es überhaupt ausbrechen konnte. Doch dieses Unheil hatte nicht mal Francis erahnt, geschweige denn verhindern können.

»Ich glaube, ich habe etwas gefunden«, unterbrach Francis wie aufs Stichwort Karens Gedanken und gesellte sich samt Tee und ihrem Buch zu den anderen. Aufmerksam lauschten die vier ihrer Erklärung, warum sie gerade dieses Buch herausgesucht hatte, um darin zu schmökern.

»Ich dachte mir, ich setze bei dem an, was irgendwie am schrägsten ist. Während die anderen vier Gegenstände wirklich persönlich sind, ist es das Bild von Karen als Heilige doch irgendwie nicht, oder? Es ist kein Gegenstand, den Karen mal besaß. Ich kann mich nur erinnern, dass Isabelle ähnlich aussehende Tarotkarten besessen hatte.«

»Richtig.« Isabelle nickte. Dass sie immer noch regelmäßig ihre Tarotkarten in der Bibliothek ihres Hauses legte, ließ sie jedoch unerwähnt.

»Also«, fuhr Francis fort. »Das Bild ist eindeutig religiös. Und in der Bibliothek habe ich ein Buch gefunden, das von der Geschichte der Religionen hier auf der Insel erzählt. Und schaut, was darin zu finden ist.«

Mit einem lauten Knall legte sie das Buch auf den Tisch, sodass alle einen Blick auf die aufgeschlagene Doppelseite werfen konnten.

»Das ist das gleiche Bild, nur nicht mit Karens Gesicht«, rief Stephen erstaunt aus.

»Es zeigt Darerca«, erklärte Francis weiter. »Das ist die Schutzpatronin von Valentia.«

»Nie von ihr gehört«, schüttelte Karen den Kopf.

»Sie soll eine Schwester von St. Patrick gewesen sein, der sagt euch aber was?«

»Klar.« Isabelle nickte. »Der heiligste aller Heiligen, der ganz Irland missioniert haben soll. Wie oft haben wir auf dem College die St.-Patricks-Day-Parade gesehen? Zweimal? Dreimal?«

»Ich viermal«, grinste Hartford nun schief bei der Erinnerung an die glorreichen Partynächte.

»Zurück zum Thema«, mahnte Stephen. »Erklär uns weiter, Francis.« Das ließ sie sich nicht zweimal sagen.

Darerca soll im 4. Jahrhundert in Großbritannien geboren worden sein. Sie war angeblich zweimal verheiratet, einmal in Frankreich, einmal in Irland. Sie soll zwei Töchter und unglaubliche 17 Söhne zur Welt gebracht haben, die allesamt Bischöfe wurden. Alle wurden heiliggesprochen. Doch während viel über ihren Bruder und ihre Kinder geschrieben stand, gab es kaum Details über das Leben von Darerca selbst. Man sei sich sogar uneinig über ihren Geburtsort und wann sie starb, erklärte Francis. Andere Experten bezweifelten, dass sie tatsächlich eine Schwester Patricks war.

»Doch heute wird sie als Schutzpatronin von Valentia bezeichnet. Ihr Feiertag wird auf den 22. März datiert. Aber warum das so ist, das habe ich noch nicht herausgefunden«, endete Francis.

»Und vor allem, warum auf diesem Bild mein Gesicht statt ihres zu sehen ist.« Karen zeigte auf die Mitte des Tisches. »Ich kann es mir nicht erklären. Ich hab noch nie von Darerca vorher gehört. Du?«

Doch Isabelle zuckte nur mit den Schultern. Blässe hatte sich auf ihr Gesicht gelegt.

»Also, wenn unsere Expertin auch nichts weiß, stecken wir in einer Sackgasse.« Stephen schaute in die Runde. »Oder hat jemand noch eine andere Idee? Hartford?«

»Ich würde euch nicht so dumm fragend anglotzen, wenn ich was wüsste«, antwortete dieser schroff.

Francis lächelte plötzlich vor sich hin.

»Was ist?«, fragte Karen, der diese Reaktion nicht entgangen war.

»Diesen Abschnitt wird Isabelle lieben«, sprach Francis lächelnd, bevor sie laut vorlas.

»Mug Ruith – übersetzt Sklave des Rades - ist eine Figur in der irischen Mythologie. Er ist ein mächtiger, blinder Druide von Münster, der auf Valentia Island im County Kerry lebte. Er

konnte eine enorme Größe erreichen. Sein Atem verursachte Stürme und verwandelte Männer in Stein. Mug Ruith war in einem Streitwagen mit Ochsenantrieb unterwegs, in dem die Nacht so hell wie der Tag war.«

Nun musste auch Karen schmunzeln. Ja, das war exakt Isabelles Ding. Fast rechnete Karen damit, dass sie direkt behauptete, der Sturm da draußen ginge auf seine Kosten. Der Atem des Mug Ruith wehte wohl ums Haus.

Doch ein Blick zur wunderschönen Blondine bewies, dass sie sich irrte. Statt Faszination strahlte ihr Gesicht Entsetzen aus. Sie wirkte blass und geschockt. Doch bevor Karen etwas sagen konnte, fuhr Francis unbeirrt fort.

»Hier ist noch etwas, das interessant sein könnte.« Langsam las sie auch folgende Passage vor.

»Es gibt noch einige wenige mit Stroh gedeckte Cottages auf Valentia, einige von ihnen noch mit dem alten Ein-Raum-Plan und dem Giebel an einem Ende. Aber die sind weit entfernt von den miserablen Hütten, die es im letzten Jahrhundert auf der Insel gab, auch wenn noch manchmal das traditionelle offene Feuer mit dem Kessel an einer Eisenstange beibehalten wurde. Andere Häuser waren vor den Klippen …«

»Hier hört es auf. Leider fehlen zehn Seiten. Irgendjemand hat sie herausgerissen. Das schöne Buch«, seufzte Francis. Karen fragte sich erneut, ob das auch ein Zufall sein könnte.

»Glaubt ihr, dieses Haus ist eins von ihnen?« Francis hatte jedes Wort begierig in sich aufgesogen.

Karen schüttelte den Kopf.

»Nein. Es ist zu groß. Die Häuser, die dort beschrieben werden, sind deutlich kleiner. Unser Cottage ist alt, aber sicher nicht so alt. Wenn ich nur wüsste, was auf den weiteren Seiten gestanden hatte.«

»So bringt uns das nicht weiter«, seufzte Francis. »Das alles hier. Ich hab keine Verbindung zu unserem Haus gefunden. Nichts zur Bibliothek. Als gäbe es das Haus gar nicht.«

»Aber es gibt es«, murmelte Karen und erschauderte erneut.

»Das ist doch alles Humbug. Glaubt ihr tatsächlich an Spukhäuser? Ich nicht. Vielmehr wünschte ich mir, der Scherzkeks unter uns würde endlich gestehen.« Stephen blickte alle unverwandt an.

Doch keiner antwortete. Unglücklich drehte er sich ab und schritt zum Fenster.

»Du hast es gut gemeint«, hauchte Hartford und zuckte mit den Schultern, bevor er in die Küche ging, um sich ein weiteres Glas Wasser einzugießen.

»Trotzdem«, murmelte er verbissen. »Hier stimmt was nicht.«

Karen starrte ihn entsetzt an. Aber sie wusste nicht, was sie darauf sagen sollte. Was war hier los? Waren sie tatsächlich in einem Spukhaus oder irrten sie sich? So sehr der Gedanke an ein Geisterhaus sie auch erschrak – es wäre zumindest eine Erklärung. Die Geräusche in der Nacht fühlten sich immer noch bedrohlich an.

Entmutigt griff Karen nach dem Bild, das ihr eigenes Gesicht zierte. Wie war das nur möglich, dachte sie erneut. Gedankenverloren drehte und wendete Karen das Bildnis in ihrer Hand, als ein Span auf der Rückseite verrutschte und die Pappe sich löste. Karen wollte sie gerade wieder fixieren, als sie bemerkte, dass darunter etwas versteckt war. Verstohlen und erschrocken zugleich warf sie einen Blick zu den anderen. Doch keiner beachtete sie. Unbemerkt zog Karen schnell den Zettel heraus, den sie hinter der Pappe entdeckt hatte. Sie erstarrte, als sie las, was darauf geschrieben stand.

Die Schuldigen müssen bestraft werden.

Karens Hand begann zu zittern. Ungewollt stieß sie einen erschrockenen Seufzer aus.

»Wie bitte?« Francis schaute auf.

»Ach nichts«, sagte Karen hastig und zerknüllte den Zettel in ihrer Hand. Blitzschnell entschied sie, dass die anderen lieber nichts von diesem Fund erfahren sollten. Es gab schon genug Misstrauen zwischen ihnen. Und dieser Satz würde es sicher nicht verbessern. Doch das unbestimmte Gefühl, dem Untergang geweiht zu sein, konnte sie nicht genauso leicht verschwinden lassen wie ein Stück Papier.

»Also, was machen wir jetzt?« Stephen drehte sich abrupt um und starrte angestrengt in die Runde. »Wollt ihr noch länger in alten Kamellen schwelgen oder endlich etwas Interessantes unternehmen?«

Doch es schaffte keiner mehr, zu antworten. Denn ein lautes Klopfen an der Tür ließ alle gleichermaßen erschrocken zusammenzucken.

Ein Sturm zieht auf

28. Februar, 14.47 Uhr

Das Wetter hatte vollkommen umgeschlagen, ohne dass es einer von ihnen bemerkt hatte. Bedrohlich wirkende Wolken verdunkelten bereits jetzt den Tag. Sie zogen tief hängend über die Berge heran, gepeitscht vom Wind, der stark aufgefrischt hatte und nun heulend dynamische Böen um das alte Haus herum stürmen ließ. Dicke Regentropfen prasselten von oben herab.

Im Türrahmen stand ein großer Schatten – schwarz wie die Nacht. Von seinem Kopf tropfte Wasser herunter. Im ersten Augenblick erschrak Karen. Sie konnte kaum das Gesicht des Mannes sehen, der gerade heftig an die Haustür geklopft hatte. Bis er die Kapuze schließlich hob.

»Mister Warren«, stieß sie erstaunt aus. »Das ist eine Überraschung. Haben wir irgendwas vergessen?«

Der durchnässte Mann blickte sie angestrengt an. Regentropfen verfingen sich in seinen grauen Haaren. Das runde Gesicht war gerötet, der graue Bart triefte ebenso und die Wachsjacke glänzte vor Nässe. Doch die braunen Augen blickten freundlich.

»Nein, nein. Keine Sorge. Ich war mir nur nicht mehr sicher, ob Ihre Gasflasche …«

»Kommen sie doch erst einmal herein, Sie sind ja klatschnass.«

Der breitschultrige Mann nahm dankend an, wuchtete eine schwere Metallflasche über die Türschwelle und musterte danach die Hände warmreibend die Gesichter der Anwesenden. Karen nahm ihm die Wachsjacke ab und Mister Warren hob bereits seine Füße aus den schlammigen Gummistiefeln.

»Leute, darf ich vorstellen, das ist Mister Warren. Er hat mir das Cottage für das Wochenende vermietet.« Karen schob den großen, breiten Iren tiefer ins Hausinnere.

Hartford warf ihm einen Blick zu, dessen Boshaftigkeit ihn hätte umhauen können, hätte Mister Warren ihn bemerkt. Francis reagierte geistesgegenwärtig, sprang auf und brachte Hartford mit einem warnenden Blick zum Schweigen. Sie eilte Mister Warren entgegen, um ihn mit Fragen zu überfallen.

85

»Das ist aber schön, Sie kennenzulernen. Sie sind also der Besitzer des Hauses? Kommen Sie doch näher, möchten Sie einen Tee?«

»Wag es ja nicht«, flüsterte Stephen Hartford unterdessen zu, der sich bereits vollständig aufgerichtet hatte und zum Angriff bereit war. Brodelnder Zorn stand ihm ins Gesicht geschrieben. Stephen konnte sehen, wie gern Hartford seine gesamte miese Laune an dem Vermieter auslassen wollte. Plötzlich war ihm ein Sündenbock geschenkt worden, den Hartford nur allzu gern annehmen wollte.

»Ruhig, Brauner, ganz langsam«, warnte Stephen weiter und hätte sich am liebsten vor seinem Kumpel aufgebaut.

»Ja gerne«, antwortete Mister Warren auf Francis Frage. »Tee kann nicht schaden. Der Sturm kam ein wenig früher als erwartet.«

Francis bot ihm einen Platz an der Kücheninsel an, nahm den Teekessel und füllte ihn erneut auf. Mit einem leicht aufgesetzt wirkenden Summen stellte sie ihn auf den Herd. Karen bemerkte, dass nun auch Isabelle sich neben Hartford gestellt hatte, um seine geballten Emotionen im Zaum zu halten. Ihre Hand auf seinem Oberarm wirkte vertraut und befremdlich zugleich.

»Sturm?«, fragte Isabelle verwundert.

»Ja, haben Sie denn nichts von der Wetterwarnung gehört? Es herrscht Warnstufe rot. Ein Sturm zieht auf. Er soll bis Sonntagmorgen toben. Erst Starkregen, dann extreme Windböen. Kann echt ungemütlich die nächsten Tage werden.«

Das hatte noch gefehlt, dachte Karen düster. Ein Februarsturm war das Letzte, was sie an ihrem Wochenende einkalkuliert hatte. Würde er die letzte verbliebene Freude an ihrem Jahrestreffen verderben? Sie kannte die Frühjahrsstürme in Irland bereits. Die Bewohner Valentias waren darin geübt, sich in ihren Häusern einzuschließen und den Wind draußen toben zu lassen, bis er vorüber war. Überflutete Straßen, Stromausfall oder abgedeckte Dächer ließen sie kalt. War ein Sturm vorüber, räumten sie auf und lebten wie gewohnt weiter.

Karen fehlte diese Entspannung. Die Erinnerung an ihren ersten Sturm auf der Insel war noch sehr lebendig. Sie hatte verängstigt in ihrer Wohnung ausgeharrt, dem unheimlichen Pfeifen des Windes gelauscht und jede Sekunde damit gerechnet, dass er

Fenster und Türen aufstieß. Die Boote der Agentur bekamen mehr Kratzer ab als befürchtet, auch wenn Patrick sie fest vertäut hatte. Sie brauchten eine Woche, um wieder mit den Touristen aufs Meer fahren zu können. Und dann war da noch der Umstand, dass hier jeder Sturm irgendwie schlimmer und anders erschien.

»Ach herrje«, stöhnte auch Francis, die wieder vor Kälte zu zittern schien.

»Deswegen dachte ich, ich bringe Ihnen besser noch eine Gasflasche. Man weiß ja nie. Hier sind Stürme unberechenbar. Und anders. Wenn der Strom ausfällt, haben Sie so Gas für das Notstromaggregat hinten im Abstellraum.« Er lächelte freundlich. »Die Flasche unterm Herd im Dunkeln auszubauen, ist kein Vergnügen, wie ich aus Erfahrung weiß.«

»Sehr aufmerksam«, nickte Karen. Doch ein Stromausfall sorgte sie weniger als ihr perfekt geplantes Wochenende, das immer mehr den Bach runter ging.

»Na ja, das gehört ja wohl zu den Pflichten eines Vermieters dazu«, konnte Hartford sich nicht länger beherrschen. Augenblicklich schnellten vier Augenpaare ihm entgegen und warfen stumme Warnungen aus. Von der Wucht der Blicke seiner Freunde überrascht, verstummte er sofort wieder.

»Ich sollte das mal aufklären«, begann Mister Warren, nahm dankbar die Tasse Tee an, die ihm Francis reichte und legte seine Hände wärmend um die Tasse. »Ich bin nicht der Vermieter. Das Haus gehört nicht mir. Ich bin eher ein Verwalter.«

»Ach«, war Karen nun erstaunt. »Und ich dachte …«

Ja, was hatte sie gedacht? Gar nichts! Als Mister Warren ihr das Haus zeigte, hatte sie verliebt eine rosarote Brille getragen und ihr Verstand offenbar mehr ausgesetzt als bisher befürchtet.

»Und wer ist dann der Vermieter?«, fragte Hartford nun forsch.

»Also ich kümmere mich schon um alles, keine Sorge. Ich kenne jede Macke des Hauses. Ich weiß, was es braucht. Deswegen bin ich ja auch mit der Gasflasche gekommen.«

Was jedoch nicht die Frage beantwortet, dachte Karen angestrengt.

»Aber wer ist …«

»Wer hat die Bibliothek angelegt?«

Isabelle übertönte mit ihrer Frage Hartford.

»Bibliothek?« Mister Warren runzelte die Stirn. »Die sollte eigentlich verschlossen sein. Mieter haben dort keinen Zutritt.«

»Sie ist offen«, gestand Karen kleinlaut. »Wir haben uns aber nur mal kurz umgesehen und nichts angefasst.«

»Hmmmm«, murmelte Mister Warren. »Ich hab jetzt auch keinen Schlüssel dabei. Ich muss mich auf Ihr Wort verlassen. Die Büchersammlung ist sehr wertvoll. Der letzte Ritter von Kerry hat sie einst angelegt.« Sein Blick glitt über die Gesichter vor ihm. »Sie ist hier nur zwischengelagert, nächsten Monat soll sie ins Glanleam Haus umziehen, wenn dort die Renovierung fertig ist. Also bitte keine Schäden!«

»Natürlich nicht.« Karen fühlte sich immer mehr wie ein ertapptes Schulmädchen.

»Ritter von Kerry«, horchte Isabelle jedoch auf. »Wer war das?«

»Das ist ein Adelsgeschlecht. Die Familie hat sehr viel für Valentia getan. Aber das würde einen gesamten Abend dauern, um Ihnen alles zu erzählen. Die Zeit habe ich leider nicht. Ich muss mich entschuldigen.« Mister Warren machte bereits Anstalten, aufzustehen.

»Moment. Nicht so schnell!« Hartford ließ sich nun nicht mehr bremsen. »Ich hätte gern noch ein paar Antworten. Denn irgendwas stimmt mit diesem Haus nicht.«

Erstaunt, aber ruhig und mit glasklaren Augen schaute Mister Warren Hartford nun an, fast als habe er mit solch einem Angriff gerechnet. Die anderen vier konnten die Spannung regelrecht mit der Luft einsaugen.

»Was soll mit dem Haus nicht stimmen? Es ist alt. Da sind gewisse Dinge normal.« Seine Stimme klang vollkommen ruhig und gefasst.

»Gewisse Dinge? Normal?« Hartfords Stimme hingegen stieß vor Aufregung in die Höhe.

»Also wenn Sie Probleme mit dem Heizen …«

»Nein, nein«, ging Karen sofort dazwischen. »Es funktioniert alles wunderbar.« Doch sie sah, wie Hartford erneut Luft holte.

»Und was sagen Sie dazu?« Hartford zeigte mit dem Finger auf den Tisch. Mister Warren ließ seinen Blick darauf nieder. Doch nichts in seinem Gesichtsausdruck ließ auf Überraschung oder Erstaunen schließen. Kein kleines Zucken, das einen Schuldigen normalerweise verriet. Überhaupt keine Reaktion. Mister Warren trug ein Pokerface.

»Was soll ich dazu sagen? Sieht aus wie eine Pfeife, ein Taschentuch, eine Kette und ein Schlüssel.«

»Und sie kennen diese Gegenstände nicht zufällig?«

»Hartford«, zischte Stephen nun erneut. »Es reicht.« Doch Hartford war nun so in Fahrt, dass er ihn unmöglich hätte stoppen können. Sein Gesicht war erneut rot vor Wut angelaufen.

»Das Bild erkenne ich natürlich«, antwortete Mister Warren, ohne sich aus der Ruhe bringen zu lassen. »Das ist Darerca, unsere Schutzpatronin. Aber die anderen Sachen habe ich noch nie gesehen. Oder sollte ich?« Ein leichtes Lächeln umspielte die bärtigen Lippen.

»Nein, natürlich nicht«, sprang Karen erneut in die Bresche. »Wir haben die Sachen in der Esszimmervitrine gefunden und dachten, vielleicht könnten Sie uns mehr über den Besitzer erzählen.«

Isabelle flüsterte derweil etwas in Hartfords Ohr, das sie nicht verstehen konnte. Doch es wirkte. Hartfords angriffslustige Haltung entspannte sich zusehends.

»Tut mir leid.« Mister Warren schüttelte den Kopf und nahm einen letzten Schluck von seinem Tee. »Und ich fürchte, ich muss jetzt auch. Muss noch das Boot im Hafen sturmfest machen. Wird schon mächtig schaukeln.«

»Ja, natürlich.« Karen und Francis sprangen von ihren Plätzen auf. Wie aufgescheuchte Hühner, musste Karen überflüssigerweise denken.

»Beinahe hätte ich es vergessen.« Mister Warren hielt plötzlich inne, kramte in seiner Hosentasche und zog ein kleines Funkgerät heraus. »Das wollte ich Ihnen auch noch dalassen, wegen des Sturms. Sie wissen schon. Falls Sie doch irgendwie Hilfe brauchen.«

»Dann haben wir doch unsere Handys.«

Alle schauten Hartford erstaunt an. Hatte er tatsächlich in den letzten Stunden keinen Blick auf sein Smartphone geworfen? Oder sprach der Sarkasmus aus ihm, da es hier auch keinen Handyempfang gab.

Mister Warren ließ sich erneut nicht zu einer Reaktion erweichen.

»Wie dem auch sei, das brauchen Sie nur auf Kanal 1 zu stellen. Dann erreichen Sie entweder mich oder Rosie vom Post Office.«

»Kanal 1. Sie oder Rosie«, wiederholte Karen gehorsam wie ein Soldat. Francis konnte sich ein Grinsen nicht verkneifen.

»Richtig.« Irritiert drehte sich Mister Waren wieder um, schlüpfte nun in seine Gummistiefel und zog die immer noch vor Nässe triefende Wachsjacke über.

»Also dann. Danke für den Tee und ein schönes Wochenende wünsche ich Ihnen.« Fünf Rufe des Abschieds begleiteten ihn hinaus, zurück in den Regen.

Stephen griff unaufgefordert nach der Gasflasche und schleppte sie ans andere Ende des Hauses. Karen glaubte, dass sie ihn murmeln hörte, war sich jedoch sicher, dass er sich selbst mit Kopfschütteln begleitete.

»Also ehrlich, Hartford. Musste das sein?« Francis warf ihm einen beleidigten Blick zu, sobald die Tür geschlossen war.

»Was denn?«

»Du hättest den armen Mann nicht so angreifen sollen. Er kann auch nichts für deine schlechte Laune. Und Karen lebt hier. Sie ist auf gute Beziehungen angewiesen.«

»Ich hab doch gar nichts gemacht.« Hartford hob abwehrend die Hände. »Ich wollte eben nur Antworten.«

»Na, freundlich warst du jedenfalls nicht«, mischte sich Karen ein.

»Mal ehrlich, Leute. Mit dem Kerl stimmt doch was nicht«, setzte Hartford nun zu seiner Verteidigung an. »Der war nicht koscher. Und bestimmt kein Fischer, ich schwöre es euch. Seine Augen leuchten so diabolisch.«

Doch keiner antwortete darauf. Stattdessen verteilten sich alle im Raum, scheinbar um physischen Abstand zu Hartford zu gewinnen. Sein Quengeln strapazierte inzwischen die Nerven aller. Es war Isabelle, die die Stille brach.

»Also ich esse jetzt endlich von den Pancakes, bevor sie verschimmeln und ich noch verhungere.« Sie warf einen fragenden Blick in die Runde. Doch Stephen und Francis schüttelten den Kopf.

»Wir hatten schon«, flüstere Francis beschämt. Isabelle bedachte sie mit einem verständnisvollen Lächeln.

»Gib mir eine Portion«, sagte Hartford grimmig. »Ärger macht hungrig. Und du, Karen, zeig uns morgen deine Wohnung, dein Städtchen oder sonst irgendetwas. Ich brauch einen Pub und kann nicht noch einen Tag länger hier tatenlos herumsitzen.« Karen durchzuckte es wie ein Blitz, doch schnell gewann die Wut über Hartfords Gemecker die Oberhand. Langsam reichte es. Aufgebracht starrte sie ihn an.

Du hättest ja mitwandern können, dachte sie beleidigt. Doch Hartford ließ sich durch ihren Blick nicht beirren. Er schnappte sich die Sirupflasche und spritzte eine große Ladung von dem süßen Zeug auf seine Pancakes. Wie ein ungeduldiges Kind stürzte er sich auf das Essen, als hätte er seit Tagen nichts bekommen. Und doch strahlte Hartford irgendetwas Merkwürdiges aus, bemerkte Karen nun. Hinter seiner grimmigen Fassade glaubte sie Unsicherheit zu spüren.

Unsicherheit oder Angst?
Es gibt keine Zufälle. Nur das Schicksal

.

»Hey Fremder. Ist das schön, dich zu sehen.« Ungeachtet des nassen Neoprenanzugs schlang Francis ihre Arme um Hartfords Hals.

»Haben wir mal wieder die Zeit vergessen?«, grinste dieser frech, als sie ihn endlich wieder losließ. Mit einem geübten Handgriff rückte er seine Mütze zurecht, die Francis in ihrer Euphorie fast von seinem Kopf gerissen hatte. »Wir sollten längst auf dem Weg zum Flughafen sein.«

Francis zuckte nur mit den Schultern und zeigte auf das Meer. »Wie hätte ich bei diesen Wellen widerstehen können?«

Hartford folgte ihrem Blick. Der Strand sah wirklich verlockend aus. Es war ein ungewöhnlich warmer Februartag in Barcelona. Vom wolkenlosen Himmel strahlte die Sonne und hatte Einheimische und Touristen gleichermaßen auf die Handtücher in den Sand gelockt. Hier und da spielten Kinder und bauten Sandburgen, andere wagten sich bereits mit den Füßen in das 14 Grad kalte Wasser. Doch die größte Gruppe der Strandbesucher waren Surfer, die auf den meterhohen Wellen ritten. Unermüdlich kämpften sie sich auf dem Board liegend mit dessen Spitze durch den Wellenkamm, um dann umzudrehen, auf die richtige Welle zu warten und auf ihr in Richtung Strand zu reiten. Eben genauso, wie er es gerade noch bei Francis beobachtet hatte. Mit einer kraftvollen Eleganz hatte sie all ihre Muskeln angespannt, begann mit ersten Paddelbewegungen, bevor sie sich scheinbar mühelos auf dem Brett aufrichtete. Sie stellte die Füße auf, glich die Balance mit den Armen aus und ließ sich vom Wasser zurück Richtung Strand tragen. Er war von Francis Anblick verzückt. Diese zierliche Schönheit beherrschte das Brett wie kein anderer Surfer um sie herum. Es war kaum zu glauben, dass in diesem dünnen Körper so viel Kraft steckte. Doch unter dem Neoprenanzug zeichneten sich Francis harte Muskeln deutlich ab. Kein Gramm Fett, ein von der Sonne gebräunter Teint, ein schwarzer Schopf, dessen Haare auf wenige Millimeter gekürzt waren und vereinzelte Sommersprossen um den breit lächelnden Mund. Sie hatte es sogar geschafft, Hartford vom Brett aus zuzuwinken, während sie auf der Welle trieb.

»Na komm schon. Jetzt pack deine Sachen, damit wir endlich loskönnen«, drängelte Hartford. Er hatte es eilig. Hartford wollte den Flug auf keinen Fall verpassen, denn vor ihnen lag ein Zwischenstopp, von dem Francis noch nichts ahnte.

»Ja, nun hetze mich nicht.« Francis klemmte ihr Surfboard unter den Arm und stapfte entschlossen durch den Sand. Das Meer hatte ihre Gedanken geleert und zum ersten Mal seit Tagen hatte sie tief durchatmen können. Ihr Leben in Barcelona war in letzter Zeit nicht gerade leicht gewesen. Sie hatte Extratouren annehmen müssen, um ihr schmales Budget aufzubessern. Touristen durch die Altstadt zu führen war anstrengend. Francis hasste das rege Treiben auf der La Rambla und in den zahlreichen kleinen Gassen und Straßen daneben. So oft sie konnte, stieg sie am Abend auf den Montjuic hinauf, dem Hausberg von Barcelona. Francis liebte es, nach Feierabend durch die dortigen Gärten zu wandeln und einen Platz mit Sicht auf die sich schlafen legende Weltmetropole zu finden. Hierhin hatte sie vor zwei Jahren auch ihre Freunde beim Jahrestreffen entführt. Doch die Erinnerung wirkte wie aus einer anderen Zeitrechnung.

Wie hatte sich ihr Leben doch seitdem verändert. Wegen der Geldsorgen der letzten Wochen konnte sie schon lange nicht mehr dem Stress entfliehen. Auf dem Brett hatte Francis seit drei Wochen nicht gestanden. Umso mehr brauchte sie heute diesen Trip, bevor Hartford sie einsammeln würde. Sie war unendlich dankbar, dass er ihr mit seinen Sonderkonditionen die Reise nach Irland überhaupt ermöglichte.

»Los geht es, ich verstaue nur kurz das Surfboard in Andrés Schuppen, zieh mich um und dann können wir aufbrechen. Aber ich muss noch mal nach Hause.« Hartford stöhnte auf. Das bedeutete einen Umweg. Der Playa el Prat war unweit vom Flughafen gelegen und Hartford hatte gehofft, dass sie sich direkt auf den Weg zum Gate machen würden. Doch Francis wohnte weiter im Zentrum von Barcelona.

»Wir nehmen ein Taxi«, schrie Hartford seiner Freundin hinterher, die schon auf dem Weg zum kleinen Holzschuppen am Rande des Strandes war.

»Wann bist du umgezogen?«, fragte er sie überrascht 20 Minuten später, als der Taxifahrer vor einem aschfahlen, kargen und hässlichen Wohnblock anhielt und fragte, ob er warten sollte.

»Vor fünf Wochen.« Francis zuckte mit den Schultern. »Dank Jared bin ich rausgeflogen.«

»Dein Freund?«

»Ex-Freund!«

Francis wunderte sich, dass Hartford nichts von ihrer Trennung wusste. Normalerweise verbreiteten sich Neuigkeiten in ihrer Clique wie ein Lauffeuer. Sie kalkulierte längst ein, dass ein Telefonat mit Stephen ausreichte, um auch die anderen drei auf dem Laufenden zu halten. Und mit Stephen telefonierte sie tatsächlich oft. Fast täglich tauschten sie kurze Textnachrichten aus oder sendeten sich zumindest einen lustigen Gruß. Aber auch Isabelle hatte sie vor einiger Zeit von den Veränderungen berichtet. Denn Jareds Auftritt war so schockierend gewesen, dass Francis reden musste, um die Erfahrung zu verarbeiten. Sie fröstelte bei der Erinnerung. Die letzte Szene auf ihrem Hausflur hatte sich in ihr Hirn eingebrannt.

Jared war schon immer schnell laut geworden, wenn es nicht nach seinen Wünschen ging. Auch seine Eifersucht bekam Francis früh zu spüren. Sie war schließlich der Grund, warum sie die Beziehung beendete. Francis war fest entschlossen, seine Rückgewinnungsversuche auszusitzen. Doch irgendwie hatte Jared es erfahren und vor rund vier Wochen plötzlich vor ihrer Tür gestanden und sie als »ekelhafte Lesbe« beschimpft, die absichtlich seine Zeit verschwendet habe. Sie solle »verrecken«, gehöre wie früher »zu Zeiten der Inquisition gesteinigt«, schrie er. Dabei war Francis gar nicht lesbisch. Sie mochte beide Geschlechter. Doch Jared machte darin keinen Unterschied. Er hatte dabei so laut geschrien und mit den Armen herumgefuchtelt, dass Francis fürchtete, jeden Moment einen Schlag abzubekommen und zu Boden zu gehen. Nach drei Minuten waren alle Nachbarn auf dem Flur gewesen und auch Pablo kam angerannt. Francis war erleichtert, nachdem ihr Vermieter den schreienden Jared aus dem Haus geschmissen hatte. Doch die anschließende Aufforderung, besser ebenfalls ihre Sachen zu packen und woanders unterzukommen, überrumpelte sie. Die Miete war im Voraus auf drei Monate gezahlt, doch Pablo schüttelte nur den Kopf. Es gab keine Chance, dieses Geld zurückzubekommen. Und so hatte Francis noch am gleichen Abend ihre Taschen gepackt und den kleinen Notgroschen unter der Spüle hervorgeholt. Sie quartierte sich bei André auf der Couch ein und signalisierte ihrem Büro, in den kommenden Wochen die doppelte Anzahl Touren anzunehmen.

»Schau dich nicht um, es ist nur vorübergehend«, forderte sie Hartford auf, nachdem sie ihre Bleibe betreten hatten. Doch dieser tat exakt das, während Francis wild hin und her rannte, Sachen in einen Koffer schmiss und leise vor sich hin murmelte. Francis neue Behausung glich eher einem Loch als einer Wohnung. Das Appartement bestand aus einem dunklen Kabuff mit Kochnische und einer Tür, hinter der Hartford die Toilette vermutete. Alles sah schäbig und alt aus. Selbst zu Studienzeiten wohnte Francis komfortabler. Im gesamten Raum existierte nur ein winziges Fenster, dass kaum Licht hereinließ. Bei einem näheren Blick stellte Hartford fest, dass es das auch gar nicht konnte. Das Fenster führte nicht hinaus, sondern gab lediglich die Sicht auf einen ehemaligen Transportschacht frei. Das erklärte, warum die Luft stickig und muffig roch. Dieses Fenster würde keine Frischluft in den Raum bringen.

Hartford war es schleierhaft, wie es Francis hier auch nur mehr als einen Tag lang aushalten konnte. Er hatte schon Probleme, in seiner Wohnung keinen Lagerkoller zu bekommen, obwohl er mit Georgia und ihrer 8-jährigen Tochter Aurora eine kleine Drei-Zimmer-Wohnung in Mailand sein Eigen nennen konnte. Er war unwillkürlich erleichtert, als Francis verkündete, dass sie nun alles hatte und sie endlich zum Flughafen starten konnten.

»Ich bin sowieso kaum da«, zuckte Francis die Schultern, als sie den Schlüssel im Schloss umdrehte und sich vergewisserte, dass die Tür auch abgeschlossen war. »Aber die Nachbarn sind nett.« Plötzlich grinste sie bis zu den Ohren. Auf dem Flur hatte sich eine andere Tür geöffnet und eine junge Schönheit war herausgetreten. Über dem spärlichen Negligé entdeckte Hartford braune, lange Haare, dunkle Augen und ein verführerisches Lächeln.

»Pass auf dich auf und komm mir heil wieder«, raunte die Frau, bevor sie Francis einen leichten Kuss auf die Lippen hauchte.

»Keine Sorge. Ich weiß, dass ich wiederkommen werde.« Hartfords Lächeln gefror augenblicklich. Eben noch hatte er den Blick genossen, den ihm die Unbekannte zugeworfen hatte. Doch Francis ernster Blick ließ ihm das Blut in den Adern stocken. Ein dunkler Unterton hatte in ihrer Stimme gelegen, wie so oft, wenn sie etwas ahnte.

»Ich verstehe.« Hartford nickte langsam, als sie die Treppen nach unten rannten.

»Das war Susanna«, rief Francis zu ihm herauf. In kurzen knappen Sätzen berichtete Francis, wie sie sich an ihrem Einzugstag kennenlernten. Francis war vom ersten Moment an fasziniert von ihr. Doch Susanna zögerte ihrerseits. Sie war gerade einer gewaltsamen Ehe entflohen und musste sich erst an das Gefühl gewöhnen, eine Frau attraktiv zu finden. Francis versuchte, Geduld zu zeigen, konnte sie ihre Verwirrung nur allzu gut verstehen. Bei ihr war es nicht anders gewesen. Bis auf vorsichtige, schüchterne Küsse und sanfte körperliche Annäherungen war zwischen den beiden Frauen noch nichts gelaufen. Susanna hatte zwar bereits bei Francis übernachtet, jedoch lagen die Frauen nur Arm in Arm im Bett und sprachen stundenlang über Gott und die Welt. Danach zog sich Susanna wieder zurück. Es wirkte, als distanzierte sie sich jedes Mal verschreckt, waren sich die Frauen ein wenig näher gekommen. Francis würde jedoch nicht aufgeben. Noch nicht. Sie hatte sich verliebt. Zumindest ließ es sich ein wenig leichter in dem Drecksloch aushalten, beendete sie schmunzelnd ihren Bericht, öffnete die Taxitür und sprang auf die Rückbank.

»Und wie geht es deinen Eltern?«, fragte Hartford, nachdem er dem Taxifahrer das Zeichen gegeben hatte, nun zum Flughafen fahren zu können. Francis verzog missmutig das Gesicht und schüttete den Kopf. Ihre Laune war zu gut, um über ihre Familie zu sprechen. Schon als Kind fühlte sich Francis oft missverstanden. Schon immer sensibel und feinfühlig kam sie mit den rauen Gepflogenheiten in der Arbeiterfamilie nicht wirklich klar. Zu Anfang reagierte ihr Körper und drückte mit zahlreichen Krankheiten das Unglück der kleinen Francis aus. Das verursachte jedoch, dass ihre Mutter sie fortan überbehütete, sie Jahre in der Schule verpasste und viel zu spät aufs College kam. Natürlich folgte Francis dem Wunsch ihrer Eltern, die neue UCB in ihrer Nähe zu besuchen und war glücklich, als auch Stephen seine Eltern davon überzeugen konnte. Die Freundschaft war schon zu Schulzeiten der Fels in ihrer Brandung gewesen. Die Collegejahre sollten ihre bisher schönsten sein. Doch kurz vor dem Abschluss verkomplizierte sich alles plötzlich, als Francis eines Nachmittags glaubte, ihren Vater gesehen zu haben. Sie hatte gerade ein Mädchen geküsst. Zwei Tage später hatte ihre Mutter offiziell zum Tee geladen und Francis wusste sofort, dass sie aufgeflogen war. Die Angst war ihr Begleiter, doch Francis konnte nicht ahnen, wie schlimm das Familientreffen eskalieren sollte. Ihr Vater warf sie tatsächlich aus dem Haus und drohte ihr, sollte sie jemals wiederkommen. Seine Tochter wäre keine Lesbe, lieber hätte er gar keine Tochter. Diese Worte hallten lange in Francis nach, ebenso wie der erschrockene Gesichtsausdruck ihrer Mutter, den sie nicht vergessen konnte. Auch wenn Wochen später eine Entschuldigung erfolgte, so saß die Kränkung tief. Weder ihre Mutter noch ihr Bruder hatten sie verteidigt. Francis Entschluss stand zudem längst fest, dass sie nach dem Studium irgendwohin gehen würde, wo sie einen Neuanfang starten könnte. In einem Surferparadies. Davon konnte sie auch das Flehen ihrer Mutter nicht mehr abhalten. Unwillkürlich schüttelte Francis die Erinnerung an dieses unangenehme Gespräch ab.

»Und bei dir?« Francis lenkte von sich ab. Die Freude über Hartfords Gegenwart und die Vorfreude auf das bevorstehende Jahrestreffen wollte sie sich nicht mit trüben Gedanken verderben.

»Alles wie immer«, antwortete Hartford knapp. »Georgia geht es gut, Aurora geht es gut. Wir leben harmonisch wie immer.« Doch es klang längst nicht so fröhlich, wie es hatte klingen sollen. Francis hob die Augenbrauen und starrte Hartford von der Seite aus an. Da stimmte doch etwas nicht, dachte sie. Doch Hartford machte keine Anstalten, weiter zu reden. Er hing seinen eigenen Gedanken nach, während das Taxi die Autobahn Richtung Flughafen entlang rauschte.

Hartford wollte nicht erklären, warum ihn die Erinnerung an sein bisheriges Leben so bedrückte. Ebenso wenig, warum er in den letzten Wochen rastlos und unruhig schien. Permanent fühlte er sich eingeengt. Von Georgias Fragen, ob sie heute Abend ausgehen würden, ebenso wie von Auroras Betteln mit ihr zu spielen. Früher hatte er das immer so gern getan. Er mochte das Familienleben, das völlig unverhofft sein eigenes wurde.

Er hatte geahnt, dass sich dies ändern würde. Doch es geschah viel früher und abrupter, als er es vorhergesehen hatte. Erinnerungen, Briefe und Schamgefühle ließen diese Familienidylle schon vor langer Zeit platzen. Doch Hartford änderte lange nichts. Er litt im Stillen, ließ Georgia ihr Glück und kam so eine Zeit lang damit gut über die Runden. Bis die innerliche Ruhe ging.

Die letzten Tage erwischte er sich immer wieder dabei, dass er aus der kleinen Wohnung flüchten musste. Er irrte durch die lauten Straßen von Mailand, verzweifelt auf der Suche nach einem ruhigen Plätzchen. An den meisten Tagen fand er ihn nur auf dem Cimitero Monumentale, Mailands Zentralfriedhof, denn selbst der Simplonpark war von Touristenmassen bevölkert. Stundenlang wanderte er zwischen den zahlreichen beeindruckenden Grüften auf dem endlosen Friedhof entlang, ohne deren Schönheit, das Vogelgezwitscher und das Rauschen des Winds in den hohen Baumwipfeln zu bemerken. Nein, er hätte nicht in Worte fassen können, warum er sich so unglücklich und traurig fühlte. Aber er wusste es. Doch es war nicht an der Zeit, es auszusprechen. Ein Gefühl von unendlicher Trauer überflutete ihn.

»Ich bin dir wirklich so dankbar, dass du extra hergekommen bist und mich aufgabelst«, unterbrach Francis die Stille im Taxi. »Ich hätte sonst echt nicht gewusst, wie ich nach Irland kommen soll.«

»Schon gut.« Hartford rang sich ein mattes Lächeln ab. »Danke mir besser nicht, bevor ich dir unsere Reiseroute verraten habe. Es geht auf Umwegen zu den anderen.« Mit einem schlechten Gewissen gestand er ihr, dass sie nicht auf direktem Weg nach Irland flogen. Stattdessen würden sie spät in der Nacht in Liverpool landen, eine kurze Mütze voll Schlaf bekommen, bevor sie mit dem Auto zur Fähre nach Irland starteten. Von da aus ging es weiter über die Irische See und dann auf vier Rädern bis zu Karen, wohin auch immer diese ihre Freunde dieses Jahr eingeladen hatte.

»Es war die einzige Verbindung, bei der Tim seinen Agenturrabatt vollends ausspielen konnte und du quasi fast umsonst reist. Ryanair hat Kapazitäten für Mitarbeiter auf bestimmten Strecken gestrichen, nach Liverpool aber nicht. Den Mietwagen hat er mir auch über seine Sonderkonditionen in England buchen können.« Schuldbewusst hob er die Schultern und schaute Francis mit einem fragenden Blick an.

»Ach«, winkte diese fröhlich ab. »Das macht mir nichts. Wir sind doch zusammen und solange wir irgendwann bei den anderen ankommen, bin ich mehr als glücklich.« Hartford beneidete sie um diese Leichtigkeit. Er spürte einen Kloß im Hals, als das Flughafengebäude vor dem Taxi in Sichtweite kam. Wie gern hätte er auch allem mit so viel Fröhlichkeit entgegengefiebert. Doch in seinem Inneren war die Traurigkeit zurückgekehrt.

Einen Flug, eine Taxifahrt und zu wenige Stunden Schlaf später erwachte Francis in dem kleinen B&B-Zimmer, das Hartford für sie beide reserviert hatte. Es waren nur vier Stunden Schlaf gewesen, doch sie hatten ausgereicht, um ihre Energiereserven wieder aufzuladen. Verschlafen rekelte sie sich in dem warmen, weichen Bett, das Hartford ihr freundlicherweise überlassen hatte. Mit dem linken Arm reckte sie sich dem Handyalarm entgegen, um ihn auszuschalten. Dann fiel ihr Blick auf die Couch, die Hartford für die kurze Nacht gewählt hatte. Sie war leer.

»Hartford?«, rief sie durch das Gästezimmer. Doch mit einem kurzen Blick konnte sie schnell feststellen, dass sie die einzige Person darin war.

»Bist du im Bad?«

Als keine Antwort kam, stieß Francis die Decke von sich, stand auf und ging auf die Badezimmertür zu. Zaghaft klopfte sie an.

»Hartford, ich muss mal«.

Doch auch jetzt kam keine Antwort. Vorsichtig öffnete Francis die Tür und stellte fest, dass auch das Bad leer war. Hartford war nicht da. In Windeseile schloss Francis die Tür, hechtete auf die Toilette und leerte ihre übervolle Blase. Erst als sie sich erleichtert hatte, kam ihre Verwunderung. Wo war Hartford? Er hatte mit keinem Wort erwähnt, dass er am Morgen Pläne hatte. Den Mietwagen hatten sie noch in der Nacht am Flughafen in Liverpool geholt, um überhaupt in die kleine Pension auf dem Weg nach Holeyhead zu gelangen. Hartford konnte doch unmöglich jemanden hier in der Provinz kennen, oder doch?

Francis war bereits geduscht und vollständig angezogen, als sich endlich die Tür des kleinen Gästezimmers öffnete.

»Kaffee«, verkündete Hartford schon beim Eintreten. Sofort stieg wohlduftender Geruch in Francis Nase.

»Du bist ein Engel.« Sie nahm ihm einen Becher ab und küsste ihn freundschaftlich auf die Wange.

»Dann warst du also nur Kaffee holen? Ich war verwundert, als ich aufgewacht bin.«

»Auch.«

»Auch?« Francis schaute ihn verwundert an.

Hartford biss sich augenblicklich auf die Lippen. Das war ihm unbeabsichtigt herausgerutscht. Er wollte Francis nicht sagen, wo er die Stunden zuvor verbracht hatte, nachdem sie eingeschlafen war. Der Kaffee war nur der letzte Stopp gewesen. Von dem anderen Besuch musste sie nun wirklich nichts wissen. Jetzt hatte er es schon jahrelang geschafft, seine dunkle Vergangenheit zu verheimlichen, da musste sie nicht gerade jetzt auffliegen.

»Äh, ich meine, ich hab auch noch Scones mitgebracht.« Hartford griff in seine Jacketttasche und holte ein kleines Paket heraus. Ein Leuchten trat sofort auf ihr Gesicht.

»Oh, wie wunderbar. Ich habe seit Ewigkeiten keine Scones mehr gegessen. Her damit.« Francis riss ihm die Tüte regelrecht aus der Hand, drehte sich zum kleinen Tisch neben der Couch um und leerte sie aus. Sofort biss sie vergnügt in eines der Gebäcke. »Himmlisch.«

Hartford musste lächeln. Gott sei Dank war es leicht, sie glücklich zu machen und damit abzulenken. Denn Francis spürte normalerweise schnell, wenn etwas nicht stimmte, jemand traurig war oder voller Sorgen. Doch Hartford konnte es nicht gebrauchen, dass sie diesmal seine wahren Gefühle erspürte. Umso dankbarer war er, dass nun ihr Argwohn überstanden schien. Während Francis mit vollem Mund vergnügt vor sich hin kaute, ging er zu seinem Koffer hinüber und griff erneut in seine Jacketttasche. Ungesehen schmuggelte er den eigentlichen Grund seines Ausflugs unter Pullover und Jeans.

Fünf Stunden später verließen sie im Mietwagen die Fähre in Dublin und waren nach fast 18 Stunden endlich auf irischem Boden angekommen. Hartford hielt bei der nächsten Gelegenheit an, um die Strecke auf seinem Handy zu checken.

»Himmel«, stieß er verwundert aus.

»Was ist los?«, fragte Francis, die es sich auf dem Beifahrersitz gerade gemütlich gemacht hatte, um ein kurzes Nickerchen zu halten. Der schwere Seegang war nicht ihr Freund gewesen, auch wenn sie das nicht zugeben wollte. Ihr war immer noch übel.

»Das ist ja eine ewige Strecke. Karen lockt uns bis zum Ende der Insel. Schau her.« Hartford reichte ihr das Handy, auf dem die Route quer durch das gesamte Land bis zu einem Punkt im äußersten Westen der Insel führte. »Ich hatte keine Ahnung, wie weit das ist. Dafür brauchen wir mindestens noch sechs Stunden.«

Hartford unterdrückte ein Gähnen. Er war müde, denn in den letzten Nächten hatte er nicht viel Schlaf bekommen. Außer ein Nickerchen auf der Fähre war ihm das auch seit gestern Abend nicht wirklich vergönnt gewesen. Er wollte endlich ankommen, einen kurzen Abend mit seinen Freunden verbringen und sich schnell ins Bett verabschieden. Nun. Letzteres ließe sich immer noch verwirklichen. Doch der Abend würde nun noch kürzer ausfallen. Jedoch durfte es niemanden verwundern.

»Ach, jetzt sind wir schon so weit gekommen, dann schaffen wir das auch noch.« Francis gab Hartford das Handy zurück und gähnte ausgiebig, ohne sich die Mühe zu machen, ihre Müdigkeit zu verstecken.

»Ich schlaf eine Stunde und dann löse ich dich beim Fahren eine Weile ab.«

»Ach es wird schon gehen«, brummte Hartford, startete den Motor und lenkte das Auto wieder auf die linke Seite.

»Ich freue mich so sehr, die anderen zu sehen.« Francis kuschelte sich in ihre Jacke auf dem Beifahrersitz ein. »Wir werden richtig ausgelassen Isabelles Geburtstag feiern, viel lachen und Spaß haben. Wie in alten Zeiten«, freute sie sich, bevor sie die Augen schloss und Hartford ihren flachen Atem neben sich hörte.

Schweigend lenkte er den Wagen über die leeren Straßen. Es würde nicht mehr lange dauern, bis die Dämmerung einsetzte und die Dunkelheit über das Land hereinbrach. Doch in seinem Inneren war es längst finster. So sehr er Francis' Vorfreude auch verstand, er konnte sie nicht teilen. Düstere Gedanken machten sich in seinem Kopf breit. Hartford wusste, dass es alles andere als ausgelassen und fröhlich werden würde

.

»Happy Birthday to youuuuuu …«

»Oh bitte nicht, Stephen. Nicht schon wieder. Ihr habt doch schon heute Morgen für mich gesungen.« Isabelle war es unangenehm, dass alle vier Freunde erneut nebeneinander in einer Reihe standen und sangen. Die Dämmerung war ein zweites Mal auf das kleine Cottage vor den Klippen herabgesunken. Der schmollende Hartford hatte sich in seinem Zimmer beruhigt. Isabelle und Francis waren erneut in die Bibliothek hinauf gestiegen, um mehr über diese ominösen Ritter von Kerry und die Schutzheilige von Valentia zu finden. Und Karen hatte geglaubt, die Stimmung mit einem weiteren Mahl aufheitern zu können. Stephen ging ihr auch diesmal zur Hand. Doch im Gegensatz zum Vorabend sollte der Tisch festlich gedeckt sein, Kerzen darauf eine gemütliche Atmosphäre verbreiten und der Champagner zum Anstoßen schon geöffnet parat stehen. Ohne ein Wort zu verlieren, hatte Karen die Gegenstände wieder in die Schublade geräumt, die alle so aufregten. Und auch Hartford sprach nicht mehr darüber. Ein Geburtstagsdinner stand jetzt im Vordergrund, nichts anderes zählte mehr für Karen.

Isabelle zuliebe kochte Karen deren Lieblingsessen. Monatelang hatte sie es immer und immer wieder zu Probe gekocht, bis sie es selbst kaum noch sehen konnte. Doch es sollte perfekt sein – exakt nach dem Rezept, das Karen heimlich vor Jahren aus Isabelles Rezeptbuch abgeschrieben hatte. Lammkeule in Minzsoße mit Kartoffelstampf und Karotten sowie Pastinaken.

Nun machte Isabelle große Augen, als sie sah, was Karen aus der Küche zum Tisch herübertrug.

»Das ist doch nicht etwa …?«

»Doch, genau das ist es«, strahlte Karen. »Genauso, wie du es uns immer gekocht hast. Das letzte Mal zu deinem Geburtstag vor vier Jahren, wenn ich mich richtig erinnere?«

»Ja. Das stimmt wohl«, antwortete Isabelle in einem melancholischen Ton. Ein leichter Schatten huschte über ihr Gesicht. »Du bist wunderbar«, fuhr sie jedoch fort. »Damit hätte ich nie im Leben gerechnet.«

»Na ja, warte mit dem Lob lieber, bis du gekostet hast«, lachte Karen.

»Wollen wir hoffen, dass das Lamm besser gelungen ist als der Lachs«, grölte Hartford nun in die Runde. Ein kurzer Stich in Karens Herz ließ sie stocken. Doch alle um sie herum fielen in sein Lachen ein, sodass sie sich auch mitreißen ließ.

War das Lachen echt? Karen war sich nicht so sicher. Die Spannungen des Tages hingen immer noch in der Luft. Hartford lachte unnatürlich, in seinem Gesicht war nichts von dem lausbübischen Witz zu entdecken, den Karen sonst so an ihm mochte. Isabelles Lächeln wirkte aufgesetzt. Stephen wirkte ungewöhnlich nachdenklich. Nur Francis war ruhig und zurückhaltend wie immer, lachte scheu, aber herzlich.

Vielleicht lag es nur am Wetter, versuchte sich Karen zu trösten. Inzwischen pfiff ein lauter Wind um das Haus, Regen prasselte gegen die Fensterscheiben. Mister Warren hatte recht behalten: Ein Sturm hatte das kleine Haus vollends im Griff.

»Auf das Geburtstagskind.« Karen hob ihr Champagnerglas allem Missmut zum Trotz in die Höhe. »Mögen alle deine Wünsche im neuen Lebensjahr in Erfüllung gehen.«

»Danke«, erwiderte Isabelle erneut melancholisch. Die Gläser klirrten und für Sekunden war der Raum mit kompletter Stille gefüllt, als ein jeder einen kräftigen Schluck nahm.

»Ist alles in Ordnung, Isabelle?« Karen hätte sich auf die Zunge beißen können, doch ihr Mundwerk war schneller als ihre Selbstkontrolle.

»Ja. Ja, natürlich. Warum sollte es nicht sein?«

»Du wirkst wehmütig. Früher hast du deinen Geburtstag überschwänglicher genossen. Wenn ich nur an die Feier vor vier Jahren denke, muss ich immer noch lächeln.« Francis brachte es wie immer auf den Punkt.

Für einen Bruchteil einer Sekunde glaubte Karen Panik in Isabelles Augen aufblitzen zu sehen. Doch sie behielt die Fassung, lächelte erneut aufgesetzt und hob die Hände abwehrend hoch.

»Hey, Leute. Das ist eben so, wenn man älter wird. Ich mein, jetzt gehe ich wirklich straff auf die 30 zu. Das muss ich doch auch erst verdauen.«

»30 zu sein, ist gar nicht so schlimm. Glaubt mir, ich kenne mich damit aus.« Hartford war auf einen erneuten Lacher aus. Doch keiner fand ihn lustig.

»Das verstehe ich«, nickte Karen stattdessen. Sie erinnerte sich an die spärlichen Details, die Isabelle auf ihrem gemeinsamen Spaziergang preisgegeben hatte. Doch offenbar erlitt nicht nur ihre Ehe eine Flaute. War Isabelle in einer verfrühten Midlife-Crisis oder gar in eine Identitätskrise geschlittert?

»Aber es ist nicht das Ende der Welt«, erhob Isabelle lautstark ihre Stimme. »Schluss mit Melancholie. Das Essen ist fantastisch, Karen.«

»Danke.«

Das Lob tat sichtlich gut, nicht nur ihr. Mit jeder Minute lockerte sich die Stimmung mehr, auch wenn das heutige Geburtstagsessen längst nicht der Feier vor vier Jahren das Wasser reichen konnte. Doch bis alle Teller schließlich leer waren, war die Melancholie scheinbar verflogen. Die Geräuschkulisse schwoll so sehr an, dass der Sturm kaum noch zu hören war, der vor dem Haus in der Dunkelheit tobte.

»Wisst ihr noch? Das letzte Mal haben Hartford und Isabelle sogar getanzt«, schwelgte Stephen plötzlich in Erinnerungen. Karen öffnete gerade die zweite Flasche, um sie noch vor Mitternacht zu leeren.

»Oh ja, das war fantastisch«, kreischte Francis. »Wartet, ich glaube, ich habe noch Fotos auf dem Handy davon.« Sie stürmte bereits los, um das Telefon aus ihrem Zimmer zu holen.

»Nicht doch.« Isabelle winkte ab. »Das sind doch alte Kamellen.«

Schamröte strömte in ihre Wangen, beobachtete Karen verwundert. Oder lag es am Champagner, den sie gerade für die gesamte Runde neu auffüllte?

»Für mich nichts mehr«, flüsterte Isabelle ihr leise zu. Fragend schaute Karen sie an. »Ich vertrag es nicht mehr so gut wie früher.« Ihr verführerisches Zwinkern signalisierte ihr, dass diese Information unter den beiden bleiben sollte. Ohne Aufmerksamkeit auf sich zu ziehen, holte Karen eine Flasche Wasser, füllte Isabelles Glas fast vollständig auf und gab zum Schluss nur noch einen Schluck Champagner für die Farbe hinzu. Isabelle nickte ihr dankbar entgegen.

»Hier ist es.« Triumphierend hielt Francis ihr Handy in die Höhe und kehrte auf ihren Platz zurück. Auf dem Display erschien ein Foto, das eine lachende Isabelle in Hartfords Armen zeigte.

»Ein flotter Tango war das«, kommentierte er.

»Und ihr habt so gut zusammen ausgesehen«, fügte Stephen hinzu.

Isabelle rang sich ein mattes Lächeln ab. Karen wunderte sich erneut über ihre Zurückhaltung.

»Macht es doch noch mal«, forderte Francis die beiden auf.

»Ich … äh …« Isabelle stockte.

»Nee, nee. Lieber nicht«, kam ihr Hartford zur Hilfe. »Ich weiß gar nicht, ob ich noch so gelenkig wie damals bin.« Er grinste schief. »Ich bin schließlich auch älter geworden. Nicht dass Isabelle mir heute das Rückgrat bricht. Hier in dieser Einöde.«

»Na das würde ich niemals tun.« Ein kleiner Schmollmund verriet ihren Scherz. »Aber ja. Ich finde, dieser Tanz sollte einmalig bleiben. So ist das mit legendären Momenten.«

»Schade.« Nun zog auch Francis einen Schmollmund. Für einen Augenblick erfüllte eine quälende Stille den Raum. Nur der Wind von draußen pfiff weiter munter sein Sturmlied.

»Seid mir nicht böse«, sagte Isabelle schließlich und stand auf. »Ich bin müde. Für mich reicht es. Ich geh ins Bett.«

»Was?« Karen und Francis fragten entsetzt unisono.

»Aber es ist doch noch nicht Mitternacht«, pflichtete Stephen sofort bei. »Wir haben deinen Geburtstag immer bis Mitternacht gefeiert. Du wolltest immer noch einen Tag dranhängen, erst recht, wenn es ein Schaltjahr war. So wie heute.« Vier Augenpaare starrten Isabelle gespannt an.

»Ich sag doch, ich werde älter«, kommentierte sie nur mit einem Achselzucken.

»Gute Nacht.« Ohne ein weiteres Wort drehte sie sich vom Tisch weg und ging in Richtung der Zimmer.

»Puh«, entfuhr es Karen Sekunden später. »Was war das denn?«

Doch keiner antwortete ihr. Die Stimmung war erneut verdorben. Oder war sie gar nicht echt gewesen? Stephen stand wortlos auf, nahm das restliche Geschirr vom Tisch und machte sich in der Küche an den Abwasch. Francis zuckte nur ratlos mit den Schultern und auf Hartfords Gesicht war die Missmutigkeit zurückgekehrt.

»Dann geh ich eben auch schlafen.«

»Und ich lese noch etwas.«

Eine halbe Minute später waren nur noch Stephen und Karen übrig. Schon wieder.

»Nimm es nicht so schwer«, tröstete Stephen sie. »Du hast alles richtig gemacht.«

»Was ist nur mit uns los?«

Er zuckte die Achseln.

»Ich weiß es nicht. Vielleicht werden wir wirklich alle einfach älter. Das College war einmal. Heute ist jeder ein anderer Mensch.«

»Vielleicht hast du recht. Aber ich finde das sehr traurig.«

»Ich auch.«

Wortlos erledigten sie in vertrauter Teamarbeit den Abwasch. Regen und Wind waren lange Zeit die einzige Geräuschkulisse im Raum.

»Hoffentlich hält es das Haus aus«, kommentierte Stephen den Sturm.

»Bestimmt«, sagte Karen geistesabwesend. »Ist sicherlich nicht der erste Sturm, den es erlebt.« Doch ihre Gedanken waren längst nicht beim Sturm. Sie grübelte immer noch über ihre Freunde. Was hatte die Fünf nur so auseinandergetrieben, dass sie sich so fremd geworden waren? Dabei waren sie einst solch eine eingeschworene Clique gewesen, die nichts und niemand hätte zerstören können. Mit den legendärsten Geburtstagsfeiern, die Freunde miteinander haben konnten.

Wie anders es doch damals war.

Ein Hoch auf alte Zeiten

Lammkeule in Minzsoße«, verkündete Isabelle überschwänglich. »Das beste Essen, das es je gegeben hat.« Feierlich stellte sie die Fleischplatte auf das Tischlein in dem engen Studentenzimmer.

Es war jedes Mal ein Wunder, wie sie alle ausreichend Platz darin fanden, musste Karen einmal mehr schmunzeln. Denn für Feiern war der Raum ursprünglich nicht gedacht. Es war ein Studierzimmer, zum Lernen und Schlafen vorgesehen. Zwei Betten zierten normalerweise rechts und links die Wände, nur getrennt von einem Fenster und zwei Nachttischen dazwischen. Darauf stapelten sich an diesem Abend jedoch Geschenke. Wild aufgerissenes Geschenkpapier ließ die Nachttischlampen in einem glitzernden Chaos versinken. Die Betten waren jetzt hochgeklappt und boten so dem kleinen, ausziehbaren Tisch Platz, an dem zusammengequetscht fünf Personen auf unterschiedlichen Holzstühlen hockten. Die Kommode mit der modernen Stereoanlage darauf war so nah wie möglich an das Badezimmer auf der rechten Seite gewandert, damit zwischen Stuhllehnen und Möbelstück noch ein Durchkommen war. Das Gleiche war mit dem Kleiderschrank geschehen, der jedoch nur aus Stangen und Stoff bestand. Isabelle hatte ihn eines Tages auf einem Flohmarkt gefunden und schlug trotz ihrer knappen Finanzen sofort zu. Sie hatte es satt, ihre Kleider zusammengeknüllt in einer Kommode aufzubewahren, wie sie Karen voller Inbrunst am selben Abend noch erklärte. Mit dem Schnäppchen war dies endlich Vergangenheit. Von nun an konnten die Frauen ihre Kleidung aufhängen, was Francis jedoch herzlich egal war. Sie trug keine Kleider. Nicht mehr.

Karen ließ ihren Blick weiter durch den Raum schweifen. Die Tür zum Badezimmer war aus den Angeln genommen und stand bereits seit Stunden auf dem Flur des Studentenwohnheims. Andernfalls wäre es niemandem möglich, in das winzige Bad zu verschwinden. Die Geräuschkulisse der anderen übertönte zuverlässig eher unangenehme, peinlich werdende Laute aus dem offenen Badezimmer. Und doch zögerte Karen einen Besuch jedes Mal so lang hinaus, wie es ihre Blase aushielt.

Links im Raum war die kleine Kochnische untergebracht, die mit Kochplatten, Mikrowelle, einer winzigen Spüle und Hängeschränken wie eine vollwertige Küche ausgestattet war. Sie war nicht viel kleiner als die Küche, die Karen und ihre Mutter in ihrer Wohnung ihr Eigen nannten. Aber wenn jemand es verstand, wie man auf solch engem Raum die köstlichsten Festmahle zauberte, dann war es Isabelle.

Und nun saßen vier hungrige Freunde erneut in diesem Idyll und warteten darauf, dass Isabelle ihnen das heutige Festmahl präsentierte. Stephen und Hartford hatten ihre Messer und Gabeln wie zwei kleine Kinder in der Hand und trommelten bereits ungeduldig auf dem Tisch herum. Karen lachte über diesen Anblick.

»Aber nur, weil du es kochst. Und das an deinem eigenen Geburtstag«, säuselte sie gut gelaunt der Köchin entgegen. Isabelle zog ihre Schürze ab und präsentierte ihr perfektes Outfit: eine hellblaue Bluse mit weißen Verzierungen auf den Ärmeln, dazu eine schneeweiße Jeans und roten Pumps.

»Das mache ich nur für euch, ich schwöre.« Isabelle warf jedem einen Handkuss zu, schlängelte sich unter der Geburtstagsgirlande zurück zur Kochnische und stülpte fünf Schnapsgläser auf ihre Fingerkuppen.

»Darauf ein Prost«, rief sie den anderen zu. »So jung kommen wir nicht wieder zusammen.«

»Oh Gott«, stöhnte Karen. »Isabelle, ich kann nicht mehr. Können wir nicht erst essen, bevor wir weiter trinken? Die vier Feiglinge steigen mir bereits zu Kopf.«

Karen vertrug kaum Alkohol. Sie trank mal ein Bier oder ein Glas Wein in gemütlicher Runde, doch mehr war sie nicht gewohnt. Ihr schwirrte bereits der Kopf. Aber heute war ein besonderer Abend, an dem Karen nicht der Spielverderber sein wollte. Zumindest nicht, solange ihr Magen mitspielte.

»Sei kein Schisser.« Isabelle duldete keinen Widerspruch. »Meinen Geburtstag feiern wir nur einmal im Jahr. Und das Fest muss berauschend sein. Findet ihr nicht auch?«

»Gieß schon ein«, stimmte Hartford zu.

Stephen angelte sich wortlos die Schnapsflasche und füllte alle fünf Gläser. Dankbar bemerkte Karen, dass er ihr etwas weniger einschenkte und lächelte ihn an.

»Auf mich und meinen einmaligen Ehrentag«, rief Isabelle und hob ihr Glas in die Höhe.

»Auf dich.«

Kurz darauf stürzten sich fünf Hungrige auf das Festmahl, begleitet von überschwänglichem Gelächter, zahlreichen Witzen und noch mehr Trinksprüchen auf Isabelles Geburtstag. Karen genoss den Abend in vollen Zügen, auch wenn bereits leichte Schmerzen ihren Kopf malträtierten. Es war natürlich Hartford, der wie immer für die Unterhaltung sorgte. Er war der geborene Entertainer. Isabelle quietschte vergnügt von Zeit zu Zeit und auch Stephen erhellte den Raum regelmäßig mit seinem ansteckenden Lachen. Nur Francis war erstaunlich still, bemerkte Karen irgendwann. Eigentlich war das nicht unüblich. Doch an diesem Abend erschien die zierliche Schwarzhaarige besonders in sich gekehrt. Ab und zu konnte sie sogar Falten auf der Stirn unter dem kurzen schwarzen Pony entdecken. Francis' Blick streifte des Öfteren nachdenklich durch den Raum. Ein ums andere Mal schien sie mit ihren Gedanken weit weg zu sein, obwohl um sie herum ausgelassenes, lautes Gelächter herrschte. Doch dann zuckte sie kurz zusammen, als spürte sie Karens verwunderten Blick und reihte sich augenblicklich in das laute Lachen der anderen ein. Nur klang ihres nicht echt.

»Habt ihr eigentlich eure Nachbarn vorgewarnt, dass es heute wieder so weit ist?«, fragte Karen irgendwann besorgt über den Lärmpegel.

»Sie sind gleich ausgewandert für heute Nacht«, sagte Francis mit einem ernsten Unterton. »Nach der Party letztes Jahr wollten sie sich das wohl nicht noch mal antun.«

»Dann haben wir ja freie Bahn.« Hartford sprang von seinem Stuhl auf und stürmte zur Stereoanlage. Entschlossen drehte er die Musik so laut auf, dass keiner das Wort des anderen mehr hätte verstehen können. Karens Kopfschmerzen verschlimmerten sich.

»Tanz mit mir«, schrie Hartford Isabelle entgegen, die ihn jedoch verständnislos anschaute.

»Waaaaas?«

»TANZ MIT MIR!«

Beschwipst und geschmeichelt drückte sie ihre Hände an die Wangen, machte ein unschuldiges Gesicht und flötete gekonnt:

»Aber der Herr hat sich doch noch gar nicht auf meiner Tanzkarte eingetragen.«

»Papperlapapp.« Hartford ergriff Isabelles Hände und zog sie auf die Füße. Stephen und Karen nahmen im stummen Einklang deren Stühle und schoben sie so weit wie möglich unter den Tisch, um eine kleine Tanzfläche zu bilden. Francis rettete in Windeseile das übrige Essen und verstaute es in der Kochnische. Hartford begann bereits, Isabelle wild herumzuwirbeln. Die Stereoanlage spielte einen Tango und die beiden machten dem Tanz alle Ehre. Lachend warf Stephen Isabelle eine der Geburtstagsblumen vom Tisch zu, die sie sogleich standesgemäß zwischen den Zähnen drapierte. Bei der nächsten Verbeugung nahm Hartford sie mit seinem Mund auf und wirbelte seine Tanzpartnerin erneut um sich herum. Die anderen klatschten begeistert, Karen warf Stephen einen amüsierten Blick zu. Selbst Francis wippte mit ihrem Fuß im Takt der Musik mit. Als der Tango in einer finalen Verbeugung Isabelles gipfelte, zuckte ein Blitz durch den Raum, als wollte er diesen Moment krönen.

»Was?« Francis blickte belustigt in die erstaunten Gesichter der anderen. »So ein denkwürdiger Moment muss doch festgehalten werden.« Als sie Karen das Foto zeigte, musste sie ihr recht geben. Der Schnappschuss hatte exakt die Freude eingefangen, die die beiden empfunden hatten.

»Das war wunderbar«, keuchte Hartford und drehte die Musik wieder leiser. Erschöpft ließ er sich auf Stephens Schoß nieder. »Madame, sie sind eine tolle Tanzpartnerin.«

»Ja, ja, du Süßholzraspler«. Isabelle kicherte. »Aber mit der nächsten Runde warten wir wohl besser. Du Casanova bist ja völlig außer Atem.«

»Na, zum Trinken reicht es noch«, lachte Hartford und nahm von Stephen erneut ein gefülltes Schnapsglas entgegen.

»Auf das Geburtstagskind. Auf das wir gar nicht genug trinken können.«

»Von mir aus können wir auch noch morgen weiter feiern. Schließlich ist Schaltjahr, es gibt einen Tag geschenkt. Das Jahr der Jahre«, jauchzte Isabelle vor Entzückung.

Zum wiederholten Male klirrten die Gläser. Karen verzog angewidert das Gesicht und musste mit Wasser nachspülen. Sie war an ihrer Grenze angelangt. Noch einen Schnaps würde sie nicht mehr vertragen.

Sie zählte die Trinkrunden nach ihrem Ausstieg nicht. Es waren etliche. Stattdessen genoss Karen die gemeinsame Zeit. Die Party war ausgelassen und voller Freude. Wie so oft packten die fünf Freunde die Karten aus und spielten, bis Stephen Hartford beim Schummeln erwischte. Doch statt verärgert zu sein, wischte Stephen vor Lachen alle Karten durcheinander und erklärte das Spiel für beendet. Diesen Augenblick nutzte Francis und stahl sich heimlich zur Kochnische, während Hartford mit seiner fast schon berühmten Parodie ihres Lieblingsprofessors Applaus erntete. Karen lachte ausgelassen, obwohl ihr Kopf sich inzwischen anfühlte, als ob Tausende von Nägeln darauf niederprasselten.

»Alles in Ordnung?«, raunte Stephen ihr in einer ruhigen Sekunde zu, dem nicht verborgen blieb, dass sie sich immer öfter die Schläfen rieb.

»Ja. Geht schon. Ich habe Kopfschmerzen. Aber die halte ich schon aus.« Karen war dankbar über seine Fürsorge. Trotz der Schmerzen rang sie sich ein Lächeln ab. Es war wieder einer der Momente, an den sie sich später voller Zuneigung erinnern würde.

»Vielleicht wird es ja bald ruhiger«, versuchte Stephen sie zu trösten.

Als Antwort fiel in diesem Augenblick die Glasvase klirrend zu Boden und zersprang in tausend Scherben. Eine erneute Lachsalve schwang durch das kleine Zimmer.

»Glaubst du wirklich?« Karen grinste ihn schelmisch an, bevor sie sich Kehrschaufel und Besen schnappte.

»Sorry«, lallte ein sichtlich angetrunkener Hartford in den Raum. »Der Tisch muss irgendwie näher gekommen sein.«

»Scherben bringen Glück.« Isabelle erhob erneut lachend ihr Schnapsglas. »Auf uns alle. Auf unsere Freundschaft.«

Stephen und Karen tauschten einen warmen Blick aus. Karen fühlte ihn bis tief ins Mark. In solchen Momenten spürte sie ihn fast körperlich, glaubte, seine Gedanken lesen und sich nie wieder von seinen Augen lösen zu können. In diesen Momenten war sie selig. An dunklen, schwachen Tagen dachte sie oft an solche Augenblicke zurück, bewahrte sie als Heiligtum in ihrem Herzen, waren sie doch ein Zeichen dafür, dass sie Stephen längst nicht egal war. Und oft reichte dieses Wissen, um sie nicht leiden zu lassen.

Nur langsam wandte sich Stephen wieder dem lustigen Treiben der Freunde zu und auch Karen zwang sich, dem Gespräch wieder konzentriert zu folgen. Sie zogen ein neues Spiel aus der Schublade, weitere Trinksprüche folgten. Die Zeit verflog in Windeseile.

»Es ist gleich so weit«, raunte Francis drei Stunden später in die Runde. Tatsächlich hatte inzwischen die Party an Fahrt verloren, was nicht zuletzt Hartford geschuldet war. Er war im Alkoholrausch wie ein nasser Sack auf dem Fußboden zusammengesunken und döste vor sich hin. Karen hatte Mitleid mit ihm.

»Schade«, seufzte Isabelle und ließ melancholisch ihren Blick über die anderen schweifen und blieb bei Hartford hängen. »Dann bekomme ich wohl doch nicht noch einen Geburtstagstanz.«

»10, 9, 8, 7 …«, begann Karen zu zählen, wie sie es seit Jahren taten, wenn der Sekundenzeiger in der letzten Minute des Tages unaufhaltsam der Zwölf entgegen tickte.

»5, 4, 3«, stimmten die anderen ein. »2, 1, 0. Mitternacht.«

»Jetzt ist es soweit.« Isabelles Feststellung war jedoch nicht von einem freudigen Johlen begleitet, wie die Freunde es von Silvester gewohnt waren. Stattdessen füllte ein leises Raunen den Raum. Isabelle erhob erneut ihr Glas, trank jedoch diesmal für sich allein. Karen glaubte, einen dunklen Schleier über ihre Augen huschen zu sehen. Doch so schnell dieser aufgeflackert war, so schnell verdrängte ihn sentimentale Traurigkeit. Isabelle wischte sich verstohlen eine kleine Träne aus den Augenwinkeln.

»Sei nicht traurig. Die Party im nächsten Jahr wird bestimmt genauso gut, wenn nicht noch berauschender.«

Isabelle nickte, ohne zu antworten.

»Wer weiß, wo wir dann alle sein werden«, erklang es nachdenklich aus Francis Ecke. Alle schauten sie entsetzt an. Keiner hatte in den letzten Stunden auch nur einen Gedanken daran verschwendet, dass es ihr Abschlussjahr war und dies vielleicht eine der letzten großen Partys. Aber Francis hatte recht, dachte Karen nun traurig. Es war ihr letztes Jahr gemeinsam auf der Uni. Schon bald würden die Abschlussprüfungen beginnen und ein jeder bis zum Hals in den Vorbereitungen stecken. Und danach? Karen bezweifelte, dass sie alle in der Nähe blieben. Irgendwie hatte jeder von ihnen erste Pläne im Kopf, die sie weiter weg in die große weite Welt hinaus treiben würden. Was nur logisch war, schließlich studierten sie Touristik. Nach der Theorie brauchte es internationale Praxis. Hoffentlich trieb sie das Leben nicht allzu weit voneinander weg, flehte Karen sentimental in ihren Gedanken.

»Hey, jetzt bloß kein Trübsal«, ergriff Stephen das Wort.

»Genau. Die Nacht ist noch nicht vorüber«, stimmte Isabelle zu. »Was ist, gehen wir noch auf die Party bei Cormans und feiern mich noch etwas weiter?«

Karen schüttelte bereits den Kopf, doch Stephen nickte eifrig und rüttelte bereits an Hartfords Schulter.

»Aufwachen, du betrunkener Sack. Die Party wird verlagert.«

Ein Grunzen verriet, dass er noch unter den Lebenden weilte.

»Ich bin raus.« Karen rieb sich erneut die Schläfen. »Diese Kopfschmerzen bringen mich noch um. Und meine Mutter wartet sicher schon.«

»Mir reicht es auch«, fügte Francis hinzu. »Ich sorge lieber für Ordnung hier, dass Isabelle nicht über alles stolpert, wenn sie nach Sonnenaufgang zurückkommt.«

Ein breites Grinsen war alles, was sie dafür erntete.

»Dann nur wir drei, wie immer«, tönte Isabelle sogleich und rüttelte ebenfalls an Hartfords Schulter. »Auf, du Casanova. Ich will noch einen Geburtstagstanz.«

Schwerfällig ließ sich Hartford auf die Beine ziehen. Nur mit Mühe konnte er sich aufrecht halten.

»Tanzen?«, lallte er grinsend. »Stäts zu Dienschten, Madaaaam.«

»Komm du Casanova, ich helfe dir besser.« Stephen griff nach Hartfords Arm und legte ihn beherzt um seinen Hals. Isabelle hüpfte zur Tür und öffnete sie schwungvoll. »Kommen Sie meine Herren, jetzt gehen wir zum Ball«, jauchzte sie vergnügt. »Zeigen wir mal der Jugend von heute, wozu wir alten Knacker fähig sind.«

Kopfschüttelnd sah Karen ihren drei Freunden hinterher. Sie hatte so ihre Zweifel, dass Hartford es auch nur bis zum Pub vor dem Campus schaffen würde, den alle nur Cormans nannten. Geschweige denn einen weiteren Tanz. Doch wer wusste das schon. Hartford war immer für eine überraschende Auferstehung gut, wie er in vergangenen Partynächten oft bewiesen hatte. Stephen, Hartford und Isabelle waren eine geübte Feiertruppe. Und so zogen sie heute erneut gemeinsam und singend von dannen, während Karen sich mit einer innigen Umarmung von Francis verabschiedete. Ihre Kopfschmerzen hatten das Maximum erreicht. Um nichts in der Welt hätte sie noch länger mit den anderen feiern können. Wehmütig schaute sie Francis an, bevor sie sich umdrehte und den Heimweg antrat. Die kalte Nacht ließ sie frieren. Ihr Magen rebellierte. Doch plötzlich schien es Karen, als seien nicht die frostige Luft und die Migräne daran schuld. Eine unheimliche Ahnung überfiel sie. Oder war nur die Sentimentalität über die bevorstehende Trennung der Clique zurückgekehrt? Egal, was es war, dieses bedrohliche Gefühl infizierte ihren gesamten Körper wie ein Virus.

29. Februar, 02.34 Uhr

Hartford gab es auf. Mit einem Schwung erhob er sich aus dem Bett und stellte sich entschlossen auf die Füße. Der Holzboden fühlte sich kalt unter seinen nackten Fußsohlen an. Doch Hartford schien das gar nicht zu bemerken.

Es war unmöglich, in dieser Nacht auch nur eine Sekunde Schlaf zu finden. Er seufzte innerlich. Es waren weniger die Geräusche, die ihm die wohlverdiente Ruhe raubten. Vielmehr stahl er sie sich selbst.

War das alles wirklich eine gute Idee gewesen? Er begann zu zweifeln. Irgendetwas war überhaupt nicht in Ordnung, dachte er angestrengt. Seit sie dieses Haus betreten hatten, konnte er sich einem Gefühl von Gefahr nicht verschließen. Hartfords Nerven waren zum Zerreißen gespannt, seine Fingerspitzen kalt und seine innerlichen Alarmglocken schrillten unaufhaltsam. Dieses Jahrestreffen war so anders als die anderen. Oder bildete er sich das nur aufgrund seiner Anspannung ein?

Was jedoch real war, war dieser unbändige Durst, den er nun schon seit Stunden verspürte und sich nicht erklären konnte. Nicht einmal der schlimmste Kater hatte ihm bisher einen vergleichbaren Brand beschert. Zum gefühlt hundertsten Mal ergriff er die Wasserflasche und leerte mit zwei Schlucken den letzten verbliebenen Rest daraus.

Nein. Es gab kein Zurück, entschied er entschlossen. Jetzt oder nie. Er hatte lang genug gewartet, er wollte nicht mehr länger warten. Er konnte es nicht mehr länger.

114

Behutsam griff Hartford nach seiner Jacke, die über die Stuhllehne hing und tastete von außen die Taschen ab. Beides war noch da. Diese Gewissheit gab ihm Trost.

Hartfords Blick fiel auf das Chaos vor ihm. All seine Kleidung lag verstreut in dem Zimmer herum, auf dem Boden vor der Tür lagen achtlos hingeworfene Shirts, Hosen und sogar seine Lieblingsmütze. Der Holzboden war fast völlig bedeckt von dem Wirrwarr, sogar von dem Fußabtreter, der direkt an der Tür lag, war kaum noch etwas zu sehen.

Hartfords Emotionen waren nach dem schrägen Geburtstagsabend so in Wallung gewesen, dass er sie auch nicht in der Einsamkeit seines Zimmers unter Kontrolle brachte. Er wusste nicht, warum. Aber so war er nun mal. Wenn in Hartford der Zorn brodelte, musste er sich körperlich abreagieren. Jedoch hatte er in seinem kargen Zimmer nichts gefunden, dass er umher schmeißen konnte. Und so hatte er seine Wut an der Kleidung ausgelassen, die bis dahin sorgsam gefaltet im Koffer lag.

Er stöhnte und gab sich dann einen Ruck. Hartford begann, die Kleidung einzusammeln und zurück in den Koffer zu legen. Als alles aufgehoben war, schaute er auf die Uhr an seinem Arm. Es war mitten in der Nacht. Zumindest eine Weile sollte er noch warten, oder nicht? Verzweifelt zermarterte er sich das Hirn, was er in der Zwischenzeit tun sollte. Ein weiterer Versuch zu schlafen, war zwecklos. Doch in seinem Zimmer befand sich auch kein Buch, indem er hätte schmökern können. Hartford ärgerte sich über sich selbst. Dieses Haus beherbergte eine riesige Bibliothek und er hatte nicht daran gedacht, wenigstens ein Exemplar mit hinunter zu nehmen. Das war typisch für ihn. Manchmal war Hartford zu zerstreut, um rational und vorausschauend zu denken. Dabei war es doch in diesen Stunden umso wichtiger.

Einen kurzen Augenblick dachte er darüber nach, sich aus seinem Zimmer hinauszuschleichen und etwas zu lesen zu holen. Doch in diesem Moment zuckte er zusammen. Da war es wieder: das Knarzen. Hartford deutete es als Zeichen, dass dieser Gedanke keine gute Idee war. Er wollte niemanden unnötig aufwecken, denn das könnte alle Pläne durchkreuzen.

Er brauchte eine andere Beschäftigung, um wenigstens noch zwei Stunden auszuharren. Dann könnte er sich fertigmachen. Und so griff er erneut zu seiner Jackentasche und zog das kleine

Notizbuch heraus. Er blätterte zwischen seinen eigenen Worten und fand schnell die Bestätigung, die seine Seele innerlich gesucht hatte. Ja, er würde bei seinem Plan bleiben.

Hartford ließ sich zurück auf sein Bett fallen und vertiefte sich in die Zeilen. Er merkte gar nicht, wie seine Augen zufielen und er doch noch in einen leichten Schlaf versank.

Bis er panisch erneut hochschreckte.

Sie lag wach. Karen hatte die Bettdecke bis zur Nasenspitze hochgezogen, als ob sie diese beschützen könnte. Angestrengt lauschte sie in die Nacht und erwartete jede Sekunde ein neues Geräusch. Doch das Haus tat ihr nicht den Gefallen, einen Rhythmus einzuhalten, der vielleicht sogar beruhigend sein könnte. In den ersten Stunden hatte Karen noch versucht, irgendwie einzuschlafen. Doch daran war nicht zu denken. Kaum war sie weggeschlummert, riss ein neues, unheimliches Geräusch sie aus dem Dämmerzustand. Mal war es ein Knarzen, mal ein Jaulen. Mal war es über ihr, mal neben ihr. Karen versuchte, sich mit Isabelles Worten zu beruhigen. Denn sie hatte recht: Es war nun mal ein altes Haus, das einen fast enttäuschen würde, wenn es nicht vor sich hin ächzte. Doch Karens Puls wollte sich nicht beruhigen. Sie fand keinen Trost, keine Entspannung. Nach zwei Stunden gab sie auf, schaltete die Nachttischlampe an und setzte ihre Brille auf. Doch auch die vertraute Versunkenheit in eine Geschichte, die schwarz auf weiß vor ihr geschrieben zum Leben erwachte, wollte sich nicht einstellen. Karen ertappte sich, so manchen Absatz zweimal lesen zu müssen. Neues Zusammenzucken durch weitere Geräusche unterbrach ihre Konzentration. Es hatte keinen Zweck, gestand sie sich endgültig ein und gab auch das Lesen auf. Auf leisen Sohlen schlich sie sich schließlich aus ihrem Zimmer.

»Oh mein Gott, Stephen«, flüsterte Karen aufgeschreckt. Verängstigt hielt sie sich die Brust. »Ich bin fast gestorben.«

Mit der linken Hand rieb sich Karen die Augen unter den Brillengläsern angesichts der plötzlichen Helligkeit, die Stephen mit einem Griff zum Lichtschalter in die Küche gebracht hatte.

»Was machst du hier mitten in der Nacht?«, fragte er, ohne auf den Vorwurf zu reagieren.

»Das Gleiche könnte ich dich auch fragen. Ich hatte Durst. Sag bloß, du auch.«

»Nein«, knurrte Stephen missmutig zurück. »Hartford ist schuld.«

»Hartford?«

»Ja. Keine Ahnung, was er da in seinem Zimmer angestellt hat. Immer wenn ich beim Eindösen war, polterte er darin, als würde er das gesamte Zimmer einreißen. Seit einer Weile ist endlich Ruhe, aber mein Schlaf ist dahin.«

»Er reißt sein Zimmer …«

»Was ist das denn hier für eine Versammlung?«, unterbrach Hartford die beiden. Die Mütze auf seinem Kopf saß unnatürlich schief. Sein Gesicht war gerötet.

»Na, schau an, die fleischgewordene Abrissbirne.« Stephen stemmte die Arme angriffslustig in die Hüfte. »Was zur Hölle stellst du in deinem Zimmer an? Es gibt Menschen, die um diese Uhrzeit sehr gerne schlafen würden.«

»Ich hab gepackt.«

»Gepackt?«, fragten Stephen und Karen entsetzt unisono.

»Richtig verstanden. Ich habe gepackt, weil ich es in diesem Haus keine Minute mehr länger aushalte. Diese Geräusche. Sorry, das geht nicht. Ich muss hier weg. Sofort.«

Karen bekam augenblicklich eine Gänsehaut auf ihren Armen. Sie öffnete ihren Mund zu einem Kommentar, doch Stephen kam ihr zuvor.

»Die einzigen Geräusche, die ich gehört habe, hast du verursacht.« Stephen baute sich vor Hartford auf, als wolle er ihm gleich eine Ohrfeige verpassen.

»Hört auf Jungs«, flehte Karen nun leise. Sie bekam eine Gänsehaut. »Ihr macht mir Angst.«

»Wir machen dir Angst? Wir?« Hartford schnaubte wütend. Seine Nasenflügel schwollen bedrohlich an, seine Gesichtsfarbe wechselte zu Purpurrot. Karen konnte seine Halsschlagader pulsieren sehen. Unwillkürlich trat sie einen Schritt zurück.

»Wir machen dir Angst? Das ist nicht dein Ernst, Karen. Wir sind die Letzten, die hier irgendetwas falsch gemacht haben. DU hast uns doch in dieses unsägliche Haus geschleppt.«

»Lass sie in Ruhe«, fauchte Stephen nun. »Sie hat es nur gut gem…«

»War ja klar, dass du sie wieder verteidigst. Miss Unscheinbar war ja schon immer dein Liebling gewesen.«

Karens Herz setzte einen Schlag aus. Stephen warf ihr einen flüchtigen Blick zu, wandte sich jedoch ruckartig wieder ab.

»Beruhige dich doch erst mal«, versuchte er es nun versöhnlicher.

»Ich will mich aber nicht beruhigen. Auch in Irland gibt es gemütliche Hotelzimmer, Pubs, tolle Restaurants und Zivilisation. Aber nein, Karen hat uns lieber in ein Spukhaus ans Ende der Welt verschleppt, dessen Vermieter auch noch so ein zwielichtiger Kerl ist.« Hartford redete sich immer mehr in Rage. »Ich rieche solche Typen kilometerweit. Glaubt mir. Hier stimmt etwas gewaltig nicht und das mache ich nicht mehr mit.«

»Aber es ist mitten in der …« Karens piepsende Stimme verklang ungehört im Raum.

»Warte doch wenigstens bis zum Sonnenaufgang. Bis es hell ist.«

»Nein«, fauchte Hartford entschlossen. »Ich sitze hier keine weiteren vier Stunden herum und lausche weiter diesem Spuk. Unter gar keinen Umständen. Ich gehe. Und zwar jetzt.«

Zur Bekräftigung nahm er seine Jacke aus der Armbeuge, zog sie sich hastig über und griff nach seinem Gepäck.

»Hartford, bitte. Kumpel.«

»Es hat sich ausgekumpelt. Zumindest hier. Dieses Treffen ist doch die reinste Farce. Wir sollten vielleicht endgültig damit aufhören, wir sind eben keine Collegejungs mehr.« Hartford schnaubte verächtlich, bevor er leiser wurde. »Ihr könnt mir ja in die Zivilisation folgen, wenn ihr wollt.«

Mit diesen Worten schritt er zur Tür und riss sie auf. Augenblicklich schoss ein Schwall Wasser ins Haus. Es regnete immer noch in Strömen und der Wind hatte sich in keiner Weise beruhigt. Vor dem Cottage tobte der Sturm unaufhaltsam. Für einen Moment glaubte Karen, dieses tosende Ungetüm vor der Tür würde Hartford stoppen. Doch er zögerte nur eine Sekunde lang, bevor er entschlossen ins Freie trat.

»Wir sehen uns«, grummelte er grimmig und ließ dann die Tür hinter sich zufallen.

Karen starrte mit offenem Mund das nasse Holz an, unfähig, auch nur ein Wort zu sagen. Sie konnte Stephen neben sich atmen hören. Er kämpfte um seine Beherrschung.

»Das hat er jetzt nicht wirklich getan, oder?« Francis Stimme drang leise aus dem dunklen Wohnzimmer herüber. Erst jetzt bemerkte Karen die zierliche Gestalt, die tröstend und schützend ihre Arme um eine zitternde Isabelle gelegt hatte. Wäre es nicht so traurig gewesen, hätte das Bild sie im Herzen erwärmt. Die schmale Francis in kurzen Shorts und T-Shirt umarmte die große Blondine in ihrem luxuriösen Morgenmantel. Doch stattdessen bekam Karen erneut eine Gänsehaut, die nun bis zu den Zehenspitzen wanderte.

Wie lange hatten sie schon dagestanden? Was hatten sie alles mit angehört? Karen schüttelte sich. Hatten sie auch Geräusche gehört und gaben nun ihr die Schuld? Glaubten sie auch an ein Geisterhaus? Plötzlich wähnte Karen sich in Gefahr. Nein, das war nicht korrekt, schoss es ihr in den Kopf. Denn eigentlich fühlte sie sich schon seit Stunden nicht mehr sicher. Oder gar seit Tagen? Doch in diesem Augenblick kämpfte sich die Erkenntnis aus ihrem Unterbewusstsein zum ersten Mal erfolgreich an die Oberfläche. Auch wenn Karen nicht sagen konnte, in welcher Gefahr sie schwebten, dennoch taten sie es.

Isabelle rannen Tränen über die Wangen.

»Schhhhhh, Liebes«, versuchte Francis die zitternde Isabelle zu trösten.

»Er wird sich schon beruhigen und dann wiederkommen«, brummte Stephen, der nun wütend zwischen Küche und Wohnzimmer hin und her stapfte. Doch kaum waren diese Worte ausgesprochen, jaulte vor der Tür ein Automotor auf. Sie hörten Kies spritzen. Und schließlich entfernte sich das Geräusch immer weiter.

Isabelle schluchzte verzweifelt auf und wandte geschockt ihren Blick von der Haustür ab.

»Ich mach uns einen Tee«, wisperte Francis. Karen nickte, weil sie nicht wusste, was sie sonst hätte tun sollen. Ferngesteuert ging sie zu Isabelle hinüber, löste Francis ab und bugsierte die zitternde Gestalt vorsichtig auf die Couch. Stephen tigerte immer noch auf und ab. Francis setzte den Wasserkessel auf. Keiner sprach mehr. Nur der Wind heulte um das Haus, wie er es seit

Stunden getan hatte. Es war das einzige Geräusch, das in diesen Minuten mitten in der Nacht in dem kleinen Cottage vor den Klippen zu hören war. Bis Isabelle herzzerreißend anfing zu weinen

.

»Wir sollten ihm vielleicht folgen.« Francis Stimme klang immer noch zittrig und leise. In den vergangenen Stunden hatten die verbliebenen vier Freunde kaum ein Wort miteinander gewechselt. Hartford war nicht zurückgekehrt. Nichts war passiert. Die vier kauerten auf ihren Plätzen wie eingeschüchterte Tiere, lauschten dem Pfeifen des Windes um das Haus herum und warteten ab. Auch wenn keiner von ihnen wusste, worauf.

Der Raum war vom Summen des Kühlschranks erfüllt. Vor den Mauern tobte der Wind und rüttelte bedrohlich an den Fensterscheiben, als wollte er sich ins Gedächtnis rufen. Der Tee wärmte und beruhigte, zumindest die Frauen. Stephen hingegen brauchte über eine halbe Stunde, bis er seine Wanderung durch das Haus beendet hatte und sich schließlich neben ihnen auf dem Sessel im Wohnzimmer niederließ. Nur spärlich hatten sie an den Sandwiches geknabbert, die Karen zwischendurch zubereitet hatte. Jetzt hockte Francis erneut in eine Decke eingewickelt auf der Couch, hielt die immer noch schluchzende Isabelle im Arm und schaute Karen fragend an.

Karen nickte in Francis' Richtung. Vielleicht hatte sie recht? Ein Blick zum Fenster verriet ihr, dass es dämmerte. Die Sonne musste wohl gerade aufgehen. Doch richtig hell war es draußen immer noch nicht. Sollten sie wirklich?

»Wenn ihr meint, dass wir uns Sorgen um diesen Idioten machen sollten und ihm deswegen folgen, bin ich raus.« Stephen schaute immer noch finster drein, auch wenn sich seine wutschnaubenden Salven längst gelegt hatten. Er presste seine Lippen fest aufeinander. Die Falte zwischen seinen Augenbrauen verriet, dass er angestrengt nachdachte.

»Das meine ich nicht«, setzte Francis wieder an. »Aber vielleicht hat er recht und wir sollten in ein Hotel oder ein Guesthouse umziehen. Keine Ahnung, was es hier so gibt.« Sie zuckte mit den Schultern. »Warum sollen wir noch hierbleiben? Mir ist das alles langsam auch zu unheimlich.«

»Weil …« Doch Karen fiel keine Begründung ein. Ihre idyllische Illusion von einem gemütlichen Wochenende hatte sich mit Hartfords Abgang in Luft aufgelöst. Eigentlich war es ihr fast egal, was sie jetzt tun würden. Karen war mit einem Schlag bewusst geworden, dass ihre Freundschaft nicht mehr die war, die sie einst besaßen. Die Seifenblase war zerplatzt.

Dieses Treffen ist doch die reinste Farce. Wir sollten vielleicht endgültig damit aufhören.

Hartfords Worte hallten immer noch nach und hatten alle tief erschüttert. Die Gesichter der anderen verrieten, dass sie ähnlich dachten. Was war passiert? Warum drifteten sie seit ihrem Abschluss immer mehr auseinander? War es nur der normale Gang des Lebens? Nein, entschied Karen erneut. Aber ihr wollte beim besten Willen nicht einfallen, wann der Riss seinen Anfang genommen hatte. Er war schleichend gekommen. Nach und nach. Schon die letzten Wochen auf dem Campus waren anders gewesen. Damals hatte Karen geglaubt, dass es an den Prüfungen lag. Alle standen unter Strom und jeder ging mit dem Druck anders um. Doch waren es wirklich nur die Prüfungen gewesen oder hatte damals schon die Kluft begonnen? Karen wusste es nicht. Sie konnte nur eins mit Sicherheit sagen: Bis zu Isabelles Geburtstagsparty vor vier Jahren war alles in bester Ordnung gewesen.

»Warum haben wir uns nur verloren?«, flüsterte sie traurig in das Zimmer.

»Was hast du gesagt?«

»Ach nichts. Ich hab nur laut gedacht.«

Schwerfällig erhob sich Karen, nahm die leeren Teetassen und brachte sie in die Küche. Nach weiteren ewig scheinenden Sekunden, in denen nur der Wind die Stille durchschnitt, drehte sie sich um, stemmte die Hände in die Hüfte und sprach auffordernd.

»Also gut. Packt eure Sachen. Ich führe uns in eine kleine Pension einer Bekannten. Sie sollte Zimmer für uns haben, auch wenn sie noch nicht offiziell geöffnet hat.«

»Das klingt doch nach einem Plan.« Stephen sprang sofort auf und verschwand in Richtung seines Zimmers.

»Komm, Liebes,« flüsterte Francis Isabelle sanft ins Ohr und strich ihr liebevoll über die Haare. »Wir verschwinden hier.«

Wachsam schaute Isabelle sie an und erhob sich dann wie ferngesteuert. Gespenstisch wackelig schwebte sie ebenfalls in Richtung ihres Zimmers.

Karen packte nicht. Sie würde ihre Sachen später holen. Nachdem sie sich warm angezogen hatte, war es ihr wichtiger, die letzten Spuren der Gruppe in Küche und Wohnzimmer zu beseitigen. Warum? Sie hatte keine Ahnung. Stephen hatte nur zehn Minuten für Anziehen und Packen gebraucht, Francis kam als Zweite mit ihrer Reisetasche in die Küche zurück. Nur Isabelle benötigte mehr Zeit. Als sie schließlich zu den anderen stieß, sah sie immer noch blass und verweint aus. Ihr Hals wirkte unnatürlich nackt. Sie trug keinerlei Schmuck, keine Kette, keine Armbanduhr, nicht mal Ohrringe. Isabelle hatte sich auch nicht die Mühe gemacht, ihre Haare zu frisieren. Ihr Anblick erschreckte Karen bis ins Mark.

»Gut. Dann los.« Karen sprach mehr zu sich selbst, als brauchte sie Mut, in diesem Augenblick das Haus tatsächlich zu verlassen.

»Hat dein Mietwagen ein Automatikgetriebe?«, fragte sie. Stephen nickte stumm. Die Antwort gefiel Karen überhaupt nicht. Es war fast selbstverständlich, dass sie hinterm Steuern sitzen sollte. Sie kannte den Weg. Sie war es gewohnt, auf den schlechten irischen Straßen zu fahren. In diesem Sturm würde Karen auf dem Beifahrersitz tausend Tode sterben. Doch sie konnte kein Automatikgetriebe bedienen.

»Wenn wir alles und jeden zusammenquetschen, passen wir alle in mein Auto«, entschied Karen. Insgeheim betete sie, dass der Klapperkasten auch anspringen würde.

»Wir folgen dir«, flüsterte Stephen, als Karen nach der Haustür griff. Doch mit dem folgenden Anblick hatten sie alle nicht gerechnet.

Kaum hatte Karen die Tür aufgerissen, starrten sie in eine weiße Wand. Der Regen hatte deutlich nachgelassen, doch der Wind sich kaum beruhigt. Das Cottage war in eine dicke Nebelwand getaucht, die es kaum erlaubte, die eigene Hand vor Augen zu sehen. Es roch faulig. Sofort legte sich die feine Feuchtigkeit auf Karens Brillengläser. Sie nahm die Brille und wischte sie an ihrer Jacke ab.

»Wow.« Angeekelt verzog Stephen das Gesicht.

»Keine Sorge«, fügte Karen zugleich hinzu. »Das ist an den Klippen normal. Wahrscheinlich lichtet sich der Nebel, sobald wir die Straße ein Stück hochgefahren sind.«

»Deine Worte in Gottes Ohr.«

Wie zur Antwort frischte der Wind auf. Feuchtigkeit peitschte von der Seite, nicht von oben. Doch den Nebel schien er nicht zu beherrschen. Die schneidenden Böen trieben Karen so schnell die Tränen in die Augen, dass sie sie kaum wegzuwischen vermochte. Jetzt ärgerte sie sich, dass ihr klappriger Wagen um die Ecke stand. Sie hatte den anderen die Parkplätze vor dem Haus überlassen wollen. Doch jetzt bedeutete diese Gefälligkeit einen längeren Weg.

»Warum löst der Wind den Nebel nicht auf? Der tobt doch schon seit Stunden.« Stephen schüttelte verwirrt den Kopf »Das verstehe ich nicht. Das dürfte nach meinem physikalischen Verständnis so nicht existieren.«

»Hier ist eben alles anders«, zuckte Karen mit den Schultern.

»Im Ernst«, bohrte Stephen nach. »Das ist doch eigentlich unmöglich.«

Karen stöhnte innerlich. Eine Wetterdiskussion war das Letzte, worauf sie gerade Lust verspürte. Doch Stephens Blick erweichte sie augenblicklich. Sie konnte Angst in seinen Augen sehen.

»Ja, da magst du recht haben«, begann sie zu erklären. »Hier gibt es wohl eine topografische Besonderheit, hat mir mein Chef mal erklärt. So ganz hab ich das nicht behalten, aber es hat etwas mit dem Höhenunterschied vom Meer dort unten und den Bergen direkt hinter uns zu tun. Und da war irgendwas mit irgendwelchen Luftströmungen.«

Karen kramte fieberhaft in ihrem Gedächtnis und versuchte sich an die Worte des Agenturleiters zu erinnern. Er hatte ihr einen halbstündigen Vortrag an ihrem dritten Arbeitstag gehalten und dabei mit Fachbegriffen so um sich geworfen, dass es ihr schwindelte. Sie war nie ein Ass in Naturwissenschaften gewesen, ihr war es egal, wie Wind, Wolken und Regen entstanden. Und damals wusste sie auch keinen Grund, warum sie jedes Detail im Kopf behalten sollte. Jetzt ärgerte sie sich etwas.

»Es ging irgendwie um Luft, die mit 99 Prozent Feuchtigkeitssättigung vom Meer kommt und dann abkühlt, weil sie aufsteigt«, fuhr sie zaghaft fort. »Dadurch bilden sich die Tröpfchen.

Und der seitliche Wind kommt dagegen nicht an. Warum, weiß ich nicht mehr, aber es klang schlüssig, warum es hier so dicken Nebel trotz Wind geben kann.« Karen zuckte mit den Schultern, als wolle sie sich für ihr lückenhaftes Wissen entschuldigen. Inständig hoffte sie, dass es Stephen als Erklärung reichen würde.

»1 Grad pro 100 Meter Höhenunterschied kühlt sich Luft ab. Bis zur Tröpfchenbildung. Dann nur noch 0,65 Grad pro 100 Meter«, stieß Francis aus und zog erstaunte Blicke auf sich.

»Was guckt ihr so? Als Surfer sollte man manche Dinge wissen. Ich könnt euch jetzt einen Vortrag über Advektionsnebel halten oder warum im Wiener Becken Nebel und Sturmböen bis 40 Meilen pro Stunde keine Seltenheit sind.«

»Ich glaube, so genau interessiert es mich dann doch nicht«, kommentierte Stephen. »Ich will hier einfach nur weg, Nebel mit Sturm oder ohne. Mir egal.«

Mir auch, dachte Karen. Denn sie wusste aus Erfahrung, dass der Nebel mit Sturm hier tatsächlich hartnäckig und lang anhaltend sein konnte, egal wie die exakte physikalische Erklärung dafür auch lauten mochte. Und dieses Phänomen würde ihre Lage nicht verbessern. Allein deswegen sollten sie sich besser auf das konzentrieren, was vor ihnen lag.

Karen wies die anderen an, aufzupassen, wohin sie traten. Der Sturm hatte neue Löcher in den Kies gepeitscht und sie mit Wasser gefüllt. Es war durchaus möglich, dass er auch Steine, Äste und andere Hindernisse auf den Weg getragen hatte. Das Gras war rutschig, überall lauerten Matsch und Pfützen. Dass sie kaum ihre Füße sehen konnten, machte den Weg zu ihrer Rostbeule nicht leichter.

»Wir gehen nach hinten«, verkündete Francis, als sie endlich am Auto angekommen waren. Stephen verstaute gerade das Gepäck im Kofferraum und Karen steckte bereits, von Herzklopfen begleitet, den Schlüssel ins Zündschloss.

Bitte, betete sie leise.

Doch der alte Fiesta ließ sie heute nicht im Stich. Karen stieß einen Freudenschrei beim Aufheulen des Motors aus. Als auch Stephen seinen Platz neben ihr eingenommen hatte, legte sie den Gang ein. Für einen Hauch einer Sekunde strich seine Hand über ihre, während er sich anschnallte. Karen blickte überrascht nach links und schaute in warme, vertraute Augen. Als wollte er ihr ebenfalls Mut zusprechen.

»Festhalten, es kann holprig werden«, rief sie nach hinten, um sich selbst aus der Trance zu holen. Dann trat sie auf das Gaspedal und ließ den Wagen langsam den Weg entlang rollen. In diesem Augenblick spürte auch Karen eine Befreiung. Der Kloß in ihrem Hals lockerte sich, der ihre Kehle die letzten Stunden zugeschnürt hatte. Bald wären sie in Sicherheit, dachte sie, obwohl sie immer noch nicht wusste, wovon die Gefahr ausging, die sie nun tief in ihrer Seele spürte.

Doch sie kamen nicht weit.

»Was zur Hölle«, entfuhr es Stephen keine fünf Minuten später. Sie waren noch nicht mal einen Kilometer gefahren, als Karen abrupt stoppte. Der Nebel lichtete sich minimal, doch mehr als 50 Meter konnten sie immer noch nicht sehen. Dennoch war der reißende Strom aus Wasser vor dem Wagen deutlich zu erkennen.

»Der Starkregen der letzten Nacht muss die Straße überflutet haben.« Karen zuckte mit den Achseln und schnallte sich bereits ab. Die anderen folgten ihr langsam aus dem Auto, bis schließlich alle vier Freunde am Rande eines rauschenden Flusses direkt vor ihren Füßen standen.

»Ist das hier auch normal?«, fragte Stephen und verzog das Gesicht erneut. Karen antwortet nicht. Ihr Hirn ratterte. Verzweifelt überlegte sie, was sie jetzt tun sollten.

»Gibt es noch einen anderen Weg ins Dorf?« Francis Stimme klang mutlos.

»Nein. Das ist die einzige Straße, soweit ich weiß.«

»Dann müssen wir da irgendwie durch. Hartford muss es ja auch geschafft haben.« Stephen schritt bereits in der Annahme zum Wagen zurück, die anderen würden ihm folgen. Doch Karen blieb stehen, Francis und Isabelle mit ihr.

»Das ist Stunden her«, rief sie laut. »Da muss die Straße noch nicht überflutet gewesen sein. Oder es war noch nicht so tief.«

»Wie tief ist es denn?« Alle schauten überrascht Isabelle an, die seit Stunden kein Wort gesprochen hatte.

»Ich weiß es nicht, Liebes«, antwortete Karen zärtlich. »Aber ich befürchte, zu tief für uns.«

»Das wissen wir nur, wenn wir es ausprobieren«, drängte Stephen. Karen erkannte, dass er von der Beifahrertür Richtung Fahrerseite hechtete. Es war unverkennbar, was er vorhatte.

»Nicht Stephen, warte.«

Instinktiv schritt sie zum Wegesrand und scannte fieberhaft den Boden mit ihren Augen, bis sie einen langen Ast neben einem Gebüsch entdeckte. Zurück am reißenden Fluss ließ sie ihn senkrecht in Wasser herab. Die Strömung riss ihn ihr schließlich aus der Hand, als er schon fast vollständig verschwunden war.

»Das ist zu tief«, schüttelte sie den Kopf. »Mindestens einen Meter. Das Wasser muss den Boden unter sich mitgerissen haben, es ist kein Beton da.«

»Logisch auf dieser Buckelpiste«, knurrte Stephen grimmig, der immer noch zwischen Tür und Auto auf der Fahrerseite stand.

»Netz gibt es hier immer noch nicht.« Er zeigte demonstrativ sein Handy in die Höhe. »Und was nun?«

Karen spürte den Kloß in ihrem Hals erneut. Ihr fiel es immer schwerer, ruhig zu atmen.

»So kommen wir hier nicht weg.« Sie zeigte auf ihr Auto. Das Wasser würde die verbeulte, kleine Rostlaube sofort mit sich reißen, wenn sie es auch nur versuchen würde, hindurch zu fahren. Karen begann zu frieren. Der Nebel verdichtete sich zusehends. Stephens Konturen am Wagen verschwamm bereits, obwohl er nicht weit entfernt von ihnen stand. Der faulige Gestank verstärkte sich. Karens Magen rebellierte. Der Nebel legte sich erneut auf ihre Brille. Doch sie ignorierte den feinen Film. Ihre Gedanken rasten. Schweißperlen traten auf ihre Stirn, obwohl ihr Körper zitterte, so angestrengt suchte sie nach einer Lösung.

»Hallo.« Francis Schrei zerschnitt ihre Gedanken. »Ist da drüben jemand? Wir brauchen Hilfe.«

Doch Nebel und Wind verschluckten Francis piepsige Worte im selben Augenblick. Sie schrie ins Nichts. In ein weißes, fauliges Nichts, das die Vier immer stärker umhüllte. Karen schüttelte den Kopf.

»Das hat keinen Zweck. Das nächste Haus ist mindestens noch drei Kilometer entfernt.«

Francis starrte sie wortlos an. Isabelle hatte die Augen geschlossen. Karen sah Verzweiflung in beiden Gesichtern, wenn auch auf unterschiedliche Art und Weise. Es herrschte Einsamkeit um sie herum, die immer unheimlicher wirkte. Sie waren auf sich gestellt. Lediglich das Tosen des Wassers rauschte in ihren Ohren. Rhythmisch. Bedrohlich. Düster. Karen konnte die Feuchtigkeit des Nebels auf ihrem Gesicht spüren. Sie schmeckte salzig, aber auch merkwürdig bitter. Ein Schauer rann ihr über den Rücken. Sie spürte etwas. Sie fühlte etwas. Doch sie wusste nicht, was es war. Gefahr?

Zufälle gibt es nicht. Nur das Schicksal.

»Das ist doch alles eine große Scheiße«, fluchte Stephen nun wütend und schlug seine Faust auf das Autodach. »Kann es denn noch schlimmer kommen? Man, ich glaub das nicht. Als wäre dieser 29. Februar verflucht. Nächstes Schaltjahr verlasse ich meine Wohnung nicht mal für eine Million Euro.«

Karen zuckte zusammen, denn Isabelle riss ihre Augen schlagartig auf. Panik sprach aus ihrem Blick. Tiefe, nackte, dunkle Panik. Diesen Blick konnte Karen unmöglich aushalten. Sie tat zwei Schritte zum Auto und hob beschwichtigend die Hand.

»Beruhige dich. Wir finden eine Lösung.«

»Und wie sieht diese aus, Miss Oberschlau? Gibt es doch noch einen anderen Weg?« Stephen runzelte verärgert die Stirn.

»Nein.« Karen wedelte wild mit den Armen um sich und hörte auf, den aufkeimenden Ärger zu unterdrücken. »Oder siehst du mehr als ich, Mister Besserwisser?«

»Hört auf ihr beiden!« Das war Francis. »Es bringt nichts, wenn ihr euch streitet.«

Stephen schloss den Mund, den er gerade für die nächste Schimpftirade geöffnet hatte. Zornig starrte er nun Francis an. Sie hatte recht, musste auch Karen einsehen. Mit Streit war ihnen nicht geholfen. Doch inzwischen hatte Isabelles Panik sie angesteckt. Es war so leicht gewesen, Stephen ebenso anzublaffen.

Karen nahm einen tiefen Atemzug und zwang sich, die Luft nur langsam wieder aus ihren Lungen entweichen zu lassen. Innerlich zählte sie so lang, bis sie merkte, dass sich ihre Emotionen beruhigten. Allmählich begannen sich ihre Gedanken zu ordnen. Und dann fiel es ihr wieder ein.

»Das Funkgerät«, rief sie aus und ärgerte sich zugleich darüber, nicht eher daran gedacht zu haben. »Wir haben doch ein Funkgerät von Mister Warren. Damit können wir Hilfe rufen. Vielleicht

kann uns Oliver mit seinem großen Traktor über die Fluten bis
ins Dorf fahren.«

»Wer ist Oliver?«

Karen winkte ab. Das war doch jetzt völlig unwichtig. Wichtiger
war, dass sie endlich einen Einfall gehabt hatte. Sie müssten zum
Haus zurückkehren, mit dem Funkgerät Mister Warren oder Rosie vom Post Office erreichen und dann würde sie jemand holen.
Irgendwie.

»Kanal 1«, murmelte Karen vor sich hin, während sie mit den
Armen ruderte und alle zum Auto zurück dirigierte. »Kommt
schon Leute. Einsteigen. Je eher wir funken, desto eher werden
wir abgeholt.«

Das hoffte Karen zumindest inständig. Denn der Kloß in ihrem
Hals schnürte ihr bereits wieder die Kehle zu.

Ohne Ausweg

29. Februar, 8.04 Uhr

Wo zur Hölle war dieses verdammte Funkgerät? Seit fünf Minuten durchwühlten Karen und Stephen gemeinsam alle Schubladen in der Küche. Ihre Brille rutschte ihr permanent von der Nase, was Karen zusätzlich nervte. Die Suche jedoch halb blind fortzusetzen, versprach nicht wirklich viel Erfolg. Zum wiederholten Male schob sie daher das Gestell den Nasenrücken hoch, bevor sie die nächste Schublade hervorzog. Doch das Funkgerät war nicht auffindbar.

»Bist du dir sicher, dass du es hier zuletzt gesehen hast?« Stephen fragte schon zum dritten Mal.

»Ja, Herrgott noch mal. Mister Waren hat es mir gegeben, als ich hier stand.« Sie zeigte neben den Ofen. »Und ich habe es neben den Wasserkessel gelegt. Irgendjemand muss es weggeräumt haben.«

Isabelle und Francis schauten den beiden kommentarlos vom Küchentisch aus zu.

»Also hier ist es nicht«, konstatierte Stephen nach weiteren fünf Minuten. Die Küche sah inzwischen aus wie ein Schlachtfeld. Jeglicher Schubladeninhalt war auf die Arbeitsplatten verteilt. Mürrisch fegte Stephen mit der rechten Hand einen Teil ungeordnet wieder zurück.

»Das wird ja immer besser.« Er durchbohrte Karen mit einem wütenden Blick. Augenblicklich fühlte sie alle Schuld der Welt auf ihren Schultern lasten. Doch noch würde Karen nicht aufgeben. Ohne auf Stephen zu achten, ging sie zum Esstisch und begann die Fächer und Schubladen der Geschirrvitrine zu durchwühlen. Flüchtig streifte ihr Blick ein Taschentuch, ein Heiligenbild, eine Kette und was sonst noch in der linken Schublade lag. Sie ignorierte den Gänsehautschauer auf ihrem Rücken und öffnete die Tür über der Schublade.

»Na bitte«, rief sie erfreut aus. Das Funkgerät lag fein säuberlich auf einem Stapel Teller, als würde es dort hingehören.

»Irgendwer muss es mit dem Geschirr hier rein geräumt haben.« Karen hielt das Funkgerät triumphierend in die Höhe. Ein Lächeln der Erleichterung glitt über Stephens Gesicht.

»Dann hol Hilfe«, piepste Francis nun leise.

Das würde sich Karen nicht zweimal sagen lassen. Sie stellte den linken Drehknopf neben der Antenne auf Kanal 1 und drehte den Startknopf. Doch nichts passierte. Die Lampe, die ein eingeschaltetes Funkgerät signalisieren sollte, blieb dunkel. Kein Ton erklang. Karen traute ihren Augen nicht. Noch mal drehte sie den Startknopf, bis sie ein Klick erspürte und drehte ihn wieder zurück. Aber das Funkgerät tat keinen Mucks.

»Es geht … nicht«, stammelte sie verzweifelt.

»Quatsch. Gib mal her.« Stephen riss ihr das Gerät aus der Hand und tat dasselbe, was Karen versucht hatte. Er drehte den Powerknopf hin und her. Hin und her.

»Ist es kaputt?«, wimmerte Francis.

»Nein.« Stephen tobte. »Es darf nicht kaputt sein. Sicher gibt es nur irgendeinen Trick.« Er drehte und wendete das Gerät in seinen Händen und betrachtete es von jeder Seite auf der Suche nach weiteren Knöpfen. Schließlich öffnete er das Batteriefach.

»Na wunderbar«, brüllte er erneut. »Es sind keine Batterien drin. Dieser Schurke hat uns ein Funkgerät ohne Batterien gegeben. Ist das zu fassen?«

Zur Bestätigung hielt er das leere Batteriefach direkt vor Karens Nase.

»Das war bestimmt keine Absicht«, stammelte sie. Ihr wurde heiß und kalt zugleich. Resigniert setzte sie ihre Brille ab und legte sie auf den Küchentisch. Glaubte sie selber, was sie gerade sagte? Vom Tisch kam ein leises Seufzen. Francis zog ihren Arm enger um Isabelle.

Karen hatte Mühe, ihren eigenen Gedanken zu folgen, so schnell schossen sie durch ihren Kopf. Jetzt saßen sie wohl endgültig fest. Hartford war vor Stunden gegangen und das Funkgerät konnten sie wohl auch vergessen. Eigentlich war das keine allzu schlimme Situation, saßen sie doch in einem sicheren Haus und müssten wohl nur eine Weile ausharren. Wenn da nicht dieses unbestimmte Gefühl wäre, das permanent an Karen nagte. Das Gefühl, dass das Haus längst kein sicherer Zufluchtsort war. War es wirklich Zufall, dass das Funkgerät keine Batterien hatte?

»Also ich glaube da nicht dran. Vielleicht hatte Hartford doch recht. Mit dem Typen stimmt was nicht.«

»Hartford, Hartford … langsam gehst du mir damit echt auf den Geist«, blaffte Karen nun voller Wut zurück. »Wo ist denn Hartford jetzt? Hilft er uns?« Karens innere Anspannung ließ sie fast explodieren. Sie konnte kaum atmen, die Luft im Raum fühlte sich immer stickiger an. Am liebsten hätte sie erneut alle Fenster aufgerissen. Doch das musste warten.

»Sicher gibt es hier irgendwo Batterien. Wir müssen sie nur finden.« Karen starrte Stephen kampfeslustig an, mit dem Wissen, dass sie dieses Blickduell gewinnen würde. Sie brauchte nur Sekunden.

»Okay«, resignierte er. »Dann suchen wir eben jetzt Batterien.« Und so begann das Durchwühlen von Schubladen, Fächern und Schränken erneut.

Eine halbe Stunde später hatten sie Küche, Essbereich und Wohnzimmer durchwühlt. Die Räume sahen aus, als hätte eine Bombe eingeschlagen. Doch nirgends war auch nur eine Batterie zu entdecken.

»In den Zimmern vielleicht?« Francis Stimme klang jedoch hoffnungslos.

Karen schüttelte den Kopf.

»Ich glaube eher nicht. In meinem Nachtschränkchen lag nicht mal eine Bibel.«

»Schauen wir trotzdem nach«, schlug Stephen vor und stürmte bereits los. Zögerlich starteten auch Francis und Karen und ließen die immer noch abwesend scheinende Isabelle allein zurück.

»Bei dir?« Karen lehnte an Stephens Zimmertür. Er schüttelte nur den Kopf.

»Bei mir auch nicht.«

»Ich übernehme Hartfords Zimmer, schau du bei Isabelle.« Karen nickte nur und marschierte weiter. Doch auch in den anderen Räumen war keine Batterie zu entdecken. Es gab nur leere Schubläden und Schrankfächer.

»Was ist mit der Bibliothek?«, fragte Francis schließlich, als sich alle drei auf dem Flur erneut trafen.

»Wir können schauen, aber ich habe so meine Zweifel.« Karens Adrenalinschub verblasste allmählich und hinterließ eine überwältigende Müdigkeit.

Gemeinsam stiegen sie die Treppe zur Bibliothek hinauf. Doch auch dort war nichts außer den Büchern zu finden. Lediglich eine

Schublade enthielt etwas anderes. Karen schaffte es jedoch nicht, sich über die Kästchenansammlung zu wundern.

»Das ist doch sinnlos.« Stephen gab auf. »In diesem verdammten Haus gibt es keine Batterien.«

»Die Uhr«, stieß Karen plötzlich aus.

Francis und Stephen schauen sie verständnislos an.

»Ihr wisst schon, die Uhr im Wohnzimmer. Läuft die nicht mit Batterien?«

»Du bist ein Genie.« Stephen legte beide Hände auf ihre Schultern und strahlte sie an. Fast schon erwartete Karen, Stephen würde sie in der nächsten Sekunde auf die Stirn küssen. Stattdessen schob er sie zur Seite und stürmte die Treppe hinunter.

Doch sein enttäuschtes Gesicht nahm Karen alle Hoffnung, als sie und Francis ihn endlich einholten. Er hielt zwei Knopfzellen hoch.

»Das ist die falsche Größe. Mist, verdammt noch mal.«

Erschöpft ließ sich Karen auf dem Sofa nieder. Francis rutschte in den Sessel und starrte immer noch die Batterien in Stephens Hand an. Karen blieb wie angewurzelt stehen. Sie fühlte sich immer bedrängter.

»Kann man die nicht irgendwie überbrücken?« Die pure Verzweiflung sprach aus ihr, die sich unaufhaltsamer in allen breitmachte.

»Bin ich ein verdammter Physiker oder was?« In Stephens Gesicht stand wieder Wut geschrieben. »Oder weißt du, wie so etwas geht?« Francis schüttelte den Kopf und fuhr mit den Fingern durch ihre kurzen Haare, als ob sie sich diese raufen würde. Doch die Fingerspitzen griffen ins Leere.

»Das ist doch zum Mäusemelken«, bemerkte Karen überflüssigerweise, setzte ihre Brille erneut ab und rieb sich die müden Augen.

»Ich fürchte, jetzt sitzen wir wirklich hier fest.«

»Ja, verdammt noch mal, das fürchte ich auch.« Stephen knurrte und verließ den Raum. Ungläubig starrte sie ihm hinterher.

Sie konnten die Haustür hören, kurz bevor das Klicken eines Feuerzeuges erklang. Wie sehr wünschte sich Karen in diesem Augenblick, auch einem Laster frönen zu können, das ihr süße Entspannung schenkte. Doch sie hatte keins. Und so war sie dem inneren Entsetzen hilflos ausgeliefert, das sich immer mehr in ihr ausbreitete.

Sie saßen fest. Das war nicht mehr abzustreiten.

Karen hatte sich für clever gehalten, niemanden wirklich von ihrer Wochenendplanung zu verraten. Doch jetzt fühlte sie sich elendig dumm, nicht mal Brenda verraten zu haben, wo sich das Cottage befand. Hartford war der einzige Mensch auf der Welt, der sie vermissen würde, wenn sie ihm nicht bald nach Portmagee folgen würden. Denn Mister Warren wartete schließlich auf einen Funkspruch. Oder tat er das gar nicht?

»Okay, so lautet der Plan.« Stephen kam hereingestürmt. »Erst einmal schauen wir, wie viele Vorräte wir noch haben. Holz zum Heizen, Essensvorräte, Wasser, damit wir wissen, wie lange wir ausgestattet sind. Dann legen wir einen Zeitplan fest. Wir sollten in regelmäßigen Abständen die Straße vorfahren und schauen, ob sie wieder frei ist. Sobald das der Fall ist, verschwinden wir.«

Karen bezweifelte, dass sich Letzteres lohnen würde. Zwar hatte der Starkregen aufgehört, doch war er so stark herunter gerauscht, dass die Wassermassen nicht innerhalb von Minuten verschwinden würden. Und nun war der Nebel dichter als je zuvor. Der Wind hatte nur eine Pause eingelegt, war aber noch längst nicht vorüber, wusste sie aus Erfahrung. Dennoch zuckte Karen mit den Schultern und nickte leicht. Es war besser, einen schlechten Plan zu haben als gar keinen. An den Feinheiten könnte man je nach Bedarf immer noch feilen. Und ein agierender Stephen war Karen allemal lieber als ein wütender Koloss, der durch das Haus brüllte und damit nur weitere Panik verbreitete.

»Zumindest haben wir eine gefüllte Gasflasche.« Francis hielt erneut den Wasserkessel in der Hand und füllte gerade heißes Wasser in eine Wärmflasche. »Erfrieren werde ich also nicht so schnell.« Karen bemerkte amüsiert, dass ein schwaches Lächeln über ihr Gesicht huschte.

»Also sind alle einverstanden«, stellte Stephen zufrieden fest. Doch keiner antwortete. Schweigend machten sie sich ans Werk. Karen stapelte die Konserven aus den Küchenschubladen aufeinander, inspizierte den Kühlschrank und die Getränkekisten. An

Nahrung mangelte es ihnen nicht. Sie hatte so viel eingekauft, dass es für zwei Wochenenden mit zehn Mann reichen würde. Doch irgendwie war der Gedanke nicht tröstlich genug.

Stephen schürte das Feuer im Kamin, checkte alle Elektroöfen in den Räumen und war zufrieden, dass sie alle zu funktionieren schienen. Francis sammelte Decken aus den Zimmern zusammen und stapelte sie auf einem Stuhl. Jeder war so auf seine Tätigkeit konzentriert, dass sie alle zusammenzuckten, als Isabelles Stimme plötzlich erklang.

»Ich will wissen, wozu der Schlüssel passt.« Sie sprach langsam und ruhig in die Stille hinein.

Karen drehte sich zu ihr um. Niemand hatte bemerkt, dass Isabelle von der Couch aufgestanden und zur Schublade an der Geschirrvitrine gegangen war. Karen musste sie bei der Suchaktion nach dem Funkgerät offengelassen haben. Jetzt saß Isabelle am Esstisch und starrte wie eine Geisteskranke auf die sorgfältig vor ihr hingelegten Gegenstände. Immer wieder tippte sie mit ihrem rechten Zeigefinger auf den goldenen Schlüssel, der ihr am nächsten lag. Sie wirkte weggetreten. Als sei sie nicht im vollen Besitz ihrer geistigen Fähigkeiten. Wann hatte das Schluchzen aufgehört? Wann war sie apathisch geworden? Isabelles Blick war leer und kalt. Karen musste unwillkürlich an eine Patientin in einer Psychiatrie denken, die nur mit Medikamenten davon abzuhalten war, irre Dinge zu tun. Es fehlte nur die Zwangsjacke. Karen schüttelte den Kopf, um das beängstigende Bild loszuwerden.

»Was soll der Blödsinn denn jetzt?«, knurrte Stephen erneut zornig. »Das wird uns wohl kaum weiterbringen, geschweige denn von hier weg.«

Damit hatte er recht, musste Karen eingestehen. Aber auf der anderen Seite, was konnte es schaden? Sie hatten doch eh nichts Besseres zu tun, konnten nur warten, bis irgendjemand sie aus der misslichen Lage befreien würde. Bis Hartford vielleicht auffallen würde … Karen schüttelte sich erneut. Sie setzte keine Hoffnungen in Hartford nach seinem Abgang. Sicher würde er gerade irgendwo in einem Pub sitzen. Er hätte ein Bier vor sich stehen, würde schimpfend murmeln und keinerlei Gedanken daran verschwenden, dass seine Freunde Hilfe bräuchten. Nein, auf Hartford war gerade kein Verlass.

Aber vielleicht würde die Suche nach einem passenden Schlüsselloch doch noch Batterien für das Funkgerät hervorbringen? Vielleicht hatten sie etwas übersehen?

Angestrengt schaute Karen Stephen an, als hoffte sie, er könnte ihren Gedanken folgen. Doch er drehte sich nur schulterzuckend um und stapelte weiter Holz von einem Stapel auf den anderen. Welchen Sinn diese Tätigkeit hatte, wollte sich Karen nicht erschließen. Ebenso wenig wie Francis Deckenstapelaktion. Drehten jetzt alle durch und agierten irrational?

»Liebes.« Karen sprach leise und trat auf Isabelle zu. »Das wäre eine Suche nach der Nadel im Heuhaufen. Ich weiß nicht, ob das etwas bringen würde. Und wozu soll das gut sein? Es ist doch egal, oder nicht?«

Doch Isabelle reagierte gar nicht auf die Worte. Stumpfsinnig tippte sie weiter mit dem Zeigefinger auf den Schlüssel. Der Anblick der apathischen Isabelle vor den Dingen des Grauens, wie Karen die Gegenstände inzwischen heimlich nannte, machte ihr erneut Angst.

Karen überlegte. Was sollten sie tun? Ein Blick zu Francis verriet, dass diese genauso ratlos war. Die zierliche Gestalt hatte sich erneut auf die Couch fallen lassen. Unter einem Berg von Decken konnte Karen erkennen, dass sie immer noch zitterte. Ihre Lippen waren leicht bläulich gefärbt, ihre Nase leuchtete rot. Francis zuckte nur mit den Schultern. Das glaubte Karen zumindest, denn das Zucken war kaum vom Zittern zu unterscheiden.

Karen setzte die Brille ab und rieb sich die Augen. Sie fühlte sich immer müder und erschöpfter. Sollten sie Isabelles Wunsch nachgeben? Würde das sinnvoll sein? Einen Ausweg aus der schier aussichtslosen Situation würde eine erneute Suchaktion sicher nicht bringen. Aber vielleicht würde es Isabelle ablenken, dachte sie nun und schob die Brille zurück auf die Nase. Der Zustand ihrer Freundin sorgte sie. Karen kannte sich zwar nicht damit aus, doch sie vermutete, dass ihre Freundin unter einem Schock litt. Behutsamkeit war das oberste Gebot. Wer weiß, vielleicht würde das Suchen Isabelle so sehr beruhigen, dass sie wieder klarer denken könnte. Sich wieder in ihre Isabelle verwandelte und zurückkehrte, von wo auch immer sie gerade mit ihrem Geist war.

Und die Aktion könnte doch noch Batterien zutage fördern, wiederholte sie in ihren Gedanken.

»Wenn sie sich das wünscht, sollten wir das machen«, sagte Francis nun, als könnte sie Karens lautlose Grübeleien hören.

»Na, dann wünsche ich den Ladys viel Spaß.« Der Sarkasmus in Stephens Stimme war nicht zu überhören. Er schaute nicht einmal auf, sondern stapelte weiter stur das Holz von einer Seite zur anderen.

In diesem Moment stand Isabelle auf, hielt den Schlüssel zwischen Zeigefinger und Daumen vor sich in die Luft und setzte sich in Bewegung. Wie ein Gespenst schwebte sie langsam durch den Raum, als würde der Schlüssel sie führen. Karen überkam es heiß und kalt. Langsam folgte sie Isabelle.

»Wo willst du hin, Liebes?«

Doch sie antwortete erneut nicht, lief zielstrebig durch das Wohnzimmer in den hinteren Flur auf die Treppe ins Obergeschoss zu.

»Sie will nach oben«, flüsterte Francis, die nun neben Karen stand, immer noch mit Decken umhüllt.

»Ja, das denke ich auch.« Karen fiel plötzlich die Schublade mit den Kästchen wieder ein, die sie während der Batteriesuche entdeckt hatte. Doch Isabelle konnte davon unmöglich wissen. Sie war nicht dabei gewesen. Dennoch visierte ihre Freundin wie ferngesteuert diese Schublade an. Am oberen Ende der Treppe angekommen, schwebte Isabelle durch die Regale, bis sie vor der Schublade angekommen war. Doch dann blieb sie stehen, als wüsste sie nicht weiter.

»Was ist hier?«, flüsterte Francis leise.

»Das ist unmöglich«, stammelte Karen immer noch benommen von der Erkenntnis. »Sie kann unmöglich …«

»Was?«

Karen erzählte Francis von den Kästchen, die sie hier vor Kurzem entdeckt hatte. Und auch, dass Isabelle nicht wissen konnte, dass sie in der Schublade waren. Und doch stand ihre Freundin nun genau vor dieser.

»Das ist unheimlich.« Francis Stimme zitterte leicht. Karen gab ihr im Stillen recht. Auch sie fühlte eine dunkle Ahnung, die ihr nicht behagte. Erneut breitete sich eine Gänsehaut auf ihrem gesamten Körper aus.

»Lass uns lieber wieder gehen«, flüsterte Francis weiter, legte sanft ihre Hand auf Isabelles rechten Arm und versuchte sie von der Schublade abzubringen.

»Komm Liebes, ich mach uns noch einen Tee.«

Doch Isabelle blieb standhaft und ließ sich nicht wegziehen. Daran war auch nichts zu ändern, als Karen sich zu ihrer Linken gesellte und sie nun ebenfalls zum Gehen drängte.

Seufzend gab Karen schließlich auf und öffnete die Schublade. Das Knarzen, das dabei erklang, ließ sie erneut frösteln. Das Geräusch war vertraut, auch wenn es längst nicht an Bedrohlichkeit eingebüßt hatte.

»Sind sie das?«, fragte Francis erstaunt, als sie einen Blick in die Schublade warf. Darin befand sich eine Ansammlung von Kästchen: große und kleine, bunte und schlichte Holzvarianten. Es mussten über zwanzig verschiedene Schachteln sein, allesamt mit einem Schlüsselloch ausgestattet. Daneben lagen zahlreiche Schlüssel, ebenso große und kleine.

Karen nickte. Sie vermutete, dass sie der Anzahl der Kästchen entsprachen. Bis auf einen, der auf wundersame Weise seinen Weg in die Schublade des Geschirrschranks im Untergeschoss gefunden hatte. Somit war zumindest eins klar: Dieser Schlüssel gehörte zum Haus. Aber was war mit den anderen Gegenständen, gehörten sie auch zu diesem alten Cottage?

Ein Lächeln zog auf Isabelles Gesicht auf. In der rechten Hand hielt sie immer noch den Schlüssel zwischen Daumen und Zeigefinger vor sich. Mit der linken Hand griff sie nun in die Schublade und nahm das erste Kästchen heraus. Fast wie in Zeitlupe führte sie den Schlüssel in das Loch hinein. Karen hätte sich nicht gewundert, wenn Isabelle direkt das passende Kästchen gewählt hätte. So grotesk wirkte das Schauspiel ihrer Freundin. Doch zu aller Erstaunen war das nicht der Fall. Der Schlüssel passte nicht.

War das nun ein gutes oder ein schlechtes Zeichen?

Isabelle ließ das nutzlose Kästchen achtlos mit einem lauten Knall auf den Boden fallen. Francis und Karen zuckten zusammen. Isabelles Hand griff bereits nach der nächsten Holzkiste in der Schublade. Doch auch bei der zweiten Schachtel hatte sie keinen Erfolg. Erneut ließ Isabelle sie gedankenlos auf den Boden fallen. Genauso verfuhr sie mit Nummer drei und vier. Karen und Francis schauten sich fragend an, sagten jedoch kein Wort.

Gespannt beobachteten sie, wie Isabelle bereits das fünfte Kästchen in die Höhe hob.

Ein gellender Schrei ließ sie alle zusammenzucken. Einen Augenblick lang dachte Karen, er sei aus Isabelles Kehle gekommen. Doch ihre Freundin schaute genauso schockiert wie Francis neben ihr.

Lautes Gepolter drang nun an ihre Ohren. Es kam von unten. Und sogleich vernahmen sie wieder eine Stimme. Es war Stephen, der panisch brüllte.

»Leute. Schnell. Kommt sofort her.«

Karen sah das Blut als Erstes. Es rann seine Schläfe hinab. Erst Sekunden später erkannte sie Hartfords Gesicht, das vor Schmerzen verzerrt war. Seine Haut war kreidebleich. Der sonst so gestandene Mann lag zuckend und krampfend mitten auf dem Küchenboden. Stephen hatte seine Beine unter den Kopf geschoben und versuchte, ihm mit einem Tuch das Blut abzuwischen. Doch es schien schier unmöglich. Hartfords Haare waren in ein rostiges Rot getaucht. Seine gesamte Kleidung war von Dreck übersät, die Jacke glich zerschlissenen Lumpen. Die Hose war über seinen Knien aufgerissen, tiefe Schrammen und noch mehr Blut waren dort zu sehen. Er hatte nur einen Schuh an. Aus seinem Mund kamen stöhnende Laute. Von seiner Mütze fehlte jede Spur.

»Gehämmert. An der Tür. Ich …«, stammelte Stephen und wischte unaufhaltsam weiter. Das Tuch war längst voller Blut.

»Oh mein Gott«, entfuhr es Karen entsetzt. Sie stürmte auf die beiden zu und kniete sich neben sie.

»Was ist passiert?«

Stephens Blick traf ihren. Sie konnte gequältes Entsetzen in seinen Augen erkennen. Er schüttelte nur den Kopf, er konnte diese Frage unmöglich beantworten.

Karen schaute auf den krampfenden Hartford hinab. Unaufhaltsam schien das Blut aus seinen Wunden zu strömen. Am meisten am Kopf. Wie viel Blut hatte er schon verloren? Karen schnappte nach Luft. Der Anblick überforderte sie.

»Wir brauchen Verbandsmaterial, schnell,« schrie sie hilflos in den Raum. Sie wusste, dass nur ein Druckverband die Blutung stoppen könnte. Gleichzeitig sprang sie auf, drehte sich einmal um sich, als wüsste sie nicht, wohin sie als Erstes laufen sollte.

»Das Auto«, nuschelte Francis, die am Türrahmen stand und fassungslos auf die Szenerie starrte. Hinter ihr konnte Karen Isabelles Gesicht ausmachen. Sie sah erstarrte Augen. Und frische Tränen.

Der Verbandskasten im Auto, natürlich. Karen tastete nach dem Autoschlüssel in ihrer Hosentasche und stürmte hinaus. Noch im Laufen riss sie das Päckchen auf und stolperte mit herunterfallenden Kompressen zurück in die Küche.

»Hier.«

Stephen griff blind nach einem Päckchen, riss es mit den Zähnen auf, während Francis einen neuen, ausgewaschenen Lappen reichte. Nur Isabelle stand immer noch starr abseits.

»Nein. Kein Wasser mehr«, kreischte Karen.

»Irgendjemand muss das hier drauf drücken«, befahl Stephen zeitgleich. Karen kniete sich erneut nieder und drückte auf die Kompresse an Hartfords Kopfseite. Sie war sofort voller Blut. Karens Entsetzen wuchs. Dunkel meinte sie sich zu erinnern, dass Wunden der Kopfhaut besonders stark bluteten.

»Fester.« Stephen versuchte, eine Binde um den Kopf zu rollen. Danach nahm er eine Zweite und eine Dritte, bis Hartfords Kopf fast vollständig bandagiert war. Doch Karen konnte bereits das Blut durch den Verband sickern sehen. Ihr Herz hämmerte, ihr Puls raste.

Die Blutung war nicht gestoppt.

»Er hat eine riesige Wunde an der linken Kopfseite. Ich glaube, sein Arm ist gebrochen, vielleicht auch ein, zwei Rippen", zählte Stephen auf. "Die Knie kann ich nicht beurteilen, ebenso wenig, ob er innere Blutungen hat.« Stephen klang jetzt wie ein Arzt, der professionell eine Diagnose stellte. Er tastete vorsichtig den Brustkorb ab. »Er muss einen Unfall gehabt haben. Anders kann ich es mir nicht erklären.«

Stephen fühlte den Puls immer wieder und begann anschließend, den Arm mit den restlichen Binden zu bandagieren.

»Es ist schlimm«, flüstere er schließlich.

Karen schaute erneut zum Kopfverband. Die Binden waren halb vom Blut durchtränkt. Wenn er auch noch innere Verletzungen hatte … Sie weigerte sich, den Gedanken zu Ende zu denken.

»Es hilft nicht.« Karen war nun den Tränen nah. »Was sollen wir …«

In diesem Moment hustete Hartford. Blut quoll dabei aus seinem Mund.

Oh Gott, schoss es Karen durch den Kopf. Sie hatte noch nie so viel Blut auf einmal gesehen.

»Bleib ruhig«, sagte Stephen und versuchte seinen Kopf höher zu heben. »Langsam atmen. Du bist jetzt in Sicherheit. Ich helfe dir. Das kommt wieder in Ordnung, Kumpel.«

Hartford öffnete die Augen, doch sein Blick war leer. Eine weitere Hustensalve erschütterte seinen gesamten Körper und ließ ihn wieder krampfen. Er krächzte etwas.

"Was?", fragte Karen und schaute Stephen an. Doch der schüttelte nur den Kopf, schob jedoch sein Ohr näher an Hartfords Mund. Erneut ertönte Krächzen. Stephens Gesichtsausdruck versteinerte sich.

"Was?", fragte Karen erneut.

"Nebel, Baum, Auto", sprach Stephen. "Das sind die Worte, die er immer wieder wiederholt."

Karen erstarrte. Lag Hartford etwa die letzten Stunden irgendwo da draußen, vergraben im Nebel? Und sie hatten ihn nicht gesehen? Nicht gehört?

»Schhhhhh.« Stephen legte dem krampfenden Mann vor sich einen Finger auf den Mund. »Du musst jetzt nicht reden. Du kannst uns später alles erzählen. Spar dir deine Kräfte lieber.«

»Wir hätten ihn finden müssen, als wir draußen waren«, schluchzte Francis nun dicht bei ihnen.

»Wie hätten wir das ahnen sollen?«, zischte Stephen leise. »Wir konnten doch nicht mal unsere eigene Hand vor Augen sehen. Und ehrlich, ich dachte, er säße längst irgendwo in einem Pub. Ihr nicht auch?«

Karen war unfähig zu nicken. Ihr blieb jegliches Wort im Halse stecken. Die Vorstellung, dass ihr Freund nur wenige Meter von ihnen in einem Autowrack gelegen haben musste, bewusstlos, blutend und ohne Hilfe, entsetzte sie zutiefst. Was musste es ihn für Anstrengungen gekostet haben, zurück zum Haus zu kommen? Wie hatte er das geschafft? Wie viel Blut hatte er bereits verloren?

Wieder fiel ihr Blick auf die zerrissene Hose und die zerschlissenen Knie. Sie hielt sich die Hand vor den Mund.

In diesem Moment wurde Hartford von einer weiteren Hustensalve erfasst. Sein ganzer Körper bebte, Blut quoll weiter hervor. Und dennoch versuchte er weiter, seine Lippen zu bewegen.

»Du solltest nicht sprechen«, flehte Stephen. »Spare deine Kräfte, ich bitte dich.« Er legte erneut seinen Finger auf Hartfords Lippen und presste danach eine neue Kompresse auf den schon von Blut durchtränkten Verband. Mit weit aufgerissenen Augen starrte Stephen Karen an.

Er verblutet uns, formten seine Lippen lautlos zu ihr. Karen schüttelte den Kopf, als wolle sie diese Information nicht wissen. Doch auch die neue Kompresse färbte sich bereits blutrot.

Hartfords Augen flatterten.

"Hey Kumpel, nicht", schrie Stephen sofort. "Bleib bei mir. Du darfst jetzt nicht schlafen." Er schlug mit der Handfläche abwechselnd auf die rechte und linke Wange. Karen hielt den Atem an. Wenn Hartford jetzt das Bewusstsein verlöre … Sie schüttelte sich augenblicklich.

"Kumpel, hörst du mich?" Stephens Stimme klang nun vollends verzweifelt. Doch im nächsten Moment erschütterte ein neuer Krampf Hartfords Körper. Er bäumte sich schrecklich unnatürlich auf und riss dann die Augen wieder auf.

"Gut so, Junge", sagte Stephen erleichtert. "Schön bei mir bleiben." Gleichzeitig schaute er zu Karen und fragte stumm, was sie tun sollten. Doch Karen hatte keine Antwort. Ihnen konnte niemand helfen.

Hartford krächzte erneut und ließ alle wieder auf ihn blicken. Es schien, als nahm er alle Kräfte zusammen, die er finden konnte. Doch es kamen nur Wortfetzen raus.

»Heute … der Tag«, röchelte er. »Mir … so leid … ich … die Gegenstände … er … ich weiß, was hier …«

Die letzten Wortsalven verschluckte Hartford bereits. In diesem Augenblick verkrampfte sich sein gesamter Körper ein weiteres Mal.

»Ihr müsst …« Hartford hustete erneut, hob seine Brust empor, als wolle er sich gegen etwas stemmen, nur um direkt danach wie ein nasser Sack zusammenzufallen. Sein Kopf fiel auf Stephens Oberschenkel zurück. Seine Augenlider flatterten.

»Er verliert das Bewusstsein«, wisperte Stephen. »Ich kann nichts dagegen tun.« Vergeblich schlug er erneut auf Hartfords Wangen und versuchte, seinen Freund wach zu halten. Doch es schien vergebens. Die Augenlider fielen zu. Hartfords Kopf rollte zur Seite, als habe er kein Leben mehr in sich. Doch der Körper krampfte weiter. Er kämpfte.

Karen wusste nicht, wie viel Zeit verging. Es schien eine Ewigkeit zu sein und doch waren es nur wenige Minuten, bis Hartfords Kampf endete. Irgendwann erschlaffte sein Körper, einfach so. Ein Hauchen entwich Hartfords Mund, ein letzter Hauch, sanft und kraftvoll zugleich.

Und dann war da nichts mehr.

Kein Atem. Kein Stöhnen. Kein Husten.

»Nein.« Isabelles gellender Schrei hallte durch das gesamte Haus. »Nein. Nicht.« Sie wollte augenblicklich auf ihn zustürmen, doch Karen hielt sie geistesgegenwärtig auf und nahm sie in die Arme.

»Ist er … oh mein Gott, ist er wirklich?« Francis stammelte und wedelte unkoordiniert mit den Armen.

Der Körper lag reglos da. Dort, wo eben noch ein Kampf getobt hatte, war nun keinerlei Bewegung mehr zu sehen. Der Brustkorb bewegte sich nicht mehr auf und ab. Zögerlich fühlte Stephen nach Hartfords Puls. Er tastete am Hals, dann am Handgelenk, beugte sich über seinen Mund und hörte schließlich wieder damit auf. Ein leichtes Kopfschütteln war alles, was er zustande brachte. Eine Antwort war überflüssig.

»Du musst ihn wiederbeleben, sofort«, schrie Isabelle und wollte sich aus Karens Armen losreißen. »Mach etwas: Herzmassage, Mund-zu-Mund-Beatmung, irgendetwas!«

Doch Stephen schüttelte weiter den Kopf. Karen wusste, dass er recht hatte. Er konnte Hartford nicht retten. Es war zu spät. Er hatte schon viel zu viel Blut verloren, bevor er ins Haus kam. Es war aussichtslos.

»Bitte«, flehte Isabelle ein letztes Mal. Doch es klang längst nicht mehr so fordernd und kläglicher als zuvor. Denn langsam setzte sich auch bei ihr die Erkenntnis durch:

Hartford war soeben in Stephens Armen gestorben.

Verhängnisvolles Vergessen

Es ist leer.« Drei simple Worte hallten wie von weit entfernt durch den Raum. Doch Karen konnte sie nicht begreifen.

Die Welt stand still.

Karen hätte nicht sagen können, wie lange die Windböen draußen vor dem Haus die einzigen Geräusche verursachten, die ihre Ohren vernahmen. Sie rüttelten an Fensterläden, ließen Scheiben erzittern und pfiffen erbarmungslos ein Lied. Kälte war unbemerkt in das Häuschen eingedrungen und legte sich auf ihre Wangen nieder.

Sie stand immer noch neben einer Leiche. Neben Hartford.

»Es ist leer«, wiederholte Isabelle nun zu ihren Füßen erneut, leiser und verzweifelter als zuvor. Ungläubig starrte Karen hinab, immer noch unfähig, auch nur eine minimale Bewegung zu tun.

»Herrgott noch mal, Isabelle, das ist doch jetzt völlig unwich…« Stephen brach ab, als er wütend zu Isabelle schaute. Sie war wie ein nasser Sack zu Karens Füßen auf den Boden gesunken. Karen hatte sie nicht aufhalten können, ihre Arme hatten ihr nicht mehr gehorcht. Nun wiegte sich Isabelle auf dem Boden schluchzend hin und her. In ihrer Hand hielt sie ein leeres, geöffnetes Kästchen, der Schlüssel steckte noch im Schloss. Doch auch dieses Bild änderte nichts, riss Karen nicht aus ihrer eigenen Starre heraus.

Die Welt hatte für sie innegehalten. Alles sah wie in einer Zeitlupe aus, in denen Staubkörnchen in der Luft unendlich langsam schwebten, der Flügelschlag einer Fliege Ewigkeiten zu dauern schien und das Schließen von Augenlidern unendlich dauerte. Hartford lag noch immer auf dem Boden, den Kopf auf Stephens Beine gebettet. Als würde er schlafen. Doch er schlief nicht, wusste Karen, egal wie sehr sie sich gegen diese Erkenntnis sträuben wollte. Francis stand genauso starr mitten im Raum wie Karen selbst. Ihr Brustkorb hob sich ebenfalls unendlich langsam auf und ab. Stephen umschloss behutsam den leblosen Kopf mit seinen Händen. Langsam. Unendlich langsam. Als wollte er ihn von seinen Beinen heben.

»Nein. Nicht«, flüsterte Karen. Doch es hielt ihn nicht auf. Die Zeitlupe stoppte in dem Moment, als Stephen den Kopf emporhob. Die Fliege flog hinfort, die Staubkörnchen fielen zu Boden. Behutsam waren Stephens Beine befreit, Blut sickerte in seine Jeans, das bereits zu trocknen begann.

Mit einer einzigen Bewegung hatte Stephen der unumstößlichen Tatsache Gewissheit verliehen und die Welt zum Weiterdrehen verdammt. Ab jetzt müsste Karen vorwärtsgehen. Weiter machen. Egal, wie das auch aussehen würde.

»Was machen wir denn jetzt?« Karen erkannte ihre eigene Stimme nicht.

»Ich weiß es nicht.« Stephen legte den Kopf behutsam auf den Boden und ließ sich schwerfällig auf einen Küchenstuhl fallen. Sein Gesicht vergrub er in den Händen. Weitere Schluchzgeräusche erfüllten den Raum. Von unten verstärkte sich Isabelles Jammern. Francis riss sich aus ihrer Starre, hockte sich hinter sie, legte schützend ihre Arme um den zitternden Körper. Sie versuchte, Isabelle zu beruhigen. Doch die Blondine wiegte sich unaufhaltsam apathisch vor und zurück.

Karen war immer noch unfähig, sich zu bewegen. Doch ihre Gedanken begannen nun zu rasen. Wie konnte das alles wahr sein? War es denn wahr? Eben stand Hartford doch noch wütend vor ihr und verkündete, dass er abreisen wollte. Und nun lag er da ... da unten ... tot.

Karen konnte kaum hinschauen. Was hatte er sagen wollen? Was hatte er gestammelt? Karen versuchte, die Wortfetzen in einen Sinn zu übersetzen. Sagte er nicht, dass er wüsste, was hier los ist? Dass es ihm leidtäte? Aber was tat ihm leid? Waren die persönlichen Souvenirs doch nur ein Scherz von ihm? Vielleicht hatte er sie so in ein gemütliches Pub locken wollen. Vielleicht hatte er andere Pläne. Doch der Sturm war ihm dazwischen gekommen. Ein Unfall machte jäh allem ein Ende. Einem blöden, sinnlosen und völlig überflüssigen Scherz. Kann es manchmal so leicht im Leben sein? Und so grausam zugleich?

Augenblicklich prasselten alle Bilder auf Karens Geist ein. Ein Taschentuch, eine Kette, eine Pfeife, ein Heiligenbild und ein Schlüssel. Die Botschaft, die im Bild versteckt war. Karen sah vor ihrem inneren Auge eine zitternde Francis, die so zu frieren schien, wie nie in ihrem Leben zuvor. Die Abgehärtetste von ihnen, die sogar im Winter schwimmen ging, zitterte um ihr Leben. Dann erschien ein Glas voller Wasser in Hartfords Hand. Der, der sonst um kein Gläschen Whiskey verlegen war, trank mit Wasser gegen sein innerliches Verdursten an. Eine apathische Isabelle mit ihrem verrückten Blick, die fast schwebend zielgenau auf eine Schublade zulief, die sie doch nicht kennen konnte. Knarzende Geräusch. Nicht zu öffnende Fenster. Stickige Luft. Lichtspiele. Nebel und doch gleichzeitiger Sturm … all das prasselte in nur einer Sekunde auf Karens Geist ein, als wolle sie die Geheimnisse mit einem Wimpernschlag lösen. Irgendetwas schien jeden von ihnen anzugreifen. Und umzubringen?

Ihr Blick fiel auf Stephen. Was war mit ihm?

»Sie muss sich hinlegen«, schluchzte Francis nun zu ihren Füßen und riss Karen damit endgültig aus ihrer Starre. Sie nickte. Behutsam bugsierten sie die weinende Isabelle auf die Couch. Karen ging ohne ein Wort in ihr Zimmer, holte ihre Tablettendose hervor und schüttelte eine Schlaftablette heraus. Francis deckte Isabelle zu, bevor sie ein Glas Wasser holte.

»Hier, Liebes. Trink das.« Ohne Gegenwehr schluckte Isabelle die Pille und sank anschließend immer noch weinend in die Kissen zurück. Nur das Kästchen ließ sie sich nicht aus der Hand nehmen. Isabelle verkrampfte die Finger darum so sehr, dass ihre Gelenke bereits weiß hervortraten. Francis zog sich den Sessel nah an die Couch und strich Isabelle behutsam eine Haarsträhne von der Stirn. Mit ihrem Blick signalisierte sie, dass sie bei ihr bleiben würde.

Karen nickte kaum merklich.

Ein Blick hinüber in die Küche verriet ihr, dass Stephen aufgehört hatte zu weinen. Er starrte herüber, die Stirn in Falten gelegt.

»Er kann hier so nicht liegen bleiben«, flüsterte er in einem verzweifelten Ton. Karen stimmte ihm zu.

Gemeinsam schafften sie, was Karen für unmöglich hielt. Was sie nie geglaubt hätte, dass sie das je würde tun müssen. Sie schleppten Hartford in sein Zimmer, legten den schweren Körper auf das Bett und lehnten sich anschließend erschöpft gegen die Kommode gegenüber. Schweiß rann ihnen den Rücken hinunter und doch glaubte Karen, gleichzeitig zu frieren. Sie fühlte sich immer noch unwirklich. Nicht anwesend. So als beobachtete sie sich selbst von oben.

Minutenlang standen sie schweigend da und starrten auf ihren toten Freund. Bis Karen plötzlich einen Blick auf ihrem Gesicht spürte. Sie drehte sich nach links und schaute in Stephens warme Augen. Es war ein merkwürdiger und doch so wohliger Moment zugleich. Wasser sammelte sich hinter ihren Brillengläsern, Stephens Antlitz verschwamm. Doch sie wandte den Blick nicht ab, wischte die Tränen nicht weg, die nun ihre Wangen herunterkullerten. Sie blickte unaufhaltsam in diese warmen, vertrauten Augen und wollte sich in ihnen verlieren. Und dort in der Ewigkeit der Zeitlupe bleiben. Sie glitt immer tiefer hinein.

Plötzlich räusperte sich Stephen und nahm seinen Blick von ihren Augen. Es klang wie das Krächzen eines Siebzigjährigen.

»Ich hol jetzt die Autobatterie«, sagte er mit rauer Stimme. Karen starrte ihn fragend an.

»Die Batterie aus dem Mietwagen. Vielleicht hab ich ja doch einen Geistesblitz, wie ich deren Strom für das Funkgerät nutzen kann.«

Karen nickte, antwortete jedoch immer noch nicht.

»Ich muss irgendetwas tun«, entschuldigte er sich.

Statt zu antworten, nahm Karen seine Hand, streichelte über den Handrücken und führte sie schließlich an ihre Lippen. Langsam hauchte sie einen Kuss auf die warme Haut. Dann ließ sie die Hand frei, ließ Stephen gehen. Sie schaute ihm nicht hinterher, als er das Zimmer verließ. Stattdessen fiel ihr Blick wieder auf ihren toten Freund.

Wie gern hätte sie all das Blut ausgeblendet. Den Kopfverband. Die zerschlissene Kleidung. Karen wünschte sich so sehr, dass es schmerzte, ihren Freund nur schlafend vor sich liegen zu sehen. Sie ertappte sich dabei, wie sie eine Decke vom Stuhl nahm und sie behutsam über den Körper legte. Gewissenhaft steckte sie die Enden unter seine Beine, fuhr mit den Händen weiter hinauf und stockte abrupt.

Karen hatte etwas Hartes an der Jacke ertastet.

Vorsichtig griff sie in die linke Tasche hinein und zog es heraus. Ihre Hände begannen zu zittern, als sie erkannte, was sie da hielt.

Eine Pistole.

Hartford hatte eine Pistole in seiner Jackentasche gehabt.

Warum, schoss es ihr sofort durch den Kopf. Wozu hatte Hartford eine Pistole bei sich? Woher hatte er sie? Die Fähre, fiel

Karen plötzlich ein. Francis und Hartford waren nicht direkt nach Irland geflogen, sondern nach England, um dort mit der Fähre und dann mit dem Auto nach Valentia zu kommen. Wegen der vergünstigten Konditionen für Francis, hatte Hartford kurz erklärt. Hatte es in Wahrheit einen anderen Grund für die umständliche Reise gegeben? Den, den sie jetzt in der Hand hielt?

Sie fragte sich, was Hartford vorhatte. Ein Mensch konnte eine Waffe zur Verteidigung besitzen, aber auch für den Angriff.

Es tut mir so leid … ich … die Gegenstände … er … ich weiß, was hier …

Seine letzten Worte ließen sie nicht los. Karen konnte seine Stimme erneut hören. Doch mit jedem Puzzleteil ergab das Ganze immer weniger Sinn. Sie konnte sich keinen Reim drauf machen. Steckte Hartford hinter allem? Warum?

Ihr wollte kein Grund einfallen.

Plötzlich wog die Waffe unendlich schwer in ihrer Hand. Karen legte sie auf die Kommode. Kurz darauf tastete sie Hartfords Jacke ein zweites Mal ab. Auf der anderen Seite konnte Karen ebenfalls etwas spüren. Sie glitt mit einer Hand hinein und zog ein kleines Büchlein heraus. Schwarz. Ledereinband. Mit einem Stift zwischen Buchrücken und Seiten geklemmt.

Karen ließ sich zurück an die Kommode fallen und betrachtete das kleine Buch von allen Seiten. Es hatte keinen Titel auf dem Einband. Lediglich ein kleines Stück des Lesezeichens ragte unterhalb der Seiten heraus. Karen öffnete damit das Buch und landete auf einer leeren Seite. Sie blätterte zurück. Sie erkannte, dass dies sein Tagebuch sein musste. Sie hätte Hartford nie zugetraut, dass er Tagebuch führte. Doch nun hielt sie den Beweis in ihrer Hand.

Einen kurzen Moment zögerte Karen, in ihr flackerte das Gefühl auf, verbotenerweise in eine Privatsphäre einzudringen. Doch sie schob es beiseite und blätterte zurück zum Anfang. Der erste Eintrag war vor vier Jahren entstanden. Als sie alle noch auf dem College waren. Gemeinsam. Vereint in tiefer Freundschaft.

Vier Jahre zuvor

Er konnte sich kaum erinnern, wie er mit den anderen im Cormans gelandet war. Doch plötzlich saß er an der Bar, erkannte ein

Pint vor sich und Stephen klopfte erneut freundschaftlich auf seine Schulter.

»Nicht wahr, mein Freund?«

Hartford hatte keinen blassen Schimmer, was er meinen könnte. Lautes Stimmenwirrwarr umgab ihn, doch es war unmöglich, einzelne Sätze zu verstehen oder gar einer Unterhaltung zu folgen. Dröhnende Musik plärrte aus der Jukebox. Stephen plauderte angeregt mit Studenten rechts von ihnen. Verschwommen erkannte Hartford einige Kommilitonen. Die Gesichter grinsten ihm unscharf entgegen. Alles drehte sich in Hartfords Kopf. Er glaubte, doppelt zu sehen.

Doch es waren die Zwillinge, erkannte er nur Sekunden später. Diese beiden blonden, zierlichen und schüchternen Mädchen, die es nur im Doppelpack zu geben schien. Hartford hatte noch nie eines der beiden allein auf dem Campus gesehen. Und sie waren beide hoffnungslos in Stephen verliebt. Ob sie im Bett auch nur im Doppelpack zu haben waren?

Hartford schüttelte sich. Sein Mund schmeckte schweflig. Er nahm einen kräftigen Schluck von seinem Pint. Es war eine willkommene Abwechslung. Wie viel Schnaps hatten sie nur getrunken? Hartford erinnerte sich, dass er bei der zehnten Runde das Zählen aufgab. Auch wie die Müdigkeit ihn übermannt hatte. Röte stieg in seine Wangen. So schnell hatte er doch noch nie schlappgemacht. Doch allmählich schienen die Kräfte wieder zurückzukehren, auch wenn er immer noch wacklig auf dem Barhocker saß. Entschlossen rückte er seine Mütze auf seinem Kopf zurecht und setzte sich aufrecht hin. Es war Zeit für eine Rückkehr. Hartford kniff die Augen zusammen, um die doppelten, verschwommenen Bilder zu verscheuchen, nahm noch einen Schluck von seinem Bier und schaute sich danach um. Vor ihm war das vertraute Bild der Schnapskollektion des Cormans an der Rückwand der Bar zu erkennen. Ethan huschte geschmeidig zwischen Tresen und Flaschenkollektion hin und her, lieferte hier ein Pint aus, nahm dort leere Gläser weg, kassierte dazwischen noch ab. Er bewegte sich so schnell von rechts nach links, dass es Hartford fast schwindelte. Seine Augen konnten ihm unmöglich so schnell folgen.

»Noch ein Pint?«

Hartford nickte.

»Und schieb mal ein Glas Wasser dazu rüber.«

»Na, das habe ich ja noch nie erlebt.« Ethan lachte laut auf und hielt plötzlich inne. »Der große Mister Anders bestellt das erste Mal in meinem Leben ein Wasser bei mir. Unfassbar.«

»Quatsch«, grinste Hartford und musste sich am Tresen festhalten, um nicht vom Hocker zu rutschen. »Das war ein Scherz. Natürlich nehme ich nur das Pint.« Irritiert schaute er sich um.

»Oh, Gott sei Dank.« Ethan griff sich theatralisch an die Brust. »Ich dachte schon, heute sei der Tag, an dem die Hölle zufriert.«

»Hör auf zu labern.«

Und Ethan gehorchte, zapfte das bestellte Bier und stellte es Hartford vor die Nase. Dieser fühlte sich daraufhin gezwungen, sein anderes Glas zu leeren, auch wenn es noch fast halb voll war. Er brauchte zwei Züge.

Als Hartford mühsam mit seiner Hand in der Hosentasche nach Kleingeld kramte, winkte Ethan lachend ab.

»Lass mal. Sie hat doch schon ein paar Runden im Voraus gezahlt.«

Mit dem Kopf nickte er zu Hartfords Linken. Er folgte dem Wink und erblickte ein strahlendes Lächeln. Hier stand Isabelle, die ebenso vertieft in ein Gespräch mit einem Mann war, der Hartford den Rücken kehrte. Er konnte beim besten Willen nicht erkennen, mit wem sie sich unterhielt. Doch als sie näher an dessen Ohr kam, schenkte sie Hartford über die fremde Schulter hinweg ein warmes, glückliches Lächeln und einen langen Blick.

Alles in Ordnung? Das schienen ihre Augen zu fragen. Hartford nickte stumm. Er wusste nicht, warum er erneut Röte in seinen Wangen spürte.

Das alles war vertraut. Isabelle, Stephen und Hartford waren in den vergangenen Jahren oft gemeinsam losgezogen, nach einem gemeinsamen Essen zu fünft, das verstand sich fast von selbst. So oft sie konnten, traf sich die Gruppe freitags in dem kleinen Studentenzimmer von Isabelle und Francis, von der wunderschönen Blondine fürstlich bekocht. Sie tauschten sich an dem kleinen Tisch über die Woche aus, regten sich über Professoren auf und schimpften über zu viele Projekte und Hausarbeiten. Doch auf Karen war immer Verlass. Mal half sie Stephen bei einer unlösbaren Aufgabe, mal ließ sie Hartford von sich abschreiben. Und er bedankte sich oft mit einem kleinen Präsent. Ihm würde beim besten Willen nicht einfallen, wo er sonst den Freitagabend nach einer kräftezehrenden Woche lieber verbringen wollte. Oder gar Isabelles Geburtstag heute, erst recht in einem Schaltjahr, in dem ihnen der 29. Tag des Monats zusätzlich geschenkt wurde. Wen interessierte es schon, dass heute eigentlich Sonntag und der zusätzliche Tag ein Montag war? Hartford definitiv nicht. Isabelle war gesegnet, am 28. Februar geboren zu sein, dachte er plötzlich. So konnten sie alle vier Jahre doppelt so lange feiern.

Nach dem freitäglichen Essen zogen sie oft in die Partynacht hinaus, meist zu dritt. Manchmal kam Francis mit, doch häufig scheute sie die Gesellschaft der anderen Studenten. Für sie war es zu anstrengend, die Männer abzuwehren. Stephen und Hartford standen nicht immer parat, um ihr zu helfen. Das wollte sie auch gar nicht, wie sie einmal Hartford unmissverständlich klar gemacht hatte. Daher zog Francis sich oft schnell zurück, wenn sie überhaupt mitgekommen war. Karen hingegen kam so gut wie gar nicht mit auf Tour. Manchmal glaubte Hartford, dass ihre Mutter nur ein Vorwand war, den sie nur allzu gerne vorschob, um sich nicht unter fremde Leute mischen zu müssen. Ihr schien es gar nicht so unrecht, nicht auf dem Campus zu wohnen, sondern gemeinsam mit ihrer Mutter in einer kleinen Zwei-Zimmer-Wohnung fünf Straßen entfernt. Große Menschenmassen behagten Karen nicht, das hatte Hartford schon früh bemerkt. Als sie zu ihnen gestoßen war, schien es, als hätte sie noch gar keine Freunde unter den anderen Studenten gefunden.

»Ich hab lieber weniger Freunde, dafür aber richtig gute«, hatte sie oft genug betont. Und eben das mochte Hartford an diesem unscheinbaren Mädchen. Sie war eine ehrliche Haut, sagte immer, was sie dachte. Karen brachte manche Dinge auf den Punkt, die Hartford nicht besser hätte ausdrücken können. Selbst wenn es ihn persönlich betraf, staunte er. Als besäße sie eine Art sechsten Sinn. Sie war genauso sensibel und feinfühlig wie Francis und doch anders. Wenn Francis sich die Worte verkniff, sprach Karen meist den gleichen Gedanken aus. Das tat der Gruppe unheimlich gut. Isabelle hatte eine neue Verbündete in dem Bücherwurm gefunden, Francis eine Seelenverwandte. Hartford selbst hatte gefühlt eine Schwester geschenkt bekommen. Und Stephen? Na ja, der wusste noch nicht, was dieses unscheinbare Mädchen für eine Bereicherung in seinem Leben bedeuten könnte. Dabei konnte ein Blinder sehen, dass er sie anders mochte als alle anderen Mädchen auf dem Campus. Warum er das selber nicht sah, war nicht nur Hartford schleierhaft.

Wahrhaftig. Karen schien die Gruppe erst vervollständigt zu haben, sie passte nicht nur wegen ihres Alters so gut zu ihnen. Mit ihrer so gegensätzlichen Art zu so manchem Lebemann der Truppe brachte sie ein Gleichgewicht hinein, das vorher nicht herrschte. Und Fürsorge. Und Ruhe. Sie fehlte ihm oft im Pub.

Auch wenn Freitagnacht meist nur noch drei von fünf im Pub landeten, so waren es doch alle fünf, die die Gruppe benötigte, um zu funktionieren. Das war für Hartford so sicher wie das Amen in der Kirche.

Er lächelte angesichts der melancholischen Gedanken. Auch wenn die meisten in ihm immer nur den Lausbub sahen, der immer für einen Scherz zu haben schien. Hartford spielte gern den Clown und sorgte für Stimmung. Doch seine Freunde sahen mehr vom wahren, tiefsinnigen Hartford. Sie kannten auch den Mann, der einiges in seinem Leben durchgestanden hatte. Dinge, die die frechen Rotznasen auf dem Campus nur aus schauerlichen Erzählungen kannten.

Doch daran wollte Hartford jetzt keinen Gedanken verschwenden. Er blickte wieder zu Isabelle, die gerade herzhaft auflachte. Der Typ, der immer noch mit dem Rücken zu Hartford stand, musste einen guten Witz gerissen haben.

»Leute, ich verschwinde«, tönte es plötzlich an seiner Rechten. Stephen war zu ihm getreten und schlug ihn schon wieder kräftig auf die Schulter. In seinen Augen blitzte es auf. Hartford wusste sofort Bescheid. Er witterte eine Chance. Bei wem auch immer. Stephens Augen verrieten, dass sein Abend definitiv nicht in seinem Bett enden würde.

»Oh, der Herr von und zu ist wohl wieder auf Beutezug«, neckte Hartford ihn. Stephen verdrehte die Augen und schaute ihn grimmig an. Eben diese Reaktionen machten es für Hartford so spaßig, seinen Freund mit dessen blaublütiger Herkunft aufzuziehen.

Um ehrlich zu sein, war Hartford ein wenig neidisch auf Stephens Adelstitel, der ihm permanent bei den Mädels den gewünschten Erfolg brachte. Schon zu Zeiten seiner Reisen wusste Stephen, wie er ihn gekonnt einsetze. Für ihn war es normal, von

Geschäftsmännern mit Einladungen überhäuft zu werden, damit sie mit einem waschechten englischen Thronfolger unter ihren Gästen prahlen konnten. Auch die Damen lagen dem adligen Sunnyboy ohne jeglichen Widerstand zu Füßen. Stephen hatte immer eine beachtliche Auswahl für die Nacht. Und jetzt auf dem College war ihm seine adlige Herkunft erneut eine erhebliche Hilfe. In welchen Kontrasten die beiden Freunde doch aufgewachsen waren.

Doch andererseits wollte Hartford auch nicht mit Stephen tauschen. Eine Kindheit ohne Zuneigung von Eltern und echter Familie war für ihn unvorstellbar. Wie es beim Adel in London üblich war, hatte Stephen in seinen ersten Lebensjahren mehr Kontakt zu seinem Kindermädchen als zu seinen Eltern gehabt. Vielleicht wollte er deswegen nicht so wirklich in die englische Adelswelt passen und machte in diesem Pub eine deutlich bessere Figur. Sowohl im wohlhabenden Stadthaus als auch auf dem weitläufigen Landsitz und später ebenso im Internat war Stephen immer auf einen Streich aus. Das war lustiger gewesen, als seine großen Brüder sich noch daran beteiligten. Doch je älter sie wurden, umso mehr war sich Thomas James Cavendish Mayweather als ältester Sohn seiner adligen Verantwortung bewusst und mied den aufmüpfigen kleinen Bruder immer mehr. Auch Michael James folgte in das gehorsame Leben. Im Laufe der Jahre vergrößerte sich die Kluft zwischen den Brüdern.

Das Gefühl kannte Hartford nur zu gut und bedauerte seinen Freund augenblicklich. Letztendlich mochte er ihn wegen dieser Aufmüpfigkeit umso mehr. Stephen hat sich schließlich nie den Benimmregeln einer Adelsfamilie fügen können, obwohl er dessen Vorzüge und Reichtum mehr als genoss. Auch wenn sein Vater Anthony nach wie vor verzweifelt versuchte, seinem Sohn die strenge Adelswelt schmackhaft zu machen, so liebte es Stephen bis heute, die Regeln zu brechen. Ganz nach Hartfords Geschmack, auch wenn sein Freund von anderen Gründen getrieben war als er. Stephen war schon in seiner Kindheit ein von Unruhe gequältes Wesen.

Eine Welle der Zuneigung zu seinem Freund überrollte Hartford. Er sah, wie Stephen gerade zu einer Antwort ansetzen wollte, als er seine spitze, betrunkene Zunge längst bereute. Hastig hob er abwehrend die Hände.

»Schon gut, schon gut«, gab er lallend zu. »Der war drüber, ich weiß. Entschuldige. Hab Spaß, Mister Charming.« Er wollte Stephen ebenso auf die Schulter schlagen, doch verfehlte sie um eine Handbreite. Beinah hätte ihn der Schwung sogar vom Barhocker gefegt.

Stephen schaute ihn erstaunt an, doch seine Miene wirkte plötzlich weich und voller Zuneigung. Sein Blick drückte Dankbarkeit aus.

»Ich weiß, das ist ein schwerer Schlag für den Casanova Nummer 1«, grinste er schließlich schelmisch. »Trag es mit Fassung, schließlich hattest du heute ja schon einen Tanz.« Stephen rückte seinen Freund behutsam auf dem Hocker zurecht, kniff ihn freundschaftlich in die Seite, winkte schließlich kurz Isabelle zu und wandte sich bereits zum Gehen.

»Tu nichts, was ich nicht auch tun würde«, rief Hartford ihm hinterher und verlor schon wieder den Halt.

»Unser Thronfolger hat mal wieder zugeschlagen?«, fragte Isabelle, die Hartford gerade noch am Arm stützen konnte, damit er nicht endgültig auf dem Boden landete.

»Sieht so aus.«

»Nun gut. Das kennen wir ja. Vielleicht wird er es eines Tages endlich verstehen und zulassen.«

»Was meinst du?«

»Ach nichts.« Sie winkte ab. »Nichts, was ihr Männer je begreifen werdet. Komm.« Sie richtete Hartford vor dem Barhocker auf und stützte ihn galant, dass er nicht umfallen konnte.

»Da drüben wird gerade ein Tisch frei, da sitzt du sicher besser.«

Hartford folgte ihrem Blick und entdeckte den kleinen runden Tisch neben dem Kamin, von dem sich gerade eine lachende Gruppe erhob und zum Gehen wandte.

»Ethan, bringst du noch 'ne Runde?«, rief sie hinter die Bar und schob Hartford Richtung Kamin.

»Kenneth, kommt ihr?«

Hartford stöhnte. Jetzt konnte er auch endlich den Mann erkennen, mit dem sie sich die ganze Zeit unterhalten hatte. Es war Kenneth, ihr Projektpartner bei der letzten Vortragsrunde zum Thema »Theorien zum nachhaltigeren Tourismus in Zeiten des Klimawandels«. Hartford konnte diesen aufgeblasenen Möchtegern-Kraftsportler nicht leiden. Ihm war schleierhaft, warum sich

Isabelle so gut mit dem jungen Bengel verstand. Aber eigentlich war es ihm auch egal. Sollte es egal sein. Es war schließlich ihre Angelegenheit, nicht seine. Er würde sich von dessen Anwesenheit nicht den Abend verderben lassen, jetzt, wo er wieder obenauf war. Nur Gnade ihm Gott, wenn er Isabelle in irgendeiner Weise verletzte. DAS wäre Hartford dann keineswegs egal.

Einen kurzen Moment erwog er den Gedanken, sich ebenso auf die Pirsch zu begeben, wie Stephen es ihm gerade vorgemacht hatte. Doch heute stand ihm nicht der Sinn danach. Er schätzte in dieser Nacht die Nähe seiner Freunde. Die des Geburtstagskindes, um präziser zu sein, auch wenn der Feiertag eigentlich schon seit Stunden vorbei war.

Verdammte Melancholie, schimpfte er innerlich, als Isabelle ihn auf die Bank bugsierte und neben ihm Platz nahm. Soll sie doch verschwinden, woher sie auch gekommen sein mag.

»Tach, der Herr.« Kenneth grinste ihn an und setzte sich Hartford direkt gegenüber. »Die Nacht ist wohl nicht mehr so jung für einen alten Knacker wie dich. Du siehst etwas … wie drück ich es am besten aus … ein wenig angeschlagen, um nicht zu sagen, ramponiert aus.«

Hartford spürte sofort Zorn in sich aufsteigen. Aber noch stärker war der Wille, diesem Jüngling zu zeigen, wo der Hammer hing. Er streckte seinen Rücken durch, rückte erneut seine Mütze gerade und starrte ihm direkt in die Augen.

»Flaschendrehen, oder was?«, hörte er sich selbst in die Runde fragen, die von zwei weiteren Damen und einem ihm unbekannten Jungen komplettiert wurde.

»Au ja«, rief einer von ihnen begeistert.

»Oh, sei vorsichtig, bevor du nicht weißt, worum es sich handelt.« Isabelle lachte kurz auf. »Wir spielen ein anderes Flaschendrehen als ihr.«

Ihr Spiel hieß ebenso »Wahrheit oder Pflicht«, wobei die Pflicht immer daraus bestand, einen Schnaps aus der Flasche in der Mitte des Tisches zu trinken. Wer die Flasche leerte, musste auf seine Kosten eine Neue bestellen.

»Bist du dir sicher, dass du das heute noch durchhältst?«, raunte Isabelle ihm leise von der Seite zu.

»Pssst«, fauchte Hartford strenger als er beabsichtigte. »Isch schaff das schoooon«, lallte er leise und versuchte ein vertrauensvolles Lächeln aufzusetzen. Er wusste nicht, ob es ihm gelang.

Isabelle nahm die Getränke von Ethan entgegen und orderte mit einem kleinen, fast unhörbaren Seufzer bei ihm eine Flasche Gin, sowie eine leere Flasche für das Spiel.

Es kam, wie es kommen musste. Hartford trank einen Schnaps nach dem anderen. Nicht, dass er die wahrheitsgemäßen Antworten scheute, die er leicht hätte geben können. Aber es ging diese verdammten Rotznasen nichts an, wie sein Leben vor dem College aussah. Warum mussten die Jünglinge immer nach seiner Vergangenheit fragen? Als ob Ältere dafür prädestiniert waren, kalten Kaffee aufzuwärmen.

Hartford saß direkt neben dem Kamin, in dem das Feuer unaufhaltsam loderte. Die Bullenhitze ließ seine Wangen glühen. Schweiß rann ihm an den Schläfen herab. Am liebsten hätte er seine Mütze abgesetzt und sich mit einem kühlen Lappen über die Stirn gewischt. Doch das kam definitiv nicht infrage. Nicht in einem Pub zwischen all den Rotznasen.

»Hartford, du bist dran«, forderte eines der jungen Mädchen ihn auf. Doch er hob nur abwehrend die Hände.

»Reicht für heute«, stammelte er. Trotz Rückenlehne hatte er inzwischen Mühe, weiter aufrecht zu sitzen. Ja, es war definitiv genug, musste er sich zu seinem Leidwesen eingestehen. Er konnte kaum noch die Augen offen halten, geschweige denn klar sehen. Er würde Kenneth ein anderes Mal schlagen.

Doch zumindest würde er sich nicht die Blöße geben und hier vor den anderen zusammenbrechen – nicht vor Kenneth und Co. Was im vertrauten Kreis der fünf im Zimmer von Isabelle und Francis in Ordnung war, war es das hier im Pub noch lange nicht. Ohne ein weiteres Wort stand Hartford mühsam auf und schwankte Richtung Ausgang. Er spürte Kenneths schelmischen Blick auf seinem Rücken brennen. Er gönnte ihm dieses siegreiche Gefühl nicht, konnte es aber auch nicht mehr ändern.

Die Kühle der Nacht war ein Segen. Hartford torkelte zur Mauer gegenüber des Pubeingangs und lehnte sich dankbar daran. Er versuchte nach links oder rechts zu schauen, doch die Bilder waren verschwommen. Es konnten dort drüben zwei oder auch vier Jugendliche stehen, er hätte es unmöglich mit Gewissheit sagen können. Es war ihm auch egal. Für einen kurzen Augenblick setzte er seine Mütze ab, wischte mit der Hand darunter über die Haare und schwang sie wieder auf den Kopf. Wahrscheinlich saß sie jetzt wieder schief. Aber auch das war Hartford egal.

Er schloss die Augen und sog die kühle Luft in seine Lungen. Schlagartig fiel ihm ein, dass er seine Jacke im Pub vergessen hatte. Doch obwohl es Februar war, fror er kein bisschen. Die Kälte schien stattdessen sein Blut in Wallung zu bringen und die Müdigkeit ein wenig zu vertreiben. Hoffentlich würde Isabelle die Jacke einsammeln und ihm morgen oder später geben. Hartford würde es heute Nacht nicht noch einmal in den Pub schaffen. Oder Ethan stapelte die Hinterlassenschaften nach Geschäftsschluss auf einem Stuhl und wartete geduldig am nächsten Tag darauf, dass die Vergesslichen sie abholten. Es wäre auch für Hartford nicht das erste Mal.

Plötzlich spürte er jemanden neben sich. Hartford öffnete die Augen und schaute in die vertrauten Augen seiner blonden Freundin, die sich lautlos neben ihn an die Mauer gelehnt hatte. Über ihrem Arm hing seine Jacke.

»Na, mein Casanova«, flötete sie. »War wohl doch ein wenig viel heute, oder?«

Hartford zuckte nur mit den Schultern, nahm die Jacke entgegen und warf sie flüchtig über.

»Tud mir leiddd«, lallte er. »Isch doch schliiiislisch dein Geburtschtag.«

Isabelle wandte ihren Blick von ihm ab. Eine merkwürdige Stille breitete sich zwischen ihnen aus. Doch Hartford machte das nichts aus. Er war viel zu betrunken, um sich um solche Kleinigkeiten zu sorgen.

»Komm, wir gehen zu Fuß, das wird dir guttun.« Isabelle hakte sich bereits unter seinem Arm ein und zog ihn von der Mauer weg. Wacklig folgten Hartfords Beine ihrem Druck. Doch er war sich keineswegs sicher, ob sie den ganzen Weg auf diese Weise schaffen würden. Er fühlte sich plötzlich noch benebelter. Die frische Luft schien ihn nun umzuhauen.

Doch Isabelle zog ihn einfach weiter.

»Wooo gähen wir hiiin?« Hartfort bekam keine Antwort. Stattdessen konzentrierte er sich darauf, einen Fuß vor den anderen zu setzen und nicht aus den Latschen zu kippen. Und so ließ er sich von Isabelle wegziehen. Wohin auch immer.

Der nächste Augenblick, an den er sich erinnerte, war der des Aufwachens. Hartford lag komplett angekleidet in seinem Bett. Nicht mal die Schuhe hatte er geschafft auszuziehen. Wie war er hierher gekommen? Er hatte keine Ahnung.

Sein Schädel brummte, das grelle Licht im Raum schmerzte in seinen Augen. Auch die Vorhänge waren natürlich nicht zugezogen. Mühsam drehte er seinen Kopf zur Seite und schaute sich im Zimmer um. Alles schien normal wie immer. Seine Jacke hing über dem Stuhl, seine Mütze lag auf dem Tisch daneben. Dem Sonnenstand zu urteilen, war es bereits Mittag.

Doch Hartford fühlte sich aus irgendeinem Grund nicht so wie immer. Irgendetwas war anders. Düster. Scham stieg in ihm auf. Er konnte sich jedoch beim besten Willen nicht erklären, warum und worüber er sich schämte. Hatte er sich letzte Nacht daneben benommen? Nichts im Zimmer deutete darauf hin, dass irgendwer mit ihm hier gewesen war. Also war er keiner Frau unschicklich zu nahe gekommen, hoffte Hartford zumindest.

Ein Glas Wasser stand auf dem Nachtisch. Begierig griff er danach und kippte es herunter. Seine Kehle war trocken, seine Zunge pelzig belegt. Er würde mehr Wasser benötigen. Doch allein diese kurzen Bewegungen hatten ihn Unmengen Kraft gekostet, sodass er sich zurück in die Kissen fallen lassen musste. Sein Schädel brummte unaufhaltsam weiter.

Du musst echt mit dem Saufen aufhören, schwor sich Hartford zum gefühlt tausendsten Mal. Mühsam versuchte er, sich an die letzten Stunden zu erinnern. Doch er fand nur ein schwarzes Loch in seinen Gedanken. Bilderfetzen tauchten vor seinem geistigen Auge auf. Flaschendrehen. Kenneth. Schnaps. Und das warme Lächeln von Isabelle konnte er erneut sehen. Doch dann? Er glaubte, sich an kühle Luft erinnern zu können. Den Abdruck der Mauer in seinem Rücken. Und das Gefühl, gezogen zu werden. Doch dann war da nichts mehr. Nur dunkle Leere in seinen Erinnerungen. Hartford konnte beim besten Willen nicht mehr sagen, was passiert war, nachdem er den Pub verlassen hatte.

Hoffentlich hatte ihn Isabelle direkt nach Hause geschafft, betete er inständig. Er kannte sich zu gut. Wenn er betrunken war, war er längst nicht mehr der Gentleman, der er sein konnte.

Ach, stöhnte er innerlich und streifte nun die Schuhe mühsam von seinen Füßen. Es wird schon alles gut gewesen sein. Sie war doch seine Freundin. Warum sollte er sich gerade bei Isabelle daneben benehmen? Das würde sich Hartford nicht mal selbst zutrauen. Mühsam wühlte er die Bettdecke unter seinem Körper hervor und schlüpfte darunter. Er musste dringend noch etwas mehr schlafen. Das würde er die nächsten Stunden ungeachtet davon tun, dass er zwei Vorlesungen verpassen würde. Schließlich war ja heute ein zusätzlich geschenkter Tag, erinnerte er sich.

Hartford drehte sich auf die Seite, stopfte das Kissen auf seinen Kopf, um die Helligkeit auszublenden und schnaufte tief durch. Nach ein paar Stunden Schlaf sah die Welt wieder in Ordnung aus, war er sich sicher.

Doch das Gefühl der Scham in seinem Inneren wollte nicht weichen. Es verfolgte ihn bis in seine wirren Träume. Hartford konnte den Gedanken nicht abschütteln, dass er etwas getan hatte, was er noch bereuen würde. Und wofür er sich entschuldigen müsste. Nur erinnerte er sich nicht, was das hätte sein sollen.

Karen blätterte weiter in dem Büchlein. Doch der nächste Eintrag war deutlich kürzer als dieser erste. Hartford beschäftigte sich mit seinem Blackout nach Isabelles Geburtstagsfeier. Es machte ihm schwer zu schaffen, dass er sich nicht erinnern konnte, wie er zurück in sein Zimmer gekommen war. Er war selbst von sich verwundert. Ja, Hartford trank oft mehr als er vertrug. Doch er schlug selten so über die Stränge, dass er danach einen Blackout erlitt. Aber nicht nur dieser Umstand aus dieser Nacht schien ihn nicht loszulassen, auch noch Tage, Wochen, sogar Monate danach. Immer erwähnte er ein Gefühl, dass er sich für etwas entschuldigen müsste. Gefragt hatte er jedoch auch nicht. Dazu fehlte ihm offenbar der Mut.

Hartford? Mutlos? Auf den Mund gefallen? Karen ließ das Buch in ihren Schoß sinken. Frische Tränen rannen erneut ihre Wangen hinunter. Verschwommen sah sie ihren toten Freund auf dem Bett liegen.

»Was hat dich nur so beschäftigt?«, flüsterte sie ihm leise entgegen. Fast hätte sie erwartet, dass er aufwachte und ihr antwortete.

Doch im Zimmer blieb es still. Das einzige Geräusch war ihr eigener Atem.

Er hätte sich ihnen doch anvertrauen können, sagte sich Karen. Sie waren Freunde. Sie waren füreinander da. Sie halfen sich immer gegenseitig. Karen kannte ihn als furchtlosen Bengel, der zwar manchmal etwas länger brauchte, aber doch nie eine Auseinandersetzung scheute. Doch wegen einer einzigen besoffenen Nacht blieben ihm plötzlich die Fragen im Halse stecken? Er hatte stattdessen lieber vorgezogen, seine Sorgen mit sich auszumachen. All das verwunderte sie sehr. Karen konnte sich nicht daran erinnern, je etwas über die Nacht nach Isabelles Geburtstagsfeier gehört zu haben. Es war kein Gesprächsthema gewesen. Also war da auch nichts weiter?

Eine Gänsehaut legte sich erneut auf ihre Arme.

Zufälle gibt es nicht. Nur das Schicksal.

Wie in Trance hob sie das Büchlein wieder hoch und blätterte weiter in den Einträgen. Doch es folgten nur kurze, belanglose Dinge. Mal erwähnte er die fünf Freunde, mal schrieb er über völlig Unbekanntes. Die Einträge bekamen immer mehr den Charakter von Notizen und verloren den Charme eines Tagebuchs. Das passte schon eher zu dem Freund, den sie gekannt hatte, dachte Karen.

Der Collegeabschluss und die anschließende Feier waren ihm nur einen einzigen Satz wert. Dann folgte monatelang nichts. Bis kurz vor dem ersten Jahrestreffen hatte er nichts mehr niedergeschrieben. Drei Wochen vor dem Treffen griff Hartford jedoch wieder ausführlicher zu Zettel und Stift. Doch die Einträge waren abstrakt formuliert und umständlich ausgedrückt. Als hätte Hartford seine eigene Geheimsprache gefunden, die niemand anderes entziffern können sollte. Karen verstand nur wenig. Die Sorge über die verlorenen, vergessenen Stunden in der Nacht von Isabelles Geburtstag kam zurück und beschäftigte ihn erneut. Weil das Jahrestreffen bevorstand? Hatte er immer noch nicht den Mut gefunden, Isabelle zu fragen, wie er nach Hause gekommen war? Neues las sie ebenfalls in diesen Einträgen. Angst. Zudem ließ er sich ausführlich über Simon aus. Karen hatte immer geahnt, dass er Isabelles Ehemann nicht ausstehen konnte. Wenn sie ehrlich war, konnte sich keiner von ihnen für Simon erwärmen. Doch in seinen Zeilen machte Hartford keinen Hehl mehr daraus.

Das Jahrestreffen beschrieb er nicht. Überhaupt änderten sich die Einträge danach erneut. Es waren Sätze, die eher zusammenhanglosen Gedankengängen als echten Tagebucheinträgen ähnelten. Tatsächlich schien es, als hätte Hartford mehrfach am Tag sein Notizbuch herausgezogen, um nur einen Satz hineinzuschreiben, der ihm gerade durch den Kopf ging. Der nächste Satz musste damit dann nichts mehr zu tun haben.

Karens Augen brannten immer stärker bei dem Versuch, einen Sinn in dem Gekritzel zu erkennen. Doch sie gab nicht auf, wollte das Buch bis zum Ende lesen.

Plötzlich tauchte eine ominöse Frau in seinen Einträgen auf, die er jedoch nur »sie« nannte. Karen blätterte fieberhaft alle Seiten auf der Suche nach einem Namen durch. Hartford sprach immer nur von »ihr«. Wen meinte er? Wer war sie? Meinte er etwa Georgia? Doch die Beschreibungen passten gar nicht zu seiner aktuellen Freundin. Auch der Zeitpunkt stimmte nicht mit dem überein, an dem er sie und ihre Tochter Aurora in Mailand kennengelernt hatte. Es war deutlich, diese »sie« war jemand anderes. Aber Karen hatte keine Ahnung, wer.

Oh Gott, Georgia, fiel es ihr wie Schuppen von den Augen. Wie sollten sie ihr …? Karen schüttelte sich. Nein. Sie konnte sich damit jetzt nicht beschäftigten, das schaffte sie nicht. Das war zu früh. Das war zu viel. Das war Weitermachen.

Um sich von diesen Gedanken abzulenken, blätterte Karen vorwärts. Doch die vielen Einträge ergaben weiter nur wenig Sinn für sie. Er sprach von Vergehen, der Hölle und dem Fegefeuer. Irgendwann begann er, einen Fluch zu erwähnen, ohne ihn auszuführen. Manche Sätze glichen sogar Gebeten, doch hätte Karen schwören können, dass Hartford nichts mit Religion am Hut hatte.

Wann war er religiös geworden?

Ein Fluch?

Sie stutzte und plötzlich schwindelte es ihr. Karen kannte sich mit diesen Dingen nicht aus, glaubte nicht wirklich an übernatürliche Phänomene. Und sie hatte immer gedacht, mit Hartford die gleiche Rationalität zu teilen. Doch wenn sie eins von Isabelle in den letzten Jahren gelernt hatte, dann, dass Dinge, die unerklärlich waren, deswegen noch lange nicht ins Reich der Fantasie gehörten. Manches war wirklich und wahrhaftig, auch wenn es nicht begreifbar war.

Doch Hartford und Religion? Aberglaube? Flüche? Karen fröstelte es. Offenbar wusste sie vieles nicht von ihm, musste sie sich nun eingestehen. Sie fand auch in diesen Zeilen keine weitere Aufklärung. Dann kam sie zum letzten Eintrag, der keine zwei Tage alt war. Hartford hatte am Morgen des 27. Februars nur einen Satz aufgeschrieben.

Hab sie, jetzt gibt es kein Zurück mehr.

Geschockt ließ Karen das Buch erneut in den Schoss fallen. Dieser Satz ließ ihr das Blut in den Adern gefrieren. Hatte er die Pistole gemeint, die neben ihr auf der Kommode lag?

»Was hattest du nur vor?«, flüsterte sie erneut in den Raum. »Was hat dich gequält und warum hast du dich uns nicht anvertraut?« Neue Tränen quollen ihr aus den Augen. Karens Gedanken wurden von einer tief schmerzenden Trauer ummantelt. Dennoch konnte sie ihre Gedanken nicht stoppen, so gern sie es selbst gewollt hätte.

Hartford hatte ein Vorhaben für diese Tage, dessen war sie sich nun sicher. Aber was das gewesen sein sollte, konnte sie beim besten Willen nicht sagen. Steckte er hinter den ominösen Gegenständen? Es wäre nur allzu leicht gewesen, sie in die Schublade zu schmuggeln und dann »zufällig« zu finden. Doch seine Reaktion darauf passte nicht zu der Vorstellung, dass er hinter all dem stecken sollte. All das Murren und Schimpfen? Nein, Hartford war kein guter Schauspieler. Nicht in Karens Augen. Sie hätte doch gespürt, wenn er nicht ehrlich gewesen wäre, oder?

Andererseits hatte er sich tatsächlich merkwürdig aufgeführt. Karen fiel erneut ein, dass er kaum einen Whiskey angerührt hatte. Das passte nicht zu ihm. Er zog sich viel zu schnell zurück, schmollte unentwegt und ließ die gute Laune vermissen, die ihn in den letzten Jahren so liebenswert gemacht hatte. Es würde Sinn ergeben, dass ihn etwas bedrückte, was er keinem anvertraut hatte. Ein Vorhaben, dass er mit niemandem teilen konnte. Hartford war ein guter Mensch, sein Gewissen plagte ihn nach so manchem Streich.

Die Gegenstände waren das eine, aber wie um alles in der Welt sollte er klemmende Fenster verursachen und Lichtspiele im Haus veranstalten oder nachts Geräusche heraufbeschwören?

Karen schüttelte den Kopf. Dahinter konnte er unmöglich auch stecken, oder doch?

In diesem Augenblick fiel ihr Blick erneut auf die Pistole. War sie ein Beweis für seine Schuld? Karen war sich unsicher. Doch das Buch in ihren Händen bestätigte eindeutig, dass sie vieles von ihrem Freund nicht wusste. Vielleicht hatte es niemand gewusst.

Gebete? Fegefeuer? Ein Fluch?

Entschlossen stand Karen auf, steckte das Buch ein und reckte die Hand nach der Pistole auf der Kommode aus.

Es gäbe nur eine Person, die etwas wissen und all das aufklären könnte. Und diese Person würde Karen jetzt fragen.

Zeit des Abschiedes

Das Bild rührte sie zutiefst. Als Karen in die Küche zurückkehrte, saß Stephen am Küchentisch. Das Funkgerät stand darauf, eine Autobatterie daneben. Doch statt an beidem wild herumzutüfteln, starrte Stephen nur bewegungslos auf die Technik. Er trug eine neue Hose. Irgendjemand hatte versucht, das Blut auf dem Boden aufzuwischen. Doch rostrote Streifen verrieten, dass es nicht vollständig gelungen war.

Francis stand mit dem Rücken zu ihr und starrte aus dem Küchenfenster. Sie hatte erneut eine Decke um die Schultern gelegt.

Karen zögerte einen Augenblick, doch dann nahm sie allen Mut zusammen und legte wortlos Pistole und Tagebuch auf den Tisch neben die Autobatterie. Francis zuckte aufgrund des Geräusches zusammen und drehte sich ruckartig um. Stephen starrte die Gegenstände an.

»Wo kommt die denn her?«, fragte er schließlich leise, fast flüsternd und tastete die Pistole vorsichtig ab.

»Aus Hartfords Jacke.«

»Er hatte eine Waffe?« Das war Francis. Sie flüsterte, als würde jedes laute Wort sie alle verletzen.

»Sag bloß, das wundert dich.« Stephen schaute Francis streng an, die sofort ihren Blick zu Boden senkte.

»Nein, eigentlich nicht.«

Karens Blick wechselte zwischen beiden hin und her. Sie wussten mehr! Was sie nicht verwunderte. Stephen hatte eine Männerfreundschaft mit Hartford und Francis wiederum war Stephens Vertraute. Das Trio teilte Dinge miteinander, die sie Karen nicht aus bösem Willen vorenthielten. Doch das spielte jetzt keine Rolle.

»Ist sie geladen?«

Stephen griff nach der Waffe und kontrollierte das Magazin. Er nickte.

»Aber gesichert«, wisperte er, als würden sie über ein Geheimnis sprechen.

»Jetzt verstehe ich die Fähre«, raunte Francis. Karen starrte sie geschockt an. Wussten denn alle mehr als sie?

»Karen«, setzte Stephen an, brach jedoch ab, als er in ihre weit aufgerissenen Augen starrte.

Sie ignorierte ihn.

»Wo ist Isabelle? Ich muss sie dringend etwas fragen.«

Die Pistole war ihr egal. Das Notizbuch nicht. Karen brannte es viel zu sehr auf der Seele, herauszufinden, was in der Nacht vor vier Jahren geschehen war. Es war mit Sicherheit kein Zufall, dass sein Tagebuch mit Isabelles Geburtstag vor vier Jahren begann und mit einer Pistole endete. Das hatte seinen Grund. Und nur Isabelle konnte Licht ins Dunkel bringen. Vielleicht wusste sie, was die kryptischen Einträge in dem Notizbuch zu bedeuten hatten. Gebete? Religiöse Floskeln? Ein Fluch?

Damit kannte nur sie sich aus. Isabelle wüsste sicher, ob man ein Haus verfluchen konnte.

Zum ersten Mal fasste Karen diesen Schreckensgedanken mit klarem Bewusstsein: Ein verfluchtes Haus! Das würde alles erklären. Doch gab es das wirklich? Ihr Verstand weigerte sich, daran zu glauben. Doch es war zu viel passiert, als dass sie ihrem Verstand noch trauen konnte.

»Sie schläft. Tief und ruhig. Gott sei Dank.« Francis nickte zur Couch, Karen folgte ihrem Blick. Sie entdeckte einen Stoffhaufen, an dessen Ende ein blonder Schopf hervorragte. Leise, rhythmische Atemzüge waren zu hören. Die Schlaftablette tat ihren Dienst.

Karen seufzte. Sie gönnte ihrer Freundin die Ruhe. Isabelle brauchte sie dringend nach diesem Schock. Vielleicht würden Körper und Geist so ein wenig heilen. Doch Karen hingegen war voller Ungeduld. Von Ruhe war sie weit entfernt und wünschte sich, ihrem Tatendrang und ihrer Neugier nachgeben zu können. Doch um nichts in der Welt würde sie versuchen, Isabelle jetzt aufzuwecken.

Sie zog den Stuhl neben Stephen hervor und ließ sich erschöpft neben ihm nieder.

»Dann muss ich eben warten«, sagte sie laut, obwohl sie es eigentlich nur denken wollte.

»Ich muss mich auch hinlegen«, flüsterte Francis im gleichen Augenblick und ließ Karens Worte untergehen. Sie schritt bereits auf den Sessel neben der Couch zu, ließ sich erschöpft hineinfallen und kuschelte sich so gut es ging unter die Decken, die noch zur freien Verfügung standen.

Es dauerte nicht lange, bis auch von ihr ruhige, gleichmäßige Atemzüge erklangen.

Karen seufzte.

»Was muss warten? Welche Frage?«

Stephen blickte sie an, doch irgendwie hatte sie das Gefühl, dass er durch sie hindurch schaute.

Karen nahm das Notizbuch von der Tischplatte und wendete es hin und her. In kurzen Sätzen erzählte sie Stephen, was sie darin gelesen hatte. Dieser schien in keiner Weise verwundert zu sein, dass Hartford eine Art Tagebuch geführt hatte. Wie schon bei der Pistole.

»Weißt du etwas über die Nacht?«, fragte sie schließlich. »Hartford schildert, dass du dich von den beiden im Pub verabschiedet hast.« Karen spürte bei diesen Worten die Röte in ihren Wangen aufsteigen. Hartford hatte keinen Hehl daraus gemacht, warum Stephen sich von den anderen getrennt hatte. Der Stich in ihrer Magengegend war wohl vertraut, das leichte Zittern der Hände kehrte zurück. Karen legte das Buch weg und verbarg ihre Hände in ihrem Schoss.

»Was soll das jetzt? Das bringt Hartford auch nicht zurück.« Unwillkürlich glitt Stephens Blick zur Tür, hinter der er auf seinem Bett lag. »In der Vergangenheit herumzustochern macht ihn nicht wieder lebendig.«

»Willst du denn nicht wissen, was hier vor sich geht?«

»Ich will nur hier weg.«

»Dann hilf mir«, beharrte Karen.

»Wie soll das helfen?«

Doch Karen ließ nicht locker.

»Hast du die beiden danach noch mal gesehen. Irgendwann später in der Nacht?«

»Nein.« Stephen schüttelte den Kopf. »Ich denke nicht, wenn ich mich richtig erinnere.«

Irgendetwas an ihm ließ Karen stutzen. Hatte er zu schnell geantwortet? Zu rigoros? Aber vielleicht war das doch nur eine Einbildung. Vielleicht wurde Karen jetzt selbst paranoid, misstraute allem und jedem.

Warum sollte sie Stephen nun misstrauen? Der Mann, der ihr Schmetterlinge im Bauch verursachte, war immer ehrlich zu ihr gewesen.

Stephen blickte sie eindringlich an und ihr Magen zog sich erneut zusammen. Irgendetwas lag in seinem Blick, das sie nicht deuten konnte. Irgendetwas war mit ihnen in den letzten Stunden passiert. Doch Karen konnte nicht sagen, ob das gut oder schlecht war.

»Versuch dich zu erinnern«, flehte Karen.

»Herrgott. Das ist vier Jahre her«, flüsterte Stephen schließlich. »Das ist eine lange Zeit. Ich kann mich unmöglich an Details aus einer Nacht vor vier Jahren erinnern, da waren so viele ähnliche Abende.«

Er senkte den Blick auf die Autobatterie und starrte sie erneut an, als schämte er sich dieser Tatsache.

»Schon gut.« Karen gab nach, obwohl sie seine Reaktion immer noch nicht so richtig zu deuten wusste.

Stille legte sich zwischen sie. Karen konnte den Wind heulen hören, der erneut kräftig und fordernd um das Haus fegte. Der Sturm schien sogar noch an Kraft zu gewinnen.

»Er schreibt danach sehr kryptisch«, fuhr Karen schließlich leise fort. »Ich versteh das nicht. Er spricht sogar von einem Fluch.«

»Fluch?« Stephen schüttelte den Kopf. »Nein, mit so etwas hatte er nie etwas am Hut. Das ist Isabelles Ding, aber nicht Hartford.«

»Das habe ich auch immer geglaubt. Aber er schreibt wirklich sehr merkwürdige Dinge, die so gar nicht zu ihm passen. Nach dem Lesen habe ich das Gefühl, dass ich ihn gar nicht richtig kenne.«

Ihr fiel auf, dass sie immer noch im Präsens von ihrem Freund sprach. Als würde er in seinem Zimmer nur schlafen und jede Sekunde herauskommen, um wieder mürrisch über das Haus zu schimpfen. Doch sie konnte nichts gegen dieses Gefühl tun. Ihr Verstand weigerte sich noch immer, den unfassbaren Horror zu akzeptieren.

»Hör auf«, stieß Stephen ein wenig schärfer aus, als er beabsichtigt hatte. Karen zuckte zusammen.

»Du quälst dich nur. Natürlich hatte Hartford so seine Geheimnisse, die nicht jeder wusste. Aber das heißt noch lange nicht, dass du ihn nicht richtig kanntest.«

Karen dachte über seine Worte nach. Ihr Blick fiel zurück auf die Pistole, die immer noch auf dem Tisch vor ihr lag.

»Das stimmt«, sagte sie schließlich. »Aber du weißt sie, richtig? Dass er eine Pistole besitzt, scheint dich zumindest überhaupt nicht zu wundern.«

Stephen nickte und legte seine Stirn wieder in Falten. Er suchte nach den richtigen Worten.

»Manchmal habe ich mich gefragt, warum er so spät aufs College gegangen ist«, fuhr Karen fort. Jeder von ihnen hatte einen Grund: Stephen seine Reisen, Karen selbst lange nicht das Geld zum Studieren. Francis war viel krank und Isabelle … na ja, sie wussten alle, dass Isabelle mindestens zwei Klassenstufen wiederholen musste. Sie hatte sich zu sehr mit anderen Dingen als dem Lernen beschäftigt.

»Aber ich weiß nicht, warum Hartford erst so spät zum Studieren kam. Du?«

Stephen nickte erneut. Karen starrte ihn gespannt an und erwartete, dass er sie aufklären würde. Doch er sprach nicht.

»Hat es etwas damit zu tun?«, bohrte Karen nach und zeigte auf die Pistole.

»Mehr oder weniger«, antwortete Stephen immer noch wortkarg und schaute sie dann herausfordernd an.

»Bist du dir sicher, dass du das alles wissen willst?«

Und ob sie sich sicher war. Karen hegte keinen Zweifel mehr daran, dass sie überhaupt viel zu wenig wusste. Es war Zeit, das zu ändern. Dass Hartford sich gezwungen fühlte, eine Pistole zu ihrem Jahrestreffen mitzubringen, war keineswegs unwichtig. Erneut fragte Karen sich, ob er hinter all dem steckte.

»Du weißt, dass er aus Sparkbrook stammte?«

Karen nickte. Das war ein ärmeres Viertel in Birmingham, in dem vor allem Einwandererfamilien lebten. Hartfords Vater war in den 80er-Jahren aus dem Kosovo nach Großbritannien gekommen. Dass es die Familie als Immigranten nicht leicht hatte, war durchaus nachzuvollziehen.

»Seine Mutter ist an Multiple Sklerose gestorben, als Hartford 13 war«, fuhr Stephen fort. »Die Familie hatte es schon bis dahin sehr schwer, doch als sie fort war, ging sein Vater Doppelschichten schieben, um die drei Jungs durchzufüttern. Hartford trottete seinen zwei größeren Brüdern hinterher, deren Freundesauswahl nicht die Beste war.«

»Freundesauswahl?«

»Ja. Anders kann ich es nicht ausdrücken. Lange Rede, kurzer Sinn – Hartford war Mitglied in einer Gang.«

»Einer Gang?« Karen riss ihre Augen verdutzt auf. »Du meinst so richtig … mit allem Drum und Dran …?«

»Mit allem Drum und Dran. Drogen, Waffenhandel, Erpressung. Er ließ sich von seinen Brüdern mit reinziehen. Du weißt ja, wie er war. Immer auf Abenteuer aus. Am Anfang hatte er das sogar vollkommen romantisiert, sich cool gefühlt. Wie in der Dramaserie 'Gangs of Birmingham'.«

»Doch so cool war es dann wohl doch nicht.«

Karen musste diese Information erst einmal verdauen. Stephen schilderte in kurzen Worten, was er wusste. Hartford war zwar von seinen Brüdern in der Gang beschützt worden. Doch eines Tages ging ein Einbruch schief. Eine andere Gang hatte sie verraten, um in deren Revier die Oberhand zu gewinnen. Die Polizei kam ihnen auf die Schliche. Irgendein Sündenbock musste her. Die Gang entschied sich für das schwächste Mitglied unter ihnen: Hartford. Er wurde geopfert, der Polizei fast vor die Füße geworfen, und ehe sich Hartford versah, war er im Gefängnis gelandet. Zwei Jahre saß er ab, bevor er auf Bewährung wieder frei kam. Seine Brüder besuchten ihn anfangs regelmäßig. Doch nach einiger Zeit weigerte sich Hartford, sie zu sehen. Das Gefängnis lehrte ihn, einen anderen Weg einzuschlagen. Weg von der Gang. Weg von den Verbrechen. Weg von Brüdern, die ihn nur allzu leicht verrieten und opferten.

Er las viel. Und lernte. Nach seiner Entlassung half ihm sein Bewährungshelfer, ein Zimmer in der Nähe der UCB zu bekommen. Im Rahmen eines Rehabilitationsprogramms bekam er das Studium ermöglicht.

»Und dann hab ich ihn im Cormans getroffen.«

Stephen stockte und verharrte einen Moment lang in der Erinnerung. Ein leichtes Lächeln huschte dabei über sein Gesicht.

»Er unterhielt damals die gesamte Bar. Du weißt ja, seine Sprüche konnten einen ganzen Abend ausfüllen.«

Karen lächelte mit ihm.

»War er denn … wie soll ich sagen … sauber, als er mit dem Studium begann?«

Stephen nickte eifrig.

»Ja. Unbedingt. Da bin ich mir hundertprozentig sicher. Denn eigentlich wollte er niemandem von seiner Vergangenheit erzählen. Wollte komplett neu anfangen. Aber Francis und ich haben einmal mitbekommen, wie seine Brüder versuchten, ihn zurückzuholen.«

Stephen schüttelte sich bei der Erinnerung.

»Er musste uns einiges erklären. Seine Brüder waren echt hartnäckig im ersten Jahr, schwafelten etwas von Blutsbande und so. Aber Hartford blieb standhaft. Ich war damals unglaublich stolz auf ihn. Ich glaube, deswegen mochte ich ihn noch mehr und hab ihn irgendwann mit zum Abendessen bei Isabelle und Francis genommen.«

»Wo ich dann ja auch irgendwann aufgetaucht bin.« Die Gruppe war komplett.

Karen ließ Stephens Worte in sich nachhallen. Sie hatte wirklich keine Ahnung gehabt. Doch so manches ergab nun im Nachhinein einen Sinn. Hartfords Vergangenheit erklärte zumindest nun auch, wie er so leicht an eine Pistole kommen und sie in ein fremdes Land schmuggeln konnte. Er brauchte nur alte Kontakte aufwärmen.

Doch es erklärte nicht das Warum.

Karen hatte immer noch keinen blassen Schimmer, wozu er sie gebraucht hatte. Was hatte er vor? Hatte er vor etwas Angst, weil seine Vergangenheit ihn eingeholt hatte? Ging es hier um Bandenkriminalität? War Hartford in Gefahr gewesen? Waren sie es alle und wussten es nur nicht?

Vielleicht sind wir es immer noch, dachte Karen. Der Unfall war eine Vermutung. Keiner von ihnen wusste, was draußen in dem Nebel tatsächlich geschehen war. Nur Karen dachte an bedrohliche Worte, versteckt in einem Bilderrahmen.

Die Puzzleteile wollten sich immer noch nicht zu einem ganzen Bild zusammenfügen, so sehr Karen auch ihr Gehirn anstrengte. Hartfords Verbindungen und die Waffe passten nicht zu den merkwürdigen Dingen, die ihnen in den letzten Stunden widerfahren waren. Welcher Gangster würde sich schon solche Mühe machen?

Karen musste wieder an die kryptischen Einträge in Hartfords Tagebuch denken. Auch sie passten nicht in das Bild hinein. Selbst mit den neuen Informationen von Stephen fiel es Karen schwer zu glauben, dass Hartford plötzlich religiös geworden war. Irgendein entscheidendes Puzzleteil fehlte immer noch.

Ein Fluch? Er hatte von einem Fluch geschrieben. Waren verfluchte Häuser real? Sie wünschte, sie könnte Isabelle endlich danach fragen.

»Nun hör doch auf damit.« Verwundert schaute Karen Stephen an. Sie hatte gar nicht bemerkt, dass sie laut ausgesprochen hatte, was sie dachte.

»Ein Fluch ist doch wirklich völliger Blödsinn. Ich weiß ja, dass Isabelle da Feuer und Flamme ist. Aber du? Und Hartford? Niemals im Leben.« Er schüttelte den Kopf.

»Es ist doch alles offensichtlich«, fuhr Stephen fort. »Hartford hat die Gegenstände in die Schublade getan. Warum, weiß ich auch nicht. Aber er muss es gewesen sein. Wer weiß, wie er es mit dem Licht und den Geräuschen angestellt hat.«

Stephen stockte einen Moment.

»Ich bin mir sicher, er wollte uns mal wieder nur einen Streich spielen. Das hat nichts mit einem Fluch oder einem Spukhaus zu tun. Meinst du nicht auch?«

Karen antwortete nicht. In ihren Augen machte es sich Stephen zu leicht. Zumal sie nicht mehr nachprüfen konnten, ob er recht hatte. Denn Hartford war …

Sie schüttelte sich und sprang unvermittelt auf. Ihr Verstand weigerte sich noch immer, die Realität zu akzeptieren.

»Ich finde, es wird Zeit, dass wir Hilfe holen«, sagte sie stattdessen nun fest entschlossen. »Kommst du mit?«

Stephen nickte nur, stand ebenso auf und steckte wortlos die Pistole in seinen Hosenbund.

29. Februar, 11.32 Uhr

»**W**o willst du hin?«, schrie Stephen laut gegen den Wind an. Der Nebel war noch dichter geworden, als er es Stunden zuvor war. Der Wind kannte kein Erbarmen und wirbelte die Feuchtigkeit in der Luft unerbittlich, dass sie binnen Minuten vollständig durchnässt schienen. Lediglich der faulige Gestank war verschwunden.

»Dort rüber.« Karen zeigte in das weiße Nichts. Sie hatten das Auto wieder vor dem Haus abgestellt, nachdem ein kurzer Besuch bewiesen hatte, dass die Straße immer noch überflutet war. Nun liefen sie zu Fuß den Weg in die entgegengesetzte Richtung.

»Was ist dort?«, schrie Stephen erneut.

»Die Wetterstation.«

Er verstand kein Wort. Mit wenigen Sätzen berichtete Karen von der Außenstation des Observatoriums, die Isabelle am Tag zuvor bereits entdeckt hatte. Sie hätte eher daran denken sollen, ärgerte sie sich nun. Doch jetzt hoffte Karen inständig, dort jemanden oder zumindest ein Telefon vorzufinden. Sofern sie es in das Gebäude schafften. Der Stacheldraht um das Gelände macht ihr weniger Sorgen. Viel mehr sorgte sie sich darum, das Gelände in dem Nebel überhaupt finden zu können. Denn es führte kein befestigter Weg hin, sie mussten zu Fuß über Feld und Wiese herankommen.

»Am Wochenende wird dort wohl kaum jemand sein«, kommentierte Stephen ihr Vorhaben. Doch Karen ließ sich nicht beirren. Sie wollte es zumindest versuchen. Sie konnte nicht mehr tatenlos herumsitzen und der Dinge harren.

Der Nebel legte erneut einen feinen Film auf ihre Brillengläser. Karen musste sie alle paar Schritte putzen, bis sie schließlich aufgab. Sie setzte sie ab und packte sie in ihre Jackentasche.

Kurz darauf spürte sie, wie Stephen ihre Hand ergriff, seine Finger sich zwischen ihre schoben. Karen erzitterte innerlich, doch sie wagte nicht, etwas zu sagen. Ihr leuchtete es ein, dass sie sich so nicht verlieren konnten. Doch das war nicht der Grund, warum sie diese Berührung unglaublich genoss.

Gemeinsam kämpften sie sich durch den Sturm. Karen versuchte halb blind etwas zu erkennen. Doch selbst wenn sie ihre Brille aufgehabt hätte, so hätte sie nicht viel mehr gesehen. Die Nebelsuppe wurde immer dicker. Der Wind peitschte scharf in ihre Gesichter und vermochte es dennoch nicht, die Nebelschwaden aufzulösen. Karen versuchte, mit der freien Hand ihre Augen gegen die Sturmböen zu schützen. Es kostete eine Unmenge an Kraft, auch nur wenige Schritte in diesem Sturm voranzukommen. Die ersten Meter tasteten sie sich am Untergrund entlang. Solang dieser fest war, blieben sie auf dem Weg. Der führte jedoch nicht bis zum Stacheldraht heran.

Nach wenigen Metern endete der Weg. Der feste Boden ging in Gras über, das immer dichter und höher wuchs. Pfützen hatten sich zwischen den Büscheln gebildet, die teilweise tief waren. Karens rechter Fuß sank plötzlich ein und das Duo geriet ins Schwanken. Stephen musste sie mit aller Kraft herausziehen.

»Pass auf, wo du deine Füße hinsetzt.«

Karen konnte mehr Angst als Wut aus seinem Tonfall hören. Hatte er Angst um sie?

»Weiter«, forderte sie ihn unaufhaltsam auf. Wenn sie sich richtig erinnerte, konnten es keine dreihundert Meter mehr bis zur Grundstücksgrenze sein. Vorausgesetzt, sie hielten immer noch die richtige Richtung ein. Das war unmöglich bei dem Nebel zu sagen.

»Wir gehen im Kreis.« Karen blieb abrupt stehen und zeigte auf eine Steinsammlung, die kaum im Nebel zu ihren Füßen auszumachen war. »Die habe ich vor zehn Minuten schon einmal gesehen.« Dabei war Karen sich nicht sicher, ob es wirklich nur zehn Minuten waren. Es fühlte sich bereits wie eine Ewigkeit an, die sie in diesem dicken Nebel mit dem Wind von vorn und der schier unaufhörlichen Feuchtigkeit von allen Seiten gewandert waren.

»Bist du dir sicher?«, schrie Stephen erneut gegen den Wind an.

»Was die Steine betrifft, natürlich.« Karen hatte sich unbewusst die Formation eingeprägt. Sie dachte beim ersten Blick mit einem Schaudern daran, dass dies Überreste eines alten Hauses sein mussten. Ein Schafstall, hatte sie sich eingeredet. Doch irgendetwas an der Anordnung passte nicht zu ihrer Erklärung. Es könnte auch eine heilige Stätte sein. Überreste eines Grabes. Karen war eine Gänsehaut über den Rücken gerannt.

»Vorhin sind wir rechts an ihnen vorbeigegangen. Lass uns jetzt links probieren.«

Karen schritt entschlossen weiter, doch Stephen zog an ihrer Hand und stoppte sie.

»Wir sollten aufgeben«, sagte er resigniert. »Es ist keinem geholfen, wenn wir uns im Nebel vollends verirren.«

Sie waren völlig durchnässt. Karens Hände und Gesicht waren eiskalt. Nichts gab ihnen Schutz.

»Nein, noch nicht«, antwortete sie dennoch fest entschlossen. Sie hatte keinen anderen Plan mehr. Keine herausragende Idee. Das Observatorium war ihre einzige Rettung aus diesem Albtraum herauszukommen, war sie sich sicher. Karen stellte sich so nah wie möglich vor Stephen, schirmte mit beiden Händen den Wind von ihnen ab und blickte tief in seine Augen.

»Wir müssen weiter. Wir haben keine Wahl.«

Er antwortete nicht und starrte nur zurück.

»Wir brauchen Hilfe«, flehte sie nun. »Bitte. Wir müssen es weiter versuchen.«

Nur zögerlich nickte Stephen. Ein scheues Lächeln rann über seine Lippen, das Karen tief in ihrer Seele traf. Er vertraute ihr.

Ohne ein weiteres Wort drehte sie sich wieder um, ergriff erneut seine Hand und zog Stephen weiter hinter sich her. Langsam. Vorsichtig. Einen Fuß nach dem anderen, immer darauf bedacht, nicht wieder in ein Loch zu treten. Manchmal hielt Karen inne und lauschte. Als ob sie anhand des Windes ausmachen könnte, wie nah oder fern sie ihrem Ziel waren. Kurz darauf machte sie den nächsten Schritt. Mal ein wenig nach links, mal ein wenig nach rechts. Und plötzlich tauchten schemenhaft im weißen Nichts vor ihnen Umrisse auf. Schwarze Umrisse. Sie hatten den Zaun endlich gefunden. Doch die Freude darüber verschwand schnell im weißen Nebel.

»Er sah von Weitem niedriger aus«, ächzte Karen niedergeschlagen. Enttäuscht reckte sie den Kopf nach oben. Der Maschendrahtzaun schien sich weit in den nicht auszumachenden Himmel zu strecken, mindestens drei Meter. Oben konnte sie noch schemenhaft Umrisse von Stacheldraht erkennen, bevor dessen Ende wieder im Dickicht des Nebels verschwand.

»Das schaffen wir nie.« Stephen schüttelte den Kopf.

»Doch. Mach mir eine Räuberleiter.«

Stephen schüttelte immer noch den Kopf.

»Nein, das ist sinnlos. Du verletzt dich nur.«

»Stephen, bitte«, flehte Karen. »Wir müssen es versuchen. Wir müssen.« Wieder schaute Karen ihm eindringlich in die Augen. Er nickte nur zögernd.

Widerwillig schritt Stephen an den Zaun heran und lehnte seinen Rücken für einen besseren Halt gegen das Metall. Seine

Hände faltete er ineinander und bot sie schließlich Karen als Tritt-möglichkeit an.

»Sei vorsichtig!«

Karen hob ihren linken Fuß in Stephens Hände. Sofort spürte sie die Kraft, die von ihnen ausging und die sie nach oben hievte. Mit der rechten Hand tastete sie in die Höhe. Sie konnte kaum das Ende des Zauns in dem Nebel ausmachen.

»Autsch«, stöhnte sie schließlich auf.

»Was ist?«

»Nicht schlimm.« Doch Karen konnte bereits das Blut fühlen, das nun an ihrer Hand entlang floss. Sie hatte in den Stacheldraht gegriffen.

»Lass mich runter«, forderte sie.

Stephen tat, wie sie ihn geheißen hatte und hielt sie nun mit beiden Händen vor sich fest.

»Ist es schlimm?«

»Nein. Nur ein Kratzer.« Karen sog bereits mit ihren Lippen an der Wunde das Blut auf, um es zu stoppen. »Der Zaun ist zu hoch«, nuschelte sie dabei.

»Sollen wir es andersherum versuchen? Ich bin größer?«

»Nein.« Karen schüttelte ihren Kopf. »Ich habe nicht mal das Ende ertastet. Du hast recht, es ist sinnlos. Wir kommen da nicht drüber. Wir müssen einen anderen Weg hindurch finden.«

Ohne überhaupt auf seine Antwort zu warten, tastete sich Karen den Zaun zu ihrer linken entlang. Sie war fest entschlossen, ein kleines Schlupfloch zu entdecken. Kein Zaun der Welt war ohne Fehler. Und wenn die Lücke auch noch so klein war und wenn sie den gesamten Zaun ablaufen müsste, so würde sie diese finden. Rechts von ihnen hörte sie das Meer toben. Also musste links doch irgendwo ein Eingang sein. Ein Tor. Eine Tür. Irgen-detwas, wodurch die Mitarbeiter zum Observatorium kamen.

Doch Minute um Minute ertastete Karen nur das engmaschige, gleichmäßige Netz des Zauns. Sie hörte Stephen hinter sich keu-chen, der Mühe hatte, mit ihr mitzuhalten.

Plötzlich hielt Karen erneut inne. Ein Geräusch hatte ihre kon-zentrierte Suche gestört. War es das Jaulen eines Tieres gewesen? Oder eine Stimme? Fast glaubte sie, da singe jemand im Nebel. Doch so plötzlich wie das Geräusch erklungen war, so abrupt verstummte es wieder. Karen schüttelte sich. Der Sturm spielte ihnen nur einen weiteren Streich. Entschlossen wollte sie den Zaun weiter abtasten, als Stephen sie zurückzog.

»Karen, ich kann nicht mehr«, stieß er mit letzter Kraft aus. Er stemmte sich gegen den Wind, doch sie konnte erkennen, dass er die Wahrheit sagte. Augenblicklich füllten sich ihre Augen erneut mit Wasser. Es waren Tränen des Zorns und der Verzweiflung. Karen wollte noch nicht aufgeben. Es war ihre letzte Chance. Doch sie konnte Stephen inmitten dieses Sturms nicht allein lassen, nicht allein weiter machen. Karen wusste nicht mehr, was sie tun sollte. Wenn sie jetzt unverrichteter Dinge zum Haus zurückkehrten, käme es dem Besiegeln ihres Schicksals gleich.

Zufälle gibt es nicht. Nur das Schicksal.

Bitte, flehte sie inständig zum Himmel hinauf. Doch sie bekam keine Antwort. Der Wind schnitt ihr inzwischen scharf ins Gesicht. Ihre Beine waren müde. Auch ihre Kräfte waren endlich. Und so nickte sie nur und drehte sich wortlos um. Aber es kam einer Niederlage gleich, auch wenn ihnen nichts anderes übrig zu bleiben schien. Karen sorgte sich keine Sekunde darum, dass sie das Haus nicht wieder finden würden. Doch ob sie je wieder zu sich selbst finden würde, bezweifelte sie stark.

Es schien, als sollten sie ins Cottage zurückkehren. Als sollten sie darin verweilen. Doch Karen wusste, dass das Haus nicht ihre Rettung war. Im Gegenteil. Jetzt waren sie endgültig in ihrem Schicksal gefangen.

29. Februar, 11.43 Uhr

Entfernt hörte sie die Tür zuschlagen. Nur langsam kam Isabelle zu sich. Das Erste, was ihr auffiel, war ihr trockener Mund. Danach spürte sie die Spuren der Tränen, die sich heiß in ihrer Gesichtshaut eingebrannt hatten. Als sich ihre Augenlider öffneten, blickte sie auf die grau-beige Rückenlehne der Couch. Sie spürte eine Decke über ihren Schultern. In Sekunden prügelte die grausame Erinnerung wieder auf ihren Geist ein.

Hartford war tot.

Sofort beschleunigte sich ihr Herzschlag. Ihre Hände fingen an zu zittern, sie konnte das Blut in ihren Ohren rauschen hören. Erneut sammelten sich Tränen in ihren Augen. Verzweifelt kniff Isabelle die Augen zusammen, in der Hoffnung, sich vor der Wirklichkeit verstecken zu können. Sie wollte wieder in die Welt der bunten Bilder hinabtauchen. Doch der Schlaf war nun endgültig aus ihrem Körper gewichen.

Isabelle zwang sich, tief durchzuatmen. Sie lauschte in den Raum hinein. Sie war nicht allein, das spürte sie. Doch sie wagte es auch nicht, sich zu bewegen. Sekunden später hörte sie Francis summen. Aber es war unverkennbar ihre Stimme, die ein altes, melancholisches Kinderlied in den Raum trug. Isabelle konnte sich nicht erklären warum, aber das Lied beruhigte sie. Ihr Atmen verlangsamte, ihr Herzschlag beruhigte sich. Und dennoch wagte sie es nicht, sich zu bewegen.

Sie hörte, wie Francis aufstand. Augenblicklich kniff sie die Augen wieder zu. Francis kam näher, sie konnte ihren Atem auf ihrer Haut spüren. Mit der rechten Hand strich sie liebevoll über Isabelles Haare, die Mühe hatte, bei der Berührung nicht zusammenzuzucken. Doch dann entfernte sich Francis und Sekunden später hörte sie eine weitere Tür zuschlagen. Wasserrauschen folgte.

Isabelle drehte sich zaghaft um und spähte in den Raum. Sie war allein. Vorsichtig setzte sie sich auf. Ihr Kopf schmerzte, ihre Glieder waren steif. Sie fühlte sich vollkommen benebelt. Und dennoch setzte sich ein Gedanke klar und deutlich in ihrem Geist fest.

Warum hatte er die Warnung ignoriert?

Isabelle konnte es sich nicht erklären. Sie wollte es immer noch nicht wahrhaben. Als sei es nur ein Traum, aus dem sie bald aufwachen würde. Doch die Kälte, die in ihre steifen Glieder kroch, ließ sie unverkennbar wissen, dass es die Realität war.

Immer noch benommen stand Isabelle auf und streifte die Decke von sich. Sie musste es wissen. Auf Zehenspitzen schlich sie sich zu Hartfords Tür. Ihr Herz klopfte erneut bis zum Hals, als sie ihre Hand auf die Türklinke legte. Für einen kurzen Moment glaubte Isabelle nicht daran, das zu schaffen. Doch dann öffnete sie die Tür und trat ein. Ihr Blick fiel sofort auf den Leichnam, der liebevoll in eine Decke eingewickelt auf dem Bett lag. Hartford hatte einen friedlichen Gesichtsausdruck, auch wenn die Verbände, das viele getrocknete Blut und der Dreck einen anderen Eindruck vermittelten. Isabelle starrte seine geschlossenen Augen an und versuchte sich darauf zu konzentrieren. Langsam näherte sie sich zitternd und griff nach seiner Hand. Sie war längst nicht mehr so warm wie beim letzten Mal, als sie diese Hand fest umklammerte. Isabelle schüttelte die Erinnerung ab. Liebevoll nahm sie auch die zweite Hand und legte beide auf seinem Bauch zusammen.

Danach riss sie sich selbst los und drehte sich abrupt um. Ihre Augen erblickten den Fußabtreter, der vor der Tür lag. Sie hockte sich hin und hob ihn langsam hoch. Plötzlich wurde aus ihrer Befürchtung bittere Wahrheit. Mit bebenden Händen nahm sie den Zettel hoch, der darunter gelegten hatte.

Durch einen neuen Tränenschleier schaute sie auf ihre eigene Handschrift. All das war ihre Schuld, sagte ihr Verstand. Doch ihr Herz behauptete etwas anderes. Wie sollte sie damit leben? Wie konnte sie überhaupt noch leben?

Isabelle zwang sich wieder aufzustehen. Es galt, noch zwei Dinge zu erledigen, bevor all das ein Ende finden konnte. Isabelle wusste, dass ihr nicht mehr viel Zeit blieb, bis Francis aus der Dusche zurückkam. Und so beeilte sie sich, lief behände zwischen den Zimmern hin und her und verweilte nur wenige weitere Augenblicke, auch wenn sie sich am liebsten unendlich viel mehr Zeit für den Abschied genommen hätte.

Aber die hatte sie nicht.

Sie konnte nicht mehr länger warten.

29. Februar, 12.13 Uhr

»Sie ist verschwunden«, stammelte Francis völlig aufgelöst. Karen und Stephen hatten es gerade bis zur Haustür geschafft, in der Francis nun am ganzen Leib zitternd stand.

»Wer ist verschwunden?«

»Isabelle.«

Tränen rannen ihr über das Gesicht.

»Das kann nicht sein.«

Entschlossen schob sich Stephen in das Hausinnere. Karen folgte ihm. Die Couch war leer. Die Decken schienen achtlos zur Seite geschoben worden zu sein. Dort, wo noch vor Kurzem ein Blondschopf gelegen hatte, war nur noch der Abdruck im Kissen zu sehen.

»Hast du überall nachgesehen?«, rief Stephen zurück zu Francis.

»Natürlich. Ich war doch nur duschen, nachdem ich eure Notiz gefunden hatte. Erst dachte ich …« Francis schüttelte wirr den

177

Kopf. »Aber mit eurer Nachricht war ich beruhigt. Und weil mir so kalt war … Ich hab doch nicht ahnen können … Ich schwöre euch, sie lag noch da, als ich ins Bad ging …« Verzweifelt brach sie ab.

»Schon gut.« Karen nahm sie tröstend in den Arm und schob sie zurück in die Küche. »Es ist nicht deine Schuld.« Sanft drückte sie Francis auf einen Stuhl und legte eine Decke um den zitternden Körper.

»Ich schau oben nach, guck du in die Zimmer«, brüllte sie danach Stephen zu. Der nickte nur. Keiner von ihnen machte sich die Mühe, die nasse Kleidung auszuziehen.

Karen rannte die Treppe hinauf. Sie spürte ihre Erschöpfung in jeder Faser ihres Körpers. Dennoch zwang sie sich vorwärts. Das Adrenalin hatte sie fest im Griff. Isabelle konnte nicht verschwunden sein. Nein, das durfte nicht wahr sein. Nicht das auch noch. Ihre Lage schien schon ausweglos genug, die dunkle Vorahnung breitete sich immer tiefer in ihrer Seele aus. Karen wusste, dass sie längst nicht am Ende des Schreckens angelangt waren. Doch wie viel mehr konnte sie noch ertragen?

Als sie vor der Bibliothek ankam, konnte sie ihren Herzschlag in den Ohren dröhnen hören. Karen musste innehalten und einen tiefen Atemzug nehmen. Jetzt nicht zusammenbrechen, befahl sie sich selbst. Fast war sie sich sicher, dass sie Isabelle gleich in einem der Sessel entdecken würde, in eine Decke gekuschelt und mit einem Buch in der Hand.

Doch die Bibliothek war leer. Ein Seufzen entwich ihren Lungen. Karen blieb wie angewurzelt stehen und starrte auf dieses ehrwürdige Ensemble. Die Bücherregale thronten rechts und links von ihr. Majestätisch. Voller unentdecktem Wissen.

Ob hier alle Antworten zu finden waren, schoss es ihr in den Sinn. Karen musste sich schütteln. Dafür war jetzt keine Zeit. Die Erschöpfung drohte sie zu übermannen. Trotzdem zwang sie sich, alle Gänge abzulaufen, in jede Ecke zu schauen und auch den kleinsten Winkel der Bibliothek zu erkunden. Hier war niemand außer sie selbst. Oder doch? Ihr stellten sich schlagartig die Nackenhaare auf, als ein Knarzen erklang. Karen fühlte sich plötzlich nicht mehr allein. Die Luft war kalt und schnitt ihr ins Gesicht. Ihre nassen Kleider klebten an ihr wie eine zweite Haut und sie begann zu zittern. Ein Windhauch strich durch den Raum und wirbelte Staub von den Regalen auf. Die staubige Luft ließ sie husten und erschaudern zugleich. Fluchtartig rannte Karen zur Treppe zurück und stolperte hinunter.

»Im Zimmer ist sie nicht.«

»In der Bibliothek auch nicht.«

Karen sank erschöpft auf einen Stuhl neben Francis. Keinen Zentimeter weiter, dachte sie. Sie konnte nicht mehr.

»Ich sag doch, dass sie verschwunden ist«, schluchzte Francis erneut. »Sie ist da draußen in dieser Sturmhölle. Wir müssen sie suchen gehen.«

Karen erschrak. Allein der Gedanke, noch einmal in diesen Sturm hinaus zu gehen, raubte ihr den Verstand. Wie in Zeitlupe schüttelte auch Stephen seinen Kopf. Karen konnte ihm ansehen, dass er ebenfalls keine Kraft mehr übrig hatte. Sie waren am Ende.

»Bitte«, flehte Francis. »Wir müssen.«

Es klang wie ein Echo von Karens Worten am Zaun des Observatoriums. Die gleiche Entschlossenheit stand nun in Francis Gesicht geschrieben. Sie mussten. Doch wie sollten sie das schaffen? Karens nasse Kleider wogen gefühlt eine Tonne. Ihre Brust war zugeschnürt. Sie konnte das Rauschen in ihren Ohren hören. Ihr schwindelte. Nein. Sie konnte unmöglich noch einmal …

»Sie hat recht«, hörte sie sich zu ihrem eigenen Erstaunen laut sagen und fühlte sich ferngesteuert. Karen zuckte vor ihrer eigenen Entschlossenheit zurück. Oder war es Angst, die sie vorantrieb? Sie mussten, kostete es, was es wolle. Sie konnten Isabelle nicht im Stich lassen.

»Aber diesmal gehen wir vorbereiteter, sie kann noch nicht weit sein«, flüsterte Karen nun leiser. Schwerfällig erhob sie sich vom Stuhl und ließ die nasse Jacke von ihren Armen gleiten. Ihre Augen forderten Stephen auf, sich ebenfalls umzuziehen. Sie brauchten frische, trockene Sachen. Ein Blick genügte, dass Francis ebenfalls aufsprang und den Wasserkessel aufsetzte. Ein heißer Tee auf die Schnelle musste reichen, bevor sie aufbrachen. Als Karen in trockener Kleidung aus ihrem Zimmer zurückkehrte, standen bereits drei dampfende Tassen auf dem Küchentisch. Francis kauerte daneben, eingehüllt in unzählige Jacken, unter denen sie immer noch zitterte. Doch ihre Augen strahlten Entschlossenheit aus. Ohne einen Kommentar lief Karen durch die Küche und zog gezielt eine Schublade auf, die sie heute schon einmal durchwühlt hatte. Ihr Handy lag dort, wo sie es nach ihrer Ankunft hingelegt hatte. Mit geübtem Griff schaltete sie es an. Kein Netz – doch das war auch nicht Karens Ziel.

»Habt ihr Hilfe rufen können?«, hörte sie Francis hinter sich Stephen leise fragen. Sie musste es nicht sehen, um zu wissen, dass Stephen betrübt den Kopf schüttelte.

»Wir sind auf uns allein gestellt. Wenn wir Isabelle nicht finden, tut es niemand mehr.« Karen war erstaunt über die Kälte in ihrer Stimme. Der Wille, nicht mehr hilflos ausgeliefert zu sein, ließ sie erstarken. In diesem Moment erstrahlte das Licht aus ihrem Handy, das sie mit der Taschenlampen-App angeschaltet hatte. Neues Adrenalin breitete sich in ihren Adern aus und gab ihr einen letzten Kraftschub. Jetzt oder nie, wusste sie. Sie wollte nicht noch eine Freundin verlieren. Egal, was hier vor sich ging, Karen war nicht länger bereit, sich dem wehrlos auszusetzen. Sie würde sich dagegen stemmen und alles in ihrer Macht stehende tun. Koste es, was es wolle.

»Dann finden wir sie«, antwortete Stephen, der ebenfalls sein Handy herauszog und die Taschenlampe einschaltete. Karen konnte nun die gleiche klare Entschlossenheit in seinen Augen entdecken. Auch er war nicht mehr bereit, das Schicksal als gegeben hinzunehmen. Gemeinsam würden sie alles tun, um die verbliebenen vier in Sicherheit zu bringen.

Zu dritt schritten sie durch die Tür des kleinen Cottages, bewaffnet mit Wachsjacken, Mützen und Handytaschenlampen. Sie ließen den dampfenden Tee unberührt zurück.

Der Sturm war genauso erbarmungslos wie beim Ausflug zuvor. Feuchtigkeit bracht von allen Seiten auf sie herein, der Wind stemmte sich gegen den Körper und der Nebel nahm weiter jegliche Sicht. Karen glaubte schon, sich an diese Wucht um sie herum zu gewöhnen.

»Welche Richtung?«, fragte Francis. »Zur Straße?«

»Nein.« Isabelle hätte versucht, den Mietwagen zu nehmen, der nun keine Batterie mehr besaß. Ihr eigenes Auto stand jedoch genauso unangetastet daneben. Aus irgendeinem Grund war sich Karen sicher, dass Isabelle den gleichen Weg wie beim Spaziergang einen Tag zuvor eingeschlagen hatte. Zu Brendans Well.

»Lasst uns an den Händen anfassen, damit wir uns nicht verlieren. Der Nebel ist zu dicht.«

Francis und Stephen gehorchten. Beide hielten in ihrer jeweils freien Hand die Handys. Doch das Licht der Taschenlampe ließ das Weiß des Nebels nur noch weißer leuchten und blendete das Trio. Stephen schüttelte den Kopf und steckte das Telefon frustriert ein.

Der kleine Altar stand majestätisch im Nebel da. Als würde der Sturm einen großen Bogen um ihn machen. Sie erinnerte sich an Isabelles Worte über diesen heiligen Ort. Offenbar strahlte er tatsächlich eine unsichtbare Kraft aus, denn nicht mal der Wind schien sich zu trauen, ihn zu betreten. An diesem kleinen Fleckchen Erde war es vollkommen windstill. Karen erschauderte.

Wie konnte das sein? Was stimmte hier nicht?

»Das ist ihr Schal.« Francis hob ein Stück Stoff vom Boden auf.

Karen wusste nicht, ob sie sich über diesen Fund freuen oder ihrer düsteren Ahnung nachgeben sollte. Der Schal bewies: Isabelle hatte den Weg zu den Klippen eingeschlagen. Warum? Vor ihrem inneren Auge erschien das Bild der Felsspalte, in die Isabelle am Vortag wie hypnotisiert gestarrt hatte. Sie wirkte bereits bei gutem Wetter hochgefährlich. Und jetzt bei diesem Nebel?

»Wir müssen weiter«, drängte Karen nun voller Angst. »Lasst uns ein wenig verteilen. Francis, geh links von mir, so weit, dass du mich gerade noch sehen kannst. Stephen, du machst das Gleiche rechts von mir. So decken wir eine größere Fläche ab.«

Keiner widersprach.

»Ich zähle am besten die Schritte. Dann laufen wir im Gleichschritt. Kein Schritt ohne den andern. Irgendwo vor uns sind die Klippen. Habt ihr mich verstanden?«

»Ja«, ertönte es von links.

»Jawohl«, kam von rechts.

Sie begann zu zählen.

»Eins«. Jeder tat einen Schritt nach vorne. »Zwei. Drei. Vier.« Karen versicherte sich, dass sich die Sicht zueinander nicht verschlechterte und sie sich nicht aus Versehen voneinander entfernten. Sie mussten parallel laufen und dennoch so viel wie möglich im Nebel erkennen. Kaum hatten sie die Fläche der heiligen Stätte hinter sich gelassen, schlug der Wind ihnen wieder erbarmungslos entgegen. Karen musste sich gegen ihn aufbäumen, um ihre Schritte weiter vorwärtsmachen zu können.

»Fünf, sechs, sieben.«

Vor ihnen lag immer noch ein weißes Nichts, durch das sie sich gleichmäßig und unaufhaltsam vorwärts tasteten.

»Achtunddreißig, neununddreißig, vierzig. Pass auf Stephen, du driftest zu weit nach rechts.«

»Jawohl«, antwortete er nur knapp.

»Sieht irgendwer etwas?«

»Nein«, kam es von beiden Seiten.

Karen sah auch nichts außer der weißen Wand. Doch so langsam mischte sich ein weiteres Geräusch in das Pfeifen des Windes. Sie konnte die Wellen an die Klippen schlagen hören. Es konnte nicht mehr weit sein.

»Stephen, wo bist du?«

Karen starrte angestrengt nach rechts. Doch Stephens Umrisse, die sie noch zwei Schritte zuvor ausgemacht hatte, hatte der Nebel nun verschluckt.

»Stephen, du musst nach links. Nicht vorwärts, nur links«, schrie sie verzweifelt in den Wind.

»Wo ist er?«, rief Francis von links.

»Er ist da irgendwo. Ich sehe ihn gleich wieder. Keine Sorge.«

Doch so sehr sich Karen auch anstrengte, sie konnte ihn nicht mit ihren Augen finden.

»Francis, wir gehen nach rechts, okay? Auf mein Kommando«

»Ja.«

»Eins, zwei, drei …«

Karen achtete darauf, Francis nicht auch noch aus den Augen zu verlieren und nur nach rechts und nicht vorwärts zu gehen. Doch wenn Stephen bereits weiter gegangen war, würde sie ihn verfehlen. Verdammt noch mal, was war an ihrem Schrittplan nicht verständlich?

»Stephen«, schrie sie erneut in den Nebel.

Doch sie bekam keine Antwort.

»Stephen, wo bist du?«, kreischte nun auch Francis.

Plötzlich konnte Karen seine Stimme hören.

»Stopp. Nicht weiter.«

»Was?« Karen schaute erstaunt vor sich. Ob sie bereits die Klippen erreicht hatten? Sie wagte es nicht, auch nur eine weitere Bewegung zu machen.

»Stopp, hab ich gesagt«, schallte es aus dem Nebel zu ihr herüber. Doch sie konnte ihn immer noch nicht sehen.

»Stephen, was ist? Ich sehe dich nicht.«

»Stoooooooop«. Der Schrei ließ sogar den Wind für einen Augenblick verstummen. Kurz darauf ertönte ein ohrenbetäubender Knall, den die Klippen sogleich hallend zurückwarfen.

»Stephen«, schrie Karen verzweifelt. »Wo bist du?«

»Oh mein Gott«, hörte sie ihn gegen den Wind aufheulen. Er schluchzte herzzerreißend. Sie konnten nicht mehr weit von ihm entfernt sein.

»Francis, vier Schritte nach rechts«, befahl Karen und beobachtete, wie sie gehorchte. Plötzlich konnte Karen einen schwarzen Schatten im Nebel vor sich sehen.

»Jetzt fünf Schritte nach vorn«, schrie sie.

Beim vierten Schritt war Karen sich sicher. Vor ihr kauerte Stephen. Beim Sechsten hatte sie ihn erreicht. Sie schaute nach links, doch Francis hatte den Abstand längst aufgegeben und war näher gekommen.

»Stephen, was ist passiert?«

Er kauerte zusammengekrümmt auf dem Boden, stützte sich mit der rechten Hand am Boden ab, die linke war um seinen Bauch geschlungen.

»Bist du verletzt?«

»Nein«, schluchzte er. »Ich nicht.«

Erst jetzt sah Karen die Pistole neben ihm auf dem Boden liegen.

»Es kam aus dem Nichts. Ohne Vorwarnung. Dabei sind doch hier gleich die Klippen. Wie hätte da etwas herkommen können?«

»Was kam aus dem Nichts?«

Karen spähte in den Nebel.

»Ich weiß es nicht«, schluchzte er weiter. »Ich hab Stopp geschrien. Und dann die Pistole gezogen. Ich war in Panik. Oh mein Gott … ich hab geschossen …«

Karen hockte sich neben Stephen und nahm seine linke Hand.

»Ganz ruhig. Deine Fantasie spielt dir einen Streich.«

»Da ist nichts«, stammelte Francis.

»Da war etwas«, beharrte Stephen. »Was, wenn es Isabelle war? Habe ich sie erschossen?«, schluchzte er in den Wind.

Karen erstarrte. Francis sackte nun ebenfalls schluchzend zu Boden.

»Das ist nicht wahr«, stammelte sie.

Hilflos schaute Karen ihre Freunde an und wusste nicht, was sie tun sollte. Der Wind schien immer stärker zu werden, auch wenn das eigentlich unmöglich war. Unaufhaltsam peitschte er Feuchtigkeit von der Seite auf sie. Wasser brach tosend an den Klippen.

»Irgendwer muss nachschauen«, bettelte Stephen schließlich.

»Nein. Wir können nicht hierbleiben.«

Instinktiv spürte Karen, dass die drei nur noch mehr in Gefahr gerieten, wenn sie die Suche nach ihrer Freundin fortsetzen würden. Sie konnten sie nicht retten. Und vielleicht wollte Isabelle auch gar nicht gerettet werden, schoss es ihr plötzlich in den Kopf.

»Ich hab sie erschossen.«

»Nein. Hör sofort auf, das zu sagen«, schrie ihn Karen nun an. »Das ist nicht wahr. Siehst du, dort ist nichts.« Karen streckte den Arm aus und deutete in die weiße Nebelwand. »Dort war auch nichts. Du hast dich nur erschrocken. Und außerdem bist du ein lausiger Schütze.«

»Ich habe sie …«, setzte Stephen erneut an, doch Karen drückte ihm ihre Hand auf seinen Mund.

»Schau mich an«, befahl sie ihm. »Wir brauchen dich. Du darfst jetzt nicht zusammenbrechen. Hör auf. Sofort.«

Ihr strenger Blick durchdrang ihn. Als Stephen langsam und zögerlich nickte, nahm Karen ihre Hand von seinem Mund. Sein Blick wirkte immer noch starr, doch auch ein wenig klarer.

»Kommt jetzt«, befahl Karen weiter. »Wir müssen zurück.«

Sie könnten Isabelle doch nicht aufgeben, wollte Karens Herz protestieren. Doch das Zittern in ihren Gliedern und der Anblick von gebrochenen Seelen vor sich, ließ sie den Einwand ignorieren.

Mit letzter Kraft zogen Francis und Karen Stephen auf seine Beine und stützten ihn. Gemeinsam schleppten sie sich vorsichtig zurück. Schritt für Schritt, immer darauf bedacht, sich nicht noch einmal zu verlieren. Es dauerte eine Ewigkeit, bis sie Brendans Well erreicht hatten und noch länger, bis sie zurück am Cottage waren. Stephen ging die letzten Meter allein. Doch Karen wusste, egal, was da draußen im Nebel geschehen war, es hatte ihn gebrochen.

Im Haus angekommen, setzten sie sich an den Küchentisch. Keiner sprach. Francis umklammerte verzweifelt Isabelles Schal und schluchzte leise in ihn hinein. Stephen starrte vor sich hin.

Karen spürte, wie sich das Gefühl von Hilflosigkeit immer mehr auf ihr Herz legte. Sie hatten Isabelle im Stich gelassen. Sie hatten sie verloren. Oder doch nicht? Was sollten sie jetzt tun?

Karen erschrak, als Stephen neben ihr plötzlich auffuhr und wütend durch den Raum schrie.

»Himmel Herrgott, hier ist alles verflucht. Womit haben wir das verdient?«

Francis schaute auf und blickte tränenüberströmt ihren Freund an. Dieser starrte wortlos zurück, bevor er wieder in sich zusammensackte.

»Verflucht?« Karen murmelte gedankenverloren vor sich hin.

»Ach, du weißt, wie ich das meine«, brummte Stephen nun deutlich leiser. Karen nickte gedankenverloren. Ein Hauch einer Idee setzte sich in ihrem Kopf fest. Das Wort Fluch hatte sie erst vor Kurzem immer wieder gelesen. Auf jenen Seiten, die sie tränenüberströmt in der Hand gehalten hatte.

»Wo ist Hartfords Tagebuch?«, fragte sie ihrer Eingebung folgend in den Raum. Doch Stephen zuckte nur die Schultern. Hartfords Tagebuch war ihm gerade herzlich egal.

»Francis?« Karen starrte sie an.

»Ich weiß es nicht. Es lag doch hier auf dem Tisch. Ich hab's nicht weggenommen. Wenn du es auch nicht warst …«

… konnte es nur eine Person gewesen sein, beendete Karen den Satz in Gedanken. Hatte Isabelle das Buch gelesen? War sie deswegen verschwunden? Wie ein Blitzschlag traf sie die Erkenntnis, dass sie zwar das ganze Haus durchsucht hatten, dabei jedoch ein Zimmer ausgelassen hatten. Eben jenes, in dem ein toter Mann lag.

Karen sprang gehetzt auf und hastete zu Hartfords Zimmer. Sie spürte ihre Halsschlagader pulsieren. Schweiß hatte sich auf ihre Stirn und ihre Hände gelegt. Für eine kurze Sekunde zögerte sie an der Tür, doch dann stieß sie die Holztür entschlossen auf. Fast hatte sie Isabelle dort vor Hartford sitzend erwartet. Weinend. Trauernd um ihren Freund. Mit dem Notizbuch in ihrer Hand. Doch das Bild, was sich ihr bot, war ein anderes. Der Körper lag fast unverändert auf dem Bett, als würde ihr Freund immer noch schlafen. Die Decke, die sie liebevoll auf ihn gelegt hatte, schien ihn nach wie vor zu wärmen. Doch etwas hatte sich geändert. Jemand hatte seine Hände auf seiner Brust gefaltet.

Darin hielt er sein eigenes Notizbuch fest umklammert. Über den Händen lag eine kleine Holzschachtel. Karen wusste, dass sie diese schon einmal gesehen hatte. Zwischen Schachtel und Händen steckte ein Zettel. Ohne nur einen Schritt näher zu kommen, ahnte Karen, dass es Isabelles Abschiedsbrief war.

Dieser Anblick war zu viel. Sie sackte im Türrahmen zusammen und begann zu schluchzen. Sekunden später spürte sie eine warme Hand auf ihrer Schulter. Francis und Stephen waren unbemerkt hinter sie getreten. Francis umarmte sie. Stephen schob sich behutsam an den Frauen vorbei und nahm vorsichtig Schachtel und Brief von der Leiche. Wortlos verließen sie Hartfords Zimmer und fanden sich in der Küche wieder. Stephen entfaltete den Brief und las die wenigen Worte laut vor, die darin enthalten waren.

Es tut mir leid.
Ich habe all das nicht gewollt.
So sollte es nicht enden.
Verzeiht mir.
Ich liebe euch. Isabelle

Mehr hatte sie nicht geschrieben. Tränen rannen allen die Wangen hinunter. Niemand sagte etwas. Lautlos setzte sich die Gewissheit in ihren Gedanken fest, dass Isabelle mit Absicht in diesen Februarsturm hinausgegangen war und den Weg zu den Klippen gewählt hatte. Es war keine Geistesumnachtung, nicht der Schock. Es war ihr freier Wille.

Wortlos griff Karen nach der kleinen Holzschachtel. Sie wusste längst, woher sie das Kästchen kannte. Es war jene Schachtel, die Isabelle in der Bibliothek gefunden hatte. In deren Schloss der seltsame Schlüssel passte, der nun jedoch fehlte. Und die leer gewesen war.

Doch als Karen sie nun aufklappte, war sie keineswegs leer. Sie enthielt aus einem Buch herausgerissene Seiten. Karen wusste, diese stammten aus Isabelles Tagebuch.

Vier Jahre zuvor

Isabelle saß regungslos auf ihrem Bett und blickte auf ihre Zeilen hinab. Sie hatte sie fast wahnhaft auf das Papier gekritzelt, im Rausch ihrer Gefühle. In ihnen stand alles, was sie zuvor nicht

186

aussprechen konnte. Alles, was vielleicht niemals über ihre Lippen gehen sollte. Isabelle war schonungslos gewesen. Sie konnte nicht anders. Sie musste handeln. Sie musste fliehen. Ja, ihr Entschluss stand fest. Und selbst wenn dieser wanken würde, gäbe es kein zurück. Denn es war keine zwei Stunden her, dass sie ihren Freunden die überraschende Neuigkeit verkündet hatte.

Sie hatte den Verlobungsring von Simon fast beiläufig auf den Tisch gelegt, als alle ihre Teller geleert hatten. Karen war die Erste, die darauf reagiert hatte.

»Was ist das?«

»Mein Verlobungsring.«

»Dein was?« Stephen war aufgesprungen.

»Mein Verlobungsring«, hatte Isabelle ruhig wiederholt. »Ich werde heiraten.«

»Wen?« Das war Francis.

»Ihr kennt ihn nicht. Er heißt Simon.«

In kurzen Sätzen hatte Isabelle ihren Freunden von ihrem Verlobten erzählt. Gerade so viel, wie sie wissen mussten. Gerade genug, um nicht weiter unangenehmen Fragen ausgesetzt zu sein. Sie beantwortete nur Fragen, die laut gestellt wurden. Den wahren Hintergrund konnte sie nicht enthüllen. Nicht an diesem Abend im frühen März. Die Narben waren noch zu frisch, ihr Plan noch zu jung. Ihre Wut noch nicht verraucht. Und das Entsetzen über ihre Tat längst noch nicht verschwunden.

»Wann?«

Das war Hartford, der nun endlich auch seine Stimme wieder entdeckt zu haben schien.

»Eine Woche nach unserem Abschluss. Wir werden in die Schweiz ziehen.«

»Oh.« Karen biss sich perplex auf ihre Lippen.

»Kommt schon Leute«, forderte Isabelle nun eindringlich. »Ich weiß, das ist jetzt etwas überraschend. Aber will mir denn keiner gratulieren?«

»Natürlich. Wenn du glücklich bist, freuen wir uns auch. Herzlichen Glückwunsch, meine Liebe.« Francis nahm die schlanke Blondine herzlich in die Arme und flüsterte ihr etwas ins Ohr, was die anderen nicht hören konnten. Nach und nach gratulierte jeder Isabelle und umarmte sie. Hartford bildete den Abschluss. Ihm stand der Schock immer noch ins Gesicht geschrieben.

»Hey, Zürich ist nicht aus der Welt«, versuchte Isabelle die Runde anschließend aufzumuntern. »Es war doch klar, dass wir nach dem Abschluss getrennte Wege gehen, oder? Aber wir können uns besuchen.«

»Oh, das müssen wir.« In Karens Worten schwang Hoffnung mit. »Ich will euch nicht aus den Augen verlieren.« Isabelle konnte sehen, dass sich Tränen in ihren Augen sammelten.

»Na, na. Nicht weinen, Kleines.« Sie nahm sie tröstend in den Arm. »Eigentlich dachte ich, eine freudige Neuigkeit mitzuteilen.«

»Wir freuen uns für dich«, bekräftigte Francis noch einmal. Doch allen war klar, dass diese »Überraschung« die Trennung der Gruppe in nur wenigen Wochen besiegelte. Isabelle würde heiraten und wegziehen. Die anderen würden ebenfalls neue Wege einschlagen. Die Zeit der gemeinsamen Abende war vorbei.

»Wir sollten uns ein Versprechen geben«, schluchzte Karen.

»Ein Versprechen?«

»Ja. Mindestens einmal im Jahr sollten wir uns treffen. Nur wir fünf. Ein Jahrestreffen, wenn man so will.«

»Das finde ich eine wirklich schöne Idee«, antwortete Stephen nun sanft und alle nickten einvernehmlich.

»Und wir fangen bei mir an. Nächstes Jahr kommt ihr alle zu mir nach Zürich.«

»Versprochen.« In Karens Stimme lag neue Hoffnung. »Wir kommen. Alle vier.«

»Aber jetzt stoßen wir erst einmal an.« Stephen holte eine Flasche Sekt aus der Küche und stellte sie feierlich auf den Tisch. Francis brachte sogleich fünf Gläser und eine Minute später erklangen diese über der Mitte des Tisches.

»Auf dich, liebste Isabelle. Mögest du glücklich werden und wir dich in einem Jahr in einer prachtvollen Villa mit dem breitesten Grinsen dieser Welt wiedersehen.«

Isabelle lächelte. Ja. Das wünschte sie sich auch. Obwohl sie bereits ahnte, dass ihr dieses Glück vielleicht nicht vollends vergönnt war.

Zwei Stunden später war sie sich dessen noch sicherer. Es hatte nicht lange gedauert, bis Stephen, Karen und Hartford an diesem Abend gegangen waren. Francis verkroch sich sogleich wieder in ihre Bücher, um noch ein wenig für die Prüfungen zu lernen und Isabelle war ihren Gedanken allein überlassen. Sie konnte den

Anblick von Hartfords schockiertem Gesicht nicht aus ihren Erinnerungen verbannen.

Geschieht ihm recht, dachte sie verbittert und schaute nun erneut auf die Zeilen vor sich hinunter. Wie im Wahn musste sie in den letzten Stunden in ihrem Tagebuch aufschreiben, was sie zuvor nicht über ihre Lippen bringen konnte.

Der 29. Februar – das waren die ersten drei Worte, die diesen Eintrag eröffneten. Der 29. Februar war ein besonderer Tag. Nicht nur, dass es ein Tag war, den es nur alle vier Jahre gab, es war auch der Tag, um den sich die meisten Mythen und Legenden rankten. Der Tag mit den seltsamsten Bräuchen. In manchen Kulturen galt es als unglücksbringend, an diesem Tag ein Haus zu bauen – die Bewohner würden nicht glücklich werden, von Baumängeln verfolgt sein und ständig mit Krankheiten und Schicksalsschlägen kämpfen. Am Lá na léime sollte niemand heiraten, glaubte so mancher. Die Ehe würde ebenso unglücklich werden. Wer sich am Lá na léime scheiden ließ, würde seinen Seelenverwandten nie finden. In Mexiko glaubten sogar die Menschen, dass es Unglück bringe, am 29. Februar zu arbeiten. Exotische Kulturen waren der festen Überzeugung, dass Schalttag-Geborene Geister sehen konnten und von ihnen besessen sein könnten.

Und der 29. Februar war Isabelles wahrer Geburtstag.

Es wusste nur niemand um sie herum.

»Nun, ich habe noch keinen Geist gesehen«, murmelte Isabelle nun vor sich hin. Doch sie war sich keineswegs sicher, dass sie nicht besessen war. Nicht von einem Geist, sondern von einem Mann. Daran zweifelte sie seit ihrem letzten Geburtstag nicht mehr. Ihre Freunde hatten immer noch keinen blassen Schimmer, dass Isabelle sie jahrelang belogen hatte. Sie war eine Schalttag-Geborene. Eine Aussätzige. Ein Mensch, der sein gesamtes Leben lang den schaurigsten Geschichten ausgesetzt gewesen war, die ihre Familie ihr erzählten. Der wahre Grund, warum sie sich je auf die Spur des Okkultismus begab. Wie hätte Isabelle das gestehen können? Es war leichter, es wie ihre Eltern zu handhaben.

»Du darfst nicht am 29. Februar geboren sein, verstehst du das nicht, Kind?« Noch immer konnte Isabelle ihre Mutter vor sich sehen, die sie flehend angeschaut hatte. Sie konnte es nicht verstehen. Sie fühlte sich verraten. Isabelle war gerade erst zwölf Jahre alt gewesen, als sie durch Zufall ihre Geburtsurkunde in den Schränken ihrer Eltern gefunden hatte. Das Geburtsdatum darauf war ein Schock sie. Ihre Eltern belogen sie bereits ihr gesamtes Leben lang.

»Was ist denn so schlimm daran?«, fragte das kleine zitternde Mädchen.

»Das kannst du noch nicht verstehen«, war die lapidare Antwort ihres Vaters gewesen. Entschlossen hatte er ihr das Formular aus den Händen gerissen und war gegangen.

»Mama?«

»Lass es gut sein, Isabelle. Es bringt nur Unglück. Du hast am 28. Februar Geburtstag und dabei bleibt es.«

Mit diesen Worten hatte ihre Mutter die Diskussion für beendet erklärt. Doch für das kleine Mädchen war es das nicht. Schließlich war es ihr wahrer Geburtstag. Ihr Leben. Ihr Schicksal.

Wann immer sie konnte, hatte sie in den folgenden Wochen und Monaten voller Trotz recherchiert und gelesen. Das war der Beginn einer jahrelangen Leidenschaft. Isabelle wollte verstehen, warum ihre Eltern sie ihr gesamtes Leben lang belogen hatten. Was so schlimm daran war, eine Schalttag-Geborene zu sein. Wenn ihr Leben dadurch tatsächlich vorgezeichnet war, sollte sie es wissen. Das Erste, was sie fand, machte der jungen Isabelle Mut. Schalttag-Geborene fühlten sich immer als etwas Besonderes. Auch ihr erging es so. Häufig entwickelten sie eine andere Stärke aufgrund ihres nur selten wahrhaftig zu feiernden Geburtstags. Gleichgesinnte stellten sich oft als charismatische Personen oder Führer in ihrem Leben heraus. Andere Kulturen glaubten, dass sie sogar begabte Zauberer sein könnten. Isabelle versuchte es eine Weile, doch war sie völlig untalentiert. War sie eine Hexe statt einer Zauberin?

Andere Bücher stimmten sie bitter. Zeugen berichteten in ihnen, warum Eltern sich getrieben fühlten, ein anderes Geburtsdatum anzugeben. Denn Seelen, die an einem Schalttag das Licht der Welt erblickten, wurde hier ein unglückliches Schicksal vorhergesagt. Dies könne man nur neutralisieren, wenn das Baby an einem anderen Datum aufgenommen werden würde, die Taufe unverzüglich mit Blutsverwandten als Paten durchgeführt sei. Isabelle war nicht getauft worden.

Wiederum andere Bücher entführten Isabelle in die Astrologie und Numerologie. Auch hier wurde Schalttag-Geborenen ungewöhnliche Kräfte zugeschrieben: Stärke, Charisma, außergewöhnliches Denken. Sie fand sich in guter Gesellschaft mit Dichtern wie Lord Byron, Komponisten wie Gioachino Rossini und Schauspielern wie Irina Kupchenko. In der Astrologie gehörte Lá na léime zum Sternzeichen der Fische – ein sehr ruhiger, friedlicher Menschentyp. In Beziehungen brauchten Fische sehr viel Liebe und Zuneigung. Beruflicher Werdegang spielt eine Nebenrolle im Leben von ihnen.

Die Numerologie besagte, dass die Zahl 29 aus einer Kombination aus Mond- (2) und Marsenergien (9) bestand. 29er seien oft materiell erfolgreich und in aufsteigenden, einflussreichen Positionen tätig. Sie waren liebevoll und warmherzig, konnten leicht die Aufmerksamkeit von einfühlsamen, hochgeistigen Menschen auf sich lenken oder das Wohlwollen von Autoritätspersonen erlangen. 29er sollten sich der Spiritualität zuwenden. Ihr Privatleben hingegen verlief oft nicht befriedigend. Die 2 stand für die Wechselhaftigkeit in ihrem Leben, die 9 für die Sentimentalität. 29er sollten sich bemühen, die Gefühle ihres Partners zu verstehen und nicht nur mit den eigenen Höhen und Tiefen beschäftigt sein.

Isabelle wischte eine Träne weg, die auf die Zeilen getropft war. So schwarz auf weiß ihr Schicksal vor sich zu sehen, ließ sie immer wieder erschaudern. Sie war keine Zauberin, sie war keine Hexe. Sie hatte Charakterzüge der jahrelangen Recherche über Schalttag-Geborene in sich wiedergefunden, andere hingegen nicht. Doch zwei Dinge waren über all die Jahre geblieben: Die Unsicherheit der zahlreichen Legenden gegenüber, die sie ihr wahres Geburtsdatum weiterhin verschweigen ließ und die damals entfachte Leidenschaft für das Übersinnliche, das Okkulte und das geheimnisvoll Verborgene. Isabelle war selbst zu einem Geheimnis geworden, das nicht mal ihre engsten Freunde entschlüsseln würden. Den Freunden, denen sie gerade ihre Hochzeit verkündet hatte.

Einen Augenblick lang war sie kurz davor gewesen, ihren Mund aufzumachen und ihre Lüge über ihren Geburtstag zu offenbaren. Doch letztendlich hatte der Mut gefehlt. Isabelle war feige, musste sie sich eingestehen.

Hatte sie so überhaupt eine Chance auf ein glückliches Leben, grübelte sie. Nach allem, was passiert war? Nach allem, was sie entschieden hatte? Gedanken voller Zweifel schossen ihr in den Kopf. Simon war ein guter Mann, dessen war sich Isabelle sicher. Auch wenn sie Simon nie so lieben würde wie IHN, könnte sie doch zumindest zufrieden mit einem Leben an seiner Seite sein. Oder nicht?

Isabelle schüttelte die Zweifel von sich. Die Entscheidung war gefallen. Es gab kein Zurück mehr. Nicht nach dem, was an ihrem letzten wahren Geburtstag geschehen war. Das verletzte Gefühl hatte sich zwar längst abgemildert, hallte aber immer noch aschfahl in ihrem Herzen nach. Sie war drauf und dran gewesen, eine Dummheit zu begehen. Doch sie dankte der guten Seite der Macht, die sie davon abzuhalten schien. Es war alles gut, redete sie sich ein. Nichts Schlimmes wird geschehen.

Schließlich wischte Isabelle entschlossen ihre Tränen weg, griff erneut zum Stift und fügte ihrem Tagebucheintrag einen letzten Satz hinzu:

»Ich liebe euch. Und ich verzeihe euch. Ich hoffe, ihr mir auch.«

Dunkle Hitze

Ich erinnere mich kaum an den Abend«, flüsterte Stephen leise. »Nur dunkel. Wir waren alle geschockt über diese Nachricht.«

Karen nickte und ließ die losen Blätter in ihrer Hand auf den Tisch fallen. Sie hatte hingegen den Abend noch deutlich vor Augen. Es waren diese Minuten, in denen ihr erstmals klar geworden war, dass die Gruppe auseinanderfiel. Dass sich etwas verändert hatte. Und es war der Beginn des Schönredens. Mit dem Versprechen über das Jahrestreffen hatte Karen sich selbst belogen und daran geglaubt, dass ihre Freunde die Distanz und die Jahre überwinden würden. Sie hatte lange darauf vertraut. Bis zu diesem Wochenende.

Karens Herz krampfte sich zusammen.

»Was hat sie uns verziehen?«, flüsterte sie leise. »Was haben wir denn getan?«

Erneut starrte sie auf die Zeilen, die zwischen ihnen auf dem Tisch ruhten. Hatte irgendjemand von ihnen geahnt, dass Isabelle gar nicht am 28. Februar geboren war? Dass sie jahrelang am falschen Tag gefeiert hatten? Die, deren Geburtstag immer ein Höhepunkt sein musste, ein rauschendes Fest, die liebste Freundin hatte sie alle belogen. Erst gestern wieder? Das wäre ja dann heute …

Karen schlug entsetzt ihre Hand vor den Mund. Isabelle war an ihrem Geburtstag ge…

Sie wagte es nicht, den Gedanken zu Ende zu denken. Sie hatten keine Beweise. Nur Vermutungen. Noch bestand ein Fünkchen Hoffnung, dass sie ihre Freundin wiedersehen würden. Karens Gedanken schweiften stattdessen zu dem Abend vor vier Jahren zurück. Auch damals war es ein Schaltjahr gewesen. Auch damals hatten sie einen falschen Geburtstag gefeiert und ihr traditioneller Countdown hatte nicht hinaus, sondern in Wahrheit in den Feiertag hinein geführt. Wie konnte Isabelle ihnen das verschweigen? Warum? Vertraute sie ihnen nicht? War es das, was zwischen Hartford und Isabelle damals geschehen war, an das er sich nicht erinnerte? Hatte er die Wahrheit herausgefunden, betrunken, wie er war?

Karen schwirrte der Kopf. Auf all diese Fragen gab es keine Antworten. Und doch beschlich eine grauenvolle Ahnung sie, die sich jedoch nicht recht festsetzen wollte. Oder war Karen noch nicht bereit dafür, alle Puzzleteile zusammenzusetzen?

»Ich verstehe das alles nicht.« Stephen zog die Stirn in Falten und rieb sich angestrengt mit den Fingern darüber.

»Tat es ihr leid, dass sie uns angelogen hat? Oder hat sie uns noch mehr verschwiegen?«, überlegte Karen laut weiter und erwartete keine wirkliche Antwort.

»Sie hat ihm einen Heiratsantrag gemacht.«

Francis flüsterte diese Worte so leise, dass sie kaum zu verstehen waren. Und doch hatten Stephen und Karen sie deutlich vernommen.

»Was? Wem? Simon?« Karen starrte Francis an, die nur schamvoll die Augen niedersenkte und leicht den Kopf schüttelte.

»Von wem redest du?«, stammelte Stephen. »Ich dachte, Simon hatte ihr den Antrag gemacht.«

»Es geht nicht um Simon«, raunte Francis weiter. »In dieser Nacht, an ihrem Geburtstag vor vier Jahren, hat Isabelle Hartford gefragt, ob er sie heiraten wollte.«

»Moment.« Stephen sprang auf. »Du willst damit sagen, dass Isabelle und Hartford ...«

»Nein. Sie waren kein Paar.«

»Was meinst du dann?«

Karen blickte Francis fragend an, die ihren Blick vor Scham weiter gesenkt zu Boden gerichtet hielt.

»Ich wusste es damals nicht«, fuhr sie langsam fort. »Erst Jahre später hat sie es mir am Telefon verraten. Hätte ich es in dieser Nacht gewusst, ich hätte doch ...« Sie brach ab. Unvermittelt liefen ihr Tränen über die Wangen. Francis stand auf und wandte sich zum Fenster ab.

»Das ist eine Lüge«, bellte Stephen. »Das hätte Hartford mir erzählt, wir sind ... wir waren ... « Die Worte blieben ihm im Halse stecken. Eine Weile lang war keiner in der Lage, auch nur ein Wort zu sagen. Ein jeder hing fassungslos seinen eigenen schockierenden Gedanken nach.

Hartford hatte es selbst nicht mehr gewusst, fiel es Karen wieder ein. Wie hätte er etwas erzählen können?

»Erzähl uns bitte alles, was du weißt«, bat Karen kurze Zeit später vorsichtig. Francis drehte sich langsam vom Fenster ab. Karen konnte weitere Tränen auf ihrem Gesicht sehen. Doch sie wirkte seltsam gefasst. Blass. Aber längst nicht schwach.

»Das ist nicht viel.« Francis griff erneut nach dem Wasserkessel und befüllte ihn. Das Rauschen des Wassers war eine Zeit lang das einzige Geräusch im Raum. Karen wusste, dass es Menschen leichter fiel, schlimme Erlebnisse zu erzählen, wenn sie dabei alltägliche Dinge verrichteten. Francis bediente sich dieser Methode gerade unbewusst.

Konzentriere dich, ermahnte Karen sich selbst.

»Es war vor etwas mehr als drei Jahren, glaube ich. Kurz vor unserem ersten Treffen bei ihr. Wir haben ja öfter miteinander telefoniert. Wir alle, mal der eine mit dem, mal der andere mit dem. Richtig?«

Karen nickte bestätigend.

Francis setzte den Wasserkessel auf den Herd und schaltete das Gas an. Dann verharrte sie in ihrer Position. Schweigend wartete Karen ab, bis sie schließlich weitersprach.

»Mich überfiel damals aus dem Nichts ein seltsames Gefühl. Eine Ahnung, als ginge es ihr nicht gut. Ich weiß auch nicht. Manchmal spüre ich so etwas aus heiterem Himmel, wie ihr wisst. Und da habe ich sie direkt angerufen.«

»Und?«, fragte Stephen ungeduldig. Karen warf ihm einen warnenden Blick zu. Wenn er sie jetzt drängen würde, käme vielleicht nicht alles ans Licht. Er verstand und biss sich auf die Lippen.

»Sie war in einer extrem schlechten Verfassung. Betrunken. Simon war auf Geschäftsreise, ich glaubte, sie verdächtigte ihn des Fremdgehens. Ihren Kummer darüber ertränkte sie in Alkohol. Und dann rutschte ihr etwas heraus, das sie sicher nicht erzählen wollte.«

Der Wasserkessel pfiff. Behutsam nahm ihn Francis vom Herd und füllte drei Tassen auf, in die sie anschließend Teebeutel tunkte. Einen Pott nach dem anderen stellte sie vor die anderen auf den Tisch, bevor sie sich schließlich selbst hinsetzte. Karen konnte ihre Hände zittern sehen, die sie um den Becher legte, um sie zu wärmen.

»Eigentlich waren es nur wirre Sätze. Aber ich zog meine eigenen Schlüsse daraus. Es ging irgendwie um einen Brauch und doch irgendwie auch nicht. Es ging um mehr.«

Langsam und ausführlich schilderte Francis, wie Isabelle sich in ihrem Rausch verplappert hatte. Während der Erzählung hatte sie gespürt, dass der 29. Februar ein besonderes Datum für ihre Freundin war. Isabelle wusste enorm viel darüber. Aber vordergründig ging es um einen Brauch, der in Irland und Teilen Englands weit verbreitet war. An diesem Tag fielen überall Frauen auf die Knie, zogen Ringe aus der Tasche und hielten um die Hand ihres Auserwählten an.

»Es soll auf St. Patrick zurückgehen«, fuhr Francis fort. »Der Legende nach soll er verfügt haben, dass irische Frauen an diesem einen Tag alle vier Jahre ihr Schicksal selbst in die Hand nehmen dürfen und den Heiratsantrag machen können. Es soll in Schottland sogar im Jahr 1288 zum Gesetz gemacht worden sein. Ihr wisst ja, wie vernarrt Isabelle in solche Legenden ist.«

Wieder nickten Karen und Stephen, ohne Francis zu unterbrechen.

»Deswegen war es ihr wohl so wichtig. Und ihr Auserwählter war eben Hartford in dieser Nacht.«

»Ich fasse es nicht«, rutschte es Stephen heraus. »Das hätte ich nie im Leben gedacht. Ich hab nicht bemerkt, dass sie in ihn verschossen war. Oder war es ein Scherz?«

»Nein.« Francis schüttelte vehement den Kopf. »Das war es definitiv nicht gewesen. Sie klang so ernst. Hat sie zu dir nichts gesagt?« Francis blickte Karen an.

»Nein. Niemals. Auch ich hatte keine Ahnung.«

»Ich nehme an, er hat abgelehnt«, kommentierte Stephen das gerade Gehörte. »Sonst wüssten wir doch davon.«

»Ja, das hat er wohl. Und sie war extrem gekränkt. Sie sprach von einer Strafe. Der Legende nach musste wohl jeder Mann, der ablehnte, eine Geldstrafe zahlen oder ein Geschenk machen oder oder oder … keine Ahnung. So genau habe ich das nicht behalten.«

»Und dann?«

»Nichts.« Francis zuckte mit den Schultern. »Beim nächsten Telefonat tat sie so, als wäre nichts gewesen. Der Kater am folgenden Morgen ließ sie nur missmutig ins Telefon knurren.«

Unwillkürlich schüttelte Francis den Kopf bei der Erinnerung. »Trotzdem stritt sie alles ab. Das wäre Blödsinn gewesen. So etwas könnte sie nicht erzählt haben, weil es nie passiert wäre. Mir war klar, dass sie log.«

»Hast du Hartford darauf angesprochen?«

»Natürlich. Aber er schwor Stein und Bein, dass er sich daran nicht erinnern könne. Er behauptete, er habe einen Blackout in dieser Nacht gehabt. Ich weiß nicht, ob es die Wahrheit war. Aber ich hab ihm geglaubt und die ganze Geschichte dann abgehakt. Schließlich wollte niemand mehr etwas davon wissen.«

»Er hat die Wahrheit gesagt.« Karen blickte nachdenklich auf die losen Seiten vor sich. »Es steht genauso in seinem Tagebuch. Er wusste nichts mehr aus dieser Nacht, nachdem sie den Pub verlassen hatten.«

Doch er hatte etwas geahnt, dachte Karen nun düster. Sein Unterbewusstsein hatte den Vorfall nicht vergessen. Warum aber hatte er sie nie darauf angesprochen, nachdem er es wusste? War es ihm peinlich? War er zu feige? Oder wussten seine Freunde es nur nicht? Karen erinnerte sich wieder daran, wie sich seine Tagebucheinträge kurz vor dem ersten Jahrestreffen veränderten. Er schrieb von einer ominösen »sie«. War damit Isabelle gemeint?

Ihr schwirrte der Kopf. Das war alles zu wirr. Zu viele unbeantwortete Fragen. Karens Magen rebellierte, ihre Hände begannen zu zittern.

Plötzlich schlug Stephen mit seiner Faust auf den Tisch. Der laute Knall ließ die Damen zusammenzucken.

»Das hilft uns jetzt alles nicht weiter«, brummte er. Der verbitterte Unterton war nicht zu überhören. »Wir sitzen immer noch hier fest. Hartford ist immer noch tot. Und Isabelle …« Er schüttelte sich. »Hört auf, in ollen Kamellen herumzustochern. Wir brauchen Hilfe. Jetzt. Hier.«

Wortlos schauten sich Karen und Francis an. Erschrocken.

»Nein Stephen, das hängt alles zusammen«, widersprach Karen ihm. »Das damals. Und das heute. Begreifst du denn nicht?«

»So ein Blödsinn. Geburtstag hin oder her, beschissene Heiratsanträge, mir doch egal, was damals passiert ist.«

»Hast du sie in der Nacht noch gesehen?«

»Was?«

Stephens Halsschlagader pulsierte. Seine Lippen zitterten vor Wut. Zornesröte breitete sich auf seinen Wangen aus.

»Ob du sie damals in der Nacht vor vier Jahren noch mal gesehen hast«, hakte Karen nach. »Nach dem Heiratsantrag?«

»Nein, Herrgott noch mal. Und das ist auch völlig unwichtig.«

Der Ruck, mit dem er plötzlich aufsprang, warf den Stuhl hinter ihm um. Der Knall ließ Karen zusammenzucken, doch Stephen ignorierte es. Wütend stürmte er aus der Küche. Karen wollte ihm folgen, aber Francis hielt sie mit einer Hand an ihrem Arm zurück.

»Nicht. Das bringt nichts.«

Karen nickte und sank zurück auf ihren Stuhl. Angestrengt schaute sie ihrer Freundin tief in die Augen. Ein Schatten flackerte kurzzeitig in Francis' Blick auf. Karen konnte fast sehen, dass ihre Freundin etwas zurückhielt.

»Ich will noch nicht sterben«, flüsterte Francis ängstlich. Erneut traten Schweißperlen auf Karens Stirn, während ein fröstelnder Schauer ihren Rücken hinab wanderte. Sie konnte den Wind draußen um das Cottage pfeifen hören. Der Sturm hatte keineswegs an Kraft verloren. Es war längst Mittag, doch die Räume lagen in einem eintönigen Grau. Der Tag hatte keinerlei Lichtkraft entwickeln können. Und keiner wusste, wie lange das noch anhalten sollte.

»Niemand wird mehr sterben«, flüsterte Karen schließlich zurück und strich ihrer Freundin liebevoll über die schwarzen kurzen Haare.

»Woher weißt du das?« Angsterfüllte Augen starrten sie an. »Hartford ist tot. Isabelle wohl auch. Heute ist der 29. Februar. Wer von uns ist der Nächste?«

Karen wusste darauf keine Antwort.

Er war rastlos. Unentwegt tigerte Stephen zwischen Bett und Schrank hin und her. In seiner Verzweiflung wusste er nicht, wohin er sonst gehen sollte, als in sein Zimmer. Er brauchte dringend eine Zigarette. Er musste allein sein. Er musste nachdenken. Und er musste sich irgendwie abreagieren. Stephen wusste nicht, wie er diesem Gefühlscocktail begegnen sollte. Er war nicht gut darin. Mit tiefen Emotionen konnte er nicht umgehen. Das konnte er noch nie. Weglaufen war immer ein gutes Rezept gegen Schmerz, Ärger oder Trauer.

Doch Weglaufen war diesmal unmöglich. Stephen fühlte sich in die Enge getrieben. Festgesetzt. Und nun übermannten ihn Wut, Scham, Verzweiflung und Angst zugleich.

Das Nikotin half nicht. Stephens Hände zitterten immer noch, nachdem er den schon angesengten Filter in den einzigen Blumentopf drückte, den er in dem Raum finden konnte. Er zündete sich sofort eine weitere Zigarette an, sog den Dunst tief in die Lunge ein und stieß ihn dann weit in den Raum hinaus. Mahnend schwebte dieser durch die Luft, bevor er langsam zu Boden glitt.

Das konnte alles nicht wahr sein, sagte er sich selbst. Das musste ein Albtraum sein, aus dem er nur aufwachen müsste. Er würde in seinem Bett auf Teneriffa liegen, mit dem gepackten Koffer am Fußende. Und dann würde er erleichtert sein, dass er nur schlecht geträumt hätte. Er war noch gar nicht zum Jahrestreffen aufgebrochen. All das war nicht passiert. Hartford würde bald in ihrer Chatgruppe schreiben, dass er es kaum erwarten könne, mit ihnen allen wieder zu trinken. Karen würde zum fünften Mal die Adresse schicken, zu der alle kommen sollten. Und Isabelle würde nur mit einem Kuss-Smiley antworten. Ja, sie würde auch noch leben und ihn bald umarmen. Denn er hatte nicht …

Stephen schüttelte sich und zog erneut an seiner Zigarette. Allmählich bemerkte er, wie sein Herzschlag sich verlangsamte. Nach einem weiteren Zug blieb Stephen schließlich stehen und spähte aus dem Fenster. Da draußen tobte der Wind genauso stark wie in seinem Inneren. Wassertropfen legten sich unaufhaltsam auf die Glasscheibe, glitten nach unten und hinterließen nasse Streifen. Dahinter thronte ein weißes Nichts. Er konnte den Wind nicht sehen, ihn jedoch umso besser hören. Fast schien es, als rüttle er an dem Fensterrahmen, um ihn plötzlich aufzustoßen und Stephen hinaus zu locken.

Schlag mich doch, schien der Wind zu rufen. *Komm raus und besiege mich.*

Stephen wandte sich ab. Es gab kein Entrinnen. Sein Geist spielte ihm einen Streich. Er versuchte verkrampft, seine Gedanken zu kontrollieren, seine Gefühle zu verbannen und seine Erinnerung zu unterdrücken. Stephen wollte sich nicht erinnern.

Weder an die letzten Minuten noch an die letzten Tage oder gar an die Jahre auf dem College. Denn es war alles eine Lüge gewesen, oder nicht?

War Hartford je wirklich der große Bruder gewesen, den er immer in ihm gesehen hatte? War Francis wirklich die Seele, die es immer vermocht hatte, ihn zu erden? Sie hatten ihn belogen. Isabelle hatte gelogen. Hartford und Isabelle? Nein, niemals. Das hätte er gespürt. Oder war er immer viel zu sehr auf sich fixiert? Doch nicht mal Francis hatte etwas geahnt. Und Karen? Die immer ehrliche Karen schien die einzig Aufrichtige der Gruppe zu sein. So gut. Zu gut. Ein Stich durchzog sein Herz, als er an sie dachte. Er wusste, dass die letzten Stunden ihn verändert hatten. Wie konnte er dem noch entrinnen?

Stephen schüttelte sich erneut. Nein, auch mit diesen Gefühlen konnte er gerade nicht umgehen. Doch was konnte er denn dann noch? Stephen fielen nur Dinge ein, die nicht möglich waren. Er konnte Isabelle nicht mehr fragen. Er konnte Hartford nicht mehr anschreien und sich mit ihm prügeln, wie er es zur Strafe am liebsten gemacht hätte. Ein unsagbarer Schmerz brannte lichterloh in seinem Herzen. Sein bester Freund war tot. Und Isabelle? Hatte er tatsächlich? Stephen schüttelte sich verzweifelt. Nein, bitte nicht, flehte er.

Mit nachlassender Wut und wachsender Trauer drückte er die zweite Zigarette in dem Blumentopf aus, nur um sich direkt eine dritte anzuzünden. Die Wut ging. Die Verzweiflung blieb. Mit einem Mal schien alle Kraft aus seinem Körper zu weichen. Stephen sank auf die Knie.

»Du bist ein Heuchler«, murmelte Stephen vor sich hin. Gerade er selbst war doch der Meister der Maskerade. Wie oft war ihm in den letzten Jahren eine Lüge über die Lippen gekommen? Er hatte seine Freunde Glauben gemacht, er sei erfolgreich. Und kamen sie der Wahrheit gefährlich nah, schob er sie weg. Noch vor wenigen Tagen war Stephens größte Furcht, dass diesmal alles auffliegen könnte, dass Francis ihn durchschauen würde. Doch dabei schien sein Lügengebilde so unwichtig. Sie hatten längst alle in größerer Gefahr geschwebt, ohne dass es nur einer von ihnen geahnt hatte. Und seine Reaktion war es, sich in Selbstmitleid zu suhlen? Sich verraten zu fühlen? Er sollte sich schämen.

»Heuchler«, wiederholte Stephen. Trug er eine Mitschuld an diesem Unglück? Stephen schüttelte seinen Kopf wie im Wahn wieder und wieder. Nein. Das eine hatte mit dem anderen nichts zu tun. Er weigerte sich, daran zu glauben.

»Hier und jetzt.« Stephen rief sich selbst laut zur Vernunft. Er stand entschlossen auf, trat die Zigarette achtlos auf dem Boden aus und ballte die Hände zu Fäusten. »Kümmere dich um das Hier und Jetzt. Wir müssen hier endlich weg. Du bist der einzige Mann, der übrig geblieben ist. Also tu gefälligst etwas.«

Doch er hatte keine Ahnung, was er tun sollte. Der Anflug von Tatendrang verschwand so schnell, wie er gekommen war. Und so sank Stephen schließlich auf sein Bett, schlug die Hände vor das Gesicht und schluchzte, wie er es als Junge zuletzt getan hatte.

29. Februar, 14.08 Uhr

Karen reichte Francis ein Sandwich. Schweigend starrte sie auf den dritten Teller, den sie angerichtet hatte.

»Lass es stehen«, kommentierte Francis. »Er wird es essen, wenn er sich beruhigt hat. Er muss genauso am Verhungern sein wie wir.«

Karen nickte. In ihrer Ratlosigkeit wusste sie nichts Besseres zu tun, als einen Imbiss für alle zuzubereiten. Keiner von ihnen hatte ein wirkliches Frühstück zu sich genommen. Die Ausflüge in den Sturm verschlangen Unmengen an Kraft. Sie mussten sich stärken. Außerdem beruhigte diese alltägliche Handlung ihr Gemüt, ließ ihren Kopf etwas klarer denken. Inzwischen war sich Karen mehr als sicher, dass alles, was heute geschehen war, mit den Ereignissen vor vier Jahren zusammenhing. Es hatte nicht erst mit den Gegenständen aus der Geschirrvitrine angefangen, sondern viel früher. Damals war ihre Freundschaft zerfallen, nicht heute. Das Hier und Jetzt war Teil des Ganzen.

Karen wusste nur nicht, warum. Sie ahnte nicht, welche Rolle das Haus spielte. Waren das Cottage und seine Geheimnisse nur Zufall? Wer steckte hinter allem? War es wirklich Hartford gewesen? Welche Rolle spielte Isabelle? Und war mit ihrem Verschwinden nun alles vorbei?

Karen zerbrach sich weiter ihr Hirn. Sie konnte sich immer noch nicht erklären, wie die Pistole ins Bild passte, der mürrische, immer meckernde Hartford oder die Gegenstände aus der Vitrine.

201

War es Zufall, dass sie hier feststeckten, draußen ein Sturm tobte und das Funkgerät nicht einsatzfähig war?

Zufälle gibt es nicht. Nur das Schicksal.

»Hast du etwas gesagt?« Francis nuschelte mit vollem Mund und riss Karen aus ihren Gedanken. Sie schüttelte den Kopf.

»Nein. Aber ich habe nachgedacht. Ich glaube, wir kommen nur heil hier weg, wenn wir herausfinden, warum Dinge von vor vier Jahren uns heute verfolgen. Warum wir wirklich hier sind.«

»Ja«, stimmte Francis nachdenklich zu. »Den Gedanken hatte ich auch schon. Als ob wir für etwas bestraft werden, einer nach dem anderen.«

Bestraft? Karen horchte auf.

»Glaubst du, Isabelle ist …«, Francis brach ab. Karen konnte Tränen in ihren Augen aufblitzen sehen.

»Ich weiß es nicht«, hauchte sie zurück. Karen wollte nicht daran denken. Und doch blieb eben diese Frage hartnäckig im Hintergrund ihrer Gedanken präsent. Einer von ihnen war tot. Eine andere verschwunden. Und die übrigen drei saßen in einem Cottage fest, das einst Herberge für ein wunderbares Wiedersehen sein sollte. Was würde noch passieren?

»Wir können nicht wieder da raus«, murmelte Karen.

»Ich weiß.« Francis weinte nun. »Wir können sie nicht retten, egal wie sehr ich mir das wünsche. Warum hat sie das nur getan?«

Die Frage blieb unbeantwortet im Raum stehen. Karens Gedanken schwirrten von einem Umstand zum nächsten. Inzwischen war sie sich sicher, dass Isabelle Hartford geliebt haben musste. Sie tat ihr leid. Es war nicht leicht zu verdauen, abgewiesen zu werden. Karen konnte es ihr nachfühlen. Jetzt verstand sie auch die plötzliche Hochzeit mit Simon. Er muss ihr wie ein Ausweg vorgekommen sein. Und nun? Hartfords Tod hatte sie letztendlich vollends aus der Bahn geworfen. War sie deswegen hinaus auf die Klippen gegangen? Konnte sie ohne ihn nicht leben? Der Gedanke schmerzte unendlich in ihrem Herzen und sie wischte ihn zur Seite. Es war nicht die Zeit dafür.

Unwillkürlich stand Karen auf und streckte sich.

»Wo willst du hin?«

»Ich brauch mal ein paar Minuten«, antwortete sie leise und schlich bereits Richtung Badezimmer.

Der Anblick im Spiegel erschreckte sie. Ihre große runde Brille war verschmutzt, die braunen Haare durcheinander und immer noch nass. Apathisch rieb sie sich den Dreck von den Wangen, bevor sie resigniert in ihre eigenen Augen starrte. Sie strahlten Aussichtslosigkeit und Müdigkeit aus. Dunkle Ringe hatten sich unter ihnen gebildet. Karen starrte ein blasses Gespenst an. Abrupt wandte sie ihren Blick von ihrem Spiegelbild ab. Das würde auch nicht helfen, dachte sie melancholisch.

Eine Erinnerung blitzte vor ihrem geistigen Auge auf. Nicht mal der Schmerz über den Verlust ihrer Mutter hatte sie kleinkriegen können, dachte sie plötzlich. Karen fühlte sich schlagartig zurückversetzt auf den Friedhof. Die Beerdigung stand klar und deutlich vor ihren Augen. Sie spürte förmlich diesen nasskalten Tag im Regen, an dem fremde und bekannte Gesichter voller Mitleid vor ihr standen und ihr kondolierten. Sie wollte das Mitleid damals nicht. Sie hatte sich nur eins gewünscht: Kraft, um diese tiefe unendlich scheinende Trauer in sich einschließen und dennoch weitermachen zu können. Denn das Weitermachen fiel ihr immer noch schwer.

Genau das wünschte sie sich nun auch: Kraft.

Entschlossen spritzte sich Karen kaltes Wasser ins Gesicht, reinigte die Brillengläser flüchtig und wappnete sich wieder zum Kampf. Nein, auch heute würde Mitleid nicht helfen. Weder mit sich selbst noch mit anderen. Kraft war die Lösung. Zeit zum Trauern gäbe es in Zukunft noch genug.

Mit dynamischen Schritten kehrte Karen schließlich in die Küche zurück. Sie würde eine Lösung finden, befahl sie sich selbst. Finde einen Ausweg, statt in Mitleid zu baden.

Der Anblick ließ sie schmunzeln. Francis hatte sich erneut in ein Buch vertieft. Aufmerksam musterte Karen ihre Freundin, die so in die Seiten versunken war, dass sie Karen nicht einmal bemerkte. Es war typisch und doch untypisch zugleich. Francis war merkwürdig ruhig geworden, noch ruhiger, als sie sonst schon war. Dem sensiblen Gemüt ging alles viel näher, als Karen ahnte. Ob sie sich je davon erholen würde? Karen hatte keine Ahnung, wie sie ihr Trost spenden könnte. Sie fand selbst keinen.

»Was hast du da?«

Erschrocken schaute Francis auf.

»Entschuldige. Ich wollte nicht …«

»Schon gut«, entgegnete die zierliche Schwarzhaarige. »Ist nicht deine Schuld. Meine Nerven …«

Karen nickte verständnisvoll. Das Gefühl von zum Zerreißen gespannten Nerven war ihr nur allzu vertraut. Mit sanften und vorsichtigen Bewegungen setzte sie sich wieder auf ihren Stuhl.

»Also, was ist das?«

»Keine Ahnung, ob es hilft«, zuckte Francis mit den Schultern. »Was hätte ich sonst tun sollen? Ich hab ein Buch über Schaltjahre gesucht. Und gefunden.«

»Was steht drin?« Karen bezweifelte, dass ihnen die Informationen in ihrer bisherigen Lage helfen würden. Doch die Neugier gewann. Und so vertieften sich die Frauen in Zeilen über den 29. Februar.

Sie fanden schnell den Brauch, von dem Francis erzählt hatte. Der *Leap day*, wie er in England hieß, war heute noch bei vielen jungen Frauen beliebt.

So manche Legende über den Schalttag ließ sie erschaudern. So langsam konnte Karen verstehen, warum Isabelle dieses Geburtsdatum verschleierte. In manchen Kulturen war der 29. Februar der schlimmste Tag überhaupt, der zahlreiches Unheil über die Menschen gebracht hatte. Freitag, der 13. war nichts dagegen. *Lá na léime* hieß er in Irland, *Latha leum* in Schottland oder *Raaputu* auf Maorisch.

«*Lá na léime*", murmelte Karen vor sich. Dieser Name gefiel ihr. Und heute war wieder *Lá na léime*. War das der Grund für all das, was geschehen war? Lag es am Tag und nicht am Haus? Vielleicht waren sie zum Abwarten verdammt. Zum Bleiben bestimmt.

Bis *Lá na léime* vorüber war.

Zufälle gibt es nicht. Nur das Schicksal.

Mit einem Schlag verdunkelte sich der Raum. Wie auf ein geheimes Kommando waren alle Lichter erloschen. Karen und Francis konnten sich plötzlich nicht mehr sehen. Francis erschrak so sehr, dass sie aufschrie.

»Was zur Hölle?« Karen lauschte in die neue Dunkelheit hinein. Im Haus waren Schritte zu hören.

»Ist das ein Stromausfall?«, fragte Francis ängstlich und tastete nach Karens Hand und umklammerte sie fest. Nur langsam gewöhnten sich ihre Augen an die neue Dunkelheit. Karen nickte, ohne daran zu denken, dass ihre Freundin diese Geste vielleicht gar nicht sehen konnte.

»Oder ist das jetzt ... «

»Nein. Es ist ein Stromausfall,« antwortete sie hastig. »Das ist normal hier auf der Insel, wenn es Sturm gibt. Da reicht eine einzige zerstörte Leitung und die Insel hat keinen Saft mehr.«

»Na wunderbar«, seufzte Francis.

Karen stimmte ihr im Stillen zu. Es war schon erstaunlich, wie ein einziger Umstand alles nur noch schlimmer machen konnte. Zum Glück war es erst Nachmittag. Auch wenn der Tag kein wirkliches Licht entfalten wollte, so konnten sie nun mit der Resthelligkeit von draußen einige Konturen um sich herum ausmachen. Karen stand langsam auf und wartete, bis sich ihre Augen an die Dunkelheit gewöhnt hatten. Dann tastete sie sich am Küchentisch vorbei.

»Stephen«, schrie sie weiter ins Haus hinein.

»Ja. Ich hab's bemerkt«, kam es harsch zurück. »Ich checke die Sicherungen.«

Karen konnte hören, wie sich seine Zimmertür öffnete und er sich in den hinteren Teil des Hauses bewegte. Seine Schritte klangen auf den Holzdielen laut und warfen harte, kurze, hallende Klänge zurück. Sie hielt unbewusst den Atem an.

»Die Sicherungen sind in Ordnung. Es muss ein genereller Stromausfall sein.« Stephens Stimme klang wieder näher.

»Herrje«, stöhnte Karen. Damit waren auch die Heizungen im Haus tot. Jetzt saßen sie nicht nur fest, nun saßen sie in Dunkelheit und Kälte fest. Bald würde auch der klägliche Rest von dem wenigen Tageslicht auch verschwunden sein. Konnte es noch schlimmer werden?

Sie spürte Francis bebend neben sich. Doch Karen wusste, dass diesmal nicht die Kälte schuld daran war.

»Ich habe Angst.«

»Ich auch«, gestand Karen.

»Lasst uns Kerzen suchen«, vernahm Karen Stephens Stimme nun nur noch Meter von ihr entfernt. Karen erinnerte sich, dass sie in einer der Schubladen welche gesehen hatte. Hoffentlich waren auch Streichhölzer dabei. Während sie sich langsam zur Küchenzeile tastete, kitzelte ein kalter Luftzug an ihrer Wange und trieb ihr eine Gänsehaut auf das Gesicht. Das Unheil hatte ein neues Kapitel aufgeschlagen. Es war nicht vorbei. Noch lange nicht!

»Hier.« Mit einem müden Lächeln zündete Karen ein Streichholz an und ließ damit eine Kerze erleuchten.

Francis stieß einen langen Atemzug aus.

»Gott sei Dank.«

»Hier sind noch mehr.« Karen hielt Stephen eine Kerze entgegen. Im flackernden Licht konnte sie an seinen roten, geschwollenen Augen sehen, dass er geweint hatte.

»Verteilt sie.« In diesem Moment trafen sich ihre Blicke. Die gleiche Verzweiflung, die sie kurz zuvor im Spiegel entdeckt hatte, erkannte sie nun auch in seinen Augen. Stephen schien gebrochen. Hatte er aufgegeben? Bitte nicht, flehte Karen stumm. Sie würden seine Kraft noch brauchen.

Sie starrte in die Flammen vor sich. Francis war unendlich dankbar, dass Stephen es geschafft hatte, ein neues Feuer im Kamin anzuzünden. Sie hatte sich direkt davor gesetzt. Und dennoch fror sie weiter. Francis zitterte am ganzen Leib. Verzweifelt zog sie die Decken um sich noch enger.

Es würde nichts nützen, dachte sie augenblicklich. Die Kälte kam nicht von außen. Sie kam von innen. Francis wusste, dass die Schuldgefühle sie erzittern ließen. Sie hätte längst etwas sagen sollen. Doch würde das etwas ändern?

Sie wusste es nicht. Und so hatte Francis bisher den Mut nicht aufbringen können.

Traurig dachte sie an ihr Leben zurück. Sie hatte gerade wieder einen Funken Hoffnung gefunden, der Susanna hieß. Etwas, das ihr genügend Kraft gab, die Müdigkeit abzustreifen und weiterzukämpfen. Denn Francis hatte das Gefühl, ihr ganzes Leben lang immer nur kämpfen zu müssen. Gegen die Krankheiten, gegen Vorurteile und schließlich auch noch gegen ihre eigene Familie. Es war kein einfaches Leben mit ihren Vorahnungen. Sie konnte es manchmal nicht erklären, warum sie Dinge wusste, fühlte oder spürte. Sie hatte sich immer geweigert, es Vorhersehung zu nennen. Und doch standen in manchen Momenten zukünftige Geschehnisse als Bilder so klar vor ihren Augen, als würden sie sich gerade ereignen. Ein anderes Mal waren es nur Bruchstücke.

Dann wiederum lediglich ein Gefühl, dass Francis nicht benennen konnte. Alles kam und ging, ohne dass Francis je einen Einfluss darauf hatte.

Warum hatte sie dieses Unglück nicht stärker gespürt?

Mit solch einer Fähigkeit war es ihr Leben lang nicht leicht gewesen, Freunde zu finden. Umso dankbarer war sie um die Vier auf dem College, die Francis so zu akzeptieren schienen, wie sie war. Im Gegenteil, bei Stephen hatte sie sogar das Gefühl, dass er sie deswegen umso mehr liebte. Und nun Susanna. Ihre Empfindungen standen so klar vor Francis Augen geschrieben, dass sie wusste, sie müsste nur abwarten. Susannas bedingungslose Akzeptanz war atemberaubend.

Doch statt bei ihr zu sein, kämpfte Francis nun weit weg von diesem neuen Hoffnungsschimmer gegen etwas Unsichtbares, das sie zum ersten Mal in ihrem Leben nicht zu greifen bekam. Das sie nicht zuordnen konnte. Das sich weigerte, sich in klare Bilder oder deutliche Gefühle zu formen.

Etwas, das Hartford und Isabelle getötet hatte.

Verzweifelt streckte Francis die Hände Richtung Feuer aus, um mehr Wärme davon aufzunehmen.

Hatte sie das nicht auch schon irgendwie vorausgeahnt? Wann hatte es angefangen? Francis war sich sicher, dass es vor vier Jahren gewesen sein musste. Doch sie hatte die Ahnung beiseite gekämpft. Sie hatte sie ignorieren wollen. Obwohl sie wusste, dass es sich nicht aufhalten ließ. Das ließen sich ihre Vorahnungen nie.

Plötzlich übermannte Francis das Gefühl, nicht mehr kämpfen zu können. Sie fühlte sich ohnmächtig. Sie fühlte sich machtlos. Ihr war keine Kraft mehr geblieben.

Sie sollten sich in das Schicksal fügen, das ihr bevorstand, dachte sie traurig. Dass nun auch noch der Strom ausgefallen war, deutete sie als Zeichen, dass es nicht mehr lange dauern konnte. Schicksal konnte niemand aufhalten, nicht wahr?

Doch in diesem Moment tauchte das Bild von Susanna vor ihrem inneren Auge auf. Wie sie in der Tür ihrer Wohnung gestanden hatte. Wie das Sonnenlicht auf ihren braunen, langen Haaren wie auf einer Harfe zu spielen schien. Sie hatte nur ein Negligé getragen und Francis war beim Anblick ihrer nackten Schulter warm ums Herz geworden. Am liebsten hätte sie diese sofort mit tausend Küssen bedeckt. Und dabei tief in die dunklen Augen geschaut, die sie so leidenschaftlich und warm angeschaut hatten. Francis spürte erneut die weichen Lippen von Susanna auf ihren, die so warm waren und nach Leben schmeckten.

Sie hatte versprochen, dass sie heil zurückkehren würde, fiel ihr ebenso wieder ein. Und ja, sie hatte dieses Versprechen ernst gemeint. Denn auch das hatte Francis zu diesem Zeitpunkt mit Sicherheit gewusst, ohne je sagen zu können, warum. Sie würde zurückkommen, hatte ihre Vorahnung ihr unmissverständlich erklärt.

Nein, Aufgeben war keine Option, entschied sich Francis. Augenblicklich breitete sich ein kleiner Funken Wärme in ihrem Inneren aus. Das Zittern ließ etwas nach. Die neue Entschlossenheit schenkte ihr frische Kraft.

Nur, wie sollten sie weitermachen? Francis wusste es nicht. Ihr wollte partout nicht einfallen, was sie tun konnte, um ihre Lage zu verbessern. Es würde nicht helfen, irgendwelchen Geschichten auf den Grund zu gehen, dachte sie.

Denn insgeheim wusste Francis, warum. Sie hatte es die letzten vier Jahre gewusst. Doch Francis konnte nicht mal sich selbst gegenüber so ehrlich sein und sich eingestehen, dass sie die Antwort auf die letzte Frage längst ahnte und diese in der einen Nacht auf dem College zu finden war. Nicht nur Hartford hatte etwas getan, wovon die anderen Freunde nichts wussten. Würde es etwas ändern, zu gestehen? Ihre Ahnung zu teilen? Francis wusste es nicht.

Und so starrte sie weiter in die Flammen vor sich und grübelte, was sie tun sollte. Sie hörte Karen und Stephen hinter sich aufstehen. Hoffentlich war ihnen eine Idee gekommen, die auch Francis aus ihrem Dilemma befreien würde.

29. Februar, 15.53 Uhr

Der Kerzenschein brachte ein wenig Helligkeit in die Räume und ließ zumindest Umrisse des Hausinneren erkennen. Er spendete Trost. Denn bald würde es düsterer werden. Das wenige Tageslicht, das es in den letzten Stunden durch den Nebel geschafft hatte, schwand bereits wieder. Es würde nicht lange dauern, bis es an diesem Februarnachmittag stockfinster wäre, als wäre es bereits tiefste Nacht.

Was würde als Nächstes passieren, fragte sich Karen?

Das Feuer im Kamin schaffe es, wenigstens etwas Wärme zu spenden. Doch das Haus kühlte bereits ohne den Strom für die Heizung aus. Francis saß, in Decken gewickelt, so nah vor den Flammen, wie sie konnte, ohne sich zu verbrennen. Es würde nicht reichen, um den ganzen Raum zu wärmen, geschweige denn das gesamte Haus. Wie zur Bestätigung setzte sich Stephen direkt neben sie auf die Couch und schaute ihr in die Augen. Ohne dass er auch nur ein Wort sagen musste, verstand sie, was er vorhatte. Im stillen Einverständnis erhoben sie sich gleichzeitig und Karen reichte ihm das Handy mit der bereits eingeschalteten Taschenlampe.

»Was habt ihr vor?«

»Wir checken den Generator«, erklärte Stephen. »Und versuchen die Gasflasche anzuschließen.«

Francis nickte nur und starrte anschließend wieder in die Flammen vor sich.

Schweigend gingen sie bis ans Ende des Raumes. Die Gasflasche stand noch dort, wo Stephen sie am Vortag nach dem Besuch von Mister Warren abgestellt hatte. Karen öffnete die kleine Holztür, die in die Gerätekammer führte. Ein Knarzen erklang. Sie zuckte erschrocken zusammen.

»Ruhig bleiben«, flüsterte Stephen ihr zu. »Es ist nur die Tür.«

Karen nickte. Ihr Verstand sagte ihr das Gleiche. Doch sie befürchtete inzwischen permanent die nächste Katastrophe. Ihre Nerven waren zum Zerreißen gespannt. Lauernd. In absoluter Alarmbereitschaft.

Die finstere Kammer roch muffig. Stephen leuchtete mit der Taschenlampe hinein. Sie war winzig. Überall in den Ecken hingen Spinnweben, der Boden war von einer dünnen Schmutzschicht überzogen, sodass sie Spuren mit ihren Schuhen hinterließen. An der gegenüberliegenden Wand stand der Generator. Still. Ohne jede Tätigkeit. Das Rädchen des Stromzählers bewegte sich keinen Millimeter.

»Leuchte mir mit der Taschenlampe.«

Karen gehorchte, ergriff das Handy, wobei sich ihre Hände kurz berührten. Sie zuckte zusammen.

Stephen stemmte die Gasflasche hoch und brachte sie neben dem Generator in Stellung.

»Komm direkt neben mich.«

Was anderes blieb Karen auch nicht übrig. Der Raum war so klein, dass sie beide gerade so hinein passten. Karen fühlte die Enge regelrecht auf ihrer Seele. Die körperliche Nähe ließ ihr Herz schneller schlagen.

»Hmmm.« Stephen runzelte die Stirn. Der Lichtstrahl offenbarte verschiedene Knöpfe und Hebel, jedoch war die Beschriftung darunter verblasst. Er strich mit den Fingern über die Fläche, doch auch ohne die dünne Staubschicht waren die Buchstaben nicht zu entziffern. Lediglich unterschiedliche Farben dienten ihnen als Orientierung. An der Stirnseite waren die Anschlüsse. Ein Kabel ragte aus dem Aggregat heraus.

»Ich habe ehrlich gesagt keine Ahnung, was zu tun ist«, gestand Stephen. Karen konnte seinen Atem an ihrer Wange spüren. Ein wohliger Schauer rann ihr den Rücken herunter.

»Das ist der Startknopf, denke ich«, fuhr er fort und zeigte auf den größten Knopf rechts außen auf dem Bedienfeld vor ihnen. Er betätigte den Knopf, doch nichts geschah.

»Wir müssen doch die Gasflasche zuerst anschließen.«

»Natürlich. Sorry.«

Stephen zuckte mit den Schultern. Er sah erschöpft aus, musste Karen eingestehen. Schwach. Zerrüttet.

»Rutsch mal ein Stück«, sagte er, doch Karen konnte sich kaum von ihm wegbewegen, ohne direkt an die Wand zu stoßen. Stephen bugsierte die Gasflasche mühsam an ihr vorbei und schob sie mit einem quietschenden Geräusch so nah wie möglich heran. Dann nahm er die Leitung und versuchte den Anschluss zu inspizieren.

»Kannst du direkt darauf leuchten? Komm näher.«

Karen tat, wie ihr geheißen und fühlte sich nun vollends elektrisiert. Ihr Körper spielte verrückt in seiner Nähe. Was absurd angesichts ihrer Situation war. Doch sie konnte nichts dagegen tun.

»Das sieht komisch aus«, kommentierte Stephen den Anschluss.

Karen entfuhr ein Seufzer. Stephen und sie in dieser engen Kammer aneinander gequetscht, wirkte surreal. Sie wusste nicht, wie lange sie das noch durchhalten würde.

Stephen nahm unterdessen den Anschluss und versuchte ihn irgendwie auf die Gasflasche zu pressen. Er drehte ihn nach rechts und nach links, wendete den Schalter oben drauf hin und her. Doch der Anschluss wollte nicht einrasten. Schweißperlen traten ihm auf die Stirn, je mehr Kraft er auf die Gasflasche ausübte.

»Verdammter Mist«, fluchte er. »Das passt nicht.«

»Da gibt es sicher einen Trick.«

»Ja, das weiß ich auch, Miss Oberschlau«, blaffte er rüde zurück.

Karen schluckte und Stephen hielt erschrocken über sich selbst inne.

»Ich wollte nur …«

»Ich weiß.« Entmutigt ließ er den Anschluss der Gasflasche sinken. Verzweifelt blies Stephen Luft durch seine Lippen.

»Karen, es tut mir leid.«

»Nein. Nicht. Ist schon gut.«

»Das ist es nicht. Das war es nie. Es tut mir wirklich leid. Ich kann mich manchmal nicht zurückhalten. Ich bin ein Idiot.«

»Das bist du nicht«, protestierte Karen weiter. Ihr schwindelte. Sie konnte nicht sagen, ob es an der stickigen Luft oder der Enge lag. Oder an seinem intensiven Blick, den er ihr jetzt schenkte.

»Hör auf, mich immer zu verteidigen. Natürlich bin ich ein Idiot. Sieh doch, ich bekomme nicht mal die kleinsten Dinge hin«, stammelte er. »Ich bin zu nichts zu gebrauchen.«

»Das stimmt nicht, Stephen.« Karen legte ihre Hand zärtlich an seine Wange. Sein verzweifelter Anblick schmerzte sie so unvorstellbar, wie sie es nie hätte ahnen können. Sie hatte Stephen noch nie so aufgelöst gesehen. Als läge der gesamte Weltschmerz auf seinen Schultern. Am liebsten würde sie ihn in die Arme nehmen und versprechen, dass alles wieder gut werden würde. Doch das konnte Karen nicht. Denn sie glaubte selbst nicht mehr daran. Es war zu viel geschehen, das sich nicht mehr rückgängig machen ließ. Zu viel, das ihr Leben für immer verändert hatte. Wenn sie denn noch ein Leben haben würden.

»Doch. Ich vermassle eben alles«, beharrte Stephen. »Mein Leben ist eine Farce. Alles Lüge. Alles eine große gequirlte Scheiße. Nichts ist real. Und jetzt bin ich vielleicht sogar noch ein Mörder.«

»Hör auf damit«, fuhr Karen ihn an und riss ihre Hand erschrocken weg. »Das bist du sicher nicht. Wir wissen doch gar nicht, was da draußen wirklich geschehen ist. Du bist ein guter Mensch, Stephen. Wenn jemand das weiß, dann ich.«

Doch Stephen schluckte nur. Beschämt wandte er seinen Blick von ihr ab.

»Nein. DU bist der gute Mensch«, flüsterte er. »Nicht ich. Ich habe sogar das mit uns vermasselt.«

Karen zuckte zusammen. Das wohlvertraute Ziehen in ihrem Magen war zurückgekehrt. Sie spürte Wärme in ihrem ganzen Körper aufsteigen und Wasser sich hinter ihren Brillengläsern sammeln. Das Zittern war zurück. Trotz dieser Enge fürchtete Karen, dass ihre Knie nachgeben würden.

»Nicht«, flüsterte sie.

Es war das eine, Dinge zu vermuten. Es war etwas anderes, Dinge zu hören. Karen wollte nicht. Sie hatte sich an den Schmerz gewöhnt und gelernt, damit zu leben. Und Karen hatte sich die letzten Jahre so gut darin geschlagen, hatte ihre unerfüllte Liebe akzeptiert und dennoch in den meisten Momenten ihres Lebens glücklich sein können. Natürlich hatte sie sich oft in ihren Tagträumen ausgemalt, was passieren würde, wenn Stephen ihr eines Tages seine Liebe gestehen würde. Doch dies hatte nie in einer engen, dunklen Kammer stattgefunden, nie, wenn Gefahr um sie herum zu lauern schien. Und nie hatte Karen daran geglaubt, dass dies je Wirklichkeit werden könnte.

»Wenn nicht jetzt, wann dann?«, fuhr Stephen fort. Er ließ den Anschluss fallen und umfasste liebevoll Karens Gesicht mit seinen Händen.

»Schau mich an, mein kleiner Bücherwurm. Ich weiß es. Und du weißt es. Aber Gefühle sind nicht alles. Wie hätte ich es je zulassen können? Ich bin nicht gut genug für dich.«

Karens Knie gaben nach. Hätte Stephen nicht rechtzeitig seine Arme um ihre Hüfte gelegt, wäre sie zu Boden gesunken.

»Stephen, bitte«, flehte sie, doch er ließ sich nicht beirren.

»Ich kann nicht versprechen, dass ich es irgendwann zulassen kann. Aber ich möchte, dass du hier und heute weißt, wie viel du mir bedeutest. Du bist besser als ich. Du bist das Größte. Es gibt nichts Wichtigeres als dich auf dieser Welt, das ist mir in den letzten Stunden klar geworden.«

Karen seufzte. Ihr blieben die Worte im Hals stecken. Eine Träne löste sich aus ihrem Augenwinkel und tropfe herab auf seine Hand. Sie war unfähig, auch nur eine Bewegung zu tun.

»Ich kann viel verkraften«, fuhr er fort. »Ich werde wohl auch viel verkraften müssen, wenn wir hier je heil wieder wegkommen. Wir alle. Doch eins will und werde ich nicht zulassen. Dass dir etwas geschieht. Hast du das verstanden?«

Karen nickte, immer noch unfähig, etwas zu sagen. Stephen schaute ihr tief in die Augen, löste eine Hand von ihrer Hüfte und wischte sanft eine weitere Träne von ihrer Wange. Als er sicher war, dass Karens Beine ihr wieder gehorchten, beugte er sich zu ihr.

Der Kuss war sanft, weich und warm. Fast ehrfürchtig drückte Stephen seinen Lippen auf ihre. Karen schwindelte es erneut. Das Herz klopfte ihr bis zum Hals. Als er sich schließlich wieder löste, traute sie sich nicht, ihre Augen zu öffnen.

»Und da das nun geklärt ist, mein kleiner Bücherwurm, hilf mir, dass ich wenigstens diese Sache nicht vermassle, okay?«

Karen hob ihren Blick und schaute in seine warmen blauen, leuchtenden Augen. Sie nickte und fühlte sich immer noch benebelt. Wie in Trance nahm sie das Handy wieder höher und leuchtete schließlich wieder auf den Anschluss der Gasflasche. Stephen griff nach der Leitung und drückte deren Ende erneut auf die Flasche. Als sei es ein Kinderspiel, rastete der Anschluss plötzlich ein. Er schaute erstaunt auf. »Siehst du, mein Bücherwurm. Ich krieg das nur mit deiner Hilfe hin«, lächelte er sanft. Mit der rechten Hand griff er nach dem Powerknopf.

»Na bitte.« Stephen triumphierte laut. Der Generator sprang mit einem lauten Rattern an. »Jetzt wollen wir nur hoffen, dass er auch alle Räume mit Strom versorgt.«

Karen nickte. Sie fühlte sich immer noch benommen. Doch mit dem helleren Licht, das nun auch in die kleine Kammer strömte, schien sich die Realität wieder in ihre Gedanken zurückzuschleichen. Eine kalte, düstere Realität. Sie öffnete den Mund und hoffte inständig, dass nicht nur Krächzlaute herauskommen würden.

»Mir würden schon Küche und Wohnzimmer …«

Ein Schrei unterbrach sie. Schrill schallte er durch das alte Haus. Erschrocken starrten Stephen und Karen sich an. Das war Francis Stimme gewesen.

Ein zweiter Schrei folgte dem ersten. Leiser, aber umso qual-
voller. Hals über Kopf hasteten die beiden aus der winzigen Gerätekammer, um ihrer Freundin zu Hilfe zu kommen.

Francis stand wimmernd in der Küche und hielt mit schmerz-
verzerrtem Gesicht ihren rechten Arm weit von sich.

»Was ist passiert?«

»Der Herd«, jammerte sie. Sie folgten ihrem Blick und sahen
eine Gasflamme unkontrolliert auf dem Herd lodern. Stephen
sprang sofort hin und warf ein Tuch darauf. Danach drehte er
den Gasknopf aus. Karen näherte sich Francis und drückte sie
sanft auf einen Stuhl. Vorsichtig hob sie deren Hand von dem
verletzten Arm.

»Oh mein Gott«, entwich es ihr. »Sie hat sich verbrannt.
Schlimm verbrannt.«

Die Haut war nicht nur auf dem Unterarm rot-schwarz verfärbt,
sondern fast bis zur Schulter. Francis Pullover hing in angesengten Fetzen herunter. Karen stieg der Geruch von verbranntem
Fleisch in die Nase, der ihren Magen rebellieren ließ. Sie schluckte
und atmete einmal tief ein und aus.

»Der Herd«, stammelte Francis erneut. »Ich wollte doch nur einen neuen Tee machen. Doch die Flamme … als das Licht zurückkam … wie eine Explosion …«

»Ist schon gut, Liebes. Du musst nichts erklären.«

Hilfesuchend schaute Karen zu Stephen. Der hatte bereits den
Erste-Hilfe-Kasten in der Hand, der jedoch nicht mehr viel Verbandsmaterial enthielt.

»Er hat mich angegriffen. Ich werde auch bestraft und ich
wusste es vorher.«

»Ruhig. Süße. Jetzt verarzten wir dich erst einmal.«

»Wir brauchen etwas zum Kühlen«, wandte sich Karen an Stephen. Doch als er zum Tiefkühlfach eilen wollte, stoppte sie ihn.

»Nein, kein Eis. Das kann einen Kälteschaden verursachen.
Lass etwas lauwarmes Wasser über das Handtuch laufen und reich
es mir dann.«

Stephen nickte und reicht Karen schließlich das Tuch. Vorsichtig legte sie den Stoff auf Francis' Arm. Francis stöhnte auf.

»Es tut so weh.«

»Ist dir schwindlig?«

Francis nickte.

»Wir müssen sie hinlegen. Sie könnte das Bewusstsein verlieren«, wandte sich Karen erneut an Stephen. Der zögerte keinen Augenblick. Behutsam nahm er die zierliche Gestalt auf seine Arme und trug sie zur Couch. Sanft legte er seine Freundin ab, deren Augenlider bereits flatterten.

»Ich darf die Wunde nicht länger kühlen. Sonst kühlt ihr ganzer Körper aus«, flüstert Karen und legte das Tuch zur Seite. »Gibt es im Verbandskasten eine Metalline Kompresse?«

»Was ist das?«

»Das steht auf der Verpackung. Das ist ein keimfreies Tuch mit einer aufgedampften Aluminiumschicht. Jeder andere Verband würde mit der Wunde verkleben.«

Stephen durchwühlte den gesamten Verbandskasten.

»Nein. Das gibt es hier nicht.«

»Mist. Dann bring mir aus der Küche Alufolie und normale Binden.«

Er tat, wie ihm geheißen. Karen nahm ihm alles aus der Hand und verteilte vorsichtig die Folie auf der Wunde, bevor sie an den Grenzen der Verbrennung diese mit dem Binden fixierte.

»Wir müssen sie auch zudecken. Sie darf nicht auskühlen.« Stephen sammelte sofort alle Decken vom Boden auf, die Francis vor dem Kamin liegen lassen hatte. Das Feuer darin war fast erloschen. Er würde es nie wieder entfachen, dachte er in diesem Moment verbittert.

»Sie muss sofort in ein Krankenhaus.« Karen legte eine Decke nach der anderen auf die verletzte Freundin.

»Hmm«, kommentierte er. Er wusste nicht, was er hätte sonst sagen sollen. Er bewunderte Karen für ihr ruhiges, rationales Handeln. Denn in ihm sah die Welt gerade panischer und verzweifelter aus. Wie zur Hölle sollten sie Francis in ihrer Lage in ein Krankenhaus bringen?

Weil sie nicht wusste, was sie sonst tun sollte, ging Karen in ihr Zimmer und holte ihre Tablettendose hervor. Sie wählte zwei Codein.

»Es tut gar nicht mehr weh«, flüsterte Francis. »Dann ist es nicht schlimm, oder?«

»Nimm trotzdem die Tabletten. Zur Sicherheit.«

Francis folgte brav und ließ sich danach in die Kissen fallen. Erschöpft schloss sie die Augen. Karen überprüfte wiederholt, ob sie warm genug in die Decken eingewickelt war, bevor sie sich selbst abgekämpft in den Sessel neben der Couch fallen ließ und sich den Schweiß von der Stirn wischte.

»Was machen wir jetzt?« Stephen starrte gebannt vom Esstisch herüber. »Wenn sie keine Schmerzen hat, ist es vielleicht wirklich nicht so schlimm?«

Karen schüttelte den Kopf.

»Nein, im Gegenteil. Keine Schmerzen bedeutet, dass es sogar sehr schlimm ist.«

»Wie das? Das verstehe ich nicht.«

Karen erklärte in kurzen Sätzen, dass bei Verbrennungen höheren Grades die tieferen Hautschichten betroffen und damit deren Nervenzellen zerstört sind. Deshalb empfand Francis keine Schmerzen, obwohl der Schaden immens war. Doch das bedeutete eben, dass die Verbrennung mindestens zweiten, wenn nicht sogar dritten Grades war. In Francis Fall war sie so großflächig, dass Karen sich ernste Sorgen machte.

»Deswegen muss sie auch unbedingt ins Krankenhaus.«

»Aber wie?«

Karen zuckte mit den Schultern. Sie wusste es nicht. Ein Blick zum Fenster offenbarte, dass der Sturm draußen unablässig weiter tobte. Es schien aussichtslos. Verzweifeltet rieb Karen ihre Schläfen. Die Anspannung war nun im ganzen Körper zu spüren. Ihre Glieder waren steif, der Nacken brannte, Kopfschmerzen flammten bereits auf. Und jetzt setzte auch das Entsetzen ein.

Aber sie konnten doch nicht tatenlos hier herumsitzen, dachte sie. Was wäre, wenn Francis bewusstlos würde? Was konnte sie noch tun?

»Es tut mir leid«, flüsterte Francis neben ihr auf der Couch. »Ich hab es geahnt, aber ich habe es ignoriert, wenn ich doch nur gewusst hätte, was davor …«

»Es war ein Unfall. Du kannst nichts dafür«, unterbrach Karen sie. Sie konnte es nicht ertragen, dass ihre Freundin sich so quälte. Gleichzeitig glaubte sie ihren Worten selbst nicht. Noch ein Unfall? Noch ein Zufall?

Zufälle gibt es nicht. Nur das Schicksal.

»Ich spreche nicht vom Herd«, stammelte Francis. »Ich meine Isabelle.«

Karen rutschte vom Sessel herunter und hockte sich neben Francis Gesicht. Liebevoll strich sie ihr über die kurzen, schwarzen Haare.

»Wovon sprichst du?«, fragte sie vorsichtig.

»Ihr Geburtstag. Vor vier Jahren.«

»Was ist damit?«

»Ich war so unsensibel«, schluchzte Francis jetzt. Eine Träne löste sich aus ihrem Augenwinkel und kullerte die Wange hinab. »Vielleicht wäre das alles nicht passiert, wenn ich anders reagiert hätte. Dabei habe ich es doch besser gewusst. Ich konnte nur nicht darauf eingehen.«

»Das ist jetzt unwichtig«, sagte Stephen so sanft wie möglich, obwohl es innerlich in ihm brodelte. »Das sind olle Kamellen. Beschäftige dich jetzt nicht damit.«

»Doch. Denn es IST wichtig«, beharrte Francis »Karen hat recht, es hängt alles zusammen. Und ihr müsst es wissen.«

Und so begann Francis langsam zu erzählen.

Ein fast perfekter Plan

Vier Jahre zuvor

Das Chaos machte sie wahnsinnig. So sehr sie auch ihre Treffen mochte, so sehr hasste Francis die Unordnung danach. Niemals hätte sie das Chaos bis zum nächsten Morgen stehen lassen können. Während die anderen im Pub weiter feierten, spülte sie ab, räumte den Müll zusammen und wischte Dreck auf, um das Apartment wieder zu einem Studienraum zu machen. Sie tat das sonst gern. Doch heute ärgerte sie sich darüber. Francis hatte kurzzeitig mit dem Gedanken gespielt, die anderen heute zu begleiten. Denn eines konnte die Geburtstagsfeier zumindest erreichen: Sie hatte ihre eigenen Sorgen für eine Weile vergessen können. Nur um dieses süße Vergessen länger auszukosten, hätte sie es in Kauf genommen, im Pub von dem einen oder anderen Mann bedrängt zu werden. Francis wusste um ihre Wirkung auf die Männer. Und hasste sie. Es spielte keine Rolle, ob sie den dreckigsten Pullover oder die unattraktivste Jeans trug, sie zog das andere Geschlecht magisch an. Selbst der radikale Kurzhaarschnitt hatte diese Wirkung nicht gemildert. Doch Francis gefiel die Frisur und so behielt sie den Pixie.

Doch dann erinnerte sie sich wieder, wie es mit den anderen im Pub stets ablief. Stephen ging schnell seiner eigenen Wege und Isabelle kannte so viele Menschen, dass sie sich bald rechts und links unterhalten würde. Zugegeben, Hartford war stets bemüht, Francis nicht allein zurückzulassen. Doch heute wäre er sicher nicht mehr dazu in der Lage gewesen. Er hatte eindeutig zu viel getrunken. Francis mutmaßte, dass es nicht lange dauern würde, bis er auch im Pub einschlief.

Mit einem leichten Lächeln auf den Lippen nahm sie nun kopfschüttelnd die letzten Schnapsgläser vom Tisch, um sie abzuspülen. Nein, heute Nacht war es besser, zu Hause zu bleiben.

Das bedeutete jedoch auch, dass sie allein war und ihre trübsinnigen Gedanken und Sorgen Gelegenheit bekamen, unaufhaltsam wieder auf sie einzustürzen. Bereits bei den gesamten Partyvorbereitungen war sie in Grübeleien versunken. Hatte sie sich verguckt? War es nur jemand, der ihm ähnlich sah? Was, wenn nicht? Welche Auswirkungen würde es haben?

Wieder und wieder spielte Francis in Gedanken den Nachmittag durch. Sie war nach dem letzten Seminar in das kleine Café neben ihrem Wohnhaus geeilt, um etwas Gebäck zu besorgen. Es war Zufall, dass Cathrin dort hinter ihrem Laptop versunken ins Lernen vertieft war. Wie hätte Francis wieder gehen können, ohne sich bemerkbar zu machen? Ihre Romanze war noch so jung und unschuldig, von süßer Unsicherheit behaftet. Und so setzte sie sich neben Cathrin und lächelte, bis diese sie überrascht anstrahlte.

»Was machst du denn hier?«

»Dich verfolgen«, hatte Francis gescherzt. »Nein, im Ernst, ich brauche noch ein paar Scones für die Geburtstagsfeier. Ich habe dir doch von Isabelle erzählt.«

»Ja. Ich erinnere mich an die außergewöhnliche Beschreibung der schönen Blondine aus deinem Mund.« Cathrin grinste verschmitzt.

»Eifersüchtig?«

»Keineswegs. Ich weiß doch, wie vernarrt du in mich bist.«

Cathrin rückte ein wenig näher und wollte ihr einen Kuss geben.

»Nicht«, stoppte Francis sie. »Nicht in der Öffentlichkeit. Du weißt doch.«

»Ach Francis«, seufzte Cathrin. »Was soll schon dabei sein. Es ist doch nur ein harmloser Kuss.«

Francis gab nach und ließ sie gewähren, nur um sich kurz darauf von ihrer neuen Flamme loszureißen.

»Ich muss jetzt wirklich los. Sonst komme ich zu spät. Das Geburtstagskind kocht schon alles, ich hab versprochen, das Umräumen und Eindecken zu übernehmen.«

»Also, wenn die hübsche Isabelle ruft, dann kann ich wohl nichts machen.«

»Scherzkeks.«

Gegen jede Vernunft drückte Francis ihr nun einen Kuss auf die Lippen, um sich danach mühsam von ihr zu lösen und aufzustehen.

»Sehen wir uns morgen?«

»Das hatte ich vor.«

»Gut, ich freu…« Francis blieb das Wort im Halse stecken. Ihr Blick zum Fenster des kleinen Cafés hatte zu ihrem Entsetzen wohlvertraute Augen erfasst.

»Francis, was ist los?« Cathrin rief ihr vergeblich nach, Francis war bereits auf dem Weg zum Ausgang.

Doch so rasend schnell, wie die vertrauten Augen verschwunden waren, konnte sie kaum hinterher hetzen. Die Straße vor dem Café war von einer Menschenmasse gesäumt. Sie konnte das vertraute Gesicht nicht mehr ausmachen. Francis entschied sich, die linke Richtung einzuschlagen und rannte zwischen den Menschen bis zur Ecke. Dahinter bot sich das gleiche Bild. Menschenmassen. Nur er war nicht zu entdecken. Francis' Herz klopfte bis zum Hals. Schweiß trat ihr auf die Stirn. War er es oder hatte ihr Geist ihr einen Streich gespielt? Sogleich malte sie sich die schlimmsten Szenarien aus, wenn tatsächlich ihr Vater gerade gesehen hätte, wie sie eine Frau küsste. Nicht auszudenken, wie er reagieren würde.

Er wird es schon nicht gewesen sein, versuchte Francis sich noch Stunden später zu beruhigen und ließ das Wasser aus dem Spülbecken ab. Doch die Angst saß tief. Wenn sie sich nicht täuschte und ihr Vater wirklich ihren Kuss mit Cathrin beobachtet hatte, wäre der Familienfrieden hin. Francis hatte nie den Mut gefunden, über ihre sexuellen Neigungen zu sprechen. Ihre Familie war erzkonservativ. Homosexualität existierte in deren Horizont nicht. Wie sollte Francis je verständlich machen, dass sie nicht mal das war, sondern bisexuell? Francis war sich sicher, dass ihre Mutter das Wort noch nicht einmal gehört hatte. Wie hätte sich Francis je outen können?

Auf der anderen Seite wusste sie, dass sie nicht ihr Leben lang dieses Versteckspiel betreiben könnte. Sollte sie immer einen potenziellen Schwiegersohn präsentieren, wenn mal ein Mann in ihr Leben trat? Und in einer Beziehung mit einer Frau müsste sie vollends untertauchen? Was wäre, wenn es nur noch Frauen in ihrem Leben gäbe und keinen Mann mehr? Das konnte Francis kaum vorhersehen. Sie verliebte sich in Menschen, nicht in Geschlechter. Es gab keine Präferenz. Sie konnte es nicht steuern.

Doch solch ein Outing wünschte sich Francis auch nicht. Erwischt in der Öffentlichkeit. Das würde ihre Familie überrumpeln. Was würde ihr Bruder sagen? Wäre er liberaler?

Francis schüttelte resigniert den Kopf und knüllte wütend den Spüllappen in ihrer Hand zusammen. Sie würde ein, zwei Tage abwarten, schwor sie sich selbst. Blieb es ruhig, würde sie einen

Weg finden, sich behutsam zu outen. Es war an der Zeit. Es musste sein. Die Initiative sollte von ihr aus gehen, um die Konsequenzen ein wenig abzumildern. Doch Francis konnte das mulmige Gefühl in ihrem Bauch nicht besänftigen. Diese Sorgen ließen sie unausgeglichen und gereizt sein. Sie wusste nicht einmal, wovor sie mehr Angst hatte: dass sie seit heute Nachmittag geoutet war oder es noch vor sich hatte?

Ein lautes Scheppern ließ sie zusammenschrecken. Francis wirbelte herum und machte den Radau vor der Tür aus. Sie stürmte hin und holte bereits zur Schimpftirade aus, als sie Isabelle vor der Tür auf dem Boden ihre sieben Sachen zusammensuchend fand.

»Verdammter Mist aber auch«, fluchte die hübsche Blondine und bemerkte Francis nicht einmal, die sich bereits neben sie zum Helfen hockte.

»Finger weg«, zischte Isabelle, bevor sie aufschaute. »Ach, du bist es.«

»Wer denn sonst?«

»Ich dachte an irgendeinen Aasgeier. Ach, keine Ahnung, was ich dachte.« Missmutig warf sie ihren Notizblock zurück in die Tasche. »Muss dieser verdammte Bierkasten auch hier im Flur stehen, dass man nur darüber stolpern kann? Schau nur, jetzt hat sich der komplette Mist aus meiner Handtasche über den ganzen Boden verteilt.«

Ärger stieg in Francis auf. Es war der Bierkasten ihrer Geburtstagsfeier. Francis hatte ihn bereits aus dem Zimmer geräumt, bevor sie weiter allein die Spuren der Party in ihrem gemeinsamen Apartment beseitigte. Und Madame hatte nichts Besseres zu tun, als griesgrämig zurückzukehren und sie grundlos anzuschnauzen? Francis liebte Isabelle. Doch manchmal waren auch ihr Isabelles Eigenheiten zu viel. Gerade heute bedrückten eigene Sorgen ihr Gemüt, für die sie ihre Kraft brauchte. Francis war es herzlich egal, welche Laus ihrer Freundin nach dieser wunderschönen Party über die Leber gelaufen war. Sie drehte sich um und ging zurück ins Zimmer.

»Na, vielen Dank auch.« Isabelle folgte, nachdem sie auch den letzten Lippenstift vom Boden gefischt hatte.

Francis sparte sich eine Antwort, kehrte in die Küche zurück und nahm das Geschirrtuch, um die letzten Gläser zu trocknen.

»So eine beschissene Nacht aber auch«, schimpfte Isabelle hinter ihr weiter.

»Wie bitte?«

»Ach nichts.«

Doch Francis konnte ihre Freundin weiter vor sich hin grummeln hören, was ihren Ärger verstärkte. Hatte sie nicht alles getan, um Isabelle einen der schönsten Geburtstage überhaupt zu schenken? Reichte es nicht? War das nicht genug? Es würde wohl der Letzte sein, den die Gruppe gemeinsam zusammen feiern würde. Auch deswegen hatte sich Francis so viel Mühe gegeben, jedoch stand die Freude ihrer Freundin im Vordergrund. Das Zimmer war liebevoll geschmückt. Schon am Morgen war sie losgezogen, um die Blumen zu besorgen. 24 rote Rosen – eine für jedes Lebensjahr ihrer Freundin. Zwischen zwei Seminaren hatte sie die Geburtstagsgirlande aufgehängt, überall Konfetti im Zimmer verteilt und schon die Betten hochgeklappt, damit der Tisch in der Mitte des Zimmers mit den fünf Stühlen wie immer seinen Platz fand. Den Bierkasten, den Schnaps und die Sektflaschen hatte Francis ebenfalls besorgt. Selbst nachdem sie in dem Café die Scones geholt und ihr Tag sich extrem verdüstert hatte, war Francis ihrer Freundin weiter bei den Vorbereitungen zur Hand gegangen. Sie hatte den Tisch eingedeckt, die extra vorbereitete Playlist für die Musikanlage auf einen Stick gezogen und deren Funktionsfähigkeit getestet. All das aus Zuneigung zu Isabelle. Selbst das Aufräumen übernahm sie nun vollkommen allein, mitten in der Nacht, obwohl Francis den Schlaf dringend gebraucht hätte. Falls sie bei ihren Sorgen überhaupt ein Auge zubekommen hätte.

Doch diese Mühe schien Isabelle gar nicht wertzuschätzen. Das Geburtstagskind war selbst rücksichtslos weiter feiern gegangen und kam nun plötzlich mit schlechter Laune zurück und schimpfte über den doch so liebevoll ausgerichteten Abend? Wut stieg in Francis auf, vermischt mit ihren eigenen unheilvollen Sorgen.

»Hätten wir wohl besser nicht gefeiert«, brummte sie nun mürrisch, warf das Handtuch achtlos in die Spüle und ging zu ihrem Bett, das bereits wieder heruntergeklappt war.

»Ach, das meine ich doch gar nicht«, schimpfte Isabelle weiter. »Egal. Hoffentlich ist dieser Tag bald vorbei.«

Vorbei? Francis runzelte die Stirn. Es war drei Uhr morgens. Der Tag hatte gerade erst begonnen. Sie spürte deutlich, dass Isabelle etwas Schwerwiegendes bedrückte. Normalerweise hätte sie sich mitfühlend neben sie gesetzt, ihre Freundin in die Arme genommen und vorsichtig nachgefragt, was denn los sei. Doch Francis war heute Nacht nicht in der Lage, darauf einzugehen. Dieses eine Mal konnte sie nicht. In ihr tobte selbst ein bitterer Kampf aus Verzweiflung, Angst und Hilflosigkeit. Und nun kam noch Ärger hinzu.

»Hast du eigentlich meine Kette gesehen?« Es war ein kläglicher Versuch, die Unterhaltung auf ein anderes Thema zu lenken. Und doch brannte diese Frage Francis schon länger auf der Seele.

»Welche?« Isabelles Stimme klang plötzlich leise und kläglich.

»Meine Herzkette. Du weißt schon, die von meinem Vater. Ich vermisse sie seit Mittwoch.« Francis ahnte, warum das Fehlen des Herzanhängers auf ihrem Dekolleté gerade besonders schmerzte. Seit Tagen hatte sie das Schmuckstück nicht mehr angelegt, das ihr Vater ihr einst zum Studienbeginn geschenkt hatte. Er war so stolz auf seine Tochter gewesen. Es wäre ein Trost, sie nun in den Händen zu halten.

»Nein, keine Ahnung.« Isabelle zuckte mit den Schultern und drehte ihr Gesicht weg.

Egal, dachte Francis nun. Sie würde sie schon wiederfinden. Wahrscheinlich hatte sie die Kette nur irgendwo verlegt und sie würde in den nächsten Tagen überrascht irgendwo auf sie stoßen, wo sie es nicht erwartete. Francis beschloss, sich schlafen zu legen. Sie würde es zumindest versuchen. Doch in diesem Moment schaltete Isabelle die Musikanlage ein. Lautstark dröhnte ein Partysong durch das Apartment. Erschrocken drehte Isabelle den Lautstärkeregler auf stumm.

»Sorry«, stammelte sie. »Die muss von vorhin noch so laut gewesen sein.«

»Schon gut.« Francis winkte ab, obwohl sie vor Schreck zusammengefahren war. Das habe ich eben noch nicht erledigt, dachte sie ärgerlich, zog sich ihr Nachthemd über und wollte gerade unter die Decke schlüpfen, als Isabelle die Musik wieder etwas lauter stellte.

»Bitte, Isabelle. Ich will schlafen.«

»Das hat dich doch sonst nicht gestört«, fauchte diese ungehalten zurück. »Außerdem, es ist erst drei. Ich bin noch hellwach. Und ich kann noch nicht schlafen. Lass uns noch ein wenig Karten legen.«

Isabelle zog bereits die Schublade auf, in der sie ihre Tarotkarten aufbewahrte. Sie waren die Errungenschaft des letzten Monats, bei einer echten Wahrsagerin ergattert, wie Isabelle immer betonte. Diese Expertin hatte ihr die Karten mit einer genauen Anweisung überlassen, wie Isabelle sie legen und deuten sollte. Am Anfang war es noch spannend und interessant gewesen, eine angeblich vorhersehbare Zukunft zu entdecken. Doch Francis glaubte nicht daran. Isabelle jedoch schien immer mehr in diese Welt abzutauchen. Eine Zeit lang legte sie die Karten täglich, um zu wissen, ob sich ihr Schicksal veränderte.

»Herrgott, Isabelle«, stöhnte Francis auf. »Manchmal dreht sich nicht alles um dich. Manchmal haben auch andere Gefühle, auf die man Rücksicht nehmen könnte. Meinst du nicht?«

»Gefühle«, schnaubte sie verächtlich und knallte die Karten plötzlich auf den Tisch, der immer noch ihr Bett blockierte. »Die sind ja der größte Schwachsinn. Die Gefühle der anderen. Das geht mir gewaltig auf den Keks, weißt du?«

Francis starrte sie schockiert an. So rüde hatte sie Isabelle noch nie sprechen hören. Vielleicht hätte sie doch mitfühlend fragen sollen, warum ihre Laune so schlecht war. Doch dazu war es zu spät.

»Manchmal glaube ich, dass Rücksicht für dich ein absolutes Fremdwort ist. Dabei würde dir das sehr gut stehen«, schnauzte Francis nun zurück. All ihre Wut, all ihr Ärger und ihre Ängste bauten sich in ihrem Inneren zu einer Explosion auf, die sie nicht mehr lange zurückhalten konnte.

»Vorsicht.« Isabelle starrte sie zornig an. »Das kann ich heute Nacht nicht auch noch gebrauchen.«

»Siehst du«, fuhr Francis nun hoch. »Es geht immer nur um dich, was du nicht gebrauchen kannst. Was du willst. Was für dich wichtig ist. Aber du bist nicht der Mittelpunkt der Welt, meine Liebe.«

Sie hatte geschrien und war ebenso erschrocken über sich selbst, wie ihre Freundin sie nun anschaute. Francis schrie nie. Sie war immer die sanfte Seele, die jeden Streit im Keim ersticken konnte.

Sie schlichtete, sie brachte andere sanftmütig zum Nachgeben oder schaffte es mit ihrer einfühlsamen Art, dass diese Wut und Ärger vergaßen.

Und schlimmer noch: Sie hatte mit einem Wisch alle 78 Karten wütend vom Tisch gefegt, die nun überall auf dem Boden verstreut lagen. Manche streckten die Rückseite nach oben. Andere offenbarten ihr Bild. Isabelle starrte die Karte vor ihren Füßen an. Sie starrte dem Tod direkt ins Gesicht.

Auch Francis erschrak. Isabelle hatte ihr in vielen Stunden die unterschiedlichen Bedeutungen der 78 Bilder immer und immer wieder erklärt. Sie wusste, dass der Tod längst nicht das Ende des Lebens symbolisierte. Jedoch stand diese Karte für die Beendigung eines Lebensabschnittes, für einen Neuanfang oder eine Verwandlung. Daneben lag eine weitere Karte mit dem Bild nach oben. Der Teufel.

»Egoismus, Sucht, Sexualität, Bindung und Magie«, flüsterte Isabelle leise und ehrfürchtig.

»Ich wollte das nicht«, stammelte Francis nun hilflos und streckte ihre Hand nach ihrer Freundin aus. Doch Isabelle wehrte sie mit einer Handbewegung ab und starrte sie zornig an. Francis konnte Panik in ihren Augen sehen.

»Das wird dir noch leidtun. Glaube mir, meine Liebe. Das wird dir noch leidtun.« Mit diesen Worten verschwand Isabelle aus dem Apartment und ließ eine zitternde Francis allein zurück.

»Warte«, hauchte sie noch leise hinterher. Doch sie wusste, dass es zu spät war. Eine böse Vorahnung beschlich sie. Dieser Streit würde Konsequenzen haben, wusste sie augenblicklich. Es tat ihr bereits unendlich leid. Francis wünschte sich, ihn rückgängig machen, ihre Worte zurücknehmen und Isabelle voller Zuneigung in die Arme nehmen zu können. Doch Isabelle war gegangen. Francis' Emotionen kochten über. Nicht mehr vor Wut, sondern vor Angst.

29. Februar, 17.38 Uhr

Tränen rannen über Francis' Gesicht, als sie zum Ende kam. »Sie ist mir tagelang aus dem Weg gegangen, bis sie von Stephen erfuhr, was in meiner Familie los war.«

Stephen nickte bestätigend.

»Stimmt, ich habe es ihr erzählt. Du warst so aufgelöst und verwirrt in dieser Zeit. Ich bat Isabelle, sich um dich zu kümmern, wenn ich nicht da sein konnte.«

»Das hat sie auch. Aber das war der schlimmste Streit, den wir je hatten. Und irgendwie war danach alles anders. Es tut mir so leid.«

Neues Schluchzen entglitt ihrem Mund. Karen stand wortlos auf und lief nachdenklich durch das Zimmer. Schließlich griff sie zur Tablettendose, um eine weitere herauszuschütten.

»Hätte ich damals geahnt, dass Hartford einen Heiratsantrag von ihr abgelehnt hatte, hätte ich doch anders reagiert. Aber ich war so in meinen Sorgen versunken. Es tut mir so leid. Ich war nicht für sie da und hab alles nur noch schlimmer gemacht. Vielleicht passiert deswegen …«

»Das war nicht deine Schuld«, unterbrach Stephen sie und strich ihr liebevoll über die Hand. »Mach dir keine Vorwürfe. Wahrscheinlich hätte sie nichts erzählt, selbst wenn du keine eigenen Sorgen gehabt hättest.«

Stephen hielt inne. Glaubte er selbst, was er da sagte? Francis war der feinfühligste Mensch, den er kannte. Sie hatte immer ein Gespür für die Bedürfnisse der anderen. Er selbst war über die Jahre so daran gewöhnt, dass er es als selbstverständlich empfand, dass Francis seine tiefsten Ängste spüren konnte. Wie hätte er an Isabelles Stelle reagiert? Ebenso gekränkt? Doch es war nicht Francis' Pflicht, so zu sein, wie sie war.

»Du musst dich jetzt ausruhen, schlaf ein bisschen.«

Francis nickte und nahm ohne Widerrede die Schlaftablette aus Karens Hand und schluckte sie hinunter. Stephen winkte Karen zu, dass sie sich etwas entfernen sollten.

»Das nimmt sie sehr mit«, kommentierte Stephen das eben Gehörte. »Aber es ist nicht ihre Schuld«, fuhr er sogleich fort. »Sie wusste doch nichts von dem Heiratsantrag. Und wie oft war und ist Francis für uns da? Wie oft hat sie Isabelle geholfen, wenn es ihr schlecht ging, nur weil sie es aus ihrer Intuition heraus gespürt hatte? Ich finde es nicht fair, dass sie nun solche Gewissensbisse hat, nur weil sie einmal mehr mit sich selbst beschäftigt war, als für andere da zu sein. Auch Francis hat das Recht dazu. Meinst du nicht?«

»Hey.« Karen hob abwehrend die Hände. »Du musst sie mir gegenüber nicht verteidigen. Ich bin auf deiner Seite. Ich weiß nur nicht, ob Isabelle das auch so gesehen hat. Diese Nacht hat von einer Misere zur nächsten geführt.«

Und ihre Auswirkungen bis heute, fügte Karen in ihren Gedanken hinzu.

»Ja. So scheint es.« Stephen nickte nachdenklich, Blässe umspielte seine Augen.

»Und das an einem Schalttag. Isabelle hat an die Magie des Tages geglaubt.«

Karens Gedanken rasten. Die Überraschung, dass Isabelle in Wahrheit an einem Schalttag geboren war und sich auf dessen Mystik versteift hatte, war noch allzu präsent. Was hatte das für heute zu bedeuten? Karen bemerkte gar nicht, wie Stephen immer blasser wurde.

»Und ich habe damals nichts davon mitbekommen. Ich wusste das alles nicht. Für mich war nach dieser Feier alles wie immer.« Sie schüttelte verwirrt den Kopf. Bewertete sie alles zu hoch? Streit und Missverständnisse kamen doch in den besten Freundschaften vor. Aber nicht an einem Schalttag, korrigierte sie sich sofort selbst. Und nicht, wenn auf den Tag genau vier Jahre später unerklärliche Dinge geschahen, die sie alle in Gefahr brachten.

Zufälle gibt es nicht. Nur das Schicksal.

»Karen, ich muss dir …«

»Irgendwas müssen wir doch tun können«, schluchzte Karen und übertönte Stephens zaghafte Worte. Die Schlaftablette würde eine Weile helfen, doch Francis brauchte dringend medizinische Hilfe. Nur saßen sie immer noch in diesem Haus fest. Ein Blick zum Fenster verriet, dass der Sturm draußen immer noch unaufhaltsam tobte. Verzweifelt ging Karen in ihren Gedanken alle möglichen Optionen durch. Doch ihr fiel nichts ein, außer einem Funkgerät ohne Batterien, Handys, die keinen Empfang hatten und einer Straße, die überschwemmt war. Das Observatorium schien unerreichbar. Sollten Sie es noch einmal probieren? Nein, entschied Karen und strich sich unbewusst über ihren verletzten Finger.

Was blieb dann? Was konnte sie tun? Karen fiel nur eins ein. Sie musste das Rätsel lösen. Denn darin war auch ihre Rettung versteckt, war sie sich plötzlich sicher. Wenn sie nur wüsste, warum all dies geschah, dann würde sie es aufhalten können. Ruckartig sprang sie auf und stürmte los. »Ich muss mehr wissen«, rief sie zu Stephen zurück.

»Karen, warte.«

Doch Karen hörte ihn gar nicht mehr. Sie hastete direkt in Isabelles Zimmer, wo ihr Koffer noch genauso geöffnet und durchwühlt dastand, wie sie ihn hinterlassen hatte. Isabelle hatte nie vor, ihn mitzunehmen. Und deswegen glaubte Karen nun auf der richtigen Fährte zu sein. Wenn ihre Freundin ihr noch Antworten geben wollte, dann waren sie in ihren Sachen zu finden.

Karen hob die erste Bluse hoch. Isabelle hatte sie am Vortrag getragen. Karen hielt inne. Sie roch noch nach ihr, unverkennbar. Sie riss sich zusammen. Für ihre Trauer gab es später noch genug Zeit.

Ein Kleidungsstück nach dem anderen landete auf einem Stapel vor ihren Füßen. Karen fühlte sich wie ein Verräter, die Sachen ihrer Freundin zu durchwühlen. Doch sie wusste, sie hatte keine Wahl. Sie leerte den Koffer, bis sie eine kleine Schachtel entdeckte, um die eine Schleife gebunden war. Karens Hände zitterten, als sie die Schleife vorsichtig öffnete und den Deckel entfernte.

Es lagen Briefe darin. Sie erkannte die Handschrift sofort. Es war Hartfords. Karen sank auf den Stuhl neben dem Bett. Sekunden lang hielt sie die Briefe regungslos in der Hand. Hatte sie das Recht, sie zu lesen? Würde das ihre Freundschaft entweihen? Wenn jedoch irgendeine Information darin stand, die ihr und den anderen Freunden aus der Notlage helfen konnte, wie könnte sie die Briefe dann nicht lesen? Karen traf eine Entscheidung. Als sie den ersten Brief aus dem Umschlag nahm, dessen Datum verriet, dass er fast schon drei Jahre alt war, betete Karen, dass Hartford und Isabelle ihr verzeihen mögen.

Liebste Isabelle,
mein Herz blutet schon viele Monate. Doch lange habe ich nicht
den Mut gefunden, dir zu gestehen, dass ich längst wieder weiß,
was in dieser einen Nacht geschehen ist. Ich könnte nun sagen,
ich bin ein Idiot. Ich bin auch einer. Aber ich weiß, dass dies nichts
ändern würde. Auch will ich mich nicht herausreden, dass ich

betrunken war. Das wäre nur billig. Ich hab es verbockt. Gehörig. Und nur deswegen schreibe ich, weil ich möchte, dass du es weißt. Ich schäme mich und ich bereue.

Ich hoffe, dass du mir eines Tages verzeihen kannst. Mein einziger Trost ist, dass du nun in glücklichen Händen bist und die Schmach, die ich dir zugefügt habe, dein Leben nicht ernsthaft beeinflusst hat.

Ich wünschte, ich könnte die Zeit zurückdrehen.
Dein Hartford.

Karen schluckte schwer, als sie den Brief weglegte. Er wusste also doch wieder, dass Isabelle ihm einen Heiratsantrag gemacht und er abgelehnt hatte. Hatte Francis mit ihrer Nachfrage die Erinnerung ausgelöst? Keiner von beiden hatte je in den letzten Jahren etwas darüber erzählt.

»Warum auch«, murmelte sie leise vor sich hin. »Das war schließlich eine Sache zwischen den beiden.«

Karen überlegte angestrengt, ob ihr eine Veränderung in den letzten Jahren zwischen den beiden aufgefallen war. Aber egal, welche Situationen ihr von den Jahrestreffen einfielen, sie schienen so wie immer gewesen zu sein. Doch plötzlich erinnerte sie sich, dass es Isabelle war, die Hartford am ersten Abend dieses Wochenendes aus dem Haus gefolgt war. Das Flüstern in der Nacht zwischen den beiden. Isabelles Hand auf Hartfords Oberarm, als dieser den armen Vermieter Mister Warren am liebsten vor Wut angesprungen wäre. Karens Wissensdurst wuchs ins Unermessliche. Sie konnte kaum erwarten, den nächsten Brief zu lesen. Hatte Isabelle ihm verziehen und die beiden konnten den Vorfall hinter sich lassen? Eine düstere Ahnung ließ sie das nicht glauben. Sonst würde sie sich heute nicht in diesem Zimmer befinden und diese Zeilen lesen.

Der nächste Brief war ebenfalls fast drei Jahre alt. Doch Karen konnte am Datum erkennen, dass er nach ihrem Treffen in Zürich geschrieben worden war.

Meine liebste Isabelle,
ich bin so froh, dass wir geredet haben. Ich bin so glücklich darüber, was ich erfahren habe. Glaub mir, ich kam voller Angst zu unserem Treffen. Ich wollte schon absagen. Ich hätte sicher einen

In Liebe? Karen stutzte. Sie war bisher davon ausgegangen,
dass Isabelles Zuneigung unerwidert blieb. Sie glaubte bislang,
dass Hartford nicht nur den Heiratsantrag abgelehnt hatte, weil
er betrunken war, sondern weil er keinerlei Interesse an ihr hatte.
Hatte Francis nicht gesagt, dass die beiden kein Paar waren? Aber
vielleicht wusste auch Francis nichts davon. Schließlich sagte sie
auch, dass sie nie wieder nachgefragt hätte.

Und schließlich war da ja auch noch Georgia, Hartfords Freundin. Karen wusste, dass Hartford eigentlich hatte Single bleiben
wollen, als er nach Mailand ging. Doch schon der erste Termin in
der Arbeitsvermittlung machte diesen Plan zunichte. Er hatte einer wunderschönen, rassigen Italienerin gegenüber gesessen, die
ein wenig zu sehr bemüht war, ihn zu vermitteln. Georgia gestand
ihm später, dass sie sich in dem Augenblick in ihn verliebt hatte,
in dem er durch ihre Tür getreten war. Vor allem sein permanent
lausbübischer Gesichtsausdruck, aber auch die braunen Augen,
die vollen Augenbrauen und der Dreitagebart mit dem passenden
Schnauzer hätten sie direkt angesprochen. Karen hatte das gut
verstehen können, als Hartford ihr das erste Mal von dem Beginn
seiner Romanze erzählt hatte. Und so hatte Georgia nicht locker
gelassen, bis Hartford sie schließlich zum Essen ausführte. Nur
eins konnte sie auch Monate später immer noch nicht verstehen,
erzählte sie letztes Jahr bei dem Jahrestreffen in Mailand mit einem verräterischen Augenzwinkern: Warum er permanent

Mützen trug. Als Hartford viel zu überstürzt bei Georgia einzogen war, hatte sie jedoch ein nettes Plätzchen für jedes einzelne Exemplar gefunden. Und Hartford hatte sich in der Familienidylle wohlgefühlt. Das dachte Karen zumindest bis heute.

Doch in diesem Brief schrieb Hartford »in Liebe«, aber nicht an Georgia. An Isabelle. Karen seufzte und griff nach dem nächsten Umschlag.

Meine Geliebte,

ja, mir geht es wie dir. Ich verzehre mich. Es bräuchte nur ein kleines Zeichen von dir und ich würde alles stehen und liegen lassen. Ich weiß, ich kann dir längst nicht das Leben bieten, das Simon dir schenkt. Aber ich kann dich glücklich machen, dessen bin ich mir sicher. Vielleicht kannst du dich dafür auch mit etwas weniger Luxus arrangieren? Vielleicht würde es reichen, wenn wir nur zusammen sind? Mir ist egal, welchen Fleck der Erde du dir aussuchst. Ich will nur bei dir sein.

Um deine Frage zu beantworten. Nein, sie weiß nichts davon. Wie kann ich ihr das Herz brechen? Ich weiß, irgendwann muss ich es tun. Doch bis dahin möchte ich sie noch eine Weile glücklich sehen. Ich denke, das kannst du verstehen.

In Liebe Dein Hartford.

Das klingt ja fast so, als planten die beiden miteinander durchzubrennen, dachte Karen. Sie konnte nicht fassen, was da schwarz auf weiß geschrieben stand. Wie konnten sie das alle nie bemerkt haben?

Ein Brief war noch übrig. Der Poststempel verriet, dass er aus diesem Januar stammte. Karen zögerte einen Augenblick, doch dann öffnete sie auch diesen Umschlag.

Meine Geliebte,

wir waren geduldig, wir haben abgewartet. Aber bald ist es so weit. Bald bist du Mein. Ich verstehe deine Sorgen unseren Freunden gegenüber. Glaub mir, auch ich fühle mich schlecht dabei, ihnen diese Maskerade aufzutischen. Aber wie sollten wir sonst eine Chance haben, wenn auch nur einer vorher etwas ahnt? Es ist zu gefährlich, dass Simon etwas erfährt. Du hast vollkommen recht, er würde dich überall finden, wüsste auch nur eine andere Menschenseele, wo du bist. Wir dürfen ihnen nichts sagen.

Ich bin mir sicher, dass es einen Weg gibt, unsere Freunde um Verzeihung zu bitten. Im Nachhinein. Sie werden es verstehen. Schließlich sind sie doch unsere Freunde, oder? Also lass uns bitte beim Plan bleiben. Ich gehe am Morgen nach der Party als Erstes. Und du folgst mir irgendwann. Unsere Versicherung hole ich auf dem Weg nach Irland. Ich habe extra eine Fähre gebucht und für Francis schon eine Erklärung parat. Es wird funktionieren, ich bin mir sicher.

Und ich kann es kaum erwarten, dass unser gemeinsames Leben beginnt.

Ich liebe dich so sehr.

Dein Hartford.

P. s. Nimm dieses Geschenk, das mit dem Brief eintrifft, als eine Art Wiedergutmachung. Ich habe inzwischen viel gelesen und weiß nun mehr um den Brauch deines Antrages. Und auch wenn sich die Dinge nun geändert haben, bin ich dir noch die Wiedergutmachung schuldig. Diese will ich als Zeichen für unseren Neuanfang unbedingt erfüllen. Es ist kein Schmuckstück, aber die Pfeife ist aus heiligem Holz geschnitzt. Sie war einst ein Erbstück in meiner Familie und sie soll nun dir gehören.

Wie bitte? Karen musste schlucken und las den Brief immer und immer wieder. *Ich gehe am Morgen nach der Party als Erstes. Und du folgst mir irgendwann.*

Hartfords Abgang war geplant? Augenblicklich stieg Wut in Karen auf. Wahrscheinlich gehörte seine Meckerei die ganze Zeit zur Maskerade. Karen könnte sich ohrfeigen, dass sie das so getroffen hatte. Sein gesamtes Verhalten war nur Teil eines Plans. Genauso wie die ständigen Unterstellungen, sie hätte etwas mit den ominösen Gegenständen in der Schublade zu tun gehabt. Was sie so sehr gekränkt hatte. Dabei wusste Hartford die ganze Zeit, wer seine Pfeife zuletzt besessen hatte. Wer von beiden hatte sie also deponiert? Isabelle? Warum? War das alles Teil des Plans? Wollten sie untertauchen?

Zumindest erklärten diese Zeilen die Pistole. Die Versicherung, von der Hartford schrieb, muss die Pistole sein. Karens

Vermutung formte sich langsam zu einem klaren Bild. Die beiden wollten irgendwo ein neues Leben zusammen anfangen und taten dabei so geheimnisvoll, damit Simon nichts erfuhr. Aber wieso? War er ein Mafia-Boss? War er gefährlich? Oder waren Hartford und Isabelle nur feige?

Sie wollten sogar verschwinden, ohne ihren besten Freunden etwas zu verraten. Auch das kränkte Karen zutiefst und sprach für Letzteres. Es war alles eine Lüge. Wieder sammelten sich Tränen hinter ihren Brillengläsern. Tränen der Kränkung und auch der Trauer.

Aber etwas war schief gelaufen. Hartford war blutend zurückgekehrt und schließlich tot zusammengebrochen. Das erklärte auch Isabelles Zustand. Anstatt gemeinsam ein neues Leben zu beginnen, starb ihr Liebster vor ihren Augen.

Karen schluchzte. Sie brauchte einige Minuten, um sich zu sammeln und hinaus zu Stephen gehen zu können. Es graute ihr davor, ihm die Briefe zu zeigen und all diese Geheimnisse zu offenbaren. Es würde ihn noch schwerer treffen. Doch schließlich faltete sie alle Seiten wieder zusammen, legte sie in die Box zurück und hob sie schließlich aus dem Koffer. In diesem Augenblick hielt Karen inne. Unter der Schachtel befanden sich weitere Papiere. Zwei Stück, um genau zu sein. Karen setzte sich wieder hin, legte die Box zur Seite und nahm nun diese Zettel in die Hand. Der Erste war nur eine Notiz und Karen erkannte die Handschrift von Isabelle.

Ich flehe dich an, mir zu glauben. Ich war es nicht. Es gibt nur eine Erklärung und die zeigt, dass wir aufgeflogen sind. Du darfst nicht gehen. Bitte, wenn du mich wahrhaftig liebst, dann bleibe. Wir finden einen anderen Weg.

Karen drehte und wendete den Zettel in ihrer Hand hin und her. Doch es stand nichts weiter darauf geschrieben. Kein Hinweis, von wann der Zettel war. Stammte er vom Wochenende? Hatte sie ihn Hartford geben wollen und keine Gelegenheit mehr gefunden? Oder hatte Hartford die Zeilen gelesen und war trotzdem gegangen? Karens Kopf schwirrte. Sie wusste nicht mehr, was sie von all dem halten sollte.

Ein Zettel war noch übrig. Er war abgegriffen, Falten hatten sich tief in das Papier eingeschnitten. An den Rändern waren erste Ausfransungen zu erkennen. Isabelle musste dieses Stück Papier sehr oft in der Hand gehabt haben. Allerdings konnte Karen überhaupt nichts damit anfangen, was darauf in ihrer Handschrift geschrieben war.

Die Liebe soll verschwinden,
sich nicht länger winden,
wenn das Jahr sich wieder schaltet,
der Atem des Mythos waltet,
wenn das Gut drei Schuldiger sich vereint,
und eine Heilige weint,
an des Adligen Ort
verschwindet die Liebe hinfort.

Was war das? Dieser Reim ergab für Karen gar keinen Sinn. Doch eines musste sie eingestehen. Er passte zu Isabelle. Zu all ihrem mystischen Kram. Plötzlich musste sie wieder an die Tarotkarten aus Francis' Erzählung denken. Ihr waren solche Dinge heilig. Wozu hatte sie also diesen Reim bei den Briefen von Hartford aufbewahrt? Er liebte sie doch auch. Oder doch nicht?

Karens Augen überflogen die Zeilen erneut. Doch sie konnte sich auf die meisten Dinge keinen Reim machen. Was war bloß mit dem Atem des Mythos gemeint? Mit dem adligen Ort? Karen kannte nur einen Menschen in ihrer Umgebung, der mit dem Adel in Berührung stand. Doch wie oft vergaß sie, dass Stephen gar nicht so weit unten in der englischen Thronfolge stand und aus einer waschechten Adelsfamilie entstammte. Er mied das Thema. Nein, das konnte nicht sein, dachte Karen augenblicklich. All ihre Zeilen hatten sich um Hartford gedreht, da konnte Isabelle nun unmöglich plötzlich Stephen meinen. Oder doch?

Eine unheilvolle Ahnung breitete sich unaufhaltsam aus. Doch sie weigerte sich, den Gedanken weiterzuverfolgen. Das wäre zu ungeheuerlich.

Karen hatte zwar Antworten gefunden, aber auch weitere Fragen, die offenblieben. Ihr fröstelte es. Und das lag weniger an dem Umstand, dass die Heizung in Isabelles Zimmer nicht vom

Notgenerator versorgt wurde. Eilig nahm sie die Briefe und Zettel in die Hand und stürzte hinaus. Sie musste Stephen einweihen.

29. Februar, 18.22 Uhr

Er saß immer noch am großen Esstisch neben dem Kamin, in dem das Feuer nun endgültig erloschen war. Doch zu Karens Erstaunen starrte Stephen auf wohlvertraute Gegenstände nieder: eine Pfeife, ein Taschentuch, eine Kette und ein Bild. Karen kämpfte den erneut aufkeimenden Zorn nieder, der in ihr Aufstieg, sobald sie die Pfeife entdeckt hatte. Nun war ihr klar, wer die Gegenstände deponiert haben muss. Es konnte nur eine unter ihnen gewesen sein. Hatte sie auch diese bedrohliche Botschaft verfasst? Karen schauderte.

»Warum hast du das wieder rausgekramt?«

»Keine Ahnung.« Stephen zuckte nur mit den Schultern. »Und, was entdeckt, das uns hilft, Francis in ein Krankenhaus zu schaffen?«

»Nein.« Karen holte tief Luft. »Dafür etwas anderes.«

Langsam begann sie zu erzählen, legte die Briefe auf den Tisch und fasste sie so emotionslos wie möglich zusammen. Doch als sie zum Teil mit der Pfeife kam, konnte sie selbst ihren Ärger in ihrer Stimme hören. Zu ihrem Erstaunen blieb Stephen jedoch regungslos. Sie hätte mehr Entrüstung angesichts der vielen Geheimnisse erwartet, die sein bester Freund vor ihm hatte. Sie musterte sein Gesicht aufmerksam. Doch Stephen verzog keine Miene und starrte ununterbrochen weiter auf die Tischplatte.

»Und da ist noch etwas, von dem ich nicht weiß, was das zu bedeuten hat«, versuchte sie ihm schließlich eine Reaktion zu entlocken. »Schau hier, der Zettel war auch unter ihren Sachen.«

Karen legte das Stück Papier mit dem Spruch direkt in sein Blickfeld. Endlich reagierte Stephen. Jedoch nicht so, wie sie es erwartet hatte. Denn er wurde leichenblass und seine Mundwinkel fingen an zu zucken.

»Oh Gott. Nein.«

»Stephen, kennst du den Spruch?«

Er schüttelte den Kopf.

»Was ist dann damit?«

Stephen öffnete den Mund, schnappte nach Luft, nur um ihn wortlos wieder zu schließen. Statt zu antworten, nahm er das

Taschentuch in die Hand, das vor ihm lag. Jenes Stück Stoff, auf dem seine Initialen gestickt waren. Er breitete es vor sich aus und glättete sanft die Falten. So wie Karen früher die Bettdecken im Hotel glatt gestrichen hatte. Doch lag in Stephens Bewegung Apathie.

»Stephen, würdest du mir bitte erklären, was in deinem Kopf vorgeht? Ich kann mit dem Spruch nichts anfangen. Du offenbar schon. Also rede endlich. Hat es etwas mit deinem Adelstitel zu tun?«

»Ich weiß es nicht«, stammelte er nun. »Ich hab diese Zeilen wirklich noch nie gesehen. Aber ich habe eine Ahnung.«

»Was für eine Ahnung?«

Doch er schüttelte nur den Kopf und strich weiter das Stofftaschentuch glatt.

»Stephen, Herrgott noch mal. Erklär mir, was das zu bedeuten hat. Das *Jahr, das schaltet,* krieg ich noch selbst auf die Reihe. Bist du mit dem *adligen Ort* gemeint? Was ist mit dem *Atem des Mythos* oder das *Gut der drei Schuldigen*? Hilf mir«, bettelte Karen nun fast.

»Es liegt vor uns.«

»Was?«

»Das *Gut von drei Schuldigen*. Hartford ist der Erste, Francis die Zweite. Ich fürchte, der Dritte im Bunde bin ich. Ich hätte es wohl aufhalten können, aber ich hab es nicht. Es ist alles meine Schuld.«

»Stephen, wovon zum Teufel sprichst du?«

Karen starrte ihn fassungslos an.

»Ich habe gelogen. Ich wollte es nicht. Aber manchmal kann ich nicht anders.«

»Womit hast du gelogen?«

»Mit so vielem.« Stephen strich sich sorgenvoll mit den Fingern über die Stirn, die wieder in Falten lag. »Allen voran mit meinem Job. Ich bin längst nicht der hochrangige Hotelmanager, wie ihr glaubt. Ich bin permanent pleite und lebe eigentlich auf Pump. All das waren Lügen. Aber die sind unwichtig. Denn nur eine Lüge ist die Schlimmste.«

»Und welche wäre das?« Karen war es herzlich egal, dass Stephen ihnen mehr Erfolg vorgaukelte, als er tatsächlich erreicht hatte. Das war in der Situation, in der sie steckten, gerade unwichtig. Doch dann traf Karen die Erkenntnis wie ein Schlag. Noch bevor er es aussprach, wusste sie plötzlich, von welcher Lüge er sprach.

»Ich habe Isabelle in der Nacht damals doch noch gesehen.«

Strafe für die Schuldigen

Vier Jahre zuvor

M ist, verdammt.« Stephen fluchte. Beinahe wäre er auf den Bordstein gefallen, weil sein linker Fuß an dessen Kante hängen geblieben war. Er sollte besser aufpassen, wohin er trat. Stephen war so auf seinen Ärger fixiert, dass er den Weg aus den Augen verloren hatte. Doch er gab die Schuld der Straßenlaterne, deren Licht flackerte und somit nicht richtig funktionierte. Stephen schaute sich um. Er stand auf einer dunklen Straße unweit des Studentenwohnheimes, in dem er eigentlich gerade eine verheißungsvolle Nacht genießen wollte. Doch Nathalie hatte ihn abrupt abblitzen lassen.

Keine Ahnung, was in den Köpfen der Weiber manchmal vorging, dachte er nun grimmig. Sie hatte ihn höflich, aber bestimmt zum Gehen aufgefordert, dabei hatte er nur einen ersten zaghaften Annäherungsversuch gestartet. Warum zum Teufel hatte sie ihn überhaupt in ihr Zimmer eingeladen, wenn sie nicht mit ihm ins Bett wollte? War das ein Spiel? Kein Sex beim ersten Date? Nun, für Stephen hätte es sowieso kein zweites Date gegeben und jetzt war es umso mehr ausgeschlossen.

Der Frust der Ablehnung saß tief. Statt in einem warmen Bett fand er sich nun auf dieser dunklen Straße in der Winterkälte Birminghams wieder. Der Wind hatte aufgefrischt und schnitt ihm nun scharf ins Gesicht. Stephen schlug den Kragen seines Mantels hoch, um sich besser zu schützen.

»Dann eben nicht«, murmelte er frustriert und wählte an der nächsten Ecke die Abkürzung durch den Park, um schneller zu seinem Heim zu gelangen. Nur wenige Schritte von der Straße entfernt war es bereits stockfinster. Der Park war nachts nicht beleuchtet, weswegen er vor allem in den Sommermonaten ein verlockender Ort für ein süßes Stelldichein war. Doch in dieser späten Februarnacht rechnete Stephen nicht damit, auf andere Menschen zu treffen oder ein leises Stöhnen aus dem Gebüsch zu vernehmen. Umso erstaunter war er, vor sich ein Licht aufflackern zu sehen. Neugierig trottete er direkt auf den schwachen Lichtschein zu.

Die ganze Szene wirkte surreal. Mitten auf der Wiese flackerte ein kleines Licht, von schwarzen Umrissen umgeben, die sich jedoch nicht bewegten. Angestrengt starrte Stephen das Ensemble an und grübelte, ob er sich dem wirklich nähern sollte. Etwas Unheilvolles lag in der Luft, glaubte er zu spüren. Schließlich überwog seine Neugier. Stephen zog den Mantel enger um seinen Körper und ging die letzten Meter auf die dunkle Gestalt zu.

»Isabelle, es ist eiskalt. Was machst du hier?«, fragte er perplex, als er sie endlich erkannte. Isabelle saß auf einer kleinen Decke im Schneidersitz, hielt eine Kerze in der Hand und murmelte leise vor sich hin.

»Mir ist nicht kalt«, antwortete sie irgendwie abwesend.

»Ich bitte dich«, widersprach er sofort. »Es ist halb vier Uhr morgens. Im Februar. Nicht gerade der beste Zeitpunkt, um ein Picknick im Park zu veranstalten, oder?«

Isabelle blickte zu ihm hoch, doch sie machte keine Anstalten, zu antworten. Stattdessen löste sie eine Hand von der Kerze und klopfte damit auf ein freies Stück Decke, um ihn zum Hinsetzen aufzufordern. Stephen seufzte, ließ sich jedoch nieder. Sie war schließlich seine Freundin. Also beschloss er, ihrem Verhalten auf den Grund zu gehen.

»Also, was machst du hier? Wo ist Hartford?«, fragte er und suchte vergeblich nach einer einigermaßen bequemen Sitzposition.

»In seinem Zimmer. Seinen Rausch ausschlafen.«

Stephen konnte nicht sagen, ob es ihn wegen des Windes fröstelte oder wegen der Kälte, die in Isabelles Stimme lag.

»Und warum bist du nicht in deinem Zimmer?«

»Das Gleiche könnte ich dich auch fragen«, gab sie zurück, wandte ihren Kopf zur Seite und blickte ihm direkt in die Augen. Der Anblick trieb eine Gänsehaut über seinen Rücken. Isabelle starrte klar, aber voller Wut. Ihre blauen Augen blitzten kurz auf, was Stephen zusammenzucken ließ.

»Kein Glück gehabt.«

»Hmmm. Das passiert uns allen mal.«

»Aber mir doch nicht«, stieß er sofort entrüstet aus und schlug mit der Faust auf die Decke. Eben dieser Fakt war es, der ihn so ärgerte. Stephen war es nicht gewohnt, abgelehnt zu werden. Normalerweise kann ihm keine Frau widerstehen. Vor allem nicht, wenn er sich bereits einen ganzen Abend um sie bemüht hatte und sich anschließend mit ihr allein in ihrem Zimmer wiederfand.

Stephen genoss den Ruf auf dem Campus, exzellente Fähigkeiten in diversen Körperteilen zu besitzen. Und die Damen, die ihn einluden, wollten eben diese auskosten. Das war ein unausgesprochener Pakt. Sex ohne Verpflichtungen. So mochte Stephen sein Liebesleben. Mit Gefühlen konnte er nichts anfangen. Das konnte er noch nie. Jedoch nach einer Einladung unverrichteter Dinge wieder hinaus geschmissen zu werden, war eine neue, schmerzliche Erfahrung für ihn. Sie kratzte mehr an seinem Ego, als es Stephen lieb war.

»Das Leben ist eben nicht fair«, murmelte Isabelle leise neben ihm.

»Sitzt du deswegen hier draußen mitten in der Nacht?«

Sie zuckte nur mit den Schultern und starrte erneut auf die Flamme der Kerze, die sie immer noch in ihren Händen hielt.

»Komm, lass uns gehen«, drängte er. Langsam kroch die Kälte in jede Faser seines Körpers. Isabelles Verhalten kam ihm immer merkwürdiger vor und ängstigte ihn ein wenig.

»Ich bin noch nicht fertig.«

»Mit was?«

Erneutes Schulterzucken ohne Antwort.

Nun starrte Stephen ebenso in die Flamme der Kerze in Isabelles Händen.

»Ich verstehe nicht, warum manche den Wald vor lauter Bäumen nicht sehen«, sprach Isabelle plötzlich leise neben ihm.

»Wovon sprichst du?«

»Da haben sie einen besonderen Menschen vor der Nase und schnallen es nicht. Dabei ist es doch für andere deutlich zu sehen.«

Stephen dachte über die Worte nach. Wen meinte Isabelle? Ihn? Er war so in seinem Frust und verletztem Ego gefangen, dass er überhaupt nicht auf die Idee kam, dass sie von jemand anderem sprechen konnte.

»Aber woher weiß man denn, dass der andere Mensch etwas Besonderes ist?«

»Das spürt man.«

»Woran?«

Isabelle drehte sich abrupt zu ihm.

»Im Ernst, Stephen?«

Diesmal zuckte er lediglich mit den Schultern.

»Willst du mir ernsthaft erklären, dass du das nicht gespürt hast? Das glaube ich dir nicht, mein Freund.«

Stephen fühlte sich unwohl. Es konnte doch unmöglich sein, dass sie auf sich selbst anspielte. Oder doch? Sie schaute ihm immer noch tief in die Augen und erwartete seine Antwort. Doch Stephen wusste nicht, was er sagen sollte. Stattdessen beugte er sich vor und näherte sich ihren Lippen.

In diesem Moment traf ihn ihre Hand klatschend auf seiner Wange.

»Hast du sie noch alle?«, bellte sie schrill. Stephen konnte das Vibrieren der Ohrfeige deutlich auf seiner Haut spüren. Unbewusst hob er seine Hand und strich über die Wange. Was hatte er getan?

»Ich hab doch nicht von dir und mir gesprochen, du Idiot«, fluchte sie. »Ernsthaft, hast du das etwa geglaubt … du und ich …? Ich meinte Karen. In deinem Fall zumindest.« Sie brach kopfschüttelnd ab. »Versuch das bei mir nie wieder, du Trottel.«

»Oh Gott, Isabelle. Es tut mir leid«, stammelte er verlegen und sprang sofort auf. Wie konnte er sie nur so missverstanden haben? Natürlich sprach sie von Karen. Ihre Gefühle für ihn waren keinem entgangen. Nur lag es nicht an Karen, dass sie nicht erwidert wurden. Oder besser erwidert werden konnten, gestand er sich erneut ein. Es war sein Fehler, nicht ihrer.

Doch zu Stephens Verteidigung hatte irgendetwas zusätzlich in Isabelles Worten gelegen, nicht nur der schlichte Hinweis auf eine unerfüllte Romanze zwischen ihm und Karen. In ihrem Ton schwang eine andere Verbitterung. Er wusste nur nicht, wem diese galt.

Stephen spürte etwas Feuchtes an seinem rechten Mundwinkel. Er hatte sich vor Schreck auf die Lippe gebissen. Er zog sein Stofftaschentuch aus seiner Hosentasche und tupfte das Blut aus dem Mundwinkel.

»Es tut mir leid«, wiederholte er. »Ich weiß nicht, was ich sagen soll.«

»Ihr seid doch alle gleich«, schimpfte Isabelle weiter. »Keiner versteht mich. Warum hört mir keiner richtig zu?«

Isabelle blieb weiterhin regungslos sitzen und starrte erneut in die Flamme der Kerze.

»Bitte Isabelle, was soll ich tun? Das war so dumm von mir. Bitte, lass uns das vergessen und komm jetzt mit heim.« Stephen zitterte nun am ganzen Körper. Er konnte nicht sagen, ob vor Schreck oder vor Kälte.

»Ich bin noch nicht fertig«, zischte sie erneut. »Jetzt erst recht.«

»Womit bist du noch nicht fertig?«

»Geht dich nichts an. Du gehst jetzt besser.«

»Komm mit mir.«

»Nein!«

»Bitte, Isabelle, ich flehe …« Doch er brach ab. Isabelle schaute ihn an. Ihre Augen leuchteten im Kerzenschein und flackerten diabolisch auf. Der Anblick ließ ihm das Blut in den Adern gefrieren.

»Dann eben nicht.«

Stephen gab auf. Es hatte keinen Zweck. Seine Freundin würde ihm nicht folgen. Und er konnte es sogar verstehen, nachdem, was er eben getan hatte. Was war nur in ihn gefahren? Er hatte nie Interesse an Isabelle gehegt. Hatte sie recht, war er nur von Egoismus geleitet gewesen, um sich nach der heutigen Abfuhr bei ihr Bestätigung zu holen? Er schüttelte den Kopf. Er hatte keine Ahnung. Aber es war geschehen und er hoffte inständig, dass sie ihm diesen Versuch nicht lange nachtragen würde. Stephen nahm sich bereits vor, sich am nächsten Tag noch einmal zu entschuldigen.

»Okay, sagte er leise. Ich geh jetzt.«

Isabelle nickte nur unmerklich und bewegte sich sonst keinen Zentimeter. Stephen stopfte flüchtig das Taschentuch zurück in seine Jackentasche, zögerte noch einen Moment und warf einen letzten Blick auf seine Freundin, die immer noch im Schneidersitz auf der Decke verharrte. Dann gab er sich einen Ruck, drehte sich schwungvoll um und ging schließlich. In seiner Aufruhr merkte Stephen nicht, dass das Taschentuch dabei aus der Jacke rutsche und lautlos zu Boden fiel. Mit schnellen Schritten entfernte er sich und steuerte den beleuchteten Weg zwischen den Häusern an, der ihm nun doch sicherer erschien. Als er bereits einige Meter zurückgelegt hatte, glaubte er, Isabelle hinter sich wieder leise murmeln zu hören. Doch Stephen drehte sich nicht mehr um, sondern ging unaufhaltsam weiter.

»Glaub mir, ich bin wirklich nicht stolz darauf. Ich weiß, dass es keine Glanzleistung war«, stammelte Stephen nun. Er hatte den Kopf auf seine Hände gestützt und saß wie ein Häufchen Elend vor Karen.

»Du hast sie da sitzen lassen?«, fragte Karen perplex. Stephen schüttelte wild den Kopf.

»Was hätte ich denn noch tun sollen? Sie wollte, dass ich verschwinde, was ich durchaus verstehen konnte.«

»Ich glaube es nicht.«

»Ich bin später noch einmal hin«, verteidigte er sich leise. »Kurz vor Sonnenaufgang. Ich konnte nicht schlafen. Doch sie war weg. Die Decke und die Kerze auch. Das Einzige, was ich fand, war das hier.«

Stephen zog einen Armreif aus seiner Hosentasche heraus.

»Den muss sie verloren haben. Ich habe mich vier Jahre lang nicht getraut, ihn ihr zurückzugeben. Ich wollte es heute tun, bevor all das passiert ist.«

Karen nahm ihm den Armreif aus der Hand und betrachtete ihn ausgiebig. Es war ein silberner Reif. Nichts Besonderes, kein wertvoller Schmuck. Sie hatte ihn nie an Isabelles Handgelenk gesehen. Er war so schlicht, dass sie nicht mal mit Sicherheit sagen konnte, dass es ein Schmuckstück für Frauen war. Karen bezweifelte stark, dass er von Isabelle stammte.

»Glaub mir, ich war extrem erleichtert, als ich sie am nächsten Tag auf dem Flur im Unigebäude entdeckte. Sie war wie immer, hat mir sogar zugewunken, bevor sie in den Seminarraum verschwand. Es ging ihr gut. Ich dachte, alles sei in Ordnung.« Stephen zuckte erneut mit den Schultern.

»Ich wusste ja nicht, was davor …« Er brach ab und tippte mit dem Finger zerstreut auf den abgegriffenen Zettel mit Isabelles Handschrift vor sich.

»Erst Hartford, dann Francis und zum Schluss noch ich, ich Idiot. Sie muss sich von uns allen verraten gefühlt haben. Drei Schuldige«, murmelte er nun.

Die Schuldigen müssen bestraft werden.

Karen durchfuhr es bei der Erinnerung an den Zettel, den sie hinter dem Heiligenbild entdeckt hatte. Plötzlich fügten sich alle Puzzleteile in Karens Gedanken zu einem Bild zusammen.

Stephen war am Morgen des 29. Februars auf Isabelle getroffen. An ihrem wahren Geburtstag. Dem Schalttag. Sie hatte drei Kränkungen hintereinander erfahren. War der Reim in dieser Nacht geschrieben worden? Ein Zauberspruch?

Ja, das würde zu Isabelle passen, entschied Karen augenblicklich. Sie glaubte an diese Dinge. Und wahrscheinlich hatte sie nach Stephens tölpelhaftem Verhalten nur noch mehr Gründe für ihr Vorhaben empfunden. Aber würde sie ihren Freunden wirklich schaden wollen? Aus Rache? Drei Schuldige bestrafen? Karen fiel es schwer, ihrer Freundin solch einen Schritt zuzutrauen. Dennoch riss sie den Zettel entschlossen an sich und studierte die Worte erneut auf der Suche nach irgendeiner Gefahr darin.

»Das ist ein Entliebungszauber«, sprach Karen schließlich laut ihre Gedanken aus. »Hartford hatte ihren Heiratsantrag abgelehnt. Sie wollte ihn nicht mehr lieben, würde ich sagen.«

»Ja, diesen Wunsch kann ich nachvollziehen.«

Stephen nickte sanft, schaute dennoch skeptisch auf den Zettel in Karens Hand. Diese war nun vollends in ihrem Element und nicht mehr aufzuhalten.

»Dann nehmen wir das mal auseinander. Erstens: *Die Liebe soll verschwinden, sich nicht länger winden, wenn das Jahr sich wieder schaltet.* Das bezeichnet *Lá na léime*, den 29. Februar, oder? Schalttag.«

»Ja, so verstehe ich es auch. Aber was bedeutet *der Atem des Mythos waltet?*«

Karen zuckte mit den Schultern, bis eine weitere Erinnerung in ihre Gedanken schoss.

»Oh Gott.« Sie schlug eine Hand vor den Mund. »Das hat Francis herausgefunden. Wir konnten es nur nicht verstehen.« Karen sprang auf und hastete zum Couchtisch. Einige Sekunden später kam sie mit einem Buch zurück, ließ es leise auf den Tisch nieder und blätterte eifrig darin.

»Hier«, sagte sie schließlich. »Das hat sie uns vorgelesen.«

Der Mug Ruith – übersetzt Sklave des Rades - ist eine Figur in der irischen Mythologie. Er ist ein mächtiger blinder Druide von Münster, der auf Valentia Island im County Kerry lebte. Er konnte eine enorme Größe erreichen. Sein Atem verursachte Stürme und verwandelte Männer in Stein.

»Das ist der Atem des Mythos. Der Sturm da draußen erfüllt eine weitere Bedingung in Isabelles Zeilen.«

Karen erstarrte.

»Und das Gut der drei Schuldigen liegt vor uns«, ergänzte Stephen mit zittriger Stimme und nahm das Taschentuch, die Pfeife und die Kette in die Hand. Er legte alles zu einem Haufen auf eine Seite. Den Kupferstich mit Karens Gesicht schob er auf eine andere Stelle.

»Du bist die Einzige, die Isabelle damals in der Nacht nicht enttäuscht hat. Deswegen bist du die Heilige. War das Original nicht eine Schutzheilige?«

»Ja. Darerca, die Schutzheilige von Valentia Island.«

»An des Adligen Ort«, murmelte Stephen weiter. »Ich bin zwar adlig. Aber ich besitze nichts. Was meint sie wohl damit?«

Karen überlegte fieberhaft. Es war wahr. Stephen hatte weder das wohlhabende Stadthaus noch den weitläufigen Landsitz der Familie geerbt. All das war an seinen älteren Bruder Thomas James gegangen. Erleichterung breitete sich in ihr aus, als Karen klar wurde, dass er nicht gemeint sein konnte. Und dann machte es klick.

»Sie meint nicht dich! Es geht um das Cottage«, rief sie aus. Karen zeigte mit dem rechten Arm quer durch den Raum. »Dieses Haus hier, in das ich euch eingeladen habe. Schon vergessen, was Mister Warren gesagt hat? Es gehört dem letzten Ritter von Kerry. Das ist auch ein Adelsgeschlecht. Deswegen passierte alles hier. Wir sind JETZT an einem adligen Ort.«

Stephen riss seine Augen auf, als ihm die Bedeutung dessen klar wurde. Doch dann schüttelte er resigniert den Kopf.

»Nein, das kann ich nicht glauben. Du meinst also tatsächlich, Isabelle hat vor vier Jahren einen Zauberspruch ausgesprochen, der sich heute erst bewahrheitet und uns alle töten soll? Das ist doch Unfug.«

»Oh Gott.« Karen ignorierte seinen Einwand. »Ich hab euch erst in das Unglück gestürzt, indem ich euch hergeholt habe.« Tränen sammelten sich bereits in ihren Augen. Doch Stephen nahm sanft ihre Hand und schaute sie warmherzig an.

»Das alles ist nicht deine Schuld, Karen. Wenn, dann ist es Isabelles Schuld. Sie hat doch schließlich diese Zeilen aufgeschrieben. Oder? Und: Es gibt keine echte Zauberei!«

Karen schluckte. Ihr Verstand sagte ihr, dass Stephen recht hatte. Doch ihr Herz fühlte anders. Irgendwie schuldig. Zumindest mitschuldig.

»Ich versteh nur nicht, warum sie es nicht mehr rückgängig gemacht hat. Schließlich ist doch mit Hartford alles gut geworden«, wimmerte sie nun. »Er hat sie doch auch geliebt. Es steht in seinen Briefen. Isabelle brauchte sich nicht mehr entlieben. Oder war es zu spät?«

»Keine Ahnung.« Stephen zuckte erneut mit den Schultern, bevor er weiter laut überlegte. »Okay, nehmen wir mal an, dass du recht hast. Unabhängig davon, ob Magie existiert, Isabelle zumindest hat daran geglaubt. Dann hat sie den Spruch vergessen. Oder gedacht, dass er nicht gewirkt hat. Es ist schließlich alles vier Jahre her.

»Vergessen ist plausibel«, nickte Karen nachdenklich. »Schließlich hat sie ja dann Simon geheiratet. Aber dann sind wir alle hier zusammengekommen und die Dinge nahmen ihren Lauf.«

Karen las die Zeilen noch einmal durch. Heute, hier und jetzt waren erst alle Bedingungen des Spruchs erfüllt. War das selbst für Isabelle ein Schock? Heute war wieder ein Schalttag und sie war die Einzige, die die Wahrheit kannte.

»*Und die Liebe entschwindet fort.* Hartford. Der Spruch hat ihn getötet«, winselte Karen nun und wollte ihren eigenen Worten nicht glauben. Konnte das sein?

»Aber das kann Isabelle doch nicht gewollt haben?« Stephen schüttelte weiter ungläubig den Kopf.

»Nein, mit Sicherheit nicht. Schau hier.« Karen zog die Nachricht zwischen den Briefen hervor, die in Isabelles Handschrift verfasst war. Sie hatte Hartford warnen wollen, als sie erkannte, was wirklich um sie herum geschah. Doch es war wohl zu spät. Die Magie war unaufhaltsam.

»Ich weiß nicht, Karen.« Stephens Stimme zitterte. Ihm fiel es schwer, ihren Gedankengängen zu folgen. Alles klang zwar irgendwie logisch und doch auch wiederum nicht.

»Magie? Ernsthaft? Ich glaube nicht daran.«

»Hast du eine andere Erklärung?«

Karen durchfuhr ein Schaudern. Es war ein unheimliches Gefühl, an Magie zu glauben. Sie war nicht greifbar. Sie war unsichtbar. Und sie war für viele von ihnen immer unwirklich erschienen. Außer für Isabelle. Doch die letzten Stunden waren Wirklichkeit gewesen. Ihre Wirklichkeit. Grausam, unwiderruflich und unaufhaltsam. Karen hatte sich getäuscht. Sie konnte die Geschehnisse nicht aufhalten, selbst wenn sie die Wahrheit herausfand. Verzweiflung infizierte nun jede Zelle in ihrem Körper wie ein böser Virus.

»Du glaubst wirklich daran«, stellte Stephen überflüssigerweise fest.

»Isabelle hat daran geglaubt. Ist das nicht alles, was zählt?«, schluchzte sie. »Oder denkst du, da draußen läuft jemand herum, der uns alle umbringen will und auf perfide Weise einen nach dem anderen angreift?«

»Klingt genauso unwahrscheinlich«, musste Stephen gestehen, konnte aber das Gefühl nicht abschütteln, dass es für ihre Lage keine logische Erklärung zu geben schien.

Sekunden lang starrten die beiden schweigend auf die Dinge vor sich. Ein jeder war damit beschäftigt, das Unbegreifliche zu begreifen. Bis Karen schließlich aufstand.

»Wir müssen hier weg«, flüsterte sie, als wolle sie vermeiden, dass jemand ihnen zuhören könnte.

»Es ist nicht nur das Haus. Aber es ist AUCH das Haus, wenn ich recht habe. Und wir können nicht sicher sein, dass noch weitere *Schuldige* bestraft werden. Wenn ich nur an Francis' Arm denke ...« Karens Blick streifte automatisch die zierliche Gestalt, die eingewickelt in Decken auf dem Sofa lag. Die Alufolie auf ihrem Arm warf einen glänzenden Schein. Karen entging die Ironie nicht, dass nur wenige Stunden zuvor an der gleichen Stelle eine andere Frau schlafend gelegen hatte. Die nun verschwunden war.

»WENN du recht hast. Was ist, wenn du dich irrst und wir hier im Haus doch sicherer sind als da draußen?«

»Ich irre mich nicht. Vertraue mir, wir müssen irgendwie hier weg«, wiederholte sie eindringlicher. »Wie spät ist es?«

»Zehn Minuten nach neun.«

»Dann sind es noch knapp drei Stunden bis Mitternacht. Drei Stunden Schalttag, die wir nicht in diesem Haus verbringen dürfen.« Karen bettelte nun. Es war ihr egal, ob Stephen ihr glaubte oder nicht. Francis brauchte Hilfe und Stephen sollte nicht auch noch etwas geschehen.

Stephen nickte und erhob sich.

»Was schlägst du vor?«

Karen schilderte in knappen Sätzen, was sie sich in Windeseile ausgedacht hatte. Sie hoffte inständig, dass dies keine Sackgasse sein würde. Drei Stunden konnten eine Ewigkeit bedeuten, in denen noch viel passieren könnte. Bang stellte sie sich eine Frage: Würden sie Mitternacht überhaupt noch erleben?

29. Februar, 21.22 Uhr

Sie teilten sich auf. Um sich bestmöglich vorzubereiten, übernahm Karen die Verpflegung. Sie kochte in der Küche Tee und befüllte damit eilig mehrere Thermoskannen. Hektisch schmierte sie einige Sandwiches, schnitt Obst und Gemüse klein und warf es in eine Plastikdose. Stephen suchte inzwischen alle irgendwie nützlichen Utensilien zusammen: Decken, Mützen und Handschuhe, mehrere Feuerzeuge und Kerzen. Stephen kramte sein Schweizer Taschenmesser hervor und packte sogar einen Schraubenzieher ein. Die Handys steckte er an den Strom, um im Schnelldurchgang noch mal genug Akkuleistung für die Taschenlampen-App zu laden. Fast wünschte er, Hartfords Pistole noch zu haben. Doch die war irgendwo da draußen kurz vor den Klippen, wo er sie achtlos zurückgelassen hatte.

Der Plan war simpel und verzweifelt zugleich. Karen war überzeugt davon, dass sie so schnell wie möglich aus dem Haus verschwinden mussten, um sicherzugehen, dass ihnen nichts mehr passierte. Zumindest bis Mitternacht. Egal ob sie nun an Zauber glaubten oder nicht. In Karens Augen war dies ihre einzige Chance. Sie hatte argumentiert, dass es keinen Sinn ergab, die Straße Richtung Zivilisation einzuschlagen, um erneut von den reißenden Fluten aufgehalten zu werden. Dort wären sie viel zu ungeschützt dem Sturm ausgeliefert. Nein, Karen wollte ein weiteres Mal Richtung Observatorium.

»Wir nehmen alles mit, was uns hilft, um einige Stunden im Auto klar zu kommen«, hatte sie Stephen erklärt. Karen klammerte sich an der neuen, kühnen Idee fest, dort eine Stelle zu finden, wo sie mit dem Wagen den Zaun durchbrechen konnten. Im

248

besten Fall würden sie so auf das Gelände des Observatoriums gelangen. Im schlechtesten Fall würde es vollkommen nutzlos sein. Notfalls könnten sie immer noch bis zum Morgengrauen im Wagen ausharren. Ihrer Meinung nach wären sie dort draußen immer noch sicherer als in diesem Cottage.

Sie stopfte den Proviant in ihren Wanderrucksack, aus dem sie alles Unnötige achtlos herausgeschüttet hatte. Schließlich warf sie alles übrig gebliebene Verbandsmaterial und den Rest der Alufolie hinein, um Francis falls notwendig neu verbinden zu können. Die Tablettendose landete ebenfalls im Rucksack. Karen hoffte, dass all dies ausreichen würde, bis sie in Sicherheit waren. Sie wagte nicht daran zu denken, dass niemand ihnen zu Hilfe kommen würde oder gar der Sturm das Auto umwerfen könnte.

Oder irrte sie sich womöglich doch und im Haus wäre es sicherer?

Nein. Karen fühlte sich getrieben. Der Raum erschien ihr plötzlich bedrohlich. Für einen kurzen Augenblick starrte sie das Küchenfenster an, dass zwei Tage zuvor auf so merkwürdige Art und Weise geklemmt hatte. Wollte das Haus sie damals schon einsperren? Karen streckte ihre Hand nach dem Fenstergriff aus, in der Erwartung, irgendetwas würde passieren, sobald sie ihn berührte. Aber es geschah nichts. Der Griff fühlte sich kalt an, ließ sich mühelos drehen und das Fenster öffnete sich leicht wie eine Feder. Augenblicklich stob ein Windstoß das Fenster auf und fuhr durch den Raum. Karen musste sich mit ihrem ganzen Körper gegen den Rahmen stemmen, um das Fenster wieder schließen zu können.

Das war Zeichen genug. Das Haus war nicht sicher, dachte Karen. Sie irrte sich nicht.

Entsetzt starrte sie in die Dunkelheit hinter der Fensterscheibe. Draußen war es längst tiefste Nacht und der Sturm schien sich keineswegs beruhigt zu haben. Doch für Karen war die Bedrohung im Haus größer als draußen im finsteren Sturm. Am liebsten hätte sie das Cottage sofort verlassen, nachdem sie alle Puzzleteile zusammengesetzt hatten. Doch Stephen hatte recht. Sie mussten ihre Flucht gut vorbereiten, um da draußen durchhalten zu können.

»Ich bin fertig«, rief sie nun durch das Haus, um Stephen zu drängen.

»Einen Moment noch, ich hab's gleich«, rief er zurück. Es klang, als wäre er im hintersten Teil, dort, wo das Notstromaggregat immer noch seinen Dienst tat. »Ich suche nur noch eine Säge oder etwas ähnliches, das uns am Zaun helfen kann.«

Keine schlechte Idee, dachte Karen, hoffte jedoch inständig, dass er auch endlich für den Aufbruch bereit war. Entschlossen stellte sie den Rucksack an die Tür und ging dann zur Couch. Sanft strich sie Francis über die Wange. Sie schlief und ihr gleichmäßiger, friedlicher Atem hätte Karen fast glauben lassen können, dass mit ihr alles in Ordnung war. Doch sie wusste es besser. Lediglich die Schlaftablette tat ihren Dienst. Eigentlich wäre es das Beste gewesen, Francis nicht zu wecken. Aber Karen hatte keine Wahl. Sie mussten aus dem Haus raus. Sofort.

»Hey Liebes, aufwachen«, flüsterte sie und rüttelte sanft an ihrer gesunden Schulter. Doch Francis rührte sich nicht. Karen versuchte es weiter, strich ihr immer wieder über die Wange und sprach leise auf sie ein. Irgendwann flatterten Francis' Augenlider. Sie drehte den Kopf erst nach rechts, dann nach links, öffnete den Mund und schmatzte wie ein kleines Baby. Karen rüttelte sie erneut an der Schulter, was Francis schließlich voller Schreck hochfahren und sie anstarren ließ.

»Was ist passiert?«, keuchte sie und verzog augenblicklich das Gesicht vor Schmerzen. »Aua, verdammt. Das tut höllisch weh.« Sie schaute auf die Alufolie um ihren Arm und wollte mit der freien Hand darauf fassen.

»Nicht!« Karen hielt sie zurück und war beruhigter, dass Francis nun doch etwas fühlte. Das war ein besseres Zeichen als die Taubheit zuvor. »Die Folie schützt dich. Die Wunde verklebt so nicht und sie beugt einer Auskühlung vor, indem sie die Wärme zurückhält.«

Francis nickte und ließ die Hand wieder sinken.

»Ist dir kalt? Ist dir schwindlig?«

»Ja und nein.«

»Okay.« Karen nickte und dachte nach. »Kannst du aufstehen? Wir müssen gehen. Sofort.«

»Ich denke schon.«

»Ich helfe dir.«

»Wohin gehen wir?«, fragte Francis mit zitternder Stimme.

»Dorthin, wo wir Hilfe für dich kriegen. Aber unbedingt raus aus diesem Haus«, antwortete Karen in einem bestimmten Ton. Sie scheute sich, Francis den gesamten Plan zu offenbaren. Es würde nicht helfen, sie in Angst und Schrecken zu versetzen. Umso wichtiger war es, diesem geschwächten Körper so wenig Aufregung wie möglich zuzumuten.

Wacklig kam Francis auf die Beine und Karen führte sie zum Tisch, wo sie sich an der Kante festhalten konnte. Danach holte sie die Decke von der Couch und wickelte sie um Francis Körper, sorgsam darauf bedacht, den verletzten Arm nicht zu berühren.

»Wir schaffen das. Stephen und ich passen auf dich auf, keine Sorge. Bald bist du im Krankenhaus«, fügte sie hinzu. Sie hoffte inständig, dass sie recht behalten würde.

»Komm.« Karen schob Francis sanft zur Tür. Kaum hatte sie diese geöffnet, schlugen ihnen Wind und der feuchte Nebel entgegen. Die Böen rüttelten gefährlich an der alten Holztür und ließen sie hin und her schwingen. Karen stellte einen Fuß dagegen, damit sie nicht wieder zuschlagen konnte. Im Lichtschein des Hauses konnte sie ihr klappriges, altes Auto nur erahnen. Francis starrte ebenso zweifelnd in den Sturm hinaus, verzog das Gesicht und schaute Karen schließlich unsicher an.

»Wir müssen«, beharrte diese. Es war egal, wie sehr der Wind ihr die Haare in das Gesicht blies, kalt in ihre Haut einschnitt und die Feuchtigkeit des Nebels sie durchnässte. Sie mussten hier weg, um jeden Preis. Bevor noch mehr geschah.

Bis zum Auto waren es nur wenige Meter. Sanft schob Karen ihren Arm unter Francis' gesunde Schulter und drängte sie vorwärts. Diese setzte zögerlich einen Fuß vor den anderen. Mit jedem Schritt stützte sie sich mehr auf Karen, die schon fast glaubte, dieses Gewicht nicht mehr tragen zu können. Doch das Adrenalin in ihren Adern ließ sie nicht aufgeben. Gemeinsam schafften sie es zur Hintertür des Autos, wo sich Francis erschöpft auf den Rücksitz fallen ließ.

»Bleib hier, wir kommen sofort nach«, keuchte Karen atemlos. Sie schloss bereits die Autotür und wandte sich um, um zurück zum Rucksack zu eilen. Wo zur Hölle blieb Stephen nur?

Francis warf Karen ein mattes Lächeln durch die vom Nebel befeuchtete Scheibe zu, bevor ihr Gesicht aus ihrem Blickfeld verschwand.

Alles wird gut, dachte Karen wieder. Es musste alles gut werden. Sie rannte zurück auf die Haustür zu, durch die immer noch der einzige Lichtschein in die Dunkelheit drang. Plötzlich verdunkelte eine Gestalt das Licht.

»Gott sei Dank, Stephen«, rief sie aus. »Wir müssen los!«

Doch Stephen antwortete ihr nicht. Karen eilte auf den Schatten zu. Ihr Magen zog sich zusammen. Irgendetwas stimmte nicht. Karen hastete weiter vorwärts, doch der Wind stemmte sich gegen sie, als ob er sie davon abhalten wollte, die Haustür wieder zu erreichen. Karen senkte verzweifelt den Kopf zum Boden und hob ihre Hände schützend vor das Gesicht. Meter um Meter arbeitete sie sich vorwärts.

Plötzlich gefror ihr das Blut in den Adern. Stephen stand in der Tür mit einem schmerzverzerrten Gesicht. Entsetzt starrte sie auf seine Hand, die unnatürlich verbogen war. Blut tropfte von ihr herunter auf den Holzboden. In der anderen Hand hielt er eine Säge, die ebenfalls voller Blut war.

»Stephen«, schrie Karen und eilte die letzten Schritte auf ihn zu. Doch sie konnte es nicht mehr verhindern. Karen konnte nur hilflos zuschauen, wie Stephen vor ihren Augen zusammenbrach.

Ein letzter Atemzug

Wieder stand die Welt für einen Augenblick still. Der Wind hielt inne, alle Geräusche um sie herum verstummten. Karen konnte nur noch ihren Herzschlag hören. Die Welt um sie herum war wieder in einer Zeitlupe gefangen. Unentwegt starrte sie auf den Körper, der nur wenige Schritte von ihr entfernt lag. War es das? Das Ende? War er tot?

Karen war wie gelähmt. Sie konnte das Blut in ihrem Kopf rauschen hören. Sie spürte, wie Wassertropfen von ihrem Haar auf ihr Gesicht fielen und dort unendlich langsam die Haut hinunterliefen. Sie atmete tief ein und sog die kalte Luft in ihre Lungen. Doch Karen konnte nicht mehr ausatmen. Sie wollte ihre Beine bewegen, doch auch die gehorchten ihr nicht mehr. Langsam spürte sie, wie sich ihre Kehle zusammenschnürte.

Panik stieg in ihr auf. Nackte Panik. Verzweifelt versuchte sie, die Luft aus ihren Lungen zu pressen.

Eine winzige Handbewegung beendete alles.

Plötzlich war die Zeitlupe so schnell vorbei, wie sie begonnen hatte. Die Luft entwich aus ihrem Mund, Wassertropfen fielen von ihren Wangen zu Boden. Der Wind gab Karen einen Stoß von hinten und trieb sie weiter ins Haus hinein.

Er hatte seine Hand bewegt.

»Stephen«, schrie sie der Gestalt auf dem Boden entgegen.

Karen konnte ihren eigenen Schrei im Haus nachhallen hören. Der schrille Ton löste auch den letzten Rest ihrer Starre auf. Karen hastete sofort zu Stephen. Er versuchte, sich schwankend aufzurichten.

Er lebte.

»Oh, Gott sei Dank. Ich dachte schon …«

»Ich kann mein Blut nicht sehen, das haut mich immer um.« Angewidert wandte Stephen seinen Kopf ab.

Vorsichtig tastete Karen sein Gesicht ab. Dort waren keine Wunden zu entdecken. Auch Hals und Oberkörper waren unversehrt. Was man von seiner Hand nicht sagen konnte.

»Bleib erst einmal sitzen. Du darfst nicht wieder ohnmächtig werden, verstanden?«

Stephen nickte.

Karen war wieder im Krisenmodus und agierte mechanisch, wie sie es gelernt hatte. Sie inspizierte mit wenigen Blicken die Wunden. Überall an der Hand konnte sie Schnitte ausmachen, die leicht bluteten. Doch am meisten machte ihr sein Zeigefinger Sorgen. Er war halb abgerissen. Aus der Wunde floss das Blut unaufhaltsam.

»Halt still«, befahl sie ihm und zog den Gürtel von ihrer Hose. »Ich muss deinen Arm abbinden, damit es aufhört zu bluten.«

Stephen nickte erneut und starrte in ihr Gesicht, um nicht wieder sein eigenes Blut sehen zu müssen. Sie hatte recht, er durfte nicht wieder ohnmächtig werden.

Karen eilte zurück zum Rucksack, wühlte das restliche Verbandsmaterial heraus. Wie ferngesteuert gelang es ihr, die Hand zu verbinden. Anschließend legte sie mit geübten Handgriffen ein Dreieckstuch zur Schlaufe und legte seinen Arm darin ruhig. Stephen stöhnte.

»Ich habe zu lange gebraucht«, jammerte er. »Ich habe keine Ahnung, wie das passieren konnte. Es ging so schnell. Das war kein Unfall, glaub mir.«

»War jemand dort?«

»Nein. Nicht jemand. Aber ETWAS«, stammelte Stephen.

»Das ergibt keinen Sinn.«

»Ich weiß. Das ist es ja. Ich kann es nicht erklären.« Stephen fuchtelte verzweifelt mit den Armen, sodass Karen ihn ermahnen musste, still zu halten. Für Erklärungen war jetzt nicht die richtige Zeit. Das konnte warten. Eins jedoch nicht. Sie mussten endlich aus dem Haus.

»Schaffst du es ins Auto?«, fragte sie verunsichert. Stephen blickte auf den Verband herunter und nickte zögerlich.

»Ich denke schon.«

In diesem Moment schaute er ihr direkt in die Augen. Karen erstarrte. Erst jetzt gestand sie sich ein, wie groß ihre Angst gewesen war, Stephen zu verlieren. Sie konnte sich das Grauen nicht vorstellen. War es Isabelle so ergangen?

Erleichterung erfüllte sie. Er saß vor ihr, konnte reden. Vielleicht sogar laufen. Das viele Blut hatte alles dramatischer aussehen lassen, als es war. Wobei Karen sich nicht sicher war, ob sein

Finger gerettet werden konnte. Aber er lebte. Und er sprach. Sie hatte ihn nicht verloren. Noch nicht?

Karen folgte einem Impuls. Mit einem Ruck presste sie ihre Lippen auf seine. Doch aus dem forschen Druck wurde schließlich ein sanfter Kuss. Als sie sich von ihm löste, schaute er sie überrascht an.

Karen öffnete den Mund, um irgendetwas zu sagen. Doch ihr fiel nichts Passendes ein. Ein warmer Glanz lag nun in seinem Blick.

Sie konnte nicht sagen, wie lang ihre Blicke miteinander verschmolzen waren. Es schien nur ein kurzer Moment gewesen zu sein und doch fühlte es sich gleichzeitig wie eine Ewigkeit an. Schließlich rief sich Karen selbst zur Vernunft.

»Wo ist die Tasche?«

»Noch hinten in der Kammer.«

»Okay, warte, bis ich zurück bin.«

Karen sprang auf ihre Füße und hastete zur Kammer. Die Tasche lag neben einer Blutlache, Feuerzeuge und Kerzen waren herausgefallen. Drum herum sah nichts verdächtig aus. Die Kammer war bis auf wenige Utensilien und das Stromaggregat leer. Karen wusste nicht, was hier passiert war. War er gestolpert und in die Säge gefallen? Oder irgendwo hängen geblieben? Wie konnte er sich nur so derartig mit der Säge selbst verletzten? Vielleicht war die Säge von einem Regal heruntergefallen, bevor er sie greifen konnte, überlegte Karen. Oder war es wirklich ein Etwas gewesen, wie er behauptete?

Die Kammer besaß kein Fenster, durch das ein Tier sich hätte hineinschleichen können. Ein Tier? Karen schüttelte sich. Es war ihr schleierhaft, wie sie in dieser Situation an ein Tier denken konnte. Doch sie erinnerte sich plötzlich wieder an die Katze, die sie neulich nachts aufgeschreckt hatte. Zudem war jeder andere Gedanke noch abwegiger. Es würde beweisen, dass Magie existierte. Karen wusste immer noch nicht, ob sie daran glauben wollte.

Ein wohlvertrautes Knarzen erklang. Karen blickte automatisch zu der kleinen Holztür der Kammer. Doch sie bewegte sich nicht. Das Knarzen kam nicht vom Kammereingang. Es war über ihr. Plötzlich spürte Karen einen kalten Lufthauch um ihren Hals. Ihr Herz schlug automatisch schneller. Karen schüttelte sich. Sie mussten aus dem Haus, sofort, bevor noch Schlimmeres passierte. Sie konnte sich des Eindrucks nicht verwehren, dass das Cottage nur noch einen tiefen Atemzug nahm, bevor es zum vernichtenden Schlag ausholte.

Achtlos schmiss Karen alles wieder in die Tasche, schloss sie eilig und hastete zurück zu Stephen. Der hatte sich bereits aufgerichtet und stand nun wacklig vor ihr. In seinen Augen konnte sie nackte Panik entdecken. Er spürte es auch.

»Los«, sagte sie leise und er nickte. Langsam wankte er zur Tür.

Unterdessen griff Karen nach dem Rucksack, ohne Stephen dabei auch nur eine Sekunde aus den Augen zu lassen. Sie fürchtete, die Ohnmacht könnten ihn wieder umhauen. Fast erwartete Karen, dass der Wind sich erneut gegen sie stemmen würde, um sie am Verlassen des Hauses zu hindern. Doch stattdessen spürte sie den Wind nun hinter sich. Mit all seiner Kraft schob er sie vorwärts zum Auto. Stephen schaffte es allein bis zur Tür und rüttelte bereits mit der gesunden Hand am Türgriff.

»Warte.«

Karen warf die Taschen hastig in den Kofferraum und lief dann um das Auto herum. Sie öffnete ihm die Tür und half Stephen dabei, sich ins Auto zu setzen. Erschöpft ließ er sich auf den Beifahrersitz fallen.

»Tut mir leid«, stammelte er Sekunden später.

»Jetzt hör auf«, schrie Karen nun hinterm Lenkrad hervor, sodass er geschockt verstummte. Wütend wischte sie sich die klatschnassen Haare aus ihrem Gesicht. Ihre Nerven waren zum Zerreißen gespannt. Seine Entschuldigungen halfen ihr nicht. Halfen ihnen nicht. Karen nahm ihre Brille ab und trocknete sie mit einem Tuch aus dem Fach in der Autotür. Nachdem sie diese wieder auf den Nasenrücken geschoben hatte, traute sie sich schließlich, zur Seite zu schauen. Stephen hatte nun die Augen vor Erschöpfung geschlossen. Ihr Blick fiel nach hinten, wo Francis sich zusammengekauert auf die Rückbank gelegt hatte. Auch ihre Augen waren geschlossen.

Plötzlich fühlte Karen sich mutterseelenallein. Sie spürte, wie die Wirkung des Adrenalins nach dem ersten Schock nachließ und Müdigkeit ihren Körper erfasste. Doch gleichzeitig verstärkte sich auch die Angst in ihren Knochen. Der Wind rüttelte unaufhaltsam an dem kleinen Auto, der Sturm hatte kein Erbarmen.

Los jetzt, ermahnte sie sich selbst. Entschlossen drehte Karen den Autoschlüssel um und startete den Motor, der sofort ansprang. Karen stieß dankbar die Luft aus ihren Lungen, die sie vor Anspannung darin angehalten hatte.

Die Scheibenwischer quietschten schnell über die Windschutzscheibe. Doch der Nebel legte permanent neue Wassertropfen darauf ab, dass die Wischer kaum klare Sicht brachten. Zu allem Überfluss schien die Scheibe nun auch noch von innen zu beschlagen. Karen schaute durch einen verschwommenen Schleier in die dichte weiße Nebelwand, die ihre Scheinwerfer nun anstrahlten. Es würde eine Fahrt ins Ungewisse werden, halb blind und voller Sorge. Doch das war Karen egal. Sie wusste, sie hatten keine andere Chance mehr. Mit einem Ruck legte sie den Gang ein und ließ die Kupplung kommen.

Karen fuhr auf den Feldweg Richtung Klippen, so sanft wie möglich, um Francis und Stephen durch das Rütteln nicht noch mehr Schmerzen zu verursachen, doch so schnell wie nötig.

Jetzt lag es an ihr, sie alle zu retten.

An ihr ganz allein.

29. Februar, 22.34 Uhr

Es konnte auch Einbildung sein, aber Karen glaubte plötzlich, dass der Sturm nachließ. Bis zum Ende des Weges fuhr sie schneller. Doch sobald die Reifen auf das Gras trafen, wagte sie sich nur noch im Schritttempo vorwärts. Der Wagen wurde immer heftiger durchgeschüttelt, doch nun verursachten die Löcher der Wiese Francis und Stephen Schmerzen. Karen betete inständig, dass sie nicht mit dem Wagen stecken blieben.

Das Innere des Autos war vom Quietschen der Scheibenwischer und abwechselndem Stöhnen aus Stephens und Francis' Mündern erfüllt. Einerseits beruhigten sie die Laute aus den Mündern ihrer Freunde, hieß es doch, dass sie immer noch lebten. Andererseits machten sie die Geräusche auch nervös. Karen hielt diesem Klang schließlich nicht mehr stand. Wie in Trance tastete sie blind nach dem Radio. Doch sie bekam nur Rauschen herein und gab die Suche nach einem Zeichen von Zivilisation abrupt auf. Plötzlich sank der linke Vorderreifen verdächtig ab. Karens Herz setzte für einen Schlag aus. Bitte nicht, betete sie stumm und trat aufs Gaspedal. Der Wagen sprang so ruckartig vorwärts, dass sie sich erschrak. Stephen und Francis stöhnten vor Schmerzen auf.

»Haltet durch«, murmelte sie und lenkte den Wagen vorsichtig weiter. Karen meinte sich zu erinnern, dass das Feld kurz vor dem Zaun wieder ebener werden würde. Sie musste es nur bis dahin schaffen. Eins nach dem anderen.

Und plötzlich sah sie ihn. Karen bremste abrupt, was erneutes Stöhnen neben und hinter ihr zur Folge hatte. Vor ihr ragte das Ungetüm aus Metall aus dem Boden. Karen beugte sich über das Lenkrad und spähte gen Himmel. Doch auch diesmal konnte sie das Ende des Zaunes in dem dicken Nebel nicht erkennen.

Ob das wirklich funktionierte? Karen hatte ihre Zweifel. Der Zaun sah unzerstörbar aus. Doch nun konnte sie vor sich dickere Streben entdecken. Diese verbanden die Zaunteile miteinander. Würden sie nachgeben und aufbrechen, sobald der Wagen auf sie traf? Hier würde sie es versuchen.

Also gut. Das war wohl der Moment der Wahrheit, dachte sie. Karen legte den Rückwärtsgang ein und fuhr zurück, in der Hoffnung, der Abstand würde ausreichen. Sie prüfte mit einem flüchtigen Blick, ob Stephen angeschnallt war. Ein Blick nach hinten verriet ihr, dass Francis den Gurt nicht angerührt hatte. Sie lag zusammengekauert auf der Rückbank, den bandagierten Arm auf den Bauch gelegt. So würde sie beim Aufprall ungebremst durch das Auto geschleudert werden.

»Francis«, rief Karen nach hinten. »Du musst dich anschnallen.«

Doch Francis stöhnte nur auf und stammelte etwas, was Karen nicht verstehen konnte. Sie bewegte sich nicht. Karen blieb keine Wahl. Sie löste ihren Gurt und stieß die Tür gegen den Wind auf. Sofort peitsche der Wind ihr erneut Feuchtigkeit ins Gesicht. Karen hob ihren Arm zum Schutz und tastete sich am Auto entlang bis zur Hintertür. Plötzlich hielt sie inne. Ließ der Sturm tatsächlich nach?

Egal, murmelte sie, öffnete die Tür und krabbelte zu Francis hinein. Doch das Rütteln nützte nichts, ihre Freundin reagierte nicht auf sie. Mit letzter Kraft bugsierte Karen den schlaffen Körper in eine sitzende Position und legte den Gurt um sie. Sie versicherte sich zweimal, dass der Verschluss richtig ins Schloss eingerastet war.

Karen hastete wieder hinters Lenkrad und zog die schwere Autotür zu. Wirr wischte sie die nassen Haarsträhnen aus ihrem Gesicht.

»Okay Mädchen«, sprach sie zu sich selbst. »Jetzt kommt es drauf an.«

Karen legte den ersten Gang ein und starrte auf den Zaun vor sich, der bereits wieder im Nebel versank. Sie schnallte sich selbst wieder an, zog die Brille ab und verstaute sie im Ablagefach der Autotür. Das Herz klopfte ihr nun wieder bis zum Hals. Ihre Hände zitterten, als sie diese ums Lenkrad krallte. Karen hatte noch nie einen Autounfall gehabt. Sie wusste nicht, wie sich ein Aufprall anfühlte. Tat es weh? Würde der Gurt sie genügend schützen? Hatte das Auto genügend Anlauf? All diese Fragen schwirrten ihr durch den Kopf, während sie den rechten Fuß vom Bremspedal hob, die Kupplung kommen ließ und schließlich kräftig mit beiden Füßen auf das Gaspedal trat.

Das Auto setzte sich in Bewegung. Instinktiv drückte Karen ihren Körper nach hinten in den Sitz.

Und dann schien die Zeit wieder still zu stehen. Karen hatte keine Ahnung, wie schnell das Auto geworden war, bevor Blech auf Metall traf. Denn nun erschien alles erneut langsam. Zeitlupe und ruckartige Bewegungen existierten gleichzeitig. Karen spürte den Aufprall, als dauerte er eine Ewigkeit.

Die Wucht riss ihren Körper nach vorn. Vor ihrem Gesicht blähte sich ein weißer Stoff auf, feiner Staub flog ihr ins Gesicht, bevor ihre Haut den Airbag berührte. Ihr linkes Knie schlug an die untere Armatur. Karen schrie vor Schmerz auf. Sie konnte das Lenkrad nicht länger festhalten. Ihre Hände schnellten Richtung Windschutzscheibe vor, berührten sie jedoch nicht. Alles schien sich in ihrem Körper nach vorne zusammenzustauchen, der Sitz drückte von hinten nach. Ein ohrenbetäubendes Geräusch erklang, Glas brach, Blech wurde eingedrückt. Aus dem Augenwinkel heraus sah sie, wie Stephens Körper neben ihr ebenfalls nach vorn gerissen wurde, bevor sein Kopf im Airbag landete.

Und dann wurde er plötzlich wieder nach hinten gezogen. Ebenso wie ihr eigener Körper. Mit einem Ruck landete sie wieder in der aufrechten Sitzposition, in der ihr Körper vor dem Aufprall war. Dort schien er eine Ewigkeit zu verharren, bis Karen den nächsten Gedanken fassen konnte.

Hat es geklappt?

Sie öffnete die Augen. Wann hatte sie ihre Augen geschlossen? Hatte ihr Blick nicht gerade noch auf Stephen geruht? Geistesabwesend starrte Karen in ein weißes Nichts. Plötzlich war alles still um sie herum. Kein Stöhnen. Die Scheibenwischer verharrten verkrümmt auf einer gesprungenen Windschutzscheibe. Der Motor war erstorben. Und kein Wind pfiff um das Auto herum.

Karen tastete nach dem Gurtschloss und löste es. Mit der rechten Hand suchte sie den Türgriff. Die Tür ging überraschend leicht auf. Karen staunte, wie schwerelos ihr gesamter Körper sich anfühlte. Sie hatte keine Schmerzen, sie fühlte keine Angst mehr. Sie fühlte nur noch Leichtigkeit.

Geschmeidig ließ sie sich aus dem Auto gleiten. Etwas war anders. Es dauerte einige Sekunden, bis sie den Unterschied bemerkte. Der Nebel war nicht kalt. Nicht feucht. Kein Lüftchen wehte. Karen fand sich in einem weißen Nichts wieder, indem sich nichts bewegte, nichts geschah. Sie war von vollkommener Stille umgeben.

Nein, das stimmte nicht. Plötzlich hörte sie ein leises Summen. Oder war es ein Singen? Karen drehte sich in die Richtung, aus der das Geräusch kam. Doch sie konnte nichts im Nebel erkennen.

»Ist da jemand?«, rief sie zaghaft. Ihre Stimme hallte seltsam in dem Nichts nach. »Bitte, wir brauchen Hilfe.«

Doch sie bekam keine Antwort. Stattdessen verstärkte sich das Summen. Karen kniff die Augen zusammen und starrte umso angestrengter in den Nebel hinein. Sie wünschte, sie hätte ihre Brille auf. Doch die war sicherlich beim Aufprall zerbrochen. Karen wollte keine Zeit verschwenden, um nach ihr zu suchen.

Vorsichtig tastete sie sich an der Motorhaube entlang. Eigentlich müsste diese direkt am Zaun sein. Wahrscheinlich waren beide ineinander verkeilt, vermutete Karen. Hatte sie es geschafft, den Zaun zu durchbrechen? Doch Karen sah kein Metall. Sie ertastete kein Metall. Sie konnte vor dem Auto stehen, ohne den Zaun zu berühren. Das konnte nicht sein, dachte sie sofort. Irgendetwas stimmte nicht.

Wie zur Bestätigung ertönte das Summen lauter als zuvor. Karen riss den Kopf herum. Es kam von der anderen Seite des

Autos. Mit der rechten Hand tastete sie sich weiter am Auto entlang, bis sie den Seitenspiegel auf der Beifahrerseite erreicht hatte.

»Bitte helfen Sie uns«, rief sie wieder.

Ihre eigenen Worte wurden von einem Echo zurückgeworfen.

Ein süßlicher Duft stieg ihr plötzlich in die Nase. Das Summen
kam näher. Und plötzlich rann ein Schauer über ihren Rücken. Sie
glaubte, eine weiße Gestalt auszumachen. Oder waren es zwei
weiße Gestalten?

Wie konnte sie nur Weiß von Weiß unterscheiden?

Karen kniff die Augen zusammen. Doch sie verweigerten ihren
Dienst. Es war unmöglich, Konturen derselben Farbe voneinan-
der zu unterscheiden. Weiß auf Weiß. Doch Karen spürte den
Unterschied förmlich.

»Hilfe«, rief sie noch einmal.

In diesem Augenblick brach Hektik vor ihr aus. Weiße Schatten
stürmten vor einem weißen Hintergrund aufeinander zu. Sie
kämpften. Sie rangen miteinander. Und doch hinterließen sie keinen Luftzug. Nur einen Duft. Das Parfüm, das nach Jasmin und
süßlichen Hölzern roch.

»Isabelle«, schrie Karen. Doch der Kampf vor ihr tobte auf
seinem Höhepunkt. Karen konnte die Wucht spüren, mit denen
weiße Schatten aufeinanderprallten, wieder auseinander glitten,
nur um erneut aufeinander zu zustürmen. Instinktiv streckte sie
ihren rechten Arm aus.

»Isabelle?«

Nicht, halt dich da raus, glaubte sie zu hören. Doch Karen lief
weiter auf den unsichtbaren Sturm vor sich zu. Dieser tobte nun
auch auf Karens Seele.

Nicht, vernahm sie erneut. Doch es war zu spät. Die Wucht
hatte Karen ergriffen, schleuderte sie in die Luft und ließ sie bru-
tal auf den Boden aufschlagen. Sie spürte zuerst den Aufprall und
dann einen Schmerz an ihrer rechten Schläfe. Der Kampf tobte
weiter um sie herum und Karen zog ihre Knie so nah an den
Körper, wie sie konnte. Wie ein kleines Mädchen, das sich ver-
steckte, lag sie nun auf dem Boden und wollte sich so klein und
unsichtbar wie möglich machen. Plötzlich hörte der Kampf auf.
Sekunden später spürte sie einen zarten Hauch, der ihr über das
Gesicht streifte. Sie roch Jasmin und süßes Holz.

Bring sie in Sicherheit, sonst bringt er sie auch noch um, hörte sie eine Stimme flüstern, bevor alles um sie herum schließlich verschwamm.

29. Februar, 23.51 Uhr

Sie hörte die Stimme von weit weg. Doch mit jedem Ruf wurde sie klarer und stärker.

»Miss, geht es Ihnen gut? Alles in Ordnung?«

Karen öffnete die Augen und starrte in den Airbag. Jetzt spürte sie auch die Hand auf ihrer Schulter und schaute dorthin, woher die Stimme gekommen war.

»Die Fahrerin ist wach«, schrie ein fremder Mann neben ihr in irgendein Gerät in seiner Hand. »Alles in Ordnung?« Er schaute sie freundlich und warm an.

Karen nickte automatisch. Sie wollte etwas sagen, doch ihre Stimme versagte. Ihr Kopf schmerzte, sie konnte etwas Warmes über ihren Augen spüren. Langsam hob sie ihre linke Hand und ertastete Feuchtigkeit. Blut.

»Bewegen Sie sich nicht, wir holen Sie da raus«, sagte der fremde Mann neben ihr.

Karen nickte wieder. Sie sah sich um. Saß sie tatsächlich im Auto? Immer noch? Oder schon wieder? Hatte sie das Auto überhaupt verlassen oder nur fantasiert?

Im nächsten Augenblick konnte sie den Gurt auf ihrer Brust spüren, der ihr die Luft zum Atmen nahm. Sie tastete nach links und fand das Gurtschloss. Mit einem Klick sprang es auf und der Gurt löste sich. Karen atmete tief ein.

»Sie sind mit dem Auto gegen den Zaun gefahren«, fuhr die Stimme neben ihr fort.

»Ich weiß. Das war Absicht, wir brauchten Hilfe. Ich bin so froh, dass sie hier sind.« Tränen der Erleichterung rannen ihr die Wangen hinunter.

»Ich habe schon nach Hilfe gerufen. Die anderen sind unterwegs.«

»Meine Freunde?« Karen versuchte, ihren Kopf nach links zu drehen.

»Nicht«, wollte der Mann sie aufzuhalten. »Bewegen Sie sich besser nicht. Das war ein harter Aufprall. Vielleicht haben Sie eine

262

Gehirnerschütterung. Oder eine Halswirbelverletzung. Ich kenne mich da nicht so aus, das muss Martin entscheiden.«

»Meine Freunde«, krächzte Karen wieder. Sie starrte den Mann flehend in die Augen und sah, wie er seinen Blick schweifen ließ.

»Sie sind am Leben, soweit ich das sehen kann. Aber es geht ihnen wohl leider nicht so gut wie Ihnen.«

»Aber sie leben.«

Er nickte zur Bestätigung.

In diesem Augenblick hörte sie einen Motor und danach weitere Stimmen.

»Kriecht durch das Loch im Zaun, Jungs«, schrie der Mann neben ihr und flüsterte dann sanft zu ihr gewandt: »Ich bin gleich wieder bei Ihnen, okay?«

Karen reckte den Kopf und spähte über den Airbag. Sie konnte den Mann am Zaun erkennen. Im weißen Dunst dahinter schienen zwei weitere Gestalten zu sein. Sie zogen am Zaun. Die Person, die eben noch neben ihr gestanden hatte, stemmte sich mit ihrem gesamten Körper dagegen, bis sie schließlich nach vorne fiel. Und dann konnte sie es sehen: Das Loch, das Karen in den Zaun gefahren hatte. Mit vereinten Kräften schafften es die Männer, die beiden Teile des Zauns so weit zu öffnen, dass sie schließlich ohne Mühe zwischen ihnen hindurch steigen konnten.

»Habt ihr die Trage dabei?«, hörte sie die vertraute Stimme fragen, verstand jedoch die Antwort nicht. Karen konnte nicht länger warten, sie musste ihren Kopf bewegen. Mühsam und trotz der Schmerzen drehte sie ihn nach links. Sie erblickte Stephen, der wie ein nasser Sack in sich zusammengesunken war. Sein Kopf lag auf seiner Brust über dem Dreieckstuch, indem die bandagierte Hand lag. Der Airbag vor ihm war in sich zusammengesunken. Karen scannte sein Gesicht, doch sie konnte nirgends Blut entdecken. Sein Brustkorb hob und senkte sich gleichmäßig. Er atmete. Freudentränen stiegen ihr in die Augen.

Um zur Rückbank zu schauen, musste Karen den gesamten Körper drehen. Dabei spürte sie einen stechenden Schmerz in ihrer Brust. Sie vermutete, dass sie sich die Rippen geprellt hatte. Auch Francis saß noch, hing jedoch ohnmächtig im Gurt. Ihr gesunder Arm hing schlaff an ihrer Seite herunter, der verbrannte lag auf ihrem Schoß. Karen konnte das verbrannte Fleisch sehen. Der Aufprall hatte die Alufolie verrutschen lassen.

»Wir holen Sie jetzt raus.« Karen zuckte erschrocken zusammen, bevor sie zurück in die Augen des freundlichen Mannes sah.

»Nein. Erst meine Freunde.«

In diesem Augenblick hörte sie von links Geräusche. Jemand versuchte die Beifahrertür zu öffnen, die jedoch klemmte.

»Neil, du musst uns helfen.«

Der Mann neben Karen nickte ihr freundlich zu, bevor sein Gesicht wieder aus ihrem Blickfeld verschwand. Sie versuchte sich zu bewegen. Jetzt erst bemerkte sie die stechenden Schmerzen an ihrem linken Knie. Trotzdem gehorchte ihr Bein ihren Befehlen. Auch das rechte Bein konnte sie bewegen, ebenso wie beide Arme. Entschlossen hob sie beide Beine hoch und drehte sich nach rechts und stellte die Füße auf das Gras. Dann zog sie sich mit der linken Hand an der offenen Autotür auf ihre Füße. Wacklig stand sie nun neben dem Auto und konnte über das Dach spähen. Sie sah gerade noch, wie die drei Männer Stephen aus dem Auto zogen und auf eine Trage legten.

»Hast du den Krankenwagen schon gerufen, Neil?«, fragte einer der Männer.

»Ja, direkt nach dem Funkspruch zu euch. Aber der braucht sicherlich mindestens eine halbe Stunde, Martin.«

»Okay. Dann bringen wir sie erst einmal ins Observatorium.«

Martin und der dritte Mann trugen die Trage, bugsierten sie vorsichtig durch das Zaunloch. Dahinter hoben sie die Trage auf die Ladefläche eines Trucks.

»Keine Sorge«, flüsterte der Mann neben ihr, der auf den Namen Neil hörte. Er war unbemerkt wieder neben sie getreten und legte nun einen Arm um ihre Hüften. Gerade noch rechtzeitig, denn Karens Knie hatten begonnen zu zittern und drohten nachzugeben.

»Sie holen Ihre Freundin auch gleich.« Als stünde ihr die Sorge ins Gesicht geschrieben.

»Martin ist ausgebildeter Rettungssanitäter«, fuhr Neil ruhig fort. »Er ist Mitglied der freiwilligen Küstenwache. Ihre Freunde sind in guten Händen, bis der Rettungswagen kommt.«

Karen nickte nur und beobachtete, wie bereits einer der Männer in den Truck sprang und ihn wendete, während der andere auf diese Seite des Zauns zurückkehrte, zum Auto ging und Francis vom Rücksitz hob. Die ohnmächtige Francis wirkte wie eine leichte Feder auf seinen Armen.

»Sie müssen in die Wärme.«

Karen wusste nicht, ob Neil ihre Freunde oder sie selbst meinte. Doch es war ihr egal. Ihr war nicht kalt. Sie spürte Feuchtigkeit und Wind kaum noch. Sie wollte nur zuschauen, wie ihre Freunde in Sicherheit gebracht wurden. Karen bemerkte gar nicht, wie Neil sie sanft ebenfalls vorwärts schob.

Und dann war der Mann mit Francis am Truck angekommen. Er setzte sie auf den Beifahrersitz. Karen konnte sehen, wie sie den Sicherheitsgurt anlegten. Dann sprang der Mann auf die Ladefläche, klopfte auf das Dach und hockte sich neben Stephen. Der Truck fuhr los. Sekunden später hatte ihn der Nebel verschluckt.

Sie waren fort. Sie waren in Sicherheit. Unendliche Erleichterung durchströmte Karen. Jegliche Anspannung wich nun aus ihrem Körper. Und damit auch die letzte Kraft. Hätte Neil sie nicht mit seinem Arm fest im Griff gehabt, wäre sie zu Boden gegangen.

»Warum sind Sie in diesem Nebel Auto gefahren? Sie hätten bei dem Unfall sterben können.«

Neils Stimme riss Karen aus ihren Gedanken zurück in die Wirklichkeit. Sie drehte sich langsam zu ihm und blickte in seine tiefblauen Augen. Inzwischen hatte er sie fast bis zum Zaun vorgeschoben.

»Weil wir keine Wahl hatten. Sonst wären wir definitiv gestorben.«

Doch Karen konnte nur Unverständnis in seinem Blick lesen. Wie hätte sie es in diesem Augenblick beschreiben sollen? Wie konnte sie einen Zauber glaubhaft erklären, der vor vier Jahren entstanden war und von dem sie selbst nur bedingt überzeugt war? Wie sollte sie Kämpfe im Nebel erklären, die man nicht sehen, sondern nur spüren konnte?

Karen konnte selbst nicht fassen, dass sie hier in diesem Moment aufrecht stand. Doch dieser Gedanke verlieh ihr neue Kraft. Sie stand. Hier. Jetzt. Lebendig.

»Können Sie laufen oder sollen wir auf das Auto warten?«, fragte Neil.

»Es geht schon. Ich schaffe das.«

Karen raffte ihre letzte Kraft zusammen und setzte nun bewusst einen Fuß vor den anderen, bis sie am Zaun angekommen waren. Neil kletterte bereits durch ihn hindurch und reichte seine Hand zur Hilfe.

»Wie spät ist es?«, fragte sie plötzlich.

Neil starrte sie verwundert an, schaute jedoch anschließend auf seine Armbanduhr.

»Es ist fünf Minuten nach Mitternacht.«

Wasser sammelte sich erneut in Karens Augen.

Der 29. Februar war vorbei. Sie hatten *Lá na léime* überlebt.

Karen ergriff Neils Hand und ließ sich von ihm auf die andere Seite ziehen. In Sicherheit.

Lebe wohl

1. März, 02.36 Uhr

D er Stuhl knarzte unter ihren Bewegungen und Karen zuckte bei dem Geräusch zusammen. Sie rief sich in Erinnerung, dass sie in Sicherheit war. Karen saß in einem Büro des Observatoriums an einem Schreibtisch. Jemand hatte ihr Wechselkleidung gegeben, doch trotz Decke über ihren Schultern zitterte sie immer noch leicht. Mit ihren Eisfingern umklammerte sie fest eine Tasse heißen Tee, die sie immer wieder für kleine Schlucke an den Mund führte. Nur allmählich beruhigte sich ihr Körper.

Nachdem Karen mit Neil im Observatorium angekommen war, bestand sie darauf, zu ihren Freunden gelassen zu werden. Francis und Stephen lagen in einem Raum der Krankenstation. Karen hätte nie vermutet, dass eine Außenstelle eines irischen Observatoriums so etwas überhaupt besaß.

»Notwendig hier in der Einöde", hatte Martin mit Schulterzucken kommentiert, ohne seine Arbeit zu unterbrechen. Fachmännisch verband er Francis Arm erneut, diesmal mit Metalline Kompressen. Stephen war bereits versorgt. Karen hastete zu ihm ans Bett und flüsterte ihm leise ins Ohr, dass nun alles gut werden würde. Sie waren in Sicherheit. Er hatte nur für einen Moment seine Augen geöffnet und sie mit einem warmen Blick bedacht, bevor er sich erschöpft wieder zurückfallen ließ. Karen legte ihre Hand an seine Wange. Er glühte. Irritiert schaute sie zu Martin, der die letzte Lage des Verbandes bei Francis anlegte.

»Eine Entzündung der Wunde. Aber mit Antibiotika sollte er schnell wieder auf den Beinen sein."

Karen nickte und schaute auf Stephens ruhiges Gesicht. Es beruhigte sie, dass er keine Schmerzen zu haben schien.

»So, und jetzt schau ich mir Sie an." Martin stand auf, doch Karen schüttelte den Kopf.

»Einen Moment noch." Sie wechselte zu Francis und strich ihr ebenfalls liebevoll über die kurzen Haare. Auch sie war ruhig.

»Ist es schlimm?"

»Sie hat eine Verbrennung zweiten Grades. Ich habe bereits einen zweiten Krankenwagen gerufen. Im Krankenhaus bekommt sie die Hilfe, die sie braucht. Aber es werden Narben zurückbleiben"

Karen ließ die Luft aus ihren Lungen entweichen, die sie darin vor Anspannung gehalten hatte.

»Wer hat die Wunden erstversorgt?«

»Ich. Die stammen nicht vom Unfall.«

»Ja, das dachte ich mir schon. Gut gemacht.« Martins anerkennendes Nicken ließ Karen matt lächeln.

Der Aufprall hat keine schweren Verletzungen bei beiden verursacht. Gurt und Airbag hatten Schlimmeres verhindert.

»Ich vermute, dass beide bewusstlos beim Aufprall waren. Kann das sein?«

Bewusstlos und ohnmächtig, dachte Karen traurig.

»Dadurch waren ihre Körper entspannt. Und die Dame auf dem Rücksitz wirkt mächtig durchtrainiert. Das hat ihr ebenfalls geholfen.«

Anschließend hatte Martin Karens Blessuren inspiziert. Sie war relativ glimpflich davongekommen. Bis auf den Cut über ihrer Augenbraue, den schmerzenden Rippen und einem aufgeschlagenen Knie schien sie keine ernsthaften Verletzungen zu haben.

»Aber ich kann innere Verletzungen oder eine Gehirnerschütterung hier nicht ausschließen. Wir bringen Sie ebenfalls ins Krankenhaus.«

»Kann das Neil machen?«

Martin hatte genickt und sie schließlich in das Büro gebracht, wo sie nun auf dem knarzenden Stuhl vor dem Schreibtisch saß. Sie zitterte immer noch.

»Sie haben einen Schock, aber der lässt nun nach«, riss Neil sie aus der Trance. Sie nickte und nippte erneut an ihrem Tee.

»Wir sollten bald aufbrechen, sobald Sie sich etwas aufgewärmt haben. Ist das okay?«

»Natürlich.«

»Ich bin wirklich gespannt, was Sie zu erzählen haben. Was ist Ihnen nur zugestoßen?«, fragte Neil neugierig.

Doch Karen zuckte nur mit den Schultern und blieb ihm die Antwort schuldig. Wenn sie das nur selbst wüsste. Wie sollte sie die Geschehnisse der letzten Nacht, ja der letzten Tage erklären? Es war schon schwer genug, den Mitarbeitern einer Wetterstation zu offenbaren, dass im Cottage eine Leiche lag und eine weitere wohl unterhalb der Klippen. Doch irgendwie brachte Karen die Sätze über ihre Lippen. Schockiert griff Neil zum Telefon und informierte die Gardai. Karen schenkte dem Gespräch kaum Gehör. Sie war tief in ihren Gedanken versunken, bis Neil sie erneut herausriss.

»Mein herzliches Beileid. Tragisch, dass so etwas in so einem wunderschönen Haus geschehen musste«, murmelte er und legte das Handy beiseite. »Die gesamte Gemeinde war froh, dass die neue Besitzerin dieses alte, geschichtsträchtige Haus nicht länger verwahrlosen lassen wollte.«

Karen zuckte zusammen. Die neue Besitzerin?

»Ich dachte, das Haus gehört dem Ritter von Kerry«, stammelte sie. Doch Neil schüttelte den Kopf.

»Nein, schon eine Weile nicht mehr. Aber das ist alles auf ihrer Internetseite nachzulesen.«

Karen starrte auf den Laptop, der vor ihr auf dem Schreibtisch stand.

»Darf ich?« Karen zeigte auf den Computer vor sich.

»Natürlich, nur zu.«

Karen ließ die Finger über das Mousepad streifen und sofort flackerte der Bildschirm auf. Neil diktierte ihr das Passwort und Karen rief den Internetbrowser auf. Nach den letzten Tagen war es ein merkwürdiges Gefühl, eine Welt voller leicht zugänglicher Informationen vor sich zu haben. Sie tippte ihre Stichwörter in die Suchzeile ein und Augenblicke später offenbarte sich eine Vielzahl an Treffern. Karen klickte den dritten Link von oben an und staunte. Das Haus hatte sogar einen Namen.

Culoo Rock Cottage

Sie übersprang die Beschreibung der idyllischen Lage und klickte auf das Stichwort »Geschichte«. Sie musste die Augen zusammenkneifen, um die Buchstaben ohne ihre Brille entziffern zu können.

Augenblicklich gefror Karen das Blut in den Adern. Die Seite offenbarte einen Zeitstrahl der Hausvergangenheit. Zuerst überflog Karen die Zeilen flüchtig. Danach las sie die Informationen langsamer. Beim dritten Mal nahm sie jeden einzelnen Fakt in Gedanken akribisch auseinander. Doch es änderte nichts daran, was dort geschrieben stand.

Culoo Rock Cottage war kein adliger Ort gewesen.

Das Haus war im 19. Jahrhundert entstanden, ähnlich den im Jahr 1870 erbauten Häusern in Knightstown für die Mitarbeiter der transatlantischen Kabelstation. Es war lange Zeit im Besitz der Familie FitzGerald, der Ritter von Kerry. Doch nachdem diese Valentia in Richtung Berkshire in England verließen, blieb das Haus eine Weile leer. In der Mitte des letzten Jahrhunderts kaufte schließlich eine Schweizer Bankiersfamilie das Cottage, die es vor allem als Feriendomizil nutzte. Doch vor drei Jahren hatte es eine deutsche Unternehmerin erworben, die auch Glanleam House bereits besaß. So mancher glaubte, sie sei ein Nachfahre der Ritter von Kerry, doch das entsprach nicht der Wahrheit. Sie hatte das Haus liebevoll restauriert und anschließend dort die umfangreiche Bibliothek aus dem Glanleam House untergebracht, während sie das historische Landgut der Familie FitzGerald ebenfalls restaurieren ließ.

Das *Culoo Rock Cottage* war erst vor wenigen Wochen fertig geworden. Karen klickte den Buchungskalender an. Die ersten verfügbaren Daten für Mieter gab es erst ab dem kommenden Monat. Die Erkenntnis traf Karen wie ein Schlag: Sie waren die ersten Mieter seit Jahren gewesen.

Zufälle gibt es nicht. Nur das Schicksal.

An des Adligen Ort.

Schwarz auf weiß stand auf dem Bildschirm, dass Karen einem Irrtum aufgesessen war. Das Cottage war kein adliger Ort, die deutsche Unternehmerin nicht blutsverwandt mit den Rittern von Kerry. Aber hieße das nicht zugleich, dass Isabelles Zauberspruch unwirksam sein musste? War es keine Magie? Aber was war dann bloß geschehen?

Ein Schauer rann erneut ihren Rücken hinunter und Karens Körper erzitterte. Sie konnte kaum noch einen klaren Gedanken fassen. Denn die Eindrücke, die ihr der Nebel geflüstert hatte, hallten in ihr immer noch nach. Sie konnte nicht mit Sicherheit sagen, ob ihre Erlebnisse im weißen Dunst nach dem Aufprall am Zaun ihrer Fantasie entsprangen oder einer anderen Wirklichkeit. Dennoch war Karen sich sicher, Isabelles Duft gerochen, sie gespürt und ihre Stimme vernommen zu haben. Isabelle hatte für ihre Freunde gekämpft. Und sie hatte die Wahrheit aufgedeckt. Schonungslos. Denn seit diesem unwirklich wirkenden Kampf im Nebel da draußen, wusste Karen in ihrem Inneren plötzlich, wie die Nacht vor vier Jahren in Wahrheit geendet hatte.

Es war zwar auf eine gewisse Weise magisch gewesen und doch war Magie nicht der Grund für ihre Erlebnisse.

Isabelle spähte Stephen hinterher, bis die Dunkelheit ihn verschluckt hatte. Traurig schüttelte sie ihren Kopf. Was ging bloß in den Köpfen der Männer vor, fragte sie sich. Tränen rannen ihre Wangen hinunter. Durch den Tränenschleier sah sie auf die Kerze hinab, die sie immer noch in ihren Händen hielt.

Sie hatte gelogen. Natürlich fror sie. Sie konnte ihre Fingerspitzen kaum noch spüren. Ihr gesamter Körper war steif vor Kälte, ihre Füße im Schneidersitz eingeschlafen. Dennoch hatte sie auch die Wahrheit gesagt. Sie war noch nicht fertig.

Die Wut hatte aus ihr gesprochen. Unsägliche, starke Wut. Doch in den letzten Minuten ging diese irgendwie verloren. Isabelle trauerte ihr hinterher. Ohne die Stärke der Wut würde nun die Traurigkeit sie vollends einhüllen. Isabelle war nicht gut im Trauern. Während sie Stephen hinterher starrte, beschlichen die schöne Blondine zudem erste Zweifel. Sollte sie wirklich tun, wofür sie hergekommen war?

Isabelle bugsierte mit ihren Eisfingern den Zettel aus ihrer Manteltasche hervor, den sie in Windeseile bekritzelt hatte. Die Traurigkeit wuchs, als ihr klar wurde, dass sie eine letzte Änderung vornehmen müsste.

»Verdammt, Stephen«, flüsterte sie leise in den Wind, kramte mechanisch einen Stift heraus, strich traurig das Wort »zwei« durch und ersetze es. Noch einer mehr, dachte sie. Anschließend las sie die Zeilen erneut.

Die Liebe soll verschwinden,
sich nicht länger winden,
wenn das Jahr sich wieder schaltet,
der Atem des Mythos waltet,
wenn das Gut drei Schuldiger sich vereint,
und eine Heilige weint,
an des Adligen Ort,
verschwindet die Liebe hinfort.

Der Reim war im Aufruhr ihrer Gefühle entstanden. Doch erstaunlicherweise beruhigten sich diese gerade in ihr. Isabelle wusste nicht, ob die Kälte oder Stephens tölpelhaftes Auftreten der Grund dafür war. Zumindest hatte er ihr eins gezeigt: Sie alle waren nur Menschen, die ihr Päckchen tragen mussten. Der eine mehr, der andere weniger. Des einen gravierender, des anderen banaler. Hatte sie das Recht, andere deswegen zu verurteilen?

Ihr fielen Francis' Worte wieder ein. Der Vorwurf des Egoismus verletzte sie tief. Doch Isabelle musste sich eingestehen, dass ihre Freundin damit recht hatte. Die letzten Jahre hatte Isabelle in einer Blase verbracht und sich in der Aufmerksamkeit einer Clique sonnen dürfen. Kaum einer ihrer Freunde hatte ihr je einen Wunsch abschlagen können. Dank Karen bekam Isabelle bessere Noten, Stephen schenkte ihr den Schutz eines großen Bruders, den sie nie zuvor besaß. Auch er hatte sein Päckchen zu tragen, gestand sich Isabelle nun ein. Fast tat er ihr leid, dass er die Schönheit der Verbindung immer noch nicht entdecken konnte, die zwischen Karen und ihm existierte. Vielleicht würde er es eines Tages. Wenn er nicht mehr so durcheinander wäre. Wenn er sich gefunden hatte. Heute Nacht war er weit entfernt davon. Aber konnte sie ihm das übel nehmen? Nein, entschied Isabelle und schüttelte den Kopf.

Francis wiederum war die beste Mitbewohnerin gewesen, die Isabelle sich wünschen konnte. Ihr Gespür, ihr sechster Sinn und ihr Einfühlungsvermögen waren ein Geschenk Gottes. Wie oft hatte Isabelle sich nicht erklären müssen? Wie oft wusste Francis auch ohne Erklärung, was in ihr vorging?

Was war in dieser Nacht also anders, fragte sich Isabelle. Sie musste sich eingestehen, dass sie etwas übersehen hatte. Sie ließ den Abend Revue passieren und plötzlich fielen ihr unzählige Momente ein, in denen Francis so gar nicht sie selbst gewesen war. Das zierliche Mädchen war schon immer eine introvertierte Person gewesen. Doch heute Abend war Francis besonders ruhig und zurückhaltend. Isabelle hatte in ihrem Rausch nicht bemerkt, dass ihre Freundin von Sorgen erfüllt war. Augenblicklich stieg die Röte der Scham in ihrem Gesicht auf. Wie konnte sie nur so blind gewesen sein? Heute Abend war Isabelle keine gute Freundin gewesen!

Und Hartford? Nun. Er war so betrunken, wie schon lange nicht mehr. Die Kränkung seiner wirren Ablehnung saß immer noch tief, doch Isabelle begann bereits, ihm zu verzeihen. Hatte er denn wirklich abgelehnt?

Es war mühsam gewesen, ihn auf sein Zimmer zu schleppen, wo er sich sofort auf sein Bett fallen ließ. Er stützte sich mit seinen Händen hinter dem Rücken ab und starrte sie von unten her an. Dieser Blick traf sie tief bis ins Mark. In diesem Moment nahm Isabelle allen Mut zusammen. Schließlich war *Leap day - Lá na léime.* Vielleicht würde sie solch eine Chance nie wieder bekommen, dachte sie. Der Heiratsantrag war keineswegs geplant gewesen, sondern eher dem Folgen eines Impulses. Die Worte rutschten ihr in diesem Augenblick unaufhaltsam über die Lippen. Denn sie liebte Hartford schon so lange, ohne je ihr Geheimnis preisgegeben zu haben.

Es erwischte sie beim ersten Anblick. Stephen hatte angekündigt, an diesem Abend einen Freund mitzubringen. Als Hartford durch die Tür trat, ihr die Hand entgegenstreckte und sie mit seinen nussbraunen Augen freundlich anstrahlte, war es um sie geschehen. Sie sog jede Faser von ihm in ihrem Inneren auf: sein lausbübisches Gesicht, die etwas längliche Nase, den Dreitagebart und die vollen schwarzen Augenbrauen. So manches Mal legte er an diesem Abend seine Stirn in Falten, um nur Augenblicke später herzhaft aufzulachen. Wenn Hartford lachte, lachte sein gesamtes Gesicht. Es war ansteckend.

Warum er diese Mütze nicht absetzte, wunderte sie von Anfang an. Mit einem schelmischen Grinsen hatte Hartford versprochen, ihr dieses Geheimnis ein anderes Mal zu offenbaren. Wenn sie sich besser kannten.

Über die folgenden Jahre lernte sie Hartford so gut kennen wie kein anderer. Im Gegensatz zu Stephen, der dessen Vergangenheit nur durch Bruchstücke zusammensetzen konnte, wusste Isabelle schließlich alle bekümmernden Details. Bei Wein und Kerzenschein hatte er eines Nachts die traurige Geschichte seiner Kindheit in Sparkbrook zwischen all den Einwanderern aus dem Kosovo, Somalia und vor allem aus Pakistan erzählt. Vom Tod seiner Eltern, der ersten Aufregung, in einer Gang zu sein, bis hin zum Verrat seiner Brüder, die ihn ins Gefängnis brachten. Hartford haderte schwer damit, dass sein eigenes Fleisch und Blut ihn ohne zu zögern opferte. Isabelle hatte ihn umso mehr vergöttert. In ihren Augen bestand er eine schwere Prüfung des Lebens und fand mit bewundernswerter Disziplin wieder auf den richtigen Weg. Das zeugte von Stärke.

Und da saß er nun vor ihr auf seinem Bett, schwankend und hilfsbedürftig. Bei diesem Bild hatte Isabelle jegliche Zweifel in den Wind geschlagen.

Doch von Hartford war nur ein wirres Lachen zu vernehmen, gefolgt von gelallten und unverständlichen Worten. Hatte er abgelehnt? Hatte er sie überhaupt verstanden? Isabelle konnte es nicht sagen.

Mit Tränen in den Augen griff sie nach Hartfords Schuhen und wollte sie ihm von den Füßen ziehen. Dabei stieß er sie unwirsch weg, betrunken, wie er war, drehte sich zur Seite und ließ sich auf das Bett fallen. Sekunden später konnte sie ihn bereits Schnarchen hören.

Verletzt blickte sie auf sein Gesicht herab, das selbst im Schlaf den lausbübischen Schein nicht ablegte. Sie zog ihm die Mütze vom Kopf und legte sie auf den Tisch. Hartford murmelte angesichts der Berührung etwas Unverständliches, bevor er sich zur Seite drehte. Isabelle schluckte ihre Tränen weg. Sie schaffte es sogar noch, ein Glas aus dem Schrank zu holen, im Bad mit Wasser zu füllen und auf den Nachtschrank zu stellen.

Ja, sie verzieh ihm bereits, bemerkte Isabelle, die nun langsam vor Kälte auf der Decke im Park zu zittern begann. Sie verzieh ihnen allen. Denn augenblicklich befiel sie das Gefühl von Glück, überhaupt solche Freunde in den letzten Jahren ihres Lebens gehabt zu haben. Nein, es gab keine zwei Schuldigen in ihrem Leben, auch keine drei. Niemand von ihnen hatte Schuld auf sich geladen, außer vielleicht Isabelle selbst.

Sie traf eine Entscheidung. Mit einem Atemzug löschte sie die Kerze in ihrer linken Hand und blies den Zettel von ihrer rechten in die Dunkelheit hinein. Nein. Sie wollte diese Liebe nicht missen. Sie würde lernen, damit zu leben. Sie liebte, war das nicht auch ein Geschenk? Und wie könnte sie je ihre Freunde bestrafen? Es waren ihre Freunde. Jeder Mensch machte Fehler in seinem Leben, ob bewusst oder unbewusst hatte auch schon der nahezu perfekteste Mensch einem anderen einmal wehgetan. Sie waren eben nur Menschen. Und Isabelle nahm sich davon nicht aus.

Vielleicht hätte der Zauber auch gar nicht funktioniert. Isabelle war keine Zauberin. Sie war keine Hexe. Sie hatte keinerlei übernatürliche Fähigkeiten. Es war stets nur ein Wunsch, etwas Besonderes zu sein. Doch letztendlich machten erst ihre Freunde sie zu etwas Besonderem. Nicht Magie.

Ein Gedanke ließ sie dabei nicht los. Diese Nacht würde sie trotz allem alle verändern, schoss es ihr in den Sinn. Ihre Gruppe. Ihre Freundschaft. Zum Guten oder zum Schlechten? Isabelle wusste es nicht. Dennoch nahm sie das dankbare Gefühl an, das in diesem Moment in ihrem Inneren aufstieg. Dankbarkeit darüber, überhaupt solch eine Freundschaft gefunden zu haben. Die vergangenen Jahre konnte ihr keiner nehmen. Die Erinnerungen würden immer ihr gehören und sie auch noch in einer fernen, ungewissen Zukunft lächeln lassen.

Isabelle fasste einen Entschluss. Sie würde nicht nur das Geheimnis ihrer Liebe weiter in sich tragen, Hartford würde sich nicht erinnern, sondern auch ihre Last von Lá na léime. Es war ihr Päckchen, das sie zu tragen hatte. Es wäre unfair, ihre Freunde damit auch zu belasten.

Ruckartig stand Isabelle auf und zog die Decke mit ihren steifen Gliedern unter sich hervor. Sie bemerkte nicht, wie die Kerze dabei zur Seite in die Dunkelheit rollte. Isabelle legte die Decke um ihre Schultern, um sich endlich zu wärmen. Sie wusste nicht, woher er kam. Aber plötzlich fühlte sie einen innerlichen Frieden in sich, den sie lange nicht mehr gespürt hatte. Der Lohn, die richtige Entscheidung getroffen zu haben, dachte sie. Und so machte sie den ersten Schritt in eine ungewisse Zukunft. Dann einen zweiten. Und einen dritten.

Isabelle bemerkte auch nicht, wie jemand anderes ihren Platz dort einnahm, wo die Decke gerade noch gelegen hatte. Langsam trottete Isabelle von dannen. Hinter ihr ergriff eine Hand Stephens unbemerkt verlorenes Taschentuch und den Zettel, den der Wind inzwischen wieder sanft auf den Boden abgelegt hatte. Die Kerze erstrahlte erneut, ihre Flamme spiegelte sich im Silberreif am Handgelenk des Feuergebers. Unweit davon summte Isabelle ihr Lieblingslied, das ihr schon immer Zuversicht gegeben hatte. Sie konnte nicht hören, wie eine Männerstimme hinter ihr verächtlich schnaubte, wusste nicht, dass ihre Worte stumm gelesen wurden. Isabelle hatte keine Ahnung, dass jemand sich über sie amüsierte und ihren Zettel für alle Fälle einsteckte.

Plötzlich flackerte ein Gedanke in ihrem Geist auf. Sie würde morgen diesen Banker anrufen, den sie vor zwei Wochen in einer Bar kennengelernt hatte. Er schien nett zu sein. Älter. Aber auch reifer. Und definitiv nicht arm. Wie hieß er noch mal? Ach ja. Simon. Sie würde Simon anrufen. Fast glaubte sie, seine Stimme plötzlich hinter sich zu hören.

1. März, 2.56 Uhr

Der silberne Armreif. Jetzt fiel Karen wieder ein, wo sie so etwas Ähnliches schon einmal gesehen hatte. Vor drei Jahren. In Zürich. Aber nicht an Isabelles Handgelenk.

Bei dieser Erkenntnis löste sich eine Träne in ihrem Augenwinkel.

»Fertig? Wir sollten jetzt los.«

Karen schreckte hoch. Neil streckte seinen Kopf durch den Türspalt des kleinen Büros und schaute sie neugierig an. Diskret hatte er sie allein gelassen, bis sie ihre Recherche beendet hatte.

»Ja. Jetzt bin ich fertig.« Mühsam erhob sie sich, schaltete den Laptop vor sich aus und legte die Decke auf den Stuhl. Fertig war das falsche Wort, dachte sie in diesem Moment. Abgeschlossen, schoss ihr stattdessen in den Kopf. Doch war es das wirklich? Ein Hauch von Zweifel ergriff sie.

Für heute Nacht war es beendet. Es gab fast nichts mehr zu tun. Nur noch eins brannte ihr auf der Seele.

Neil wartete in der Tür, bis Karen sich an ihm vorbei schob. Wie ein Beschützer hielt er sich auf dem Gang hinter ihr, immer in der Erwartung, sie könne zusammenbrechen. Doch Karen bestand darauf, allein zu gehen. Sie hatte eine neue Entschlossenheit gefunden.

Sie staunte beim Verlassen des sicheren, warmen Hauses. Der Wind hatte sich gelegt. Der Nebel lichtete sich bereits. Von Nässe war kaum noch eine Spur zu sehen.

Es war nach Mitternacht. Ein neuer Tag brach an. Damit ging auch der Sturm, dachte Karen.

»Können wir auf dem Weg ins Krankenhaus noch mal am Haus vorbeifahren? Ich muss noch etwas holen«, fragte sie schließlich.

Neil nickte und öffnete wortlos die Autotür für sie. Karen ließ sich auf den Beifahrersitz sinken und schloss erschöpft die Augen.

»Da sind wir«, verkündete Neil nur wenige Augenblicke später und ließ Karen erneut staunen. Sie öffnete überrascht die Augen und sah das kleine Cottage vor sich. Der Nebel hatte sich weiter gelichtet und schickte nur noch kleine Schwaden, die das Dach des Hauses irgendwie beschützend umhüllten. Zwischen den Wolken drangen die ersten Strahlen des Vollmondes hindurch, die friedlich das Cottage beleuchteten.

»Wie ist das möglich?«, stammelte Karen. »Die Überflutung?«

»Ach das«, winkte Neil ab. »Wer sich hier auskennt, weiß um die Stelle. Die Straße wird dort immer überflutet, wenn es Starkregen gibt. Muss vorherige Nacht passiert sein, bevor der Nebel mal wieder kam. Aber es existiert ein versteckter Weg zur Umfahrung. Man darf nur die unscheinbare Abzweigung nicht verpassen.«

»Nicht Ihr Ernst«, stammelte Karen. Neil zuckte nur mit den Schultern.

»Wollen Sie nun rein oder soll ich zum Krankenhaus fahren?«

»Es dauert nur einen Moment.« Karens Hand tastete nach dem Türgriff und erneut war sie erstaunt, wie sanft der Wind nun um ihr Gesicht streifte.

Mit klopfendem Herzen schritt sie auf die Tür des kleinen Cottage zu. Sie stand offen. Beim Betreten des Hauses stürmte ihr sofort ein Polizist mit erhobenen Händen entgegen.

»Sie dürfen hier nicht rein«, herrschte er sie an.

Karen ließ sich nicht beeindrucken und linste an ihm vorbei ins Hausinnere. Sie konnte gelbe Tatort-Markierungen auf dem Küchenboden entdecken. Dort, wo Hartford seinen letzten Atemzug getan hatte. Unmittelbar sammelten sich wieder Tränen in ihren Augen.

»Hey Sean. Gib ihr einen Augenblick«, sagte Neil beschwichtigend hinter ihr. »Sie war im Haus, als es passierte. Ihre Fingerabdrücke sind sowieso überall zu finden.«

Sean blickte von Neil zurück zu Karen und plötzlich wurde seine Miene weich.

»Ausnahmsweise.«

Er nickte ihr zu, gab Neil ein stummes Zeichen, dass er ihnen fünf Minuten gewährte und verließ die Küche nach hinten. Dort wo …

Karen schüttelte sich. Sie wollte nicht daran denken. Nicht jetzt. Das hatte immer noch Zeit bis später.

»Es sieht hübsch und gemütlich aus«, sagt Neil Sekunden später. »Das hat die Besitzerin wirklich super renoviert. Hier könnte ich auch ein Wochenende verbringen.«

Man sollte vorsichtig sein, was man sich wünscht, dachte Karen ein wenig verbittert. Doch sie musste ihm recht geben. Das Haus wirkte so gemütlich wie an jenem Tag, an dem sie es das erste Mal betreten hatte. Nichts schien unheimlich, nichts.

Ihr Blick fiel auf den Esstisch. Dort lagen immer noch zwei Häufchen. Eine Kette, eine Pfeife und ein Taschentuch links, das Bild der Heiligen rechts. Karen trat unwillkürlich näher und ließ ihre Finger darüber streichen.

»Gehört das Ihnen?«

Karen nickte.

»Meinen Sie, ich darf es mitnehmen?«

Neil schaute flüchtig in den hinteren Teil des Hauses, als suche er eine Antwort, bevor er zurück auf den Tisch blickte. Dort waren keine Tatort-Markierungen zu entdecken.

»Ich denke schon. Ich hab zumindest nichts gesehen, klar?«

»Natürlich«, murmelte Karen und nahm behutsam die Gegenstände, einen nach dem anderen, in die Hand. Sie zuckte zusammen. Bei der Kette fehlte der Herzanhänger, in dem Taschentuch konnte sie keinen Blutfleck mehr erkennen und in der Pfeife war plötzlich ein Wort eingraviert. Oder war ihr bei aller Aufregung entgangen, dass das Wort "Liebe" darin eingeschnitzt war? Hatte das Taschentuch je einen Blutfleck besessen oder war es immer schon eine Einbildung gewesen? Hatte es je einen Anhänger an der Kette gegeben? Beim Kupferstich rieb sie verwundert ihre Augen. Statt ihrem eigenen Gesicht war darauf nun das Bild einer Fremden zu sehen.

Nein, dass einst ihr Gesicht darauf zu sehen war, war definitiv keine Einbildung gewesen. Karen schüttelte ungläubig den Kopf.

»Darerca, die Schutzheilige von unserer schönen Insel«, unterbrach Neil ihre fieberhaften Gedanken. »Ein schönes Bild. Das würde ich auch wollen.«

Karen schluckte den Kloß in ihrem Hals hinunter.

»Glauben Sie an Magie?«, fragte sie mit tränenerstickter Stimme. Neil lachte laut auf.

»Nein. Ich weiß zwar, dass es so manche verrückte Iren gibt, die in den alten Mythen und Legenden herumkramen. Doch das sind nur alte Geschichten. Nein, ich glaube nicht an so etwas.«

Karen antwortete nicht. Ihr blieben die Worte im Hals stecken. Wie gern wäre sie einer dieser verrückten Iren gewesen, wünschte sie sich in diesem Augenblick.

»Sie wollen doch nicht etwa behaupten, dass Haus sei verzaubert?«

Hastig schüttelte Karen den Kopf und wischte sich wirr die Tränen weg.

»Nein. Sicher nicht. Es waren schreckliche Unfälle«, wisperte sie leise, ohne an ihre eigenen Worte zu glauben. Das waren keine Unfälle gewesen, doch sicher auch keine Magie, wusste sie nun mit Bestimmtheit.

Entschlossen steckte sie die Sachen in ihre Jackentasche. Ein letztes Mal schaute sie zur Schublade der Geschirrvitrine herüber, die immer noch in der Erwartung offenstand, dass jemand sie schloss. Doch Karen konnte sie nicht noch einmal berühren.

»Ich bin fertig hier. Jetzt können wir ins Krankenhaus«, sagte sie nun mit fester Stimme und wandte sich bereits dem Ausgang zu.

Bevor sie das Haus verließ, drehte Karen sich aus einem Impuls heraus noch einmal um und ließ ihren Blick über Küche, Essbereich und Couch streifen. Alles wirkte so friedlich. Es endet, wie es begonnen hat, musste Karen plötzlich denken: Friedlich.

Fast glaubte sie den Duft des vor sich hin kochenden Essens auf dem Herd riechen zu können, das sie am ersten Abend zubereitet hatte.

Doch in diesem Moment erfüllte das vertraute Knarzen den Raum. Es hatte sämtliche Bedrohung verloren und war nur noch eine leise, vage Erinnerung. Dabei schien es freundlich zu klingen. Das Haus sagte höflich »Lebe wohl«.

Heilung

Es dämmerte bereits. Karen starrte aus ihrem Fenster in einen rosafarbenen Abendhimmel. Ihr war nicht aufgefallen, wie die Zeit in den letzten Stunden verflogen war. Sie hatte sich vollends auf Francis am Telefon konzentriert.

»Ich weiß.« Francis' vertraute, sanfte Antwort auf Karens Versuch, ihre Gefühlswelt zu schildern, schenkte ihr Trost. Francis eben. Karen musste ihr nie lange erklären, wie es ihr ging. Zumal Francis ähnlich fühlte.

Es waren zehn Tage ins Land gegangen. Karen war froh gewesen, Stephen und Francis nur zwei Tage nach ihrer Einlieferung aus dem Krankenhaus wieder abholen zu können. Stephen hatte seinen Zeigefinger verloren, den die Ärzte nicht mehr retten konnten. Francis würde hässliche Narben auf ihrem Arm behalten. Und Karen selbst hatte eine Rippenprellung, die ihr jeden Morgen schmerzhaft das Erlebte in Erinnerung prügelte, sobald sie die Augen aufschlug. Doch abgesehen davon waren ihre Körper ohne ernsthaftere Schäden davongekommen. All dies waren nur geringe Blessuren gegenüber den Spuren, die noch lange auf ihren Seelen lasten würden.

»Wie geht es Susanna?«

»Sie bemuttert mich.« Karen musste schmunzeln. Sie konnte sich regelrecht vorstellen, wie fremd dieses Gefühl für ihre Freundin sein musste. In den letzten Jahren war sie es gewohnt, allein auf weiter Flur zu kämpfen. Doch Susanna entwickelte sich nun zu Francis Verbündeter, die nach ihrer Rückkehr alle Skrupel über Bord geworfen hatte. Die heißblütige Spanierin gestand sich ihre Liebe zu einer Frau ein und wollte nun mit Francis zusammenziehen.

»Jedes Mal, wenn die Polizei anruft, will sie mich am liebsten verleugnen, damit ich alles nicht noch einmal durchleben muss. Sie will mich nur beschützen, aber sie kann mich nicht von jedem Unheil fernhalten, das muss sie noch lernen. Ich darf nicht surfen gehen. Das hat sie mir noch mindestens eine Woche lang verboten.«

Karen hatte auch Anrufe der Polizei erhalten, musste sogar auf die Station nach Portmagee, um eine Aussage zu machen. Doch schon bei ihrem ersten Gespräch mit den Beamten ließen die Polizisten keinen Zweifel daran, dass sie ihr keine Schuld gaben. Hartfords Tod deklarierten die Offiziellen schnell als Unfall. Sie hatten am nächsten Morgen sein Auto gefunden, das gegen einen Baum geprallt war. Der Innenraum war voller Blut gewesen, die Seitenscheibe komplett zerbröselt. Sie machten das Glas für die Wunde an seinem Kopf verantwortlich. Die Gerichtsmedizin befand, dass sein Tod durch Blutverlust verursacht worden war.

Doch Karen zweifelte daran. Hartford musste versucht haben, die überflutete Stelle auf der Straße zu umfahren, bevor der Baum seinen Weg stoppte – so weit stimmte sie mit der Meinung der Polizei überein. Dabei war er jedoch weit von der Abzweigung entfernt gewesen, die Karen später selbst entdeckte. Nie und nimmer hätten sie diesen Weg im Dunkeln oder im Nebel gefunden. Doch dass Teile der Seitenscheibe für solch eine stark blutende Platzwunde am Kopf verantwortlich sein sollte, konnte Karen nicht glauben.

Dennoch behielt sie ihre Bedenken und Vermutungen für sich. Es konnte Hartford nicht zurückbringen und die Ermittlungen würden ohne Beweise unnötig in die Länge gezogen werden. Von Magie wollte Karen in diesem Zusammenhang schon gar nicht sprechen. Denn auch diese steckte nach Karens Meinung nicht hinter den Vorfällen. Ihre Erklärung lautete längst anders.

Auch Francis' und Stephens Verletzungen wurden als Unfälle eingestuft, wobei Stephens Schnittwunden immer noch Fragen aufwarfen. Er konnte auch Tage später nicht erklären, wie er sich mit der Säge so verletzten konnte. Da jedoch die Aussagen aller drei übereinstimmten, dass Stephen zum Zeitpunkt der Verletzung allein in der Kammer gewesen war, stellten die Beamten die Ermittlungen schließlich ein.

»Ich werde sie vermissen«, flüsterte Francis jetzt leise durch die Leitung, in dem Verdacht, dass Karens Gedanken schließlich bei Isabelle gelandet war.

»Ich auch.«

Die Suche der Küstenwache unterhalb der Klippen war ergebnislos geblieben. Sie hatten keine Leiche gefunden. Und so galt Isabelle aktuell immer noch als vermisst. Es würde Jahre dauern, bis man sie für tot erklärte. Simon hingegen kam überraschend schnell nach Valentia, um ihre Sachen abzuholen. Karen schüttelte es bei der Erinnerung an ihn. Er starrte sie mit einem eiskalten Blick an und sprach kaum ein Wort. Nirgends in seinem Gesicht war ein Funken von Trauer zu entdecken. Der silberne Armreif an seinem linken Handgelenk jagte Karen einen Angstschauer über den Rücken. Sie betete, er würde sie bald wieder allein lassen. Das tat er auch. Doch die Angst blieb im Raum und hallte noch lange in Karens Seele nach.

Nicht unpassend, dachte sie nun verbittert.

Die Auseinandersetzung mit Georgia verlief friedlicher, aber auch nicht so, wie Karen es sich ausgemalt hatte. Hartfords Freundin weigerte sich, nach Irland zu kommen, um seine Sachen zu holen. Sie wollte auch nicht zur Beerdigung. All das übernahmen schließlich seine Brüder. Am Telefon hatte Georgia jedoch herzzerreißend geschluchzt. Karen überraschte es nicht, als Georgia von einem Abschiedsbrief erzählte, den Hartford hinterlassen hatte. Es war ein feiger Weg, seiner Freundin zu erklären, dass er nicht wiederkommen würde. Georgia hatte Mühe, es zu verstehen, aber noch viel mehr Probleme damit, die Dinge ihrer Tochter zu erklären. Ihre letzten Sätze ließen Karen immer noch erstarren.

»Es ist fast besser, dass er tot ist. Ich möchte niemanden lieben, der mich nicht liebt.«

Ja, das wollte niemand, dachte Karen und fühlte sich in diesem Moment mutterseelenallein. Ihr einziger Trost in diesen Tagen war ihre neu gefundene Heimat. Valentia.

»Du bleibst?« Karen nickte, obwohl Francis das durch die Leitung nicht sehen konnte. Ja, sie hatte beschlossen, auf der Insel zu bleiben. Vielleicht nicht auf Dauer in der kleinen Zwei-Zimmer-Wohnung, aber nicht unweit. Bald würde die Touristen-Saison wieder voll durchstarten und sie hätte drei oder vier Bootstouren an einem Tag zu den Skellig Islands. Viel Ablenkung. Karen sah schon vor sich, wie sie zu den bisherigen Geschichten über die Mönche nun auch die Erlebnisse einer Schutzheiligen, eines mythischen Riesen und des Adelsgeschlechts von Valentia erzählte.

Die Besitzerin des Hauses hatte mit Bestürzung auf die Geschehnisse im *Culoo Rock Cottage* reagiert, Karen sogar freundlich zu sich eingeladen. Mister Warren hatte neben ihr am Kaffeetisch gesessen und sich immer wieder für die fehlenden Batterien im Funkgerät entschuldigt. Ein Versehen, beteuerte er, das ihm noch nie passiert wäre.

In den vergangenen Tagen zogen Bauarbeiter einen Zaun um das *Culoo Rock Cottage*. Es sollte keinen freien Weg mehr zu den Klippen geben. Die nächsten Mieter würden bereits nächste Woche kommen. Karen konnte durchaus verstehen, dass die Besitzerin nicht auf die Einnahmen verzichten wollte. Für sie war es ein glücklicher Umstand, dass die Lokalmedien den Vorfall nicht aufbauschten.

Am Telefon war es still geworden. Sowohl Francis als auch Karen hingen ihren eigenen Gedanken nach. Bis Francis die Stille erneut unterbrach.

»Er wird sich melden.«

Automatisch waren ihrer beider Gedanken bei Stephen gelandet. Karen wusste, dass die beiden nach wie vor einen engen Kontakt pflegten. Es versetzte ihr einen Stich, dass es bei ihr nicht so war. Stephen lief erneut vor ihr weg, als wäre zwischen ihnen nie etwas geschehen. Karen konnte hingegen in einsamen Stunden immer noch seine Lippen auf ihren spüren. Sie hielt sich an den Worten fest, die er ihr in der Gerätekammer geschenkt hatte. Doch es brauchte nur wenige Gedanken, die sie auch wieder an seinem Versprechen zweifeln ließen. Würde er es je zulassen können? War sie ihm denn nicht wichtig genug?

»Auch Stephen wird noch seine Ruhe finden. Und dann findet er dich, da bin ich mir sicher.« Francis Worte waren Balsam für Karens Seele. Kurze Zeit später legte sie mit einem Lächeln auf den Lippen auf. Das Versprechen, sich nächsten Monat an Hartfords Grab zu treffen, trug sie anschließend in ihren Kalender ein.

Karen beobachtete das immer schwächer werdende Tageslicht. Zum tausendsten Mal ließ sie in Gedanken alles Revue passieren. Denn ein Detail wollte immer noch nicht zum Gesamtbild passen. Die Gegenstände, die sie in der Geschirrvitrine von *Culoo Rock Cottage* gefunden hatten. Wer hatte sie dort deponiert?

War es Hartford gewesen, wie sie erst angenommen hatte? Oder doch Isabelle, wie Karens zweite Theorie lautete. Schließlich war Isabelle die Letzte gewesen, die die Pfeife besessen hatte. Doch auch das wollte in Karens Kopf keinen Sinn ergeben.

Isabelle war darauf angewiesen, ihre Geheimnisse zu bewahren. Die Gegenstände hatten jedoch Aufmerksamkeit erregt. Auch zweifelte Karen daran, dass sowohl Hartfords als auch Isabelles Reaktionen auf den Fund eine Meisterleistung in Schauspiel gewesen sein sollten. Aber wer war es dann?

Karen zuckte mit den Schultern. Diese Wahrheit würden sie nie herausfinden, glaubte sie. Und je mehr Tage vergingen, desto unwichtiger erschien es ihr. Karen hatte die Souvenirs des Grauens, wie sie sie inzwischen nannte, in einer Kiste unter ihrem Bett verstaut. Aus irgendeinem Grund konnte sie die Kette, die Pfeife, das Taschentuch und den Kupferstich nicht entsorgen. Der Schlüssel mit dem zugehörigen Kästchen war mit Isabelle verschwunden und bis heute nicht wieder aufgetaucht.

Allmählich wandte sich Karen vom Fenster ab, ging zur Küchentür und betätigte den Lichtschalter. Sofort wurde ihre Küche in ein sanftes Orange getaucht. Karen hatte an diesem Abend nichts mehr vor. Kurz die Post hereinholen und dann ein kleines Abendessen kochen, obwohl sie eigentlich keinen Hunger verspürte. Danach wollte sie nur noch in einem Buch versinken, um ihrem Gedankenkarussell eine Pause zu schenken.

Mit einem Lächeln über dieses Vorhaben lief sie die Treppe hinunter und öffnet den Briefkasten. Der ungewöhnliche Umschlag, der oben auf dem Stapel lag, fiel Karen direkt auf. Das Buch würde warten müssen, dachte sie und öffnete den Brief direkt, obwohl sie dessen Inhalt schon ahnte.

Meine liebste Karen,

ich weiß, dass du diese Zeilen nicht überrascht in den Händen hältst. Ich kenne dich zu gut, um nicht zu wissen, dass du längst alle Puzzleteile zusammengesetzt hast. Du ahnst bereits, dass ich nicht den Weg zu den Klippen eingeschlagen habe. Und doch ist es mir wichtig, dass du an diesem Gefühl nicht zweifelst. Dass du die Wahrheit erfährst. Und dass du verstehst, warum ich gehen musste.

Ich bin mir sicher, dass ihr inzwischen in meinen Sachen meine Hinweise gefunden habt, die Teile meines Lebens erzählen, die ich euch bisher vorenthalten hatte. Es tut mir leid. Aber ich hoffe inständig, dass du meine Beweggründe verstehen kannst. Ich hatte viele Gründe, aber der Hauptgrund war es, euch zu schützen. Eigentlich ist es doch egal, wann ich Geburtstag habe, oder nicht? Glaub mir, ich würde so gern daran glauben, dass es so ist. Und ich wollte euch in dieser Unschuld belassen. Es war ungefährlicher, dachte ich damals.

Dabei war ich so naiv gewesen, das weiß ich heute. Und das tut mir am meisten leid. Ich hätte nie mit Zaubersprüchen experimentieren sollen. Oder zumindest meine Spuren beseitigen müssen. Diese Erkenntnis traf mich beim Fund meines eigenen Zettels in meinem Briefkasten. Doch das war vor Jahren. Ich war noch nicht mal mit Simon verlobt. Wie hätte ich damals schon die Schlüsse ziehen und eins und eins zusammenzählen können? Das gelang mir erst viel zu spät.

Es war die Pfeife, die mich zum ersten Mal ahnen ließ, dass etwas nicht stimmte. Denn sie hätte niemals dort sein dürfen, in diesem hübschen Haus, das du für uns ausgesucht hattest. Die Pfeife hatte Monat um Monat in meiner Bibliothek in Zürich gelegen, auf einem Altar neben meinen liebsten und teuersten Souvenirs aus unserer Collegezeit. Ich hätte nicht eines dieser Erinnerungsstücke mitgenommen. Das hätte Simon sofort ahnen lassen, dass ich nicht zurückkommen würde. So gut kannte er mich.

Und doch war die Pfeife dort. In Irland. Genauso wie Stephens Taschentuch, das längst in einem Park in Birmingham verrottet hätte sein sollen. Oder Francis' Kette, die ich mir vor Jahren ohne ihr Wissen ausgeborgt hatte. Sie war so schön. Doch als ich eines Tages von einem Date mit Simon zurückkam, hatte ich sie verloren. Sie geriet über die Jahre in Vergessenheit. Oder der Schlüssel und das Kästchen … es würde zu weit führen, dir diese Geschichte aus Simons und meinem Leben zu erzählen.

Ja, es war ein Schock, diese Stücke plötzlich vor mir liegen zu sehen. Es konnte nur einer dahinter stecken und ihre Anwesenheit auch nur eins bedeuten: Hartfords und mein Plan war aufgeflogen. Simon wusste es. Er bewies mal wieder, dass ihm nichts entgehen konnte. Auch ich nicht.

Du magst dich vielleicht fragen, warum ich ihn nicht verlassen habe. Die Antwort darauf lautet: Simon Deprue verlässt man nicht. Das hatte er mir schon sehr früh in unserer Ehe klar gemacht. Ich habe euch nie von der Gewalt erzählt, die darin geherrscht hat. Nie von den Drohungen, sobald ich auch nur andeutete, mich scheiden lassen zu wollen. Nach unserem ersten Jahrestreffen in Zürich hatte ich die schlimmsten Prügel unserer Ehe bis dato bezogen. Der Grund? Ein gemeinsamer Spaziergang mit Hartford. Dass dieses Mal Simons bisher fruchtlosen Verdächtigungen ein Körnchen Wahrheit in sich bargen, konnte er nicht ahnen. Diese kostbaren Minuten waren erstmals alle Schläge der Welt wert.

Er hat mich im Laufe der Jahre für so viele angebliche Affären verprügelt, dass ich irgendwann nicht mehr mitgezählt habe. Im Gegenzug durfte ich nie eifersüchtig sein, wie ich es zu Beginn seiner ersten Affären war. Auch dafür erntete ich nur Schläge und blaue Flecke. In Simons Augen durfte ein Mann, was eine Frau nicht durfte. Nein, ich korrigiere mich: was SEINE Frau nicht durfte.

Und wäre das alles nicht schon schlimm genug für sich, so ließ er keinen Zweifel daran, dass er überall hin Beziehungen hatte. Er wusste über jeden Schritt Bescheid, den ich tat. Manchmal glaubte ich sogar in meiner Paranoia, dass er mich mit einer Kamera rund um die Uhr überwachte. Er ließ mich nie denken, dass er mich nicht überall auf der Welt finden würde.

Glaube mir, hätte ich nicht im höchsten Maße um mein Leben gefürchtet, hätte ich einen anderen Weg gewählt. Aber ich glaubte, keine Wahl mehr zu haben. Und so schmiedeten Hartford und ich unseren Plan. Den Simon auch durchschaut hatte, wie ich heute weiß.

Doch ich konnte Hartford nicht mehr warnen. Oder besser gesagt, er wollte nicht auf mich hören. Ich versuchte es, aber er war zu fest entschlossen. Er glaubte, ich hätte die Pfeife mitgebracht und machte mir Vorwürfe. Er glaubte mir nicht. Ich weiß nicht, worauf sich dieses Misstrauen plötzlich begründete. Vielleicht war es der Ort. Oder seine Unsicherheit. Seine Angst. Glaub mir, dass mich das verletzte, war in diesem Moment jedoch mein geringstes Problem. Er war in Gefahr. Wir waren in Gefahr. Doch egal, was ich zu ihm sagte und wie sehr ich ihn anflehte, unseren Plan abzubrechen, umso entschlossener war sein Wille. In jeder freien Minute, bei jeder Gelegenheit, unter vier Augen zu sprechen, versuchte ich es. Umsonst.

Meine letzte Hoffnung ruhte ironischerweise auf einem Fetzen Papier, obwohl ich da schon ahnte, dass nichts ihn aufhalten würde. Und so war es auch, nur diesmal schien auch noch das Schicksal gegen uns zu sein. Es ließ den Zettel unter die Fußmatte in Hartfords Zimmer rutschen, wie ich erst viel zu spät herausfand. Hartford hatte meine letzte Warnung nicht mal mehr gefunden.

Es war sein Verderben.

Und das schmerzt am meisten, glaube mir.

Ich habe ihn geliebt. Ich werde Hartford immer lieben. Ihn zu verlieren und zu wissen, dass all das meine Schuld war, macht es schwer, weiterzuleben. Für einen kurzen Moment war ich versucht, den Weg zu den Klippen zu wählen. Doch eins wissen wir doch beide. Ich bin viel zu feige für solch einen Schritt.

So feige, wie ich es schon immer gewesen bin. Wie hätte ich euch die Wahrheit nach so langer Zeit sagen können? Über meinen Schatten zu springen gehört nicht zu meinen Stärken, wie du weißt. Und so blieb mir nur eins: Ich musste gehen, in der Hoffnung, euch so zu retten. Ich habe mich so sehr an den Strohhalm geklammert, dass er euch dann in Ruhe lassen würde. Sich auf mich konzentrieren würde. Ich vergaß, wie rachsüchtig Simon doch ist. Es tut mir leid.

Und so sitze ich hier und schreibe dir. Verzeih mir, wenn ich dir nicht verrate, wo das ist, denn schon jede Kleinigkeit könnte Simon auf meine Spur bringen. Wenn er es nicht längst schon ist, da bin ich mir keineswegs sicher.

Aber ich sitze. Ich schreibe. Ich atme. Ich wollte, dass du das weißt. Denn ich muss bereits mit dem Schmerz leben, Hartford durch meine Schuld verloren zu haben und auch euch nie wieder sehen zu können. Aber ihr sollt nicht mit dem Schmerz leben und um mich trauern. Das habe ich nicht verdient. Das möchte ich nicht.

Meine liebste Karen, ich liebe dich von ganzem Herzen. Du wirst verstehen, dass es das einzige Lebenszeichen ist, das ich von mir geben werde. Glaub mir, ich habe all das nicht gewollt. Und doch konnte ich es nicht aufhalten. Inzwischen weiß ich, dass meine Mutter recht hatte, wenn sie sagte: »Der Fluch des Lá na léime hört nie auf, vor allem nicht, wenn du mit ihm geboren wurdest.« Und mit dieser Schuld muss ich nun leben.

In Liebe

Deine Isabelle

P. s. Du brauchst Francis nicht sagen, dass ich wohlauf bin. Sie weiß es längst, denn sie hat mich in ihrem Traum gesehen. Und Stephen? Er wird zu dir kommen, vertraue darauf!

ENDE

Danksagung

Magie ist etwas Wunderbares. Doch wer glaubt schon daran? Ich muss zugeben, ich finde die Gedanken darüber spannend, will aber an dieser Stelle keine Grundsatzdiskussion entfachen. Dennoch möchte ich diese Zeilen diesmal nutzen, um für die Magie einer jeden meiner Geschichten zu danken.

Denn manchmal habe ich Absätze, ja ganze Kapitel, ganz anders geplant, als sie letztendlich zu Ihnen, liebe Leser, kommen. Andere Teile lasse ich noch offen, während ich das erste Kapitel bereits zu Papier bringe. Sie wollen noch nicht ins Gesamtbild passen. Aber sie gefallen mir zu sehr, als dass ich sie streichen könnte.

Und dann gibt es bei jedem Buch diesen einen magischen Moment. Manchmal geschieht er morgens beim Kaffee, ein anderes Mal abends im Bett, wenn meine Geschichte in meinem Kopf nachhallt. Er ist jedes Mal erstaunlich und lässt mich aufgeregt sofort zu meinem Computer eilen. Denn dieser magische Moment pflanzt einen Gedanken in meinen Kopf, durch den sich die Einzelteile meiner Geschichte wie von Zauberhand plötzlich zusammenfügen. Jene Einzelteile, die vorher nicht passen wollten. Für diesen Moment bin ich so unglaublich dankbar. Er ist meine Magie, an die ich fest glaube.

Doch auch bei diesem Buch muss und möchte ich Menschen danken, ohne die ein solches Buch ebenfalls nicht entstehen kann: meinen Familienmitgliedern, Freunden, Bekannten und Experten. Allen voran gilt mein Dank meinem größten Fan und meiner größten Kritikerin zugleich: Meine Mama! Es rührt mich, wie viel Mühe du dir immer wieder machst. Auch wenn mein Genre nicht deinen Vorlieben entspricht und meine schrägen Fantasien bei dir oft Unverständnis hervorrufen, so quälst du dich doch unermüdlich durch meine Zeilen. Danke für die hitzigen Diskussionen darüber. Im gleichen Atemzug danke ich aber auch meinem Vater, dass er diese erträgt, auch wenn sie manchmal laut ausfallen und aufbrausend wirken – beides ist unendlich wichtig für mich.

Ich danke meinen Testlesern: Bettina, die Königin des Linksverkehrs und der Rechtschreibung, Maddy, die Prinzessin eines weiteren Holzweges und Christian, der abgehaltene Dschungelkönig.

Meine lieben BIGs – auch euch danke ich von Herzen für jede Unterstützung, Aufmunterung und Beistand. Ihr seid ein Grund, warum ich mich in Gruppendynamiken auskenne, auch wenn keiner von euch in irgendeiner Form ein Vorbild für einen meiner Charaktere in diesem Buch ist. Ich schwöre: Ähnlichkeiten sind zufällig und unsere Jahrestreffen sind doch viel harmonischer und entspannter. Meistens! Ihr wisst, was ich meine.

Ich danke den Mitarbeitern der »Kerry Library« in Cahersiveen, die mir auf meiner Büchersuche immer stets hilfsbereit zur Seite standen und mir meinen ersten echten, irischen Ausweis aushändigten. Ein erhabenes Gefühl, das ich am gleichen Abend noch mit meiner irischen Zweitfamilie teilen musste.

Thank you Eddie and Eileen for my second home I love so much, Alma for a friendship I never want to miss, thank you dear Viv, dear Aileen and to all my Irish friends over there! Without you my books would not exist either.

Ich danke Bernhard Kühn von der Jenaer Klimastation, der mit viel Geduld meine eindrückliche und auch außergewöhnliche Nebel-Sturm-Erfahrung um mein kleines irisches Apartment herum mit mir durchdiskutiert hat.

Und als Letztes, aber jedoch nicht weniger herzlich, möchte ich meiner einstigen Agentin Rose Bienia und ihrem Kollegen Klaus-Peter Harmening danken, die mit so viel Herzblut meine Geschichten unbewusst vorantrieben und vor allem an mich glaubten. Danke dafür! Ohne sie wäre C.K. Jennar heute nicht, wer sie ist und ihre Bücher nicht auf dem Markt. Ich wünsche mir so sehr, dass der Ruhestand ein wunderschöner ist!

Sollten trotz aller Expertise, die mir zur Seite stand, immer noch Fehler im Text sein, so gehen sie vollständig auf meine Kappe. Aber lassen Sie mich trotzdem vorsorglich mit einem Augenzwinkern sagen: Alle übrig gebliebenen Unstimmigkeiten sind selbstverständlich gewollt, vielleicht sogar magisch und unterliegen mit Absicht meiner künstlerischen Freiheit! Würde die Lektüre denn sonst noch Vergnügen bereiten?

Ihre C.K. Jennar

Meine Fotos

Lieber Leser, liebe Leserin,
Irland ist ein wunderschönes Land, das meine zweite Heimat geworden ist. Wer die Insel noch nicht erlebt hat, dem sei gesagt, dass sich dies unbedingt lohnt. Um einen kleinen Vorgeschmack zu bekommen, gelangst Du unter dem folgenden Link zu einem kostenlosen Fotobuch als pdf-Datei. Schau Dir die Schauplätze dieses Irland-Thrillers an und genieße wunderschöne Ansichten der Insel.

Deine C.K. Jennar

Link: https://www.ckjennar.de/onewebmedia/Fotobuch_Februarsturm.pdf

Über die Autorin

C.K. Jennar besitzt zwei Leidenschaften: das Schreiben und Irland. Die 1979 in Thüringen geborene Autorin lebt seit mehreren Jahren zeitweise in Irland an der irischen Südwestküste von Kerry. Die Autorin schreibt seit dem 12. Lebensjahr. Beruflich hat es sie zunächst in die Fernsehbranche verschlagen, aber auch als Texterin, Bloggerin und Ghostwriterin ist sie tätig. Als der Traum des ersten eigenen Romans in Erfüllung gehen sollte, offenbarte sich ihre bisher verborgene Liebe zu Irland! Ein weiterer Schicksalsmoment war die Entdeckung des kleinen Apartments am Ring of Kerry. Hier fand C. K. Jennar nicht nur eine irische Schreibheimat, sondern inzwischen auch eine zweite Familie.

Mit dem Ausblick auf grüne Wiesen, weiße Schafe und türkisfarbenes Meer sind bereits zahlreiche verschiedene Bücher entstanden, die allesamt in Irland spielen. Denn die Autorin weiß, wovon sie schreibt. Sie recherchiert akribisch ihre Schauplätze und die irischen Geschichten, Mythen und Legenden vor Ort.

Abseits der Tastatur genießt die Autorin das irische Leben inmitten ihrer Wahlfamilie, Freunden und Bekannten. Zudem lernt sie seit zwei Jahren Irisch. „Failté abhaile – willkommen zu Hause" heißt es, wenn C.K. Jennar zurückkehrt und sie im Pub bei einem Pint Guinness erklärt, um welchen Mythos es im neuesten Thriller gehen wird.

Du willst kein neues Buch von C.K. Jennar verpassen? Dann klicke auf „folgen" und abonniere den kostenlosen Newsletter auf www.ckjennar.de!

Deine Zufriedenheit ist mein Ziel!

Lieber Leser, liebe Leserin,

hat Dir mein Buch gefallen? Hast Du Anmerkungen für mich? Gibt es Kritik? Bitte zögere nicht, mir zu schreiben. Ich werde jede Nachricht persönlich lesen und beantworten.

info@ckjennar.de

Wusstest Du schon, dass Du dabei helfen kannst, mein Buch sichtbarer zu machen? Bitte nehme Dir einen Moment Zeit und bewerte mein Buch online. Mit einer positiven Rezension hilfst du mir wirklich sehr.

Vielen Dank für Deine Unterstützung!

PS: In seltenen Fällen kommt ein Buch beschädigt beim Kunden an. Bitte zögere in diesem Fall nicht, mich zu kontaktieren. Selbstverständlich ersetze ich Dir das Buch kostenlos.

C.K. Jennar

Weitere Bücher von C.K. Jennar

Entdecke meine anderen Bücher!

Eine Moorleiche. Ein Buch. Eine Journalistin.

Eigentlich wollte Bella Bertani endlich ihren Traum verwirklichen und ihr erstes Buch schreiben. Doch auf ihrer Irlandreise gerät sie in einen Strudel aus Morden, Verschwörung und irischen Mythen.

Wie von Geisterhand geführt, rutscht die 32-Jährige immer tiefer in die Polizeiermittlungen ihrer alten Liebelei Scott O'Mara. Unheimliche Träume foltern sie. Ryan McCormick quält ihr Herz. Bella riskiert ihr Leben, als sie eine Lüge aufdeckt, die alles infrage stellt, was sie bisher geglaubt hat!

Als die labile Schriftstellerin Carline McQuire an der irischen Westküste eine Morddrohung gegen ihren Mann Pat findet, gerät ihr wohlbehütetes Leben aus den Fugen. Carline ahnt nicht, in welchen Schwierigkeiten Pat tatsächlich steckt. Sie selbst leidet unter einer schrecklichen Schreibblockade. Doch plötzlich taucht eine neue Geschichte in ihrem Drucker auf. Wer hat sie geschrieben? Was haben die Erinnerungslücken zu bedeuten?

Zur gleichen Zeit reist Rachel Daugherty nach Irland auf der Suche nach ihrer Schwester – der berühmten Schriftstellerin. Doch das Leben von Carline McQuire ist nicht das, was es scheint!

Das sind Ruinen! Unmöglich! Das denkt sich der unglückliche Immobilienmakler Alexander Meier, als sein Boss ihn zu deren Renovierung nach Irland schickt. Der pragmatische Zahlenliebhaber glaubt nicht an das Projekt. Bald aber geschehen mysteriöse Unfälle in den alten Gemäuern, die Alex aufschrecken lassen. Düstere Träume nehmen ihn gefangen.

Da ist eine mystische Verbindung – dessen ist sich die deutschstämmige Fotografin Maggy Shean sicher. Sie drängt Alex dazu, dem Geheimnis auf die Spur zu kommen. Welche Rolle spielt die einstige Erbauerin Lady Broderick in Gegenwart und Vergangenheit? Als Alex und Maggy auf Verbindungen zur IRA stoßen, begeben sie sich in große Gefahr.

Impressum

Eine Veröffentlichung von Claudia Koppe
Richard-Zimmermann-Straße 7
07747 Jena

E-Mail: info@cckjennar.de
Website: www.ckjennar.de

Cover/Umschlag: Vikncharlie
Korrektorat: Holly O'Rilley
Buchsatz: C.K. Jennar

Druck und Distribution im Auftrag :
tredition GmbH, An der Strusbek 10, 22926 Ahrensburg, Germany

ISBN: 978-3-384-02086-4

Auflage, September, 2023